诗词联格律概要

吕可夫 ◎ 著

湖南社会科学普及
Hunan popularization of Social Science

湖南省社会科学普及读物出版资助项目

中南大学出版社

www.csupress.com.cn

·长沙·

图书在版编目（CIP）数据

诗词联格律概要／吕可夫著. —长沙：中南大学
出版社，2019.9

（2018 年湖南省社会科学普及读物）

ISBN 978 - 7 - 5487 - 3771 - 1

Ⅰ.①诗… Ⅱ.①吕… Ⅲ.①诗词－诗歌创作－中国
②对联－创作方法－中国 Ⅳ.①I207.21②I207.6

中国版本图书馆 CIP 数据核字（2019）第 221232 号

诗词联格律概要

吕可夫　著

□责任编辑	彭辉丽	
□责任印制	易红卫	
□出版发行	中南大学出版社	
	社址：长沙市麓山南路	邮编：410083
	发行科电话：0731 - 88876770	传真：0731 - 88710482
□印　　装	长沙市宏发印刷有限公司	

□开　　本	710 mm×1000 mm 1/16	□印张 21.25	□字数 305 千字
□版　　次	2019 年 9 月第 1 版	□2019 年 9 月第 1 次印刷
□书　　号	ISBN 978 - 7 - 5487 - 3771 - 1	
□定　　价	147.00 元	

作者简介

吕可夫 网名儒夫子，号自闲斋主，湖南省文史研究馆馆员，中国楹联学会会员，中华对联文化研究院副秘书长、研究员，湖南省湖湘文化交流协会特聘艺术专家，湖南省楹联家协会副主席，湖南省老干部诗词协会副会长，长沙市文联主席团成员，长沙市楹联家协会主席，长沙市诗词协会副会长，湖南老干部大学和湖南图书馆诗词楹联资深讲授人。2014 年被中国楹联学会授予"联坛十秀""优秀楹联教师"称号，2015 年获中国对联年度创作唯一金奖，2018 年获"瓯海杯"首届中国当代楹联创作唯一金奖与湖南省首届"曾国藩楹联奖"。近十多年来，在全国诗词联赋征集与竞赛中获奖 800 多次，其中一等奖 100 多次。作品在全国各地多有刻挂。出版有个人专著《歪打正着集——吕可夫获奖楹联 300 副》《自闲斋联稿》《诗词联简明教程》《诗词联格律概要》。

前　言

习近平总书记指出："一个没有发达的自然科学的国家不可能走在世界前列，一个没有繁荣的哲学社会科学的国家也不可能走在世界前列。"社会科学是人们认识世界、改造世界的重要工具，是推动历史发展和社会进步的重要力量。加强社会科学的宣传和普及，是弘扬科学精神、繁荣社会科学、提高公众社会科学文化素质、促进人与社会全面发展的客观需要。近年来，湖南社会科学普及工作不断深化，成效显著。通过建立社科普及基地、举办社科普及讲坛、开展咨询展览以及社科普及主题活动周、优秀社科普及读物创作与推荐、社科普及志愿者队伍建设等活动，在提升公众社会科学文化素质、推动科学发展方面发挥了积极的作用。

中国特色社会主义进入了新时代。一方面，我国社会主要矛盾已经转化为人民日益增长的美好生活需要和不平衡不充分的发展之间的矛盾。人们美好的生活需求日益广泛，极大地体现为人们在文化、精神领域有了更高的追求。另一方面，面对社会思想观念和价值取向日趋活跃、主流和非主流同时并存、社会思潮纷纭激荡的新形势，要巩固马克思主义在意识形态领域的指导地位，培育和践行社会主义核心价值观，巩固全党全国各族人民团结奋斗的共同思想基础，迫切需要哲学社会科学更好地发挥作用。在这个背景之下，迫切需要社会科学普及工作者自觉担负起历史使命和时代责任，充分运用"社会科学普及＋"思维，创新社会科学普及形式，在丰富人民群众精神文化生活的同时，对人民群众进行科学的教育、引导和疏导，培育和践行社会主义核心价值观，提高人民群众的人文社科素养。

面对新形势新任务，湖南省社会科学界联合会、湖南省社会科学普及宣传活动组委会办公室贯彻落实《湖南省社会科学普及条例》，开展湖南省社会科学普及读物出版资助项目，面向在湘工作的社会科学理论工作者和实际工作者征集优秀社会科学普及作品，对获得立项的优秀作品进行资助出版，并将其认定为湖南省社会科学成果评审委员会省级课题，以激发广大社会科学工作者创作社会科学普及作品的积极性，推出更多更好的优秀社会科学普及作品，把"大道理"变成"小故事"，把学术语言转换成群众语言，把"普通话"和"地方话"结合起来，真正让党的理论政策鲜活起来，让社会科学知识生动起来，让社会科学普及工作"成风化人、凝心聚力"，为实现中华民族伟大复兴的中国梦，建设富饶美丽幸福新湖南凝聚强大正能量。

湖南省社会科学界联合会

湖南省社会科学普及宣传活动组委会办公室

2019 年 5 月

序

　　诗、词、联(对联，雅称楹联)是中华民族的优秀传统文化，是汉语韵律文学中的瑰宝，是最具中国特色的经典国粹，它们深受广大民众喜爱，千百年来吟诵不绝、传承不衰。

　　诗、词、联作为三种独立的古典韵律文学体裁，有不同的表现形式与格律规范。了解、熟悉并掌握其形式与格律，对于诗、词、联爱好者提高欣赏水平、提升创作能力，既有必要，更有裨益。本书正是从普及和提高的角度出发，给广大诗、词、联爱好者提供一本简明扼要、深入浅出、理论与实践紧密结合的诗词联格律知识读本，从而引导读者循序渐进，帮助读者寻幽探微，继而登堂入室。

　　本书以近体诗、唐宋词和对联三大部分各自成篇。近体诗部分重点阐述近体诗及诗歌起源、格律诗的平仄、押韵、对仗、诗谱、正格、变格、拗救、折腰体、起承转合章法、创作中要注意的问题、格律诗押韵中的"孤雁格"及诗词唱和简介,共十三章。唐宋词部分重点阐述词的定义、词的来源、词的分类、什么是词牌、什么是词谱、常用词谱、常用词韵、怎样填词、词的流派及名家名篇赏析,共十章。对联部分重点阐述对联定义、对联的起源和发展、对联功用、对联创作、对联格律、对联手法、对联修辞、对联用典、对联声律及平仄安排,共九章。为了使读者喜读易懂,加深理解和记忆,本书各章节都尽可能以较多的古今作品示范,尽量做到形象直观,语言通畅,雅俗共赏。另外,书后附录《平水韵》《词韵简编》《诗韵新编》《中华新韵》,以方便查韵。

　　由于作者水平有限,书中难免存有不当与谬误,诚祈读者指正。

吕可夫

2019 年 3 月于长沙

目　录

近体诗

唐宋词

对联

附录

近 体 诗

一、近体诗及诗歌起源

近体诗即格律诗，是中国古典汉语诗歌中的重要组成部分，发轫于南朝齐梁时代之永明体，成熟于唐代，专指唐代以后格律谨严的古诗。为了与唐以前的古诗（《诗经》《楚辞》《乐府》等）相区别，格律诗又称为近体诗。

格律诗分为绝句（四句）和律诗（八句），按照每句的字数，又分为五言和七言。格律诗的篇式有一定的规格，句式有一定的格律，音韵有一定的规律，变化使用也要求遵守一定的规则，统称格律。

诗歌是世界上最古老、最基本的文学形式，是一种阐述心灵感受的文学体裁。其语言凝练、字句优美、情感丰沛、意象纷繁，能高度集中、深刻地表现社会生活和人类精神世界。诗歌的语句大多押韵，并分行排列，富有节奏感和音乐美。

诗歌起源于上古时期的社会生活，是从劳动生产（劳动号子）、两性相恋（山歌）、原始宗教（祭祀颂词）等人类活动中产生的一种富有韵律和感情色彩的文字语言样式。

　　《尚书·虞书》云："诗言志，歌咏言，声依咏，律和声。"《礼记·乐记》曰："诗，言其志也；歌，咏其声也；舞，动其容也；三者本于心，然后乐器从之。"孔子认为，诗具有兴（抒发情志）、观（观察社会与自然）、群（结交朋友）、怨（讽谏怨刺）四种作用。在中国古代，不入乐的称为诗，入乐的称为歌，现代则将两者合二为一，统称为诗歌。

　　中国的诗歌，经历了《诗经》→《楚辞》→汉乐府诗→建安诗歌→魏晋南北朝民歌→唐诗→宋词→元散曲→明清诗歌→现代诗的发展历程。因此，中国的古典诗词不止近体诗（格律诗），还包括《诗经》、《楚辞》、汉乐府诗、建安诗歌、魏晋南北朝诗歌、唐诗、宋词、元散曲等，它们都属于汉语言韵律文学。近体诗（格律诗）因其完美的形式、唯美的语言和优美的意境而在中国古典诗词中别放异彩。

　　《诗经》是我国最早的诗歌总集，距今 3000 余年，收入自西周初年至春秋中叶 500 多年的诗歌 305 篇，分《风》（各地风土歌谣）、《雅》（朝廷的正声雅乐，又分小雅和大雅）、《颂》（周王庭和贵族宗庙祭祀的乐歌，又分《周颂》《鲁颂》和《商颂》三部分）。《诗经》的作者皆佚名，绝大部分已无法考证，相传由尹吉甫采集，孔子编订。

　　孔子曾将《诗经》的主旨概括为"无邪"，并教育弟子读《诗经》以作为立言、立行的标准。先秦诸子中，墨子、孟子、荀子、庄子、韩非子等人引用《诗经》说理论证颇多。至汉武帝时，独尊儒术，《诗经》被儒家奉为经典，成为《五经》之一。

　　《诗经》内容丰富，反映了劳动与爱情、战争与徭役、压迫与反抗、风俗与婚姻、祭祖与宴会，甚至天象、地貌、动物、植物等方方面面的内容，是周代社会生活的一面镜子。

　　《楚辞》指以屈原创作的《离骚》为代表作的"骚体"诗歌。

　　诗歌发展到唐代，近体诗（格律诗）趋于成熟。有唐一代，名家辈出，佳作纷呈，诗歌成就比历史上任何时期都璀璨夺目。以李白、杜甫、白居易为代表的诗人群体，留下了数万首脍炙人口的诗歌精品，树立了我国诗歌发展史上一座不可逾越的高峰。

我国的古典诗词，又称传统诗词，历史悠久，尤其是格律诗，在中国和世界文学史上都享有崇高独特的地位。其音韵之和谐、语言之精美、意蕴之清雅、格式之严谨，独具一格，几千年来，始终保持着汉语言文学独有的特色和魅力。它既能抒发铁板铜琶之激越豪情，也能倾吐小桥流水之婉转幽怀。凡景之风花雪月、人之喜怒哀乐，用古典诗词的形式皆能非常精妙、细腻、豪放、婉曲地表达出来，且读起来朗朗上口，便于记忆和流传，因此自古以来便为人们所喜闻乐见。

中国古典诗歌的表现手法有很多。我国最早流行且至今仍然经常使用的传统表现手法有"赋、比、兴"三种。

赋，是直接陈述事物的表现手法。宋代学者朱熹在《诗集传》的注释中说："赋者，敷陈其事而直言之也。"如《诗经·邶风·击鼓》："死生契阔，与子成说。执子之手，与子偕老。"

比，是用比喻的方法描绘事物，表达思想感情。朱熹云："比者，以彼物比此物也。"如《诗经·魏风·硕鼠》："硕鼠硕鼠，无食我黍！硕鼠硕鼠，无食我麦！"

兴，是托物起兴，即借某一事物开头来引起正题所要描述的事物或表现思想感情的写法。朱熹更明确地指出："兴者，先言他物以引起所咏之辞也。"如《诗经·周南·关雎》："关关雎鸠，在河之洲。窈窕淑女，君子好逑。"

近体诗（格律诗）体裁短小，句式整齐，声调铿锵，音韵和谐，要求押韵，注重对偶，格律严谨，是中国古典诗词中的精华，是中华优秀传统文化的瑰宝，是最具中国特色的文学体裁，是古代诗歌学习中的重点。

下面四首唐诗，就是标准的格律诗（五绝、五律、七绝、七律）。

登鹳雀楼（五言绝句）

［唐］王之涣

白日依山尽，黄河入海流。

欲穷千里目，更上一层楼。

春望(五言律诗)

[唐]杜甫

国破山河在,城春草木深。
感时花溅泪,恨别鸟惊心。
烽火连三月,家书抵万金。
白头搔更短,浑欲不胜簪。

赤壁(七言绝句)

[唐]杜牧

折戟沉沙铁未销,自将磨洗认前朝。
东风不与周郎便,铜雀春深锁二乔。

积雨辋川庄作(七言律诗)

[唐]王维

积雨空林烟火迟,蒸藜炊黍饷东菑。
漠漠水田飞白鹭,阴阴夏木啭黄鹂。
山中习静观朝槿,松下清斋折露葵。
野老与人争席罢,海鸥何事更相疑。

除了上述五绝、五律、七绝、七律四种标准格律诗之外,律诗中还有一种"排律",又称"长律",也属于格律诗,它实际上是律诗铺排后的扩大和延长。排律有五言排律和七言排律两种。标准律诗为八句,不多不少。排律至少五韵十句,也有多至一百韵两百句者。唐人排律多用整数,如十韵、二十韵、三十韵、四十韵、五十韵等。排律的格律要求比标准律诗更严:逢偶句都要求押韵,且必须押平声韵,全诗一韵到底,中间不换韵;除首尾两联外,中间各联(每两句为一联)都要求对仗；各句之间也都要遵守平仄粘对的格式。排律由于限制过多，容易显得堆砌、死板，历来名篇较少。不过，杜甫、王维、白居易等人排律写得较多，也比较好。杜甫最长的排律如《秋日夔府咏怀奉寄郑监李宾客一百韵》有两百句之多，最短的排律也有六韵十二句。如：

春归

[唐]杜甫

苔径临江竹，茅檐覆地花。
别来频甲子，倏忽又春华。
倚杖看孤石，倾壶就浅沙。
远鸥浮水静，轻燕受风斜。
世路虽多梗，吾生亦有涯。
此身醒复醉，乘兴即为家。

题郑十八著作虔

[唐]杜甫

台州地阔海冥冥，云水长和岛屿青。
乱后故人双别泪，春深逐客一浮萍。
酒酣懒舞谁相拽，诗罢能吟不复听。
第五桥东流恨水，皇陂岸北结愁亭。
贾生对鹏伤王傅，苏武看羊陷贼庭。
可念此翁怀直道，也沾新国用轻刑。
祢衡实恐遭江夏，方朔虚传是岁星。
穷巷悄然车马绝，案头干死读书萤。

这两首排律，一首五言（六韵十二句），一首七言（八韵十六句），押韵、对仗、粘对完全符合律诗规范，非常工整。

格律诗之外，还有其他古诗，如：

静夜思

[唐]李白

床前明月光，疑是地上霜。
举头望明月，低头思故乡。

春晓

[唐]孟浩然

春眠不觉晓，处处闻啼鸟。
夜来风雨声，花落知多少。

因为上面两首诗不符合格律诗的格律要求，所以虽然是古诗，但都不能称为格律诗（近体诗），而称为五古或古绝，即五言古诗。此外，乐府、古体、歌行体等古代诗歌统称古诗，都不能称为格律诗。

格律诗是唐代才趋于成熟的一种诗体，是内容与形式高度统一的文学艺术典范。学习格律诗必须熟练掌握其三个方面的基本知识和要求，即平仄、押韵和对仗。

二、格律诗的平仄

所谓平仄，就是人们说话的语气和声调。汉字（词）中的实词一般一字一义（虚词一般一字，无实义）。汉语发音属单音节，一字一音，每个发音都有一定的音韵和声调。音韵就是每个字的不同读音。人们说话或朗读时，语气有高、低、长、短之分，这就是声调。平仄就是说话、朗读时的语气声调。将不同声调的字写入诗中，就叫作平声和仄声。

格律诗有严格的平仄格式要求。不合格式要求的,叫做出律(或称为平仄不合、平仄不谐)。

现代汉语中,声调分为四声(又叫新四声或今音),分别为阴平(一声)、阳平(二声)、上声(三声)、去声(四声)。前两声(阴平、阳平)为平声,后两声(上声、去声)为仄声。目前一般以《新华字典》《诗韵新编》《中华新韵》为标准韵书。

古代汉语中,声调也分为四声(又叫旧四声或古音),分别为平声(上平声与下平声)、上声、去声、入声。平声中的上平声与下平声,相当于新四声中的阴平与阳平。上声、去声后面多了个入声。古音中只有前面一个平声(上平、下平)为平声;后面的上声、去声、入声三声均为仄声。现在一般以《平水韵》《词林正韵》《词韵简编》为标准韵书。

如果将今音和古音综合起来考察,则有五个声调。如:

乌、吴、伍、误、屋(入声字)

平、平、仄、仄(今平、古仄)

平声不升不降,读音较长;仄声有升有降,读音较短。如果诗句当中平仄相间,互相交替,或诗句之间平仄对立相反,吟诵、朗读起来就会产生抑扬顿挫的音调效果。

新四声(今音)已经取消了入声字,将入声字分别归入阴平、阳平、上声、去声,叫作"入派四声"。据统计,古入声字500个左右,其中约半数的字派入去声,约29%派入阳平,约15%派入阴平,约6%派入上声。旧四声(古音)则依然按原来的平声、上声、去声、入声未变。

古人写的格律诗,全部用的是古音,因为当时没有现代汉语,只有古汉语。今人创作格律文体,包括填词、撰写对联和散曲,在平仄方面多了一个选择,既可以用古音,也可以用今音,既不厚今薄古,也不厚古薄今,实行双轨制,不强求一律,但有特别或专门规定的除外。必须注意的是,在同一作品中,古音和今音绝对不能混用,必须全部用古音或者全部用今音。

登鹳雀楼(五言绝句)

[唐]王之涣

白日依山尽,黄河入海流。
仄仄平平仄,平平仄仄平。
欲穷千里目,更上一层楼。
仄平平仄仄,仄仄仄平平。

相思(五言绝句)

(又名:江上赠李龟年)

[唐]王维

红豆生南国,春来发几枝。
平仄平平仄,平平仄仄平。
愿君多采撷,此物最相思。
仄平平仄仄,仄仄仄平平。

望月怀远(五言律诗)

[唐]张九龄

海上生明月,天涯共此时。
仄仄平平仄,平平仄仄平。
情人怨遥夜,竟夕起相思。
平平仄平仄,仄仄仄平平。
灭烛怜光满,披衣觉露滋。
仄仄平平仄,平平仄仄平。
不堪盈手赠,还寝梦佳期。
仄平平仄仄,平仄仄平平。

回乡偶书（七言绝句）

［唐］贺知章

少小离家老大回，乡音无改鬓毛衰。

仄仄平平仄仄平，平平平仄仄平平。

儿童相见不相识，笑问客从何处来。

平平平仄仄平仄，仄仄仄平平仄平。

咏柳（七言绝句）

［唐］贺知章

碧玉妆成一树高，万条垂下绿丝绦。

仄仄平平仄仄平，仄平平仄仄平平。

不知细叶谁裁出？二月春风似剪刀。

仄平仄仄平平仄？仄仄平平仄仄平。

无题（七言律诗）

［唐］李商隐

相见时难别亦难，东风无力百花残。

平仄平平仄仄平，平平平仄仄平平。

春蚕到死丝方尽，蜡炬成灰泪始干。

平平仄仄平平仄，仄仄平平仄仄平。

晓镜但愁云鬓改，夜吟应觉月光寒。

仄仄仄平平仄仄，仄平平仄仄平平。

蓬山此去无多路，青鸟殷勤为探看。

平平仄仄平平仄，平仄平平仄仄平。

从以上各诗可以看出，每首诗的平仄都是有严格规定的，不能乱套。创作格律诗(包括词、对联和散曲)时,怎样才能正确运用平声字和仄声字呢? 主要靠两条途径:一是记忆,二是查书。除了平时记得很牢的字外,没有绝对把握的字,主要靠检索工具书(也称韵书)来确定。不过,勤能补拙,熟能生巧,字用多了,也就渐渐记住了。

今音的主要检索工具书有《新华字典》《中华新韵》。

古音的主要检索工具书有《平水韵》《佩文诗韵》《词林正韵》《词韵简编》。

今音与古音的综合检索工具书有《诗韵新编》。

三、格律诗的押韵

平仄讲的是说话的声调,即字(词)读音的高低长短、抑扬顿挫。押韵则讲的是音韵,即读音的相同、相似或接近。如"她(ta)""妈(ma)",声母不同,而韵母相同,即属于读音相似或接近的字(词)。所谓押韵,就是将音韵相同、相似或接近的字(词)安排在每句诗的同一个位置上,一般是句尾。押韵的作用是构成声音的回环,产生一种和谐的语言音乐美。

绝句二首·其二(五言绝句)

[唐]杜甫

江碧鸟逾白,山青花欲燃。(韵)
平仄仄平仄,平平平仄平。
今春看又过,何日是归年。(韵)
平平平仄仄,平仄仄平平。

此诗首句不入韵(可入可不入),第三句不押韵(奇句不需要押韵),第二、四句押韵,即逢双句(偶句)都要押韵,押的是《平水韵》下平声【一先】韵，用了两个同韵字，用的是古音。

春望（五言律诗）

［唐］杜甫

国破山河在，城春草木深。（韵）
仄仄平平仄，平平仄仄平。

感时花溅泪，恨别鸟惊心。（韵）
仄平平仄仄，仄仄仄平平。

烽火连三月，家书抵万金。（韵）
平仄平平仄，平平仄仄平。

白头搔更短，浑欲不胜簪。（韵）
仄平平仄仄，平仄仄平平。

此诗首句不入韵（可入可不入），第三、五、七句不押韵（奇句不需押韵），第二、四、六、八句押韵，即逢双句（偶句）都押韵，押的是《平水韵》中下平声【十二侵】韵，用了四个同韵字，用的是古音。

桃花溪（七言绝句）

［唐］张 旭

隐隐飞桥隔野烟，（韵） 石矶西畔问渔船。（韵）
仄仄平平仄仄平，   仄平平仄仄平平。

桃花尽日随流水，   洞在清溪何处边。（韵）
平平仄仄平平仄，   仄仄平平平仄平。

此诗首句入韵（可入可不入），第三句不押韵（奇句不需押韵），第二、四句押韵，即逢双句（偶句）都要押韵，押的是《平水韵》下平声【一先】韵，用了三个同韵字，用的也是古音。

望城靖港春行（七言绝句）

吕可夫

一篙春水绿芦江，（韵）彩蝶黄蜂次第忙。（韵）
仄平平仄仄平平，　　仄仄平平仄仄平。
燕剪花风吹柳笛，　　鸬鹚渔唱过横塘。（韵）
仄仄平平平仄仄，　　平平平仄仄平平。

　　此诗首句入韵（可入可不入），第三句不押韵（奇句不需押韵），第二、四句押韵，即逢双句（偶句）都押韵，押的是《词林正韵》上平声【三江】韵和下平声【七阳】韵（此两个韵部可以通押），用了三个同韵字，用的也是古音。此诗的押韵如依《平水韵》，也可看成是"孤雁出群格"。

望城靖港夜戏（七言绝句）

吕可夫

砍樵唱罢打铜锣，（韵）楚韵湘风漾柳河。（韵）
仄平仄仄仄平平，　　仄仄平平仄仄平。
声色撩情村酒劲，　　芦江夜夜醉人多。（韵）
平仄平平平仄仄，　　平平仄仄仄平平。

　　此诗首句入韵（可入可不入），第三句不押韵（奇句不需押韵），第二、四句押韵，即逢双句（偶句）都押韵，押的是《平水韵》下平声【五歌】韵，用了三个同韵字，用古音和今音都可以读。

长沙定王台怀古（七言律诗））

吕可夫

长安搏土垒高台，（韵）　一片痴情天感怀。（韵）
平平仄仄仄平平，　　　仄仄平平平仄平。

雁影寒云双寂寞，　　　蛩声冷草独徘徊。（韵）
仄仄平平平仄仄，　　　平平仄仄仄平平。

风侵秦岭秋霜鬓，　　　泪滴湘江春雪腮。（韵）
平平平仄平平仄，　　　仄仄平平平仄平。

千古皇家知孝悌，　　　今非昔比究何哉？（韵）
平仄平平平仄仄，　　　平平仄仄仄平平？

此诗首句入韵（可入可不入），第三、五、七句不押韵（奇句不需押韵），第二、四、六、八句押韵（偶句需押韵），押的是《平水韵》上平声【十灰】韵，用了五个同韵字，用的也是古音。

野望（七言律诗）

［唐］杜甫

西山白雪三城戍，南浦清江万里桥。（韵）
平平仄仄平平仄，平仄平平仄仄平。

海内风尘诸弟隔，天涯涕泪一身遥。（韵）
仄仄平平平仄仄，平平仄仄仄平平。

惟将迟暮供多病，未有涓埃答圣朝。（韵）
平平平仄平平仄，仄仄平平仄仄平。

跨马出郊时极目，不堪人事日萧条。（韵）
仄仄仄平平仄仄，仄平平仄仄平平。

此诗首句不入韵(可入可不入),第三、五、七句不押韵(奇句不需押韵),第二、四、六、八句押韵,即逢双句(偶句)都押韵,押的是《平水韵》中下平声【二萧】韵,用了四个同韵字,也是用的古音。

从以上各诗可以看出,不管是绝句还是律诗,是五言还是七言,它们都有以下四个共同点:

(一)必须押韵;

(二)除首句外(可押可不押),都是逢双句(偶句)押韵,并且全部押尾字;

(三)每首诗都用同一个韵,中间不换韵;

(四)一般都押平声韵。

概而言之,格律诗(绝句和律诗)必须押韵,而且一首诗只能押一个韵,即一韵到底,不能换韵。除第一句(可入韵可不入韵)外,逢双句(偶句)押韵,一般都押平声韵。

是否有押仄声韵的诗呢? 有,但不多。以《唐人万首绝句选》为例(清代王士禛编),全书共收五、七言绝句七百余首,仄韵诗不足1%。由此看来,人们相对喜欢声音平缓悠扬的平韵诗,而声音激越短促的仄韵诗创作较少,因为其吟诵起来缺少平韵诗那种绵长的韵味。不过,极少的仄韵诗中同样有精品佳作存在,如:

江雪

[唐]柳宗元

千山鸟飞绝,(韵)	万径人踪灭。(韵)
平平仄平仄,	仄仄平平仄。
孤舟蓑笠翁,	独钓寒江雪。(韵)
平平平仄平,	仄仄平平仄。

这首古诗并非格律诗,而是五古(古绝)。其首句入韵,第三句不押韵,第二、四句押韵,押的是《平水韵》入声部(仄声)【七屑】韵,用

了三个同韵字。

关于格律诗押韵，还有一个习惯问题要引起注意，即五言诗以首句不入韵较多，为常式；七言诗以首句入韵较多，为常式。也就是说，如果写五言格律诗，最好首句不入韵；写七言格律诗，最好首句入韵。这乃古人写作格律诗的一般习惯，主要是考虑到声律的协调。

五言格律诗如：

山中

（平起首句不入韵）

［唐］王勃

长江悲已滞，万里念将归。（韵）
况属高风晚，山山黄叶飞。（韵）

宿建德江

（平起首句不入韵）

［唐］孟浩然

移舟泊烟渚，日暮客愁新。（韵）
野旷天低树，江清月近人。（韵）

风

（仄起首句不入韵）

［唐］李峤

解落三秋叶，能开二月花。（韵）
过江千尺浪，入竹万竿斜。（韵）

春望

（仄起首句不入韵）

［唐］杜甫

国破山河在，城春草木深。（韵）

感时花溅泪，恨别鸟惊心。（韵）

烽火连三月，家书抵万金。（韵）

白头搔更短，浑欲不胜簪。（韵）

山居秋暝

（平起首句不入韵）

［唐］王维

空山新雨后，天气晚来秋。（韵）

明月松间照，清泉石上流。（韵）

竹喧归浣女，莲动下渔舟。（韵）

随意春芳歇，王孙自可留。（韵）

七言格律诗如：

夜雨寄北

（仄起首句入韵）

［唐］李商隐

君问归期未有期，（韵）巴山夜雨涨秋池。（韵）

何当共剪西窗烛，　　　却话巴山夜雨时。（韵）

凉州词

(平起首句入韵)

[唐]王之涣

黄河远上白云间,(韵)一片孤城万仞山。(韵)
羌笛何须怨杨柳,   春风不度玉门关。(韵)

泊秦淮

(平起首句入韵)

[唐]杜牧

烟笼寒水月笼沙,(韵)夜泊秦淮近酒家。(韵)
商女不知亡国恨,   隔江犹唱后庭花。(韵)

过零丁洋

(仄起首句入韵)

[南宋]文天祥

辛苦遭逢起一经,(韵)干戈寥落四周星。(韵)
山河破碎风飘絮,   身世浮沉雨打萍。(韵)
惶恐滩头说惶恐,   零丁洋里叹零丁。(韵)
人生自古谁无死?   留取丹心照汗青。(韵)

登金陵凤凰台

(平起首句入韵)

[唐]李白

凤凰台上凤凰游,(韵)凤去台空江自流。(韵)
吴宫花草埋幽径,   晋代衣冠成古丘。(韵)
三山半落青天外,   二水中分白鹭洲。(韵)

　　总为浮云能蔽日，　　　　长安不见使人愁。（韵）

　　当然，以上所说并非硬性规定，也并非格律要求，不过是古人的创作习惯而已。今人在创作中还是要根据所要表达的内容、思想、情感需要，灵活运用，不要墨守成规。

四、格律诗的对仗

　　对偶是汉语言文学的一种修辞手法，以工整为特点。所谓"对仗"，是指更为工整的对偶。对仗本义是指左右分设、相对而立的仗卫。"仗"，即仪仗；"对"，既指相对，又指一双一对，两句为对。仪仗是完全对等、对称、工整的。格律诗中的"对仗"，就是用两句非常对等、对称、工整的诗，组成对偶，即一副对子（对联），使之看起来和读起来都非常匹配、稳当。但要注意，对偶只是修辞手法，对仗也只是文字形式，而对联却是一种独立于诗、词、散曲之外的汉语文学之格律文体，不可混淆。

　　著名语言学家王力在《龙虫并雕斋文集·语言与文字》中说："对仗，就是名词对名词，动词对动词，形容词对形容词，数量词对数量词，虚词对虚词。"

　　古人学诗，一般先从"对课"开始入门，实际上就是对对子，也就是学习掌握对仗的方法。《红楼梦》中，曹雪芹对林黛玉的形象描写，就全部用对偶语写成，读起来很优美，令人印象深刻："两弯似蹙非蹙罥烟眉，一双似喜非喜含露目。态生两靥之愁，娇袭一身之病。泪光点点，娇喘微微。娴静时如娇花照水，行动处似弱柳扶风。心较比干多一窍，病如西子胜三分。"

登鹳雀楼

（五绝，全对仗）

[唐]王之涣

白日依山尽，黄河入海流。（对仗）
欲穷千里目，更上一层楼。（对仗）

山居秋暝

（五律，中间两联对仗）

[唐]王维

空山新雨后，天气晚来秋。
明月松间照，清泉石上流。（对仗）
竹喧归浣女，莲动下渔舟。（对仗）
随意春芳歇，王孙自可留。

绝句

（七绝，全对仗）

[唐]杜甫

两个黄鹂鸣翠柳，一行白鹭上青天。（对仗）
窗含西岭千秋雪，门泊东吴万里船。（对仗）

登金陵凤凰台

（七律，中间两联对仗）

[唐]李白

凤凰台上凤凰游，凤去台空江自流。
吴宫花草埋幽径，晋代衣冠成古丘。（对仗）
三山半落青天外，二水中分白鹭洲。（对仗）

　　　　总为浮云能蔽日，长安不见使人愁。

　　为了方便学习对仗，湖南邵阳人车万育（康熙进士）专门编写了一本供儿童对课使用的启蒙教材，取名《声律启蒙》。此书按《平水韵》分编，包罗天文、地理、花木、鸟兽、人物、器物等的虚实应对。从单字对、双字对、三字对、五字对、七字对到十字对，声韵协调，朗朗上口，如唱歌一般，很受欢迎，可使儿童从中得到语音、词语、修辞、对仗的训练。

　　如《声律启蒙》一东第一段：

　　云对雨，雪对风。晚照对晴空。来鸿对去燕，宿鸟对鸣虫。

　　三尺剑，六钧弓。岭北对江东。人间清暑殿，天上广寒宫。

　　两岸晓烟杨柳绿，一园春雨杏花红。两鬓风霜，途次早行之客；一蓑烟雨，溪边晚钓之翁。

　　明末清初著名文学家、戏曲家李渔，号笠翁，亦仿照《声律启蒙》，以一言、三言、五言、七言、十一言为格式，编写了一本《笠翁对韵》，供儿童对课使用，也很流行。

　　如《笠翁对韵》一东第一段：

　　天对地，雨对风。大陆对长空。山花对海树，赤日对苍穹。

　　雷隐隐，雾蒙蒙。日下对天中。风高秋月白，雨霁晚霞红。

　　牛女二星河左右，参商两曜斗西东。十月塞边，飒飒寒霜惊戍旅；三冬江上，漫漫朔雪冷渔翁。

　　以上每两句成对，字数相等，词性相同，结构相应，十分工整，非常稳当，就是标准的对仗。

　　格律诗中，绝句与律诗的对仗要求有所不同。绝句不要求必须对仗。如：

凉州词

（七绝，不对仗）

[唐]王翰

葡萄美酒夜光杯，欲饮琵琶马上催。
醉卧沙场君莫笑，古来征战几人回。

秋夜将晓出篱门迎凉有感

（七绝，半对仗）

[南宋]陆游

三万里河东入海，五千仞岳上摩天。（对仗）
遗民泪尽胡尘里，南望王师又一年。

绝句

（七绝，全对仗）

[唐]杜甫

两个黄鹂鸣翠柳，一行白鹭上青天。（对仗）
窗含西岭千秋雪，门泊东吴万里船。（对仗）

　　律诗与绝句的对仗要求不同，律诗有八句（四联，每两句为一联），第一联（首联）和最后一联（尾联）不要求必须对仗（可以对仗），但是中间两联（颔联和颈联）则必须对仗。如：

登岳阳楼

（五律，前三联对仗）

[唐]杜甫

昔闻洞庭水，今上岳阳楼。（对仗）

吴楚东南坼，乾坤日夜浮。（对仗）

亲朋无一字，老病有孤舟。（对仗）

戎马关山北，凭轩涕泗流。

登庐山
（七律，中间两联对仗）

毛泽东

一山飞峙大江边，跃上葱茏四百旋。

冷眼向洋看世界，热风吹雨洒江天。（对仗）

云横九派浮黄鹤，浪下三吴起白烟。（对仗）

陶令不知何处去，桃花源里可耕田？

登高
（七律，全对仗）

［唐］杜甫

风急天高猿啸哀，渚清沙白鸟飞回。（对仗）

无边落木萧萧下，不尽长江滚滚来。（对仗）

万里悲秋常作客，百年多病独登台。（对仗）

艰难苦恨繁霜鬓，潦倒新停浊酒杯。（对仗）

古人律诗中亦有中间两联只有一联对仗的特例，如唐代崔颢的《黄鹤楼》：

昔人已乘黄鹤去，此地空余黄鹤楼。

黄鹤一去不复返，白云千载空悠悠。

晴川历历汉阳树，芳草萋萋鹦鹉洲。（对仗）

日暮乡关何处是？烟波江上使人愁。

这首诗中,只有颈联(第五、六句)"晴川历历汉阳树,芳草萋萋鹦鹉洲"两句对仗。

对仗还有所谓的"偷春体(格)",即首联对仗,而颔联不对仗者,言如梅花之先春而开,故名"偷春体(格)"。如:

送友人

(五律,部分对仗)

[唐]李白

青山横北郭,白水绕东城。(对仗)
此地一为别,孤蓬万里征。
浮云游子意,落日故人情。(对仗)
挥手自兹去,萧萧班马鸣。

一百五日夜对月

(五律,部分对仗)

[唐]杜甫

无家对寒食,有泪如金波。(对仗)
斫却月中桂,清光应更多。
仳离放红蕊,想像颦青蛾。(对仗)
牛女漫愁思,秋期犹渡河。

词与散曲中有的亦要求部分对仗。如:

行香子·过七里濑

(词,部分对仗)

[北宋]苏轼

一叶舟轻,双桨鸿惊。(对仗)水天清、影湛波平。鱼翻藻鉴,鹭

点烟汀。(对仗)过沙溪急,霜溪冷,月溪明。(对仗,鼎足对)

重重似画,曲曲如屏。(对仗)算当年、虚老严陵。君臣一梦,今古空名。(对仗)但远山长,云山乱,晓山青。(对仗,鼎足对)

巫山一段云

(词,部分对仗)

[五代]李珣

古庙依青嶂,行宫枕碧流。(对仗)水声山色锁妆楼。往事思悠悠。

云雨朝还暮,烟花春复秋。(对仗)啼猿何必近孤舟。行客自多愁。

天净沙·秋思

(散曲,部分对仗)

[元]马致远

枯藤老树昏鸦。(鼎足对仗)小桥流水人家。(鼎足对仗)
古道西风瘦马。(鼎足对仗)夕阳西下,断肠人在天涯。

对联,顾名思义,就是上联与下联必须全部对仗,而且要求十分严格,强调工整。如:

> 室雅何须大;
> 花香不在多。

> 虚心竹有低头叶;
> 傲骨梅无仰面花。

> 书山有路勤为径;

学海无涯苦作舟。

宝剑锋从磨砺出；
梅花香自苦寒来。

海到无边天作岸；
山登绝顶我为峰。

墙上芦苇，头重脚轻根底浅；
山间竹笋，嘴尖皮厚腹中空。

左公柳

吕可夫

荒寒大漠生根，无水亦成荫，曾经西北藩屏，柳叶飞刀兵百万；
骁勇长沙报国，有株皆姓左，未忘湖湘子弟，天山洒血路三千。

五、格律诗的平仄正格（诗谱）

　　格律诗的平仄有一定格式，又称诗谱，专指五绝、五律和七绝、七律（不包括排律、歌行、古体和杂言诗）的平仄。绝句和律诗的格律即诗谱，主要指诗中平仄声调的安排遵循一定的排列规则，即规定格式。

　　格律诗只有四种基本格式。所有的格律诗都是由这四种基本格式排列组合出来的。

　　以七言绝句为例：

　　　　　　　　（1）平平仄仄平平仄
　　　　　　　　（2）仄仄平平仄仄平
　　　　　　　　（3）仄仄平平平仄仄

（4）平平仄仄仄平平

第一种句式称平仄脚；

第二种句式称仄平脚；

第三种句式称仄仄脚；

第四种句式称平平脚。

以上四种句式，以其中每一句作为一首诗的首句，通过不同的排列组合，一共可得到四种七言绝句的基本格式。

（一）七言绝句的基本格式

1. 七绝的第一种格式（平起首句不入韵式，平仄脚）

平平仄仄平平仄，仄仄平平仄仄平。

仄仄平平平仄仄，平平仄仄仄平平。

这种格式称为平起首句不入韵式。是否平起，要看首句第二个字，因为第一个字在绝句和律诗中一般都是可平可仄的（如果出现孤平句，就不能可平可仄）。是否入韵要看首句最后一个字，因为最后的字才是押韵的韵脚字。此格式首句第二个字为平声，自然为平起。首句尾字是仄声，自然不入韵，因为绝句和律诗一般都要求押平声韵，很少押仄声韵。这种句式称为平起首句不入韵式。如：

忆江南

［唐］白居易

（按实际平仄标注）

曾栽杨柳江南岸，一别江南两度春。

平平平仄平平仄，仄仄平平仄仄平。

遥忆青青江岸上，不知攀折是何人。

平仄平平平仄仄，仄平平仄仄平平。

马嵬坡

[唐]郑畋

（按实际平仄标注）

玄宗回马杨妃死，云雨难忘日月新。
平平平仄平平仄，平仄平平仄仄平。
终是圣明天子事，景阳宫里又何人？
平仄仄平平仄仄，仄平平仄仄平平？

2. 七绝的第二种格式（仄起首句不入韵式，仄仄脚）

此格式是将上面第一种格式的四个句子的位置，按每两个句子（一对句子）作上下互换。即将第一、二句变成第三、四句；相对应地，将第三、四句变成第一、二句。这种句式称为仄起首句不入韵式。是否仄起，也是看首句第二个字。此格式首句尾字是仄声，自然不入韵，因为绝句和律诗一般都要求押平声韵，很少押仄声韵。诗句两两互换之后，其格式就变成：

仄仄平平平仄仄，平平仄仄仄平平。
平平仄仄平平仄，仄仄平平仄仄平。

如：

绝句

[唐]杜甫

（按实际平仄标注）

两个黄鹂鸣翠柳，一行白鹭上青天。
仄仄平平平仄仄，仄平仄仄仄平平。
窗含西岭千秋雪，门泊东吴万里船。
平平平仄平平仄，平仄平平仄仄平。

夜上受降城闻笛

[唐]李益

（按实际平仄标注）

回乐峰前沙似雪，受降城外月如霜。
平仄平平平仄仄，仄平平仄仄平平。
不知何处吹芦管，一夜征人尽望乡。
仄平平仄平平仄，仄仄平平仄仄平。

从以上一、二两种格式可以看出，不管首句是平起还是仄起，凡韵脚字是仄声字的，均不入韵。因为格律诗（绝句、律诗）一般都要求押平声韵，仄声字是肯定不入韵的。

3. 七绝的第三种格式（平起首句入韵式，平平脚）

此格式是将上面第一种格式的第一句去掉不用，将第四句移到第一句的位置，重复一次。诗句这样移动以后，首句第二字为平声，第七字（尾字）也为平声，这种句式称为平起首句入韵式。其格式变成：

平平仄仄仄平平，仄仄平平仄仄平。
仄仄平平平仄仄，平平仄仄仄平平。

如：

泊秦淮

[唐]杜牧

（按实际平仄标注）

烟笼寒水月笼沙，夜泊秦淮近酒家。
平平平仄仄平平，仄仄平平仄仄平。
商女不知亡国恨，隔江犹唱后庭花。
平仄仄平平仄仄，仄平平仄仄平平。

宫词

[唐]顾况

（按实际平仄标注）

玉楼天半起笙歌，风送宫嫔笑语和。
仄平平仄仄平平，平仄平平仄仄平。
月殿影开闻夜漏，水晶帘卷近秋河。
仄仄仄平平仄仄，仄平平仄仄平平。

寒食日即事

[唐]韩翃

（按实际平仄标注）

春城无处不飞花，寒食东风御柳斜。
平平平仄仄平平，平仄平平仄仄平。
日暮汉宫传蜡烛，轻烟散入五侯家。
仄仄仄平平仄仄，平平仄仄仄平平。

戊戌立春日试笔

吕可夫

（按实际平仄标注）

东风着意早相催，粉染桃苞朱点梅。
平平仄仄仄平平，仄仄平平平仄平。
静待花开休怨晚，春光只等一声雷。
仄仄平平平仄仄，平平仄仄仄平平。

4.七绝的第四种格式(仄起首句入韵式，仄平脚)
此格式是将上面第二种格式的第一句去掉不用，也是将第四句移到第一句的位置，重复一次。诗句这样移动以后，首句第二字为仄声，第七字(尾字)依然为平声，这种句式称为仄起首句入韵式。其格式变成：

仄仄平平仄仄平，平平仄仄仄平平。
平平仄仄平平仄，仄仄平平仄仄平。

如：

山行

[唐]杜牧

(按实际平仄标注)

远上寒山石径斜，白云生处有人家。
仄仄平平仄仄平，仄平平仄仄平平。
停车坐爱枫林晚，霜叶红于二月花。
平平仄仄平平仄，平仄平平仄仄平。

乌衣巷

[唐]刘禹锡

(按实际平仄标注)

朱雀桥边野草花，乌衣巷口夕阳斜。
平仄平平仄仄平，平平仄仄仄平平。
旧时王谢堂前燕，飞入寻常百姓家。
仄平平仄平平仄，平仄平平仄仄平。

端午感怀

吕可夫

(按实际平仄标注)

蒲艾家家角黍香，黄梅雨里近端阳。

平仄平平仄仄平，平平仄仄仄平平。

时人谁会离骚意？美酒已忘斟国殇。

平平平仄平平仄？仄仄仄平平仄平。

从以上三、四两种格式可以看出，不管首句是平起还是仄起，凡首句尾字（韵脚字）是平声字的，均自然入韵。因为格律诗一般都要求押平声韵，首句的句脚字是平声字，则自然入韵了。

绝句每句诗的第一、三、五字，在一般情况下不拘平仄，因此诗坛上流传着这样一句话："一、三、五不论，二、四、六分明。"但是，这也不是绝对的。在某些特殊情况下，一、三、五还不得不论，如果一概不论，就会犯"孤平"和"三平尾"，这是作格律诗的大忌讳。从以上例诗中，也可以看出许多诗句一、三、五字亦是论平仄的。

了解了七言绝句的四种基本格式，再来了解七言律诗的基本格式，就比较容易了。

七言绝句四句，28 字；七言律诗八句，56 字。从句数和字数看，律诗正好是绝句的两倍。"绝"的意思，在格律诗里也就是"截"的意思，即将律诗截一半，便成绝句。因此，七言律诗就其平仄格式来说，其实就是两首七言绝句的合成。

七言律诗也有四种基本格式。

（二）七言律诗的基本格式

1. 七律的第一种格式（平起首句不入韵式，平仄脚）

平平仄仄平平仄，仄仄平平仄仄平。

仄仄平平平仄仄，平平仄仄仄平平。

平平仄仄平平仄，仄仄平平仄仄平。

仄仄平平平仄仄，平平仄仄仄平平。

此种七律的平仄格式，完全是将前面所讲的七绝第一种格式原封不动地重复一遍，即写两遍。这样组合以后，首句第二字为平声，谓之平起。首句尾字为仄声，即不入韵，称为平起首句不入韵式。如：

进艇

[唐]杜甫
（按实际平仄标注）

南京久客耕南亩，北望伤神坐北窗。
平平仄仄平平仄，仄仄平平仄仄平。
昼引老妻乘小艇，晴看稚子浴清江。
仄仄仄平平仄仄，平平仄仄仄平平。
俱飞蛱蝶元相逐，并蒂芙蓉本自双。
平平仄仄平平仄，仄仄平平仄仄平。
茗饮蔗浆携所有，瓷罂无谢玉为缸。
仄仄仄平平仄仄，平平平仄仄平平。

客至

[唐]杜甫
（按实际平仄标注）

舍南舍北皆春水，但见群鸥日日来。
仄平仄仄平平仄，仄仄平平仄仄平。
花径不曾缘客扫，蓬门今始为君开。
平仄仄平平仄仄，平平平仄仄平平。
盘飧市远无兼味，樽酒家贫只旧醅。
平平仄仄平平仄，平仄平平仄仄平。
肯与邻翁相对饮，隔篱呼取尽馀杯。
仄仄平平平仄仄，仄平平仄仄平平。

寄李儋元锡

[唐]韦应物

（按实际平仄标注）

去年花里逢君别，今日花开又一年。

仄平平仄平平仄，平仄平平仄仄平。

世事茫茫难自料，春愁黯黯独成眠。

仄仄平平平仄仄，平平仄仄仄平平。

身多疾病思田里，邑有流亡愧俸钱。

平平仄仄平平仄，仄仄平平仄仄平。

闻道欲来相问讯，西楼望月几回圆。

平仄仄平平仄仄，平平仄仄仄平平。

2. 七律的第二种格式（仄起首句不入韵式，仄仄脚）

仄仄平平平仄仄，平平仄仄仄平平。

平平仄仄平平仄，仄仄平平仄仄平。

仄仄平平平仄仄，平平仄仄仄平平。

平平仄仄平平仄，仄仄平平仄仄平。

此种七律的平仄格式，完全是将前面所讲的七绝第二种格式，也原封不动地重复一遍，即写两遍。这样组合以后，首句第二字为仄声，谓之仄起。首句尾字为仄声，即不入韵，称为仄起首句不入韵式。如：

闻官军收河南河北

[唐]杜甫

（按实际平仄标注）

剑外忽传收蓟北，初闻涕泪满衣裳。

仄仄仄平平仄仄，平平仄仄仄平平。

却看妻子愁何在，漫卷诗书喜欲狂。
仄平平仄平平仄，仄仄平平仄仄平。
白首放歌须纵酒，青春做伴好还乡。
仄仄仄平平仄仄，平平仄仄仄平平。
即从巴峡穿巫峡，便下襄阳向洛阳。
仄平平仄平平仄，仄仄平平仄仄平。

阁夜

［唐］杜甫

（按实际平仄标注）

岁暮阴阳催短景，天涯霜雪霁寒宵。
仄仄平平平仄仄，平平平仄仄平平。
五更鼓角声悲壮，三峡星河影动摇。
仄平仄仄平平仄，平仄平平仄仄平。
野哭几家闻战伐，夷歌数处起渔樵。
仄仄仄平平仄仄，平平仄仄仄平平。
卧龙跃马终黄土，人事音书漫寂寥。
仄平仄仄平平仄，平仄平平仄仄平。

述怀

［明］易舒诰

（按实际平仄标注）

芳芷一江君子意，春花万树野人居。
平仄仄平平仄仄，平平仄仄仄平平。
山村踪迹同麋鹿，文字生涯似蠹鱼。
平平平仄平平仄，平仄平平仄仄平。
得意欲忘弦上调，养生惟爱枕中书。

仄仄仄平平仄仄，仄平平仄仄平平。

极知懒拙随年甚，不是交游向晚疏。

仄平仄仄平平仄，仄仄平平仄仄平。

3. 七律的第三种格式（平起首句入韵式，平平脚）

平平仄仄仄平平，仄仄平平仄仄平。

仄仄平平平仄仄，平平仄仄仄平平。

平平仄仄平平仄，仄仄平平仄仄平。

仄仄平平平仄仄，平平仄仄仄平平。

此种七律的平仄格式，可以说是将前面所讲的第三种七绝格式写两遍。不过，第五句不需押韵，把它还原成与第六句平仄相对的句式即可。这种格式也可以说是前面讲的第三种七绝格式与第一种七绝格式的组合。如：

江村

[唐]杜甫

（按实际平仄标注）

清江一曲抱村流，长夏江村事事幽。

平平仄仄仄平平，平仄平平仄仄平。

自去自来梁上燕，相亲相近水中鸥。

仄仄仄平平仄仄，平平平仄仄平平。

老妻画纸为棋局，稚子敲针作钓钩。

仄平仄仄平平仄，仄仄平平仄仄平。

但有故人供禄米，微躯此外更何求？

仄仄仄平平仄仄，平平仄仄仄平平。

奉和中书舍人贾至《早朝大明宫》

[唐]岑参

（按实际平仄标注）

鸡鸣紫陌曙光寒，莺啭皇州春色阑。
平平仄仄仄平平，平仄平平平仄平。
金阙晓钟开万户，玉阶仙仗拥千官。
平仄仄平平仄仄，仄平平仄仄平平。
花迎剑佩星初落，柳拂旌旗露未干。
平平仄仄平平仄，仄仄平平仄仄平。
独有凤凰池上客，《阳春》一曲和皆难。
仄仄仄平平仄仄，平平仄仄仄平平。

知章故里行

吕可夫

（按实际平仄标注）

湘湖有约踏歌行，一棹烟波雨间晴。
平平仄仄仄平平，仄仄平平仄仄平。
柳眼横波堤早绿，春风磨镜水初平。
仄仄平平平仄仄，平平平仄仄平平。
画桥八十裁云碎，珠履三千狎鹭惊。
仄平仄仄平平仄，平仄平平仄仄平。
载酒垂竿浑忘返，青鳞钓罢钓诗名。
仄仄平平平仄仄，平平仄仄仄平平。

4.七律的第四种格式（仄起首句入韵式，仄平脚）
仄仄平平仄仄平，平平仄仄仄平平。

平平仄仄平平仄，仄仄平平仄仄平。
仄仄平平平仄仄，平平仄仄仄平平。
平平仄仄平平仄，仄仄平平仄仄平。

此种七律的平仄格式，可以说是将前面所讲的第四种七绝格式写两遍。不过，第五句不需押韵，把它还原成与第六句平仄相对的句式即可。这种格式也可以说是前面讲的第四种七绝格式与第二种七绝格式的组合。如：

蜀相

[唐]杜甫

（按实际平仄标注）

丞相祠堂何处寻？锦官城外柏森森。
平仄平平平仄平？仄平平仄仄平平。
映阶碧草自春色，隔叶黄鹂空好音。
仄平仄仄仄平仄，仄仄平平平仄平。
三顾频烦天下计，两朝开济老臣心。
平仄平平平仄仄，仄平平仄仄平平。
出师未捷身先死，长使英雄泪满襟。
仄平仄仄平平仄，平仄平平仄仄平。

到韶山

毛泽东

（按实际平仄标注）

别梦依稀咒逝川，故园三十二年前。
仄仄平平仄仄平，仄平平仄仄平平。
红旗卷起农奴戟，黑手高悬霸主鞭。
平平仄仄平平仄，仄仄平平仄仄平。

为有牺牲多壮志，敢教日月换新天。
仄仄平平平仄仄，仄平仄仄仄平平。
喜看稻菽千重浪，遍地英雄下夕烟。
仄平仄仄平平仄，仄仄平平仄仄平。

缅怀何宝珍烈士

吕可夫

（按实际平仄标注）

荷出濂溪映日开，清风欲扫旧尘埃。
平仄平平仄仄平，平平仄仄仄平平。
工潮滚滚安源怒，警笛凄凄黄浦哀。
平平仄仄平平仄，仄仄平平平仄平。
囹圄休移巾帼志，芬芳不绝雨花台。
平仄平平平仄仄，平平仄仄仄平平。
汾江一掬相思泪，湘瑟悲歌动九垓。
平平仄仄平平仄，平仄平平仄仄平。

长沙橘子洲头毛泽东青年塑像

吕可夫

（按实际平仄标注）

一代天骄出少年，中流击水史无前。
仄仄平平仄仄平，平平仄仄仄平平。
秦皇汉武风骚逊，破水残山指点圆。
平平仄仄平平仄，仄仄平平仄仄平。
泽润东方九州子，心忧天下半文钱。
仄仄平平仄仄仄，平平平仄仄平平。
湘江北去燕然在，敢问苍茫孰比肩？

平平仄仄平平仄，仄仄平平仄仄平？

从前面七绝的平仄格式，可以归纳出绝句的规律为：

（1）只有四种基本格式。

（2）首句分别为平起不入韵、仄起不入韵、平起入韵、仄起入韵。

从以上七律的平仄格式，可以归纳出律诗的规律为：

（1）只有四种基本格式。

（2）首句分别为平起不入韵、仄起不入韵、平起入韵、仄起入韵。

（3）七律是七绝的两遍重写。

（4）凡首句不入韵的，按相应七绝格式，原封不动地重写两遍。

（5）凡首句入韵的，则绝句第三格式与绝句第一格式组合，绝句第四格式与绝句第二格式组合。

了解了七言绝句和七言律诗的平仄基本格式，再来了解五言绝句与五言律诗的平仄基本格式就很简单了。只要将四种七言律、绝基本格式每一句前面两个字截掉，就是相应的五言律、绝基本格式。

送别

［唐］王维

（按实际平仄标注）

山中相送罢，日暮掩柴扉。

平平平仄仄，仄仄仄平平。

春草明年绿，王孙归不归。

平仄平平仄，平平平仄平。

此诗就是七言绝句去掉每句括号里的两个字而形成的平仄格式：

（仄仄）平平平仄仄，（平平）仄仄仄平平。

（平平）平仄平平仄，（仄仄）平平平仄平。

以下几首五绝、五律，都是将相应的七绝、七律每句前两字截掉而形成的五言绝句与五言律诗的平仄格式。

八阵图

[唐]杜甫

（按实际平仄标注）

功盖三分国，名成八阵图。
平仄平平仄，平平仄仄平。
江流石不转，遗恨失吞吴。
平平仄平仄，平仄仄平平。

送杜少府之任蜀川

[唐]王勃

（按实际平仄标注）

城阙辅三秦，风烟望五津。
平仄仄平平，平平仄仄平。
与君离别意，同是宦游人。
仄平平仄仄，平仄仄平平。
海内存知己，天涯若比邻。
仄仄平平仄，平平仄仄平。
无为在歧路，儿女共沾巾。
平平仄平仄，平仄仄平平。

次北固山下

[唐]王湾

（按实际平仄标注）

客路青山外，行舟绿水前。
仄仄平平仄，平平仄仄平。

潮平两岸阔，风正一帆悬。
平平仄仄仄，平仄仄平平。

海日生残夜，江春入旧年。
仄仄平平仄，平平仄仄平。

乡书何处达？归雁洛阳边。
平平平仄仄，平仄仄平平。

和晋陵陆丞早春游望

[唐]杜审言

（按实际平仄标注）

独有宦游人，偏惊物候新。
仄仄仄平平，平平仄仄平。

云霞出海曙，梅柳渡江春。
平平仄仄仄，平仄仄平平。

淑气催黄鸟，晴光转绿蘋。
仄仄平平仄，平平仄仄平。

忽闻歌古调，归思欲沾巾。
仄平平仄仄，仄仄仄平平。

望月怀远

[唐]张九龄

（按实际平仄标注）

海上生明月，天涯共此时。
仄仄平平仄，平平仄仄平。

情人怨遥夜，竟夕起相思。
平平仄平仄，仄仄仄平平。

灭烛怜光满，披衣觉露滋。

仄仄平平仄，平平仄仄平。

不堪盈手赠，还寝梦佳期。

仄平平仄仄，平仄仄平平。

六、格律诗的对与粘

在学习格律诗的过程中，经常会遇到"对"与"粘"两个词。那么，什么是格律诗的"对"与"粘"呢？

从字面来看，"对"，就是对立、相反，"粘"，就是粘合、相同。对与粘，就是"对句相对，邻句相粘"，即绝句、律诗紧邻的每一句平仄位置如何安排的规则要求，表现出句与句之间是一种相互对应的关系，是格律诗语言音乐美的客观反映。

掌握了"粘对"规则，就掌握了绝句与律诗的平仄安排规律，就不需要再去死记硬背前面所讲的那些基本格式，而只需要根据"粘对"规则，就可以推导出格律诗各种不同格式的平仄安排。

语言的音乐美是诗歌的一个重要特征。格律诗音乐美的一个表现形式就是每一句的平仄字音交错安排。不论五言和七言，一般都按两个字一个音节（音步）或三个字一个音节（音步）安排平仄交替，从而使每一个句子因平仄交替而产生抑扬顿挫的音乐美感。"平仄交替"就是一个句子中的格律形式。

在每个句子当中"平仄交替"的基础上，每两个句子之间也有一定的平仄安排。句子之间的平仄安排规律，就是所谓的"粘对"规则，即紧邻的句与句之间相同位置字的平仄安排。简单来说，句与句之间的粘对规律如下。

"对"，即每一联（上下两句）的对句（下句）和出句（上句）中，七言的二、四、六字（五言的二、四字）平仄必须相对（相反），即仄对平、平对仄。

"粘",即下一联的出句中,七言的二、四、六字(五言的二、四字)与上一联七言的对句二、四、六字(五言的二、四字)平仄必须相粘(相同),即平粘平、仄粘仄。

一首律诗共有八句,每两句称为一联,共分为四联。每联的划分与称谓为:一、二句为"首联";三、四句为"颔联";五、六句为"颈联";七、八句为"尾联"。每一联的前面一句称"出句",后面一句称"对句"。绝句因为只有四句,故只有两联,即"首联"和"尾联",没有"颔联"和"颈联"。

钱塘湖春行

[唐]白居易
(按实际平仄标注)

孤山寺北贾亭西,水面初平云脚低。
平平仄仄仄平平,仄仄平平平仄平。
几处早莺争暖树,谁家新燕啄春泥?
仄仄仄平平仄仄,平平平仄仄平平。
乱花渐欲迷人眼,浅草才能没马蹄。
仄平仄仄平平仄,仄仄平平仄仄平。
最爱湖东行不足,绿杨阴里白沙堤。
仄仄平平平仄仄,仄平平仄仄平平。

这首诗中,首联出句(第一句)中,二、四、六字分别为平、仄、平;而对句(第二句)中,二、四、六字分别为仄、平、仄,两句偶字位置之间,平仄完全相反(对立),称为"对"。

颔联出句(第三句)中,二、四、六字分别为仄、平、仄;紧邻的首联对句(第二句)中,二、四、六字也分别为仄、平、仄,这两句偶字位置之间,平仄完全相同(粘合),称为"粘"。

如果依此类推,则一首律诗每句的偶字位置会出现以下平仄安排:

首联出句(第一句)与首联对句(第二句)"对";

首联对句(第二句)与颔联出句(第三句)"粘";

颔联出句(第三句)与颔联对句(第四句)"对";

颔联对句(第四句)与颈联出句(第五句)"粘";

颈联出句(第五句)与颈联对句(第六句)"对";

颈联对句(第六句)与尾联出句(第七句)"粘"。

尾联出句(第七句)与尾联对句(第八句)"对"。

这样反复粘对七次,一首律诗的平仄就全部确定了。如果是绝句,则每句之间粘对的次数要比律诗少四次,只需三次(即律诗前面三次的对、粘、对)就可以完成。

创作绝句和律诗,必须遵循"粘对"规则的要求,不能随意更改。如果该对而未对,则谓之"失对";该粘而未粘,则谓之"失粘"。

按照以上所说的"粘对"规则,只要确定了每首诗的第一句平仄安排,就可以推断出整首诗所有的平仄安排,而无须死记硬背。

夜宿山寺(五言绝句)

[唐]李白

危楼高百尺,手可摘星辰。

不敢高声语,恐惊天上人。

此诗首联第一句的平仄格式为"平平平仄仄",二、四字为平、仄;第二句二、四字与之相对则是仄、平。第三句与第二句二、四字要相粘,则依然为仄、平。第四句与第三句二、四字又要相对,则为平、仄。如此粘对三次,就可以确定此诗的平仄基本格式为:

平平平仄仄,仄仄仄平平。

仄仄平平仄,平平仄仄平。

从军行(七言绝句)

[唐]王昌龄

秦时明月汉时关，万里长征人未还。
但使龙城飞将在，不教胡马度阴山。

此诗首联第一句平仄格式为"平平仄仄仄平平"，根据"粘对"规则，可以推导出此诗的平仄格式为：

平平仄仄仄平平，仄仄平平仄仄平。
仄仄平平平仄仄，平平仄仄仄平平。

冬夜晚归(七言绝句)

吕可夫

寒风割面伞凝冰，望里长街少客行。
几处地摊灯黯淡，谁人夜半务营生？

此诗首联第一句平仄格式为"平平仄仄仄平平"，根据"粘对"规则，可以推导出此诗的平仄格式为：

平平仄仄仄平平，仄仄平平仄仄平。
仄仄平平平仄仄，平平仄仄仄平平。

旅夜书怀(五言律诗)

[唐]杜甫

细草微风岸，危樯独夜舟。
星垂平野阔，月涌大江流。
名岂文章著，官应老病休。
飘飘何所似？天地一沙鸥。

此诗首联第一句平仄格式为"仄仄平平仄",根据"粘对"规则,可以推导出此诗的平仄格式为:

仄仄平平仄,平平仄仄平。
平平平仄仄,仄仄仄平平。
仄仄平平仄,平平仄仄平。
平平平仄仄,仄仄仄平平。

晚晴(五言律诗)

[唐]李商隐

深居俯夹城,春去夏犹清。
天意怜幽草,人间重晚晴。
并添高阁迥,微注小窗明。
越鸟巢干后,归飞体更轻。

此诗首联第一句平仄格式为"平平仄仄平",根据"粘对"规则,可以推导出此诗的平仄格式为:

平平仄仄平,仄仄仄平平。
仄仄平平仄,平平仄仄平。
平平平仄仄,仄仄仄平平。
仄仄平平仄,平平仄仄平。

无题(七言律诗)

[唐]李商隐

相见时难别亦难,东风无力百花残。
春蚕到死丝方尽,蜡炬成灰泪始干。
晓镜但愁云鬓改,夜吟应觉月光寒。
蓬山此去无多路,青鸟殷勤为探看。

锦瑟（七言律诗）

［唐］李商隐

锦瑟无端五十弦，一弦一柱思华年。
庄生晓梦迷蝴蝶，望帝春心托杜鹃。
沧海月明珠有泪，蓝田日暖玉生烟。
此情可待成追忆？只是当时已惘然。

此两首诗首联第一句平仄格式为"仄仄平平仄仄平"，根据"粘对"规则，可以推导出这两首诗的平仄格式为：

仄仄平平仄仄平，平平仄仄仄平平。
平平仄仄平平仄，仄仄平平仄仄平。
仄仄平平平仄仄，平平仄仄仄平平。
平平仄仄平平仄，仄仄平平仄仄平。

答友人（七言律诗）

毛泽东

九嶷山上白云飞，帝子乘风下翠微。
斑竹一枝千滴泪，红霞万朵百重衣。
洞庭波涌连天雪，长岛人歌动地诗。
我欲因之梦寥廓，芙蓉国里尽朝晖。

此诗首联第一句平仄格式为"平平仄仄仄平平"，根据"粘对"规则，可以推导出此诗的平仄格式为：

平平仄仄仄平平，仄仄平平仄仄平。
仄仄平平平仄仄，平平仄仄仄平平。
平平仄仄平平仄，仄仄平平仄仄平。

仄仄平平平仄仄，平平仄仄仄平平。

七、格律诗的平仄变格（拗句）

格律诗的平仄安排，是语言声调的归类，显示了字音高低长短的不同，在朗读或吟诵时，可产生抑扬顿挫的效果。前面所讲的格律诗的平仄，已经将它的四种基本格式作了诠释，这四种基本格式通常称为"正格"。

在实际创作中，不少古今作者或因诗作内容和思想感情需要，或因找不到平仄声调恰好合适的字，或想故意适当突破正格的严谨而产生一些变化，常会觉得格律正格过于死板，约束手脚，于是会适当突破正格的平仄安排，将部分正格既定的格式稍做改变，即在该用平声字的地方用仄声，该用仄声字的地方用平声，于是，格律诗就出现了相对于"正格"来说的"变格"，实际上就是在正格的句子中出现了"拗句"。这样的例子在古诗中比比皆是。

变格首先有"一三五不论，二四六分明"的说法。即在通常情况下，正格的四种句式中，七言的一、三、五字，五言的一、三字，可以不拘平仄。这样一来，有的句子就会犯"孤平"（即韵句中，除了最后一个押韵字是平声外，整句只有一个平声字）和"三平尾"（即韵句的最后三个字都是平声字）。在绝句和律诗里，"孤平"和"三平尾"都是非常忌讳的。

如七言的"远上寒山石径斜"，其平仄正格是"仄仄平平仄仄平"，如果第三字用了仄声字，就犯孤平了。

再如五言的"黄河入海流"，其平仄正格是"平平仄仄平"，如果第一字用了仄声字，也犯孤平了。

再如五言的"天气晚来秋"，其平仄正格是"仄仄仄平平"，如果第三字用了平声字，就成了三平尾。

因此，"一三五不论，二四六分明"，并不能全部通用，只能在一部分情况下适用。

那么，什么是"拗句"？拗句又有些什么类型呢？

（1）拗句是指格律诗句的格律没有按照正格，即平仄不依常规的诗句。拗句在格律诗中是相当普遍的。

（2）拗句有小拗与大拗之分。小拗通常是指一、三、五字位置平仄发生变化；大拗是指四、六字位置（五言四位，七言六位）平仄发生变化。

（3）出现拗句通常要"救"，称为"拗救"或"救拗"。

（4）拗救有三种：本句自救、对句补救和一拗双救。

格律诗的句子中，如果不合乎常规平仄格律，即该用平声的而用仄声，该用仄声的而用平声，句子就拗了。以上例诗几乎都有拗句。

如唐代高适《别韦五》：

相识仍远别，欲归翻旅游。

按格律诗的平仄格律，这一对偶句本该用的声律格式为：

⊙仄平平仄，平平⊙仄平。

⊙表示可平可仄。但在实际应用中，出句的第一字改仄为平，对句的第一字改平为仄，这就造成了拗句。

拗句必须是律句，不是律句就谈不上"拗"。

所谓律句，是指符合律诗节奏的句子，如七言"故人西辞黄鹤楼"（2/2/2/1 节奏），"烟花三月下扬州"（2/2/1/2 节奏）等。"从无字句处读书"，虽然也是七个字（1/4/2 节奏），但不是律句节奏，就属于非律句，无拗可言。

从广义上讲，格律诗中凡不合平仄正格的就是拗，就是变格，变格中涉及的字就是"拗"字，变格律句就是拗句。格律诗中所说的拗句，相对来说也有固定的格式和要求，这就是狭义上的拗句。我们在具体分析的时候，还应区分小拗和大拗，小拗通常是指一、三、五字位置平仄发生变化，大拗是指四、六字位置（五言四位，七言六位）平仄发生变化。

出现拗句，一般应采取补救的办法，即在本句或对句的适当位置上改变其他字的平仄安排。这种平仄安排的改变，就是补救，通常称拗救。

为什么要进行拗救？因为格律诗（包括词、曲）在古代是讲究音乐的节奏和声调的。格律诗要吟，词、曲要唱，其性质其实就是歌词，格律相当于乐谱。如果格律一"拗"，也就是固定的平仄格律被打破的话，节奏和声调就不协调，不协调发音就会不顺口，便会失去抑扬顿挫的音韵美。

拗句经过拗救，就算合律。否则，就会出现犯孤平、失粘、三平尾等毛病。格律诗之所以有"一三五不论，二四六分明"一说，其实就是"奇活偶定"的变通规则，即除了尾字外，其他奇序字可平可仄，用字灵活；而偶序字通常必须按基本句式之正格用字。事实上，这一变通规则并不是不受约束而任意"活"的。它要以避免出现孤平、三连平、三连仄之拗句为前提。也就是说，一般可以不论，但非绝对不论。因为五言格律诗中的第三字、七言格律诗中的第五字的平仄，有的是不能轻易更改的。

孤平是格律诗的一个术语。如果写诗时一概奉行"一、三、五不论"的话，有的时候就会出现孤平。孤平乃格律诗之大忌。唐人格律诗最忌孤平。

什么是孤平？自古至今没有统一的定义。唐宋时没有，直至清代乾隆以前也还没有，而现在人们一般奉行的是现代诗律学者王力的定义。王力的定义是不是就统一认识了呢？事实上，关于孤平的定义，目前有两种。

一种以王力为代表，对孤平的定义是："韵句中除韵脚字之外只有一个平声字。"这个定义比较明确，但也有一种情况会产生歧义，使人误认为"仄仄仄平平"也是孤平。实际上，两平相邻成双就不是孤了。这个定义的孤平只适用于五言，而且只对韵句而言，所以归述为只有一种实例："仄平仄仄平。"引申到七言则是："仄仄仄平仄仄平，平仄仄平仄仄平。"这种观点被诗词界绝大多数人认同。

另一种以启功为代表，认为孤平即"两仄夹一平。"这是从字面定义的。为什么可以从字面上定义呢？因为古人根本没有严格的定义，甚至没有可信的说法，于是后人便只好顾名思义了。这个孤平的定义，并不限于五言，七言也包括在内，也不限于韵句，会有很多种实例，任何位置，只要是两仄夹一平，就是犯孤平，如"仄平仄仄平平仄，平平仄仄仄平仄"。

上述两种孤平定义，各有不尽完善之处，当今衡量是否犯孤平，大多数人认可第一种定义，即在韵句中，除韵脚字外只有一个平声字。也有的人认可两种定义，即除上述以外，"两仄夹一平"也为孤平。因为格律诗最基本的要求就是尽可能多用平声，少用仄声，以使诗句吟读起来悠长清朗。这个基本要求不仅是对整首诗而言，而且也是对单句而言，所以犯孤仄可以，犯孤平不行。如平平平仄平，被认为合律；而仄仄仄平仄，却被认为出律了。

除了孤平，还有孤仄。孤仄一般是指一句诗中只有一个仄声字。孤仄并非一个传统的正统格律诗术语。为什么呢？古人认为孤平是大拗，孤仄则不是，所以很少用到这个词。与孤平对应的孤仄的句式是"平平平仄平平仄"。这种句式在唐诗里有很多，当然也有救成"平平平仄仄平仄"的，但不救的居多，所以说所谓"孤仄"虽然也是拗句，但可以不救。

除了孤平、孤仄，还有三平尾。三平尾又称三平足、三平脚、三平调，是指七言律句"平平仄仄仄平平"中，第五字应仄而平；五言律句"仄仄仄平平"中，第三字应仄而平，造成收尾三字均为平声的情况。

格律诗要求一句之中要平仄错落，但要做到每个字都符合平仄交替的要求是很困难的，因此才有了"一三五不论，二四六分明"的说法，即在一句中的偶序字上要严格按照平仄的要求，而奇序字则可灵活变通。

由于格律诗一般都是在双句押韵，所以三平尾都是出现在押韵的那个句子末尾，即韵句末尾。三平尾是格律诗创作的大忌，在古人诗作中极为罕见。五、七言律句式对联，因是从格律诗之颔联、颈联脱胎而来，故也以三平尾为大忌。现代人一般认为，格律诗出现三平尾是败笔，因此在创作时一般都会注意避免三平尾。

孤平与三平尾为什么会被认为是诗家之"大忌"呢？这主要是从诗歌的音律上考虑的。如果犯了"忌"，即出现孤平或三平尾，吟诵时就会感觉不协调，破坏了诗歌的音律美。有一种说法是：唐诗自李商隐后不见三平尾，宋诗自陆游后不见三平尾，元明清的格律诗基本没有三平尾。这种说法不尽准确。曾有人做过统计，在全唐诗里，五言格律诗犯三平尾的256句，占1%左右；七言格律诗犯三平尾的87句，占0.2%左右。应该说，至少在唐代，三平尾的现象还是比较严重的。像李白、杜甫、白居易、王维这样的大诗人都出现过三平尾的现象。如王维的"草色全经细雨湿，花枝欲动春风寒"，就是出句三仄尾，对句三平尾。

三仄尾是指诗中"白脚（非押韵句）"后三字均为仄声。对于三仄尾是否合律，目前亦无定论。但唐人诗并不绝对避三仄尾。如：王湾的"潮平两岸阔，风正一帆悬。""谁怜一片影，相失万重山。""星临万户动，月傍九霄多。"李白的"相看两不厌，只有敬亭山。"岑参的"晴开万井树，愁看五陵烟。"王绩的"东皋薄暮望，徙倚欲何依。"卢伦的"殷勤报贾傅，莫共酒杯疏。""今来部曲尽，白首过萧关。"李颀的"秋声万户竹，寒色五陵松。"张谓的"还家万里梦，为客五更愁。"崔颢的"川从陕路去，河绕华阴流。"孟浩然的"崔途迹未朽，千载揖清波。"皮日休的"何时石上月，相对论逍遥。"刘禹锡的"弥年不得意，新岁又如何。"赵嘏的"星星一镜发，草草百年身。"许浑的"僧归下岭见，人语隔溪闻。"韦应物的"浮云一别后，流水十年间。"以上诗句，出句均是三仄尾。

三仄尾在当代一般虽不作出律看，但除非不得已，诗人还是应尽量避免，以保持格律诗的声韵美。

八、格律诗的拗救

不依正格的诗句称为拗句。诗句中出现拗句一般要拗救，尤其是"大拗"（指二、四、六字位拗），则必须拗救。拗救有三种形式：本句自救、对句补救和一拗双救。

为表述方便，以下[ ]中为拗字，【 】中为救字，⊙为可平可仄字。

（一）本句自救（自拗自救）

本句自救是指在同一句中既有拗字，同时也有救字的格式。这种格式有两种：

（1）五言自拗自救平仄第一式。

它是将五言平仄正格第一式"⊙仄平平仄，⊙平⊙仄平"中，对句的第一字改平为仄，造成拗句；再将对句的第三字改仄为平，以作补救。拗救后的格式为"⊙仄平平仄，[仄]平【平】仄平"。

刘禹锡《武陵书怀十韵》：

> 沈约台轩故，[李]衡【墟】落存。

第三字"墟"救第一字"李"。

杜甫《复愁》：

> 万国尚防寇，[故]园【今】若何？

第三字"今"救第一字"故"。

在五言平仄第一式前面加两个与原第一、二字平仄相反的字，便构成七言。七言平仄第一式的拗救格式即在五言拗句对的前面加两个平仄相反的字。七言原正格为：⊙平⊙仄平平仄，⊙仄平平⊙仄平。拗救后的格式为：⊙平⊙仄平平仄，⊙仄[仄]平【平】仄平。

杜甫《九日》：

> 重阳独酌杯中酒，抱病[起]登【江】上台。

第五字"江"救第三字"起"。

（2）五言自拗自救平仄第二式。

它是在五言平仄正格第二式"⊙平平⊙仄，⊙仄仄平平"中，出句的第四字改仄为平，造成拗句，再将出句第三字改平为仄以作补救。拗救后的格式为：平平【仄】[平]仄，⊙仄仄平平。

杜甫《月夜》：

> 遥怜【小】[儿]女，未解忆长安。

第三字"小"救第四字"儿"。

王维《观猎》：

> 风劲角弓鸣，将军猎渭城。
>
> 草枯鹰眼疾，雪净马蹄轻。
>
> 忽过新丰市，还归细柳营。
>
> 回看【射】[雕]处，千里暮云平。

尾联出句第三字"射"救第四字"雕"。

七言自拗自救第二式，与第一式一样，无非是在五言平仄第二式前面加两个平仄相反的字构成。原平仄格式为：

⊙仄平平平⊙仄，⊙平⊙仄仄平平。

拗救后的格式为：

⊙仄平平[仄]【平】仄，[⊙]平【⊙】仄仄平平。

白居易《百花亭晚望夜归》：

> 日色悠扬[映]【山】尽，[雨]声【萧】飒渡江来。

出句中第六字"山"救第五字"映"；对句中第三字"萧"救第一字"雨"。

（二）对句补救（出拗对救）

对句补救是指出句拗，对句救的格式。出拗对救格，是在对偶平仄第一式的基础上产生的，是将五言平仄正格第一式中，出句的第三、四字改平为仄造成拗句，再将对句的第三字改仄为平，以作补救。具体应用时，根据出句改平为仄的字数多少，又可以分为以下几种格式。

（1）双拗单救格。

即出句中有两个字拗，对句中只有一个字救的格式。

五言对偶句第一式中出句的第三、四字拗，对句的第三字救。拗救后的格式为：

⊙仄[仄][仄]仄，平平【平】仄平。

杜甫《送别》：

草木[岁][月]晚，关河【霜】雪清。

对句的第三字"霜"救出句的第三字"岁"、第四字"月"。

在此五言拗救联前面加两个平仄相反的字，便是七言双拗单救格式。

陆游《夜泊水村》：

一身报国[有][万]死，双鬓向人【无】再青。

对句的第五字"无"救出句的第五字"有"、第六字"万"。

（2）单拗单救格。

即五言出句的第三字或第四字拗，对句的第三字救的格式。根据拗字的不同位置，又可以将其分为以下两种格式。

a.五言出句第三字拗，对句第三字救。拗救后的格式为：

⊙仄[仄]平仄，平平【平】仄平。

孟浩然《留别王维》：

寂寂[竟]何待？朝朝【空】自归。

对句第三字"空"救出句第三字"竟"。

在此五言拗救联的前面加两个平仄相反的字，便成了七言单拗单救格式。

韦应物《滁州西涧》：

独怜幽草涧边生，上有黄鹂深树鸣。

春潮带雨[晚]来急，野渡无人【舟】自横。

尾联对句第五字"舟"救出句第五字"晚"。

b.五言出句第四字拗，对句第三字救。拗救后的格式为：

⊙仄平[仄]仄，平平【平】仄平。

白居易《赋得古原草送别》：

离离原上草，一岁一枯荣。

野火烧[不]尽，春风【吹】又生。

尾联对句第三字"吹"救出句第四字"不"。

在此五言拗救联的前面加两个平仄相反的字，便是七言此类的拗救格式。

（三）一拗双救（双拗并救）

即出句和对句同时用拗字，而在对句只用一个字救的格式。这种一字双救格，也是在对偶平仄第一式的基础上产生的。即五言出句的第三、四字，以及对句的第一字拗，以对句的第三字补救。具体应用时，根据出句中拗字的多少，又可以分为以下两种格式。

（1）三拗一救。即对偶句的出句中有两个字拗，对句又有一个字拗，用对句的第三字一并拗救。五言对偶句中，如果出句的第三、四字与对句的第一字拗，则将对句的第三字改仄为平，以作补救。拗救后的格式为：

⊙仄[仄][仄]仄，[仄]平【平】仄平。

李商隐《落花》：

高阁[客][竟]去，[小]园【花】乱飞。

对句的第三字"花"当仄而平，既本句自救第一字"小"，同时还救出句第三字"客"、第四字"竟"。

在此五言拗救对的前面加两个平仄相反的字，便是七言此类拗救对的格式。

（2）两拗一救。即对偶句中的出句和对句各有一个字拗，以对句的第三字救。根据出句拗字的位置不同，又可以将其分为以下两种格式。

a. 五言出句的第四字拗和对句的第一字拗，用对句的第三字救。拗救后的格式为：

⊙仄平[仄]仄，[仄]平【平】仄平。

王维《归嵩山作》：

流水如[有]意，[暮]禽【相】与还。

对句的第三字"相"，不仅本句自救第一字"暮"，同时还救出句第四字"有"。

在此五言拗救对的前面加两个平仄相反的字，便是七言此类拗救对的格式。

b. 五言出句的第三字拗和对句的第一字拗，也用对句的第三字救。拗救后的格式为：

⊙仄[仄]平仄，[仄]平【平】仄平。

李白《赠钱微君少阳》：

白玉[一]杯酒，[绿]杨【三】月时。

对句第三字"三"，不仅本句自救第一字"绿"，同时还救出句第三字"一"。

在此五言拗救对的前面加两个平仄相反的字，便是七言此类拗救对的格式。

九、格律诗中的"折腰体"

折腰体，指格律诗中不按平仄"粘对"规则创作的作品，是格律诗在平仄上的一种变格体裁的称谓。

折腰体作为诗体名称，最早出现于唐代高仲武编选的《中兴间气集》。该书选录了大历十才子之一崔峒的《清江曲内一绝》：

八月长江去浪平，片帆一道带风轻。

仄仄平平仄仄平，仄平仄仄仄平平。

极目不分天水色，南山南是岳阳城。

仄仄仄平平仄仄，平平平仄仄平平。

　　这首诗按"粘对"规则检查，则第二句与第三句当"粘"而"对"，明显"失粘"。这就变成了"折腰体"。

　　古人在创作格律诗时，绝大部分是严格按照平仄"粘对"规则的正格进行创作的，但为了防止千篇一律，也进行了一些平仄变化的尝试，折腰体就是其中之一。这可以说是一种更高意义上的审美追求。这种少量存在的不和谐，由于不对正格构成威胁，反而形成一种辩证意义上的缺陷美。上面崔峒的这首《清江曲内一绝》便是典型的折腰体。

　　何谓折腰体，唐人没有解释，或许有过解释但没有遗传下来。宋诗论家魏庆之《诗人玉屑·诗体》的定义比较简单："折腰体，谓中失粘而意不断。"所谓"中失粘"者，指第二句与第三句平仄失粘；"意不断"者，则指两句之间联系紧密，意脉不断。

　　另一位宋诗论家严羽《沧浪诗话·诗体》中有云："有绝句折腰者，有八句折腰者。"这里的"八句"，则是指律诗。绝句只有四句，所谓"中失粘"，即第二句和第三句的平仄原本是要相粘的，而故意作失粘处理。同理，八句的律诗，第四句和第五句的平仄原本也是要相粘的，而故意作失粘处理。

　　必须要强调的是，折腰后的平仄，应继续按粘对的规律顺承下去，该对的仍需对，该粘的仍需粘。从形式上看，后半部分的平仄基本与前半部分的平仄相同。

　　折腰体在中唐之前已有不少类似作品。如：

送沈子福归江东

［唐］王维

杨柳渡头杨柳稀，罟师荡桨向临圻。

惟有相思似春色，江南江北送君归。

滁州西涧

［唐］韦应物

独怜幽草涧边生，上有黄鹂深树鸣。

春潮带雨晚来急，野渡无人舟自横。

王维诗为仄起式，韦应物诗为平起式，但均为折腰体。其共同特点除第二、三句失粘外，还有以下两点。

（1）第三句第五字均用仄声。

（2）凡遇"仄仄平平仄仄平"句时，第五字均改用平声。如王诗之第一句；韦诗之第二、四句。

还需注意的是，"杨柳渡头杨柳稀"是孤平拗救；"上有黄鹂深树鸣"与"野渡无人舟自横"则是中间三平声连用。此为最典型之折腰体，唐人颇爱用之。如：

游仙游山

［唐］白居易

暗将心地出人间，五六年来人怪闲。

自嫌恋着未全尽，犹爱云泉多在山。

此诗为平起式，第二句第五字"人"字平声，第三句第五字"未"字仄声，第四句第五字以平声"多"拗救，形成中间三平声连用，格式与韦应物《滁州西涧》相同。

奉和圣制人日玩雪应制

［唐］赵彦昭

始见青云干律吕，俄逢瑞雪兆阳春。

今日回看上林树，梅花柳絮一时新。

应制诗竟然也用折腰体，由此可知当时折腰体已成一种风气。此诗格式略同于王维的《送沈子福归江东》，第三句第五字亦用仄声，只是首句不押韵。崔峒《清江曲内一绝》实亦此格，唯第三句不用拗体，首句则遵王维体用韵而已。此外，亦有只折腰而不用拗句者，如：

春日

[唐]上官仪

花轻蝶乱仙人杳，叶密莺啼帝女桑。
飞云阁上春应至，明月楼中夜未央。

此诗乃平起式，除首句不入韵外，三四句亦不用拗体，盖因初唐格律初定，诗人往往循规蹈矩，不敢越雷池半步。

折腰体并非仅限于七绝，近体诗中五绝、五律、七律均可用之。
五绝之折腰者，如：

自君之出矣

[唐]张九龄

自君之出矣，不复理残机。
思君如满月，夜夜减清辉。

自遣

[唐]李白

对酒不觉暝，落花盈我衣。
醉起步溪月，鸟还人亦稀。

　　前者为平起式，二、三句之间折腰，但每句均合律。后者为仄起式，除第二、三句失粘外，每句均拗，首句连用五仄，次句"盈"字，既救上句之"不觉"，又救本句之"落"，句法苍坚高古。三、四句"步""人"平仄声互换，与韦应物"春潮带雨晚来急，野渡无人舟自横"相同。

　　五律之折腰者，如：

晚次乐乡县

[唐]陈子昂

故乡杳无际，日暮且孤征。
川原迷旧国，道路入边城。
野戍荒烟断，深山古木平。
如何此时恨，嗷嗷夜猿鸣。

题郑家隐居

[唐]唐求

不信最清旷，及来秋巳空。
数点石泉雨，一溪霜叶风。
业在有山处，道归无事中。
酌尽一杯酒，老夫颜亦红。

　　前者平起，只是首联与颔联间失粘，其余各句都合乎律诗要求。

　　后者仄起，每联之间均失粘，且每联都用与李白"醉起步溪月，鸟还人亦稀"同类的拗句，格调极为高古。

　　七律之折腰者，如：

咏怀古迹

[唐]杜甫

摇落深知宋玉悲，风流儒雅亦吾师。

怅望千秋一洒泪，萧条异代不同时。

江山故宅空文藻，云雨荒台岂梦思。

最是楚宫俱泯灭，舟人指点至今疑。

所思

[唐]杜甫

苦忆荆州醉司马，谪官尊酒定常开。

九江日落醒何处，一柱观头眠几回。

可怜怀抱向人尽，欲问平安无使来。

故凭锦水将双泪，好过瞿塘滟滪堆。

和贾舍人早朝大明宫之作

[唐]王维

绛帻鸡人报晓筹，尚衣方进翠云裘。

九天阊阖开宫殿，万国衣冠拜冕旒。

日色才临仙掌动，香烟欲傍衮龙浮。

朝罢须裁五色诏，佩声归到凤池头。

上面三首诗均为仄起，但第一首诗首联与颔联失粘。第三首失粘处在颈联与尾联之间，"怅望千秋一洒泪"与"朝罢须裁五色诏"，均在第五字用仄声，而第六字未以平声相救，与"惟有相思似春色"小有不同。第二首则在四、五句与六、七句间两次折腰，中间四句声律都略同于韦应物的"春潮带雨晚来急，野渡无人舟自横"，其中"一柱观头眠几回"用孤平拗救,读来音调更为宕折激越。

折腰体有下面几个需要注意区别的问题。

(1)折腰体不同于"古体"。

折腰体是格律诗平仄的一种变格。由于突破了格律诗正格平仄的束缚,表达上更为自由,故一般诗意高古峻峭,类似古体。然而,折腰体却不是古体,因为折腰体只限于近体诗(格律诗),即绝句与律诗,受格律诗平仄、字数和句数的限制,而古体则不受此限制。如杜甫的《望岳》《茅屋为秋风所破歌》、白居易的《琵琶行》《长恨歌》等,句数不拘八句,平仄不拘格律,句子不拘长短。

(2)折腰体也不同于"阳关体"。

考"阳关体"之称,似从唐代《阳关曲》而来。《阳关曲》又名《渭城曲》,属唐教坊曲名,现存最早歌词的作者是王维,原题《送元二使安西》:

> 渭城朝雨浥轻尘,客舍青青柳色新。
>
> 劝君更尽一杯酒,西出阳关无故人。

此调格式为七言绝句,但第二句与第三句之间失粘,与前述"折腰体"中平起式七绝颇为类似。但是,折腰体诗与《阳关曲》有着本质的不同,即前者是诗,只适于长吟短诵;而后者是词,可付诸弦管,应节而歌。唐人宴别时,往往歌此调,如:

刘禹锡《与歌者》:

> 旧人惟有何戡在,更与殷勤唱渭城。

白居易《南园试小乐》:

> 高调管色吹银字,漫拽歌声唱渭城。

王崇熙《西河送客入京》:

> 渭城柳色已青青,强驻行人听渭城。

张祜《耿家歌》:

> 不堪昨夜先垂泪,西去阳关第一声。

李商隐《饮席戏赠同舍》:

唱尽阳关无限叠，半杯松叶冻颇黎。

谭用之《江馆秋夕》：

谁人更唱阳关曲，牢落烟霞梦不成。

然以上所唱皆为王维旧词意思，真正别制新词者，是北宋文豪苏东坡。其有《阳关曲》三首。

—

暮云收尽溢清寒，银汉无声转玉盘。

此生此夜不长好，明月明年何处看？

二

受降城下紫髯郎，戏马台南古战场。

恨君不取契丹首，金甲牙旗归故乡。

三

济南春好雪初晴，才到龙山马足轻。

使君莫忘雪溪女，还作阳关肠断声。

以上三首《阳关曲》，皆为首句平起，次句仄起，三句又平起，四句又仄起，而第三、四句之第五字，各以平仄互换。又第二句之第五字，第三句之第七字，皆用上声，如填词一般。从中可以看出：

a.《阳关曲》是平起式失粘的七绝，类似于韦应物的《滁州西涧》平起式折腰体，第三、四句须用拗体，其中第五字平仄互换。

b.第二句第五字与第三句第七字须用上声。

c.此体是词而不是诗，故称之为"阳关体"。

（3）折腰体也不同于"折腰句"。

古人诗除折腰体外，还另有"折腰句"之说。语出元人韦居安《梅磵诗话》卷上："七言律诗有上三下四者，谓之折腰句。"并引白居易和欧阳修诗句为例。如："大屋檐多装雁齿，小航船亦话龙头（白居易）。""静爱竹时来野寺，独寻春偶到溪头（欧阳修）。"然上引诗句，从句法着眼，皆为 3/1/3 特殊节奏，与诗体无关，故不能以折腰体称之。

十、格律诗的基本章法

做任何事情都要有章法，写文章更讲究章法。文章的章法就是文章的谋篇、布局、结构、顺序、层次以及逻辑关联。按章法写出来的文章，读起来才通顺、流畅。格律诗也一样。格律诗的基本章法一般就是起承转合。

什么叫起承转合？《现代汉语词典》的注释是："旧时写文章常用的行文顺序。'起'是开始，'承'是承接上文，'转'是转折，'合'是全文的结束。"简而言之，起，即开始；承，即承上；转，即转折；合，即收合。

古人写诗，尤其是格律诗，大多遵循这种基本章法。而现在有些人写的诗，立意尚好，格律也合，但因为没有按照起承转合的章法来写，读起来就感觉不连贯，不通畅，甚至支离破碎。如下面这首仄起不入韵的七绝《太原印象》：

南北西东高架贯，开车不见遇红灯。

古城胜迹频相献，九帝兴兵在晋城。

这首诗本意是想表达作者在太原旅游时所见，起、承尚可，但因转、合不好，使人读后有杂乱无章、不知所云之感。如果将这首诗按起承转合的章法要求稍微调整一下，则效果就会好一些：

南北西东高架贯，车行竟不遇红灯。

千年胜景半天览，一路春风逛省城。

《红楼梦》第四十八回中，作者曹雪芹在谈到怎么作律诗时，借书中林黛玉之口说："什么难事？也值得去学！不过是起承转合，当中承转是两副对子，平声对仄声，虚的对实的，实的对虚的。若是果有了奇句，连平仄虚实不对都使得的。"看似开玩笑的几句话，却也轻松地阐明了格律诗与起承转合的关系，其实质就是写诗的谋篇布局。

在古代诗话中，也记载了不少有关起承转合的趣闻轶事。话说四个秀才清早赶路，见两公差押着一和尚经过，于是便提议以此吟诗。第一人道："无发又犯法"，从眼前景物说起。第二人见到和尚颈上的枷锁，也吟道："出家又戴枷"，这是承句。第三人见这两样都说了，不知吟什么好，见太阳冉冉升起，便脱口而出："东方红日出"，这是转折，似乎与此事并不关联。第四人一听，竟不知如何"合"了，忽看到和尚光秃秃的脑袋，灵机一动，于是吟道："板上晒冬瓜"。这首诗不仅诙谐有趣，极尽讽刺之能事，而且从一个侧面证明，起承转合之手法，早已为古人所运用。这也说明，诗歌的创作，尤其是格律诗的创作，自古以来就很讲究起承转合之章法。

格律诗中，绝句有四句，按顺序一般依次为：起、承、转、合。

律诗共八句，每两句为一组，也就是一联。前两句叫首联，称为起句；三四句叫颔联，称为承句；五六句叫颈联，称为转句；七八句叫尾联，称为合句。写诗一般都按这个起承转合的顺序安排，当然也不能绝对化。

写诗为什么要讲究起承转合？因为起承转合指的是诗在结构方面的规律。将诗的结构规律总结为起承转合，虽到元代才明确提出，但在元代之前，包括诗歌创作极为繁荣的唐宋，那时的诗人写诗，在结构方面，尽管并没有明确的规则，却似乎不约而同地按照起承转合来践行，格律诗的创作尤为明显，绝大多数都合乎起承转合的章法。

所谓起，就是"起头"，也可称为"开头"或"开端"，而且"起头很重要""万事开头难"。

古人创作诗歌非常重视起头，有所谓"虎头""凤头"之说，意思是开头要像虎头、凤头那样斑斓夺目。古人对起头有很多讲究。有明起、暗起、陪起、反起、逆起、单起、对起等。又或以景起，或以事起，或直抒胸臆，或比兴寄托，或写景，或抒情，或叙事等。诗歌创作，头如果起得好，就能收到先声夺人之效。

所谓承，就是承上启下，承接上句，引出下句，根据情路、景路、理路，将上、下句之间紧紧地联系起来，上、下关联，前后呼应，或总接，或分承，或暗接，或明顺，或舒缓，或湍急，或如徐徐春风拂面而来，或如开闸之水咆哮而下。故古人将之称为"猪肚"，形容非常饱满，充实丰富。

所谓转，就是转折、转换，由情转景，由景转情，由彼转此，由此转彼，由事转理，由理转事，由物转人，由人转物。或顺势而转，或乘势而上，有如奔腾咆哮之江河，遇千重高山之阻挡，曲曲折折向前奔流。一首诗写得好不好，很大程度上取决于"转"。如果转得好，转得神妙，转得出其不意，转得出神入化，就能使作品跌宕起伏，势若奔雷。所以历代诗人无不在"转"上绞尽脑汁，以求收到"摄魂夺魄"之功。

所谓合，就是结尾，收束全文。结尾往往是诗文的精华所在，是作者抒发情感、表达意象的重要环节，要放得开，收得拢。古人称之为"豹尾"，形容有力道，有劲势，有余韵，言虽止而意未穷。

一般来说，结尾有两种结法，一是明结，一是暗结。明结就是通过结尾直抒胸臆，阐明事理，抒发感慨和情致。暗结则是以事说理，借景抒情，用事件和景物来传达、折射、暗示作者的感情、寄托和思想，给人以自由发挥和想象的空间。

结尾往往是诗歌的高潮，若合得巧妙，就能使作品气势磅礴，慷慨激昂，意境深远，令人遐想，引人深思，余韵绵绵。如杜甫五律《登岳阳楼》：

> 昔闻洞庭水，今上岳阳楼。
> 吴楚东南坼，乾坤日夜浮。
> 亲朋无一字，老病有孤舟。
> 戎马关山北，凭轩涕泗流。

第一、二句点题，为起；第三、四句写岳阳楼上所见，为承；第五、六句转到对自己眼前处境的叙述，是转；第七、八句写出由望远而忧国怀乡，是合。

再如杜甫的另一首五律《天末怀李白》，也很合乎起承转合章法：

> 凉风起天末，君子意如何？
>
> 鸿雁几时到？江湖秋水多。
>
> 文章憎命达，魑魅喜人过。
>
> 应共冤魂语，投诗赠汨罗。

诗的第一、二句从对流放到天末（夜郎国）的李白的怀念写起，开头便点题；第三、四句承接第一、二句，写的仍是对李白的怀念；第五、六句转到对李白遭遇的概述；第七、八句总结全诗，指出李白与屈原同冤。这种收结，首尾呼应。

七言律诗中，合乎起承转合章法的也相当多。如刘禹锡《酬乐天扬州初逢席上见赠》：

> 巴山楚水凄凉地，二十三年弃置身。
>
> 怀旧空吟闻笛赋，到乡翻似烂柯人。
>
> 沉舟侧畔千帆过，病树前头万木春。
>
> 今日听君歌一曲，暂凭杯酒长精神。

诗的头两句，从自己被贬谪写起；三、四句承接头两句，借典故说明被贬时间之长；五、六句转出新的意思，认为个人的遭遇不应计较，要看到事物是向前发展的，表现了胸襟之阔大；最后两句收合全诗，并扣主题。起承转合，层次非常清楚。

白居易在筵席上写的原诗，其起承转合虽与刘禹锡的诗稍有不同，但也是章法严谨、脉络清晰、条理分明的。

醉赠刘二十八使君

[唐]白居易

> 为我引杯添酒饮，与君把箸击盘歌。
>
> 诗称国手徒为尔，命压人头不奈何。

举眼风光长寂寞，满朝官职独蹉跎。

亦知合被才名折，二十三年折太多。

一、二句开篇点题，表明写诗之缘由；三、四、五、六句皆为承接，且步步深入，嗟叹个人命运之不幸；第七句转折，感叹自己因才名太高而受累；最后一句收合全诗，表达自己对被放逐的愤懑和悲哀：贬谪二十三年的时间太久了，几乎耽误了大半生大好光阴。

律诗的起承转合一般是以两句为一单位。第一、二句为"起"，第三、四句为"承"，第五、六句为"转"，第七、八句为"合"。但也有例外，如上面白居易之诗，就是中间四句为"承"，第七句为"转"，第八句为"合"。

绝句的起承转合一般是以一句为一单位。第一句为"起"，第二句为"承"，第三句为"转"，第四句为"合"。

绝句因为比律诗要短一半，回旋余地不大，因此，其起承转合就显得更为重要，古人也非常讲究，在古诗论中也有很多论述。

明代胡震亨《唐音癸签》引杨仲宏诗论云："绝句之法，要宛转回环，删芜就简，句绝而意不绝，多以第三句为主，而第四句发之。"又言："起承二句固难，然不过平直叙起为佳，从容承之为是。至如宛转变化，全在第三句。若于此转变得好，则第四句如顺流之舟矣。"

登鹳雀楼

［唐］王之涣

白日依山尽，黄河入海流。

欲穷千里目，更上一层楼。

首句从鹳雀楼上所见写起；次句承之，仍写鹳雀楼上之所见；第三句转到新的举动上，想看得更远；第四句延续第三句的意思，同时扣住《登鹳雀楼》之诗题，收合全诗。

相思子

［唐］王维

红豆生南国，春来发几枝。

愿君多采撷，此物最相思。

首句平起，次句承之，第三句转折，尾句关合全诗，点出主题。由于转折与关合巧妙，使之从一首写友情的诗而引申为一首经典的爱情诗，流传千古。

泊秦淮

［唐］杜牧

烟笼寒水月笼沙，夜泊秦淮近酒家。

商女不知亡国恨，隔江犹唱后庭花。

首句以夜泊秦淮河时所见写起，次句承接，对首句予以补充说明，并点题成为一小合，第三句突然一转写商女（歌妓），第四句顺接第三句，又是全诗的收合。

陈朝后主陈叔宝曾写了一首《玉树后庭花》：

丽宇芳林对高阁，新装艳质本倾城。

映户凝娇乍不进，出帷含态笑相迎。

妖姬脸似花含露，玉树流光照后庭。

花开花落不长久，落红满地归寂中。

此诗起承转合亦是首联开篇，颔联、颈联承接，尾联出句转，对句合。因承接铺垫厚实，转折形成强烈对比，收句饱含作者的深沉感慨，故大大丰富了此诗的内容并提升了意境。

《后庭花》，乃乐府清商曲，吴声歌曲名，唐为教坊曲名，本名《玉树后庭花》，因其辞轻荡，其音甚哀，而陈后主作此词后，国家即亡于隋，故后世通常用此典故比喻历代帝王亡国败家之预兆，被喻为"亡国之音"，不祥之兆。所以杜牧《泊秦淮》才有"商女不知亡国恨，隔江犹唱后庭花"这样的诗句。

回乡偶书

［唐］贺知章

少小离家老大回，乡音无改鬓毛衰。
儿童相见不相识，笑问客从何处来？

首句平铺直入，次句承接上句，第三句转到与村边的儿童相遇，尾句顺接，关合全诗，不仅生动地表现了一个远离故乡之人晚年回乡的尴尬境遇，而且使人联想到人生之沧桑，感慨唏嘘不已，诗止而意未尽。

这首诗不仅全诗起承转合，脉络清晰，且首句"少小离家老大回"与次句"乡音无改鬓毛衰"，也可看出起承转合之痕迹。"少"是起，"离家"是承，"老大"是转，"回"是合；"乡音"是起，"无改"是承，"鬓毛"是转，"衰"是合。

题庐山西林壁

［北宋］苏轼

横看成岭侧成峰，远近高低各不同。
不识庐山真面目，只缘身在此山中。

首句为起，写从正面和侧面看庐山"岭""峰"之不同，为诗人要表达的思想埋下伏笔；次句承接"成岭""成峰"而来，是对观看效果不同的解释；第三句为转，在上面的基础上宕开一笔，视野由观山转移到探究（虚写）；尾句既回答了上句"不识庐山真面目"的原因，也使全诗完整收束，并赋予生活哲理。

闺怨

［唐］王昌龄

闺中少妇不知愁，春日凝妆上翠楼。

忽见陌头杨柳色，悔教夫婿觅封侯。

首句为起，写少妇无忧无虑的感受；次句承接上句；第三句一个"忽"字，突然一转，表明了少妇的情感变化；尾句收合，一个"悔"字，强烈表现了少妇之"春怨"，非常生动、准确地将少妇的思想感情变化由"不知愁"而达到最后的"怨"情，将读者带入诗歌中人物的感情世界，从而增强了诗歌的感染力。

春夜闻雷

吕可夫

夜雨敲窗雷一声，如闻布谷唤书生。

文章怕误春光老，亦学农人奋笔耕。

首句开门见山，平铺直入点题；次句承接首句，写雨夜闻第一声春雷之反应；第三句转折，言一年之计在于春，写文章也要勤奋趁早，莫要耽误时间，误了季节，让春光老去；尾句关合全诗，于是也学农夫春耕一样，拿起笔来，抓紧文字耕耘。

鱼池

吕可夫

万亩清波潋滟舒，春风荡漾跃肥鱼。

问何岁岁收成好？为有长流活水渠。

　　这首诗初看题目，似乎是写鱼池，其实是一首写税收工作的诗，借鱼池养鱼而抒发对税收工作的一点看法。首句写鱼塘的美好风光，次句承接，写春风荡漾，水好鱼肥。第三句转折发问，为什么年年养鱼的收成这么好呢？尾句作答，是因为有活水源源不断，借用南宋大儒朱熹"半亩方塘一鉴开，天光云影共徘徊。问渠哪得清如许？谓有源头活水来"之诗意，关合全诗。运用诗的语言，形象化地说明税收工作要培植税源，放水养鱼，而不要杀鸡取卵，竭泽而渔的道理。

洪洞老槐树

吕可夫

开枝散叶老槐根，每到清明更断魂。
六百年来香火盛，磕头皆是树儿孙。

　　首句比兴，明起点题，以老槐树比喻从山西洪洞迁徙到全国各地甚至海外的先人。次句承接，说明各地的迁徙家族思乡之情浓烈，尤其每到清明时节更甚。第三句转折，言六百多年来，前来寻根祭祖的人络绎不绝，香火旺盛。尾句关合，说前来拜谒磕头的都是老槐树的子子孙孙，与首句前后呼应，说明不管走到哪里，走得多远，人们都不会忘记自己的故土，抛弃自己的根。

友自川寄滇茶

吕可夫

西双版纳一筐茶，越水穿山鸿路赊。
未品春芽心已馥，湘云蜀道不天涯。

　　首句开门见山点题，次句承接首句，说茶叶来之不易，是越过千山万水，通过征鸿邮寄而来。恰巧这位朋友的名字里有个"鸿"字，语义双关，这就更有意义了。次句不仅承接了首句，而且为下句的转折做了必要的铺垫，因为此茶产自云南，寄自四川，路途遥远，更显珍贵。第三句笔锋突转，不写此茶如何味道清香，而是写还没有来得及品饮此茶，自己的心里已经充满了馥郁之气，言外之意，就是被朋友之间这种深情厚谊所感动，茶之优劣、好次并不重要，所谓"千里送鹅毛，礼轻情意重"，也含蓄地表达了对朋友的感激之情。尾句关合全诗，说湖南与四川尽管相隔很远，但因为有友情相连接，并非像天涯海角那样遥远，与首句互相呼应。

游贵州梵净山

吕可夫

破空一柱矮群山，铁索孤悬云雾间。

蚁涌猿攀争欲上，可知高处不胜寒？

首句破空而起，极写山之高峻；次句承接，进一步实写山之雄伟挺拔；第三句转折，写登山的人既多又争先恐后；尾句设问，提出一个带有哲理的问题，收束全诗，留下答案让读者思考，从而达到诗尽而意未绝的效果。

丁酉重阳有感

吕可夫

年年今日醉金秋，赏菊观枫人似流。

却憾茱萸无采处，深山僻野亦高楼。

第一句平写点题；第二句承接前句，写重阳节赏菊、登高的人很踊跃；第三句转折，写虽然登高了，却找不到采撷茱萸的地方，很是遗憾和扫兴；尾句关合全诗，点出无处采撷茱萸的原因，而言外之意和话外之音，却是对房地产过热的一种讽刺和担忧。

在绝句中，起承转合并非一律都是以一句为一单位，同律诗并非一律都是以两句为一个单位一样，都只是相对来说的，也有灵活运用的情况。了解了这一点，就可知起承转合并不是一种硬性的规定。

缅怀何宝珍烈士

吕可夫

荷出濂溪映日开，清风欲扫旧尘埃。

工潮滚滚安源怒，警笛凄凄黄浦哀。

囹圄休移巾帼志，芬芳不绝雨花台。

沩江一掬相思泪，湘瑟悲歌动九垓。

上面这首获全国诗词大赛第一名的七律，就没有完全按照每一联分别为起承转合的顺序来写。

首联为起，简要交代了烈士的姓氏、籍贯、品性与革命理想。颔联、颈联四句均为首联之承接和展开，分别写烈士从事工运、不幸被捕、坐狱斗争、英勇就义的革命生涯，内容丰富。因为这四句高度地概括了烈士的壮烈生平，不宜中间转折，因此，转折就落到了第七句。以宁乡之沩江，引出烈士丈夫刘少奇对爱妻的缅怀与思念。第八句方关合全诗，用古代舜帝妻子湘夫人之典故，高度赞扬了烈士的崇高品德和人们对烈士的追思。

古人写诗，也有许多不死守一句或一联分别为起承转合这个套路顺序的。然而，尽管不一定按每句或每联的顺序来写，但起承转合的层次和条理还是要脉络清楚、明晰。

当然，起承转合只是格律诗的一种基本章法，并不是所有的诗都要按起承转合来写。有时作者不愿用固定的模式桎梏手脚，可采取较为灵活的章法。

泪

[唐]李商隐

永巷长年怨绮罗，离情终日思风波。

湘江竹上情无限，岘首碑前洒几多。

人去紫台秋入塞，兵残楚帐夜闻歌。

朝来灞水桥边问，未抵青袍送玉珂。

　　此诗的章法较为奇特。前面六句，一句一事，分别写不同场合中不同人物的不同"眼泪"。首句写失宠宫女之"怨泪"；次句写离别情人之"思泪"；第三句写娥皇、女英夫妻死别之"悲泪"；第四句写百姓对清官羊祜感戴之"伤泪"；第五句写昭君身陷异域之"愁泪"；第六句写项羽穷途末路之"恨泪"。最后两句方结出本意，说以上的诸类伤心之事，比之贫寒之士(青袍)迎送富贵之人(玉珂)，都显得逊色，只有这种忍羞含辱之泪是最令人伤心的。此诗写得无拘无束，并没有按"起承转合"的规律写，但仍不失为好诗。

　　在绝句中，这种情况更多。有的绝句一句一景，四句诗是四个独立的意境，中间并无关联，如：

四时咏

无名氏

春水满四泽，夏云多奇峰。

秋月扬明辉，冬岭秀孤松。

绝句

[唐]杜甫

两个黄鹂鸣翠柳，一行白鹭上青天。

窗含西岭千秋雪，门泊东吴万里船。

有的绝句还只有"起""转""合"，而没有"承"。如：

逢雪宿芙蓉山主人

［唐］刘长卿

日暮苍山远，天寒白屋贫。
柴门闻犬吠，风雪夜归人。

首句和次句是两个平列的对偶句，没有"起""承"关系，只能说两句都是"起"。第三句是"转"，第四句为"合"。

还有一些诗结构特殊。如：

病起荆江亭即事

［北宋］黄庭坚

闭门觅句陈无己，对客挥毫秦少游。
正字不知温饱末，西风吹泪古藤州。

此诗是作者怀念两位朋友的，一位是陈无己，即陈师道；另一位是秦少游，即秦观。前者健在，但生活贫困，不得温饱；后者已经去世，卒于滕州。在诗的章法上，仿效杜甫的《存殁口号二首》，前后交叉，一、三句写陈师道，二、四句怀秦少游，并不遵循起承转合的常规写法。

除近体（格律）诗外，古体诗有时也讲究起承转合，但不像近体诗中那样多见，且古体诗中的起承转合，是后人分析出来的，在写诗之时，作者并未将其作为明确的规定来遵守。

总之，起承转合，是一个不可分割的有机整体和一个不可缺少的完整组合。它是人们在长期的诗歌创作中总结、探索出来的最基本的创作手法。掌握这种最基本的手法，对于提炼意境、深化主题、提高诗作的艺术品位有很强的指导作用。初学诗歌者，尤其是初学格律诗者，应加强学习，系统训练。尤其初入门时，应尽量按照起承转合的路子进行创作，如此方能在蹒跚学步的过程中少走一些弯路。

在实际创作中，如何检查自己的作品是否符合起承转合的章法呢？方法很简单，就是反复诵读。通过诵读，看自己的作品是否一气呵成，是否连续贯通，是否跌宕起伏，是否首尾呼应。

作诗有法，然作诗又无定法。任何事物都不能绝对化。格律诗的创作，既要按照起承转合的路子进行，又不能把它当作刻板的死教条，刻意地死搬硬套。在形式与内容的把握上，内容始终是第一位的，形式始终是为内容服务的，意境始终是至高无上的。所谓"辞不害意""律不害意""章法不害意"，就是这个意思。

十一、格律诗创作要注意的几个问题

创作一首好的格律诗，除了遵守格律的基本要求，尽量做到不失对，不失粘，不出韵，不犯孤平和三平尾，避免三仄尾，符合章法之外，还需要注意下面几个问题。

（一）尽量避免犯题、重字、挤韵、倒韵、撞韵和连韵

（1）犯题，就是诗的标题中已经有了的字（词）或内容，在诗中又加以重复，这样就挤占了诗意所要表达的空间，造成文字笔墨浪费。如：

瞻仰黄花岗烈士墓

岗上黄花映碧松，英雄犹带浩然风。

丹心照日辉青史，俎豆千秋到大同。

该诗诗题中已经标明黄花岗，诗句中又重复诗题字眼。

（2）重字，就是在一首诗中非特殊需要或有意为之而用字重复，不仅影响了文字的简洁美，显得累赘，也浪费了诗的表意空间。如：

悼念诗友

惊悉诗人骑鹤去，同仁闻讯泪沾巾。

主编学报呕心血，又撰诗文留后昆。

舞剑早操练身体，读书写作为人民。

人生苦短终须别，怀念生平慰故人。

全诗 56 字，四次重复"人"字，两次重复"生"字。

（3）挤韵，就是在同一韵句中，用与韵脚字同韵的字，如"岁尾年头醉酒眠"，第三字"年"与末字"眠"同韵，读起来佶屈聱牙。如：

重阳

金山漫野桂花香，岸口闲庭细柳扬。

潋滟波光黄菊笑，清芳染袖向斜阳。

尾联出句之"光""黄"，与对句之"芳""阳"同韵。

（4）倒韵，就是为了调整平仄或押韵，将本来正读的词序颠倒过来，违反语言习惯，读之别扭。如将"天空"写成"空天"；"春秋"写成"秋春"；"炎黄"写成"黄炎"；"天地"写成"地天"等。

（5）撞韵，就是在白脚句末尾（不押韵的句子）用了与韵句同韵的仄声字。韵脚句如果用了平声字"东、同、童、风"，白脚句就不要用同音仄声的"冻、洞、懂"等。格律诗无论平韵诗或仄韵诗，一旦白脚与韵脚的韵母相同，都属撞韵。一首诗中如果出现这种情况，整首诗的字韵就缺少了丰富的变化，读起来涩口。如：

> 山林乌啼月痕移，云卷风疏竹影低。
>
> 清泪丝丝梦中洗，泉声夜落小楼西。

此诗语言、意境皆佳，但因第三句"洗"字撞韵，因而压住了韵脚"西"字，读起来总感觉憋了一口气。

再如唐代韩愈的《初春小雨》：

> 天街小雨润如酥，草色遥看近却无。
>
> 最是一年春好处，绝胜烟柳满皇都。

又如北宋王安石的《泊船瓜洲》：

> 京口瓜洲一水间，钟山只隔数重山。
>
> 春风又绿江南岸，明月何时照我还。

上面两首诗亦是在白脚句撞了韵。王诗中"江南岸"之"南""岸"两字还明显挤韵。由于韩愈和王安石都是文字高手，韩诗在第二句用"近却无"，王诗在第四句用"照我还"，把诗句做成"活韵"，将"撞韵"之伤消于无形。王诗中因为"岸"字在句尾，又属于浅意开口音字，也将挤韵之伤消于无形。因此，这两首诗虽有毛病，却仍不失为流传千古的名作。而这一点，一般人是难以做到的。

（6）连韵，就是相邻的两个押韵句，用了同音同调字作韵脚字。一首绝句相邻的两个韵脚，如果为"青、清"或"杨""阳"，读音和声调完全相同，吟诵起来就会影响诗韵的音乐变化美。如：

雨后

> 昨夜倾盆雨，江山一洗新。
>
> 清风徐送爽，习习入民心。

两个韵句中的韵脚字"新""心"读音、声调完全相同，朗读或吟诵起来少了声调上的变化，显得呆板。

重阳

金山漫野桂花香，岸口闲庭细柳扬。

潋滟波光黄菊笑，清芳染袖向斜阳。

第二、四韵句中，韵脚字"扬""阳"的读音、声调也完全相同，读之不爽。

（二）律诗尽量避免四平头

"四平头"或"平头"的说法始于清代，指一首律诗中，尤其是颔联与颈联的每句前一字或前两字，或词性相同，或结构相同，缺少变化。

《雪中二首》之一（例一）

［南宋］陆游

春昼雪如筵，清羸病起时。

迹深惊虎过，烟绝悯僧饥。

地冻萱芽短，林深鸟哢迟。

西窗斜日晚，呵手歛残棋。

清纪昀评："中四句平头（《瀛奎律髓汇评》）。"即颔联与颈联每句开头的"迹深""烟绝""地冻""林深"四组词语结构相同。

暮过山村（例二）

［唐］贾岛

数里闻寒水，山家少四邻。

怪禽啼旷野，落日恐行人。

初月未终夕，边烽不过秦。

萧条桑柘处，烟火渐相亲。

清沈德潜评："落日、初月，平头之病。"合前后两句，也是"四平头"。即"怪禽""落日""初月""边烽"四组词语结构相同。

记建安大水（例三）

［宋］韩元吉

孤城雨脚暮云平，不觉鱼龙自满庭。
讬命已甘同木偶，置身端亦似赢瓶。
浮家却羡鸱夷子，弄月常忧太白星。
当日乘槎便仙去，故人应罪曲江灵。

纪昀评："中四句平头，碍格。"也是指颔联与颈联每句前面两字"讬命""置身""浮家""弄月"结构相同。

送王李二少府贬潭峡（例四）

［唐］高适

嗟君此别意何如，驻马衔杯问谪居。
巫峡啼猿数行泪，衡阳归雁几封书。
青枫江上秋帆远，白帝城边古木疏。
圣代即今多雨露，暂时分手莫踌躇。

沈德潜评："连用四地名，究非律诗所宜（《唐诗别裁集》）。"纪昀也评论说："平列四地名，究为碍格，前人已议之（《瀛奎律髓汇编》）。"

上例五律、七律各二，从中可看出以下共同点：第一，都指诗句的开头；第二，起码两联四句（两平头为律诗格律要求，必须如此）；第三，都在节奏点上，五律可以是第一个字，也可以是第二个字，但七律如果不是双音节词，那一定是在第二个字上；第四，都是名词，或为偏正式短语，或为省略主语的主谓结构短语，一般在句首作主语。

上述所说的"平头"，是清代的诗人、学者借用南朝人关于古诗"四声八病"中"平头"一词，但此平头非彼平头。"四声八病"中的"平头"，指的是声律；而这里所说的"平头"，指的是词性和词语结构，而非声律瑕疵，专指遣词造句的毛病。准确地讲，是指律诗四联，特别是颔联、颈联四句开头第一个音步的字（词）都使用了名词，特别是工对名词，从而形成词性一致，结构雷同，意义重叠。从本质上看，属于诗病中"犯复"中的一种。

还应该注意的是，例一中，五律开头第一个字（词）是名词主语，叠用四个犯四平头；例二中，开头第二个字（词）与前边一个字（词）构成偏正式短语作主语，也犯四平头。可见五律第一字或第二字都是评判是否犯四平头的标准。这是因为五律的基本音步节奏为"2/3"句法，开头的两个词，可以拆成"1/1/3"，第一和第二字都非常重要。七律则不然，它的基本音步为"4/3"，第一字的音韵和节奏意义不是特别重要。音步细分可拆为"2/2/3"，开头前两个字为一个音步，节奏和词语的重心在第二个字上，所以一般以第二个字作为标准来判断是否犯平头（见例三）。这从七律首字都可平可仄也能体现出第一个字并不重要的特点。明白这一点可避免误判。

荆州怀古

［唐］刘禹锡

马嘶古树行人歇，麦秀空城泽雉飞。
风吹落叶填宫井，火入荒陵化宝衣。

乍一看，"马、麦、风、火"都是名词主语，开头都是主谓结构，似乎相差无几，但其实不然。清学者何焯对这两联有过专门分析："三四句流水对，五六句参差对。未尝犯四平头"。此两联开头的名词虽是全句主语，但由于不在节奏点上，可以忽略。第二个字才是七律的音步所在，而由于分别使用了不同的动词，所以说不犯四平头。

四平头不仅限于中间两联，首联与颔联一起也可能犯四平头。如：

和仲良春晚即事

[北宋]杨万里

贫难聘欢伯，病敢跨连钱。

梦岂花边到，春俄雨里迁。

一梨开五秉，百箔候三眠。

只有书生拙，穷年垦纸田。

清代诗人、教育家许印芳评："此章中二联炼句可学，三、四句合首联看，却犯平头病，此不可学"。从许评可知，律诗不仅要注意中间两联，其他联也马虎不得，紧挨着犯复，也是毛病。

还有更为极端的例子，出现首联、颔联、颈联六平头的毛病。如：

和元夜

[北宋]陈师道

箫鼓喧灯市，车舆避火城。

彭黄争地胜，汴泗迫人清。

梅柳春犹浅，关山月自明。

赋诗随落笔，端复可怜生。

纪昀评："前六句皆双字平调，殊为碍格。"这里的"平调"即"平头"的意思，用词有异而意义相同。

秋雨排闷十韵

[南宋]陆游

今夏久无雨，从秋却少晴。
空蒙迷远望，萧瑟送寒声。
衣润香偏著，书蒸蠹欲生。
坏檐闻瓦堕，涨水见堤平。
沟溢池鱼出，天低塞雁征。
萤飞明暗庑，蛙闹杂疏更。
药醭时须焙，舟闲任自横。
未忧荒楚菊，直恐败吴粳。
夜永灯相守，愁深酒细倾。
浮云会消散，鼓笛赛西成。

这是一首排律，共计十联，有瑕疵的是五、六、七联。许印芳评："沟溢六句，犯平头病，不可学"。

四平头为什么"碍格"？为什么算作诗病？为什么"不可学"？

一是不符合人的审美心理。"文似看山不喜平"。人们习惯于同中求异，于对立中求统一，于整齐里求参差，在变化中寻规范，而四平头形式过于整齐划一，句法缺少变化。本来就非常齐整工稳的律诗里，竟然从外到里都是一刀切，过分中规中矩，不免使人觉得沉闷。

二是词类雷同、意义相近甚或相同，浪费笔墨。本只有几十个字的律诗，理论上的艺术要求是，在有限的空间里尽量容纳无限大的内涵。四平头的出现使得四个或八个字（词）的形式只有两个相同或相近的内容，诗意没达到最大化，有悖"言有尽而意无穷"的追求。

既然律诗里要竭力避免这种毛病，那么哪些名词连用易犯四平头呢？许印芳在评宋梅圣谕《新秋雨夜西斋文会》一诗里有过比较具体的说明："凡四韵律诗，于地名、人名、鸟兽、草木之类，但可一连两用。

若前后连用，即为犯复，为夹杂。"这个"之类"，应该包括名词下面细分的小类天文、时令、地理、宫室、服饰、器用、植物、动物、人伦、人事、形体等。有些名词虽属不同小类，但是在语言中经常平列，如天地、诗酒、花鸟等，用得好算工对，用得不好易犯平头。名词分类越细致越精巧就越需小心，细到同义、两用即为合掌，而连用四个更是"弄巧成拙"了。所以王力先生警告读者："偶然用一对同义词也不要紧，多用就不妥当了。"（《汉语诗律学》）

当然，任何事物都有例外。诗歌的形式应该服务于内容，如果非用不可，使用时也要有技巧地处理，即错开位置。

度荆门望楚

[唐]陈子昂

遥遥去巫峡，望望下章台。
巴国山川尽，荆门烟雾开。
城分苍野外，树断白云隈。
今日狂歌客，谁知入楚来。

诗人的高明之处在于首联地名都置于句末，颔联地名都放在开头，错综排列，让四句诗不拘谨呆板，不仅"不觉堆垛"，而且避免了四平头。

金陵怀古

[唐]刘禹锡

潮落冶城渚，日斜征虏亭。
蔡洲新草绿，幕府旧烟青。
兴废由人事，山川空地形。
后庭花一曲，幽怨不堪听。

这首诗也是将四个地名的位置在首联与颔联中交错安排，产生变化，避开了四平头。古代优秀诗人的创作实践给了我们一个有益的启发：如果非要连用四个地名或者其他名词，简单而行之有效的方法就是错开排列顺序和位置。

了解了律诗要避免"四平头"或"平头"的毛病，在欣赏评价时，就多了一个形式上技术层面的参考指标。如：

春夜别友人

[唐]陈子昂

银烛吐青烟，金尊对绮筵。
离堂思琴瑟，别路绕山川。
明月隐高树，长河没晓天。
悠悠洛阳去，此会在何年？

访隐

[唐]李商隐

路到层峰断，门依老树开。
月从平楚转，泉自上方来。
薤白罗朝馔，松黄暖夜杯。
相留笑孙绰，空解赋天台。

上面两首唐诗，情感细腻，选景典型，细节生动，格律吻合，对仗工稳，用字准确，可称佳构。然而，若要求完美，则还有瑕疵，即遣词造句有些单调呆板，缺少灵动变化之美。第一首的"银烛、金尊、离堂、别路、明月、长河"犯复，即犯了六平头。第二首的"路、门、月、泉"则无疑犯了四平头的毛病，虽瑕不掩瑜，但出自名家之手，终归遗憾。

好诗尽量不犯四平头，但不是说犯四平头就不是好诗，毕竟形式是为内容服务的。有真情、有诗意、有生活、有深度的诗，即使偶尔出律，也不失为优秀作品，更何况犯平头呢？但有的诗并不好，也犯四平头。

公园假日

泉塘公园热腾腾，假日游人似蚁蜂。

童子滑车飞流走，青年情侣窃语声。

老人坐享阳光浴，少妇踏歌飞舞中。

凉亭棋友酣战急，小康社会处处新。

这首七律不仅平仄、押韵、对仗都存在毛病，而且犯了"八平头"。八句诗中，每句前面两个字组成的词语，全部都是偏正结构，完全雷同，读起来十分呆板。

（三）格律诗要尽量避免句式结构雷同

律绝诗尤其是律诗，句数较多，中间两联又要求对仗，稍不注意，就会出现句式结构雷同，读起来呆板单调，创作时应尽量避免。

参观南星阁

天下/争雄/两岸/倾，分离/骨肉/几多/春。

相思/岁月/亲人/苦，期盼/团圆/念心/深。

改革/惊雷/海峡/震，炎黄/赤子/笑怀/馨。

南星/建阁/诗词/诉，宝岛/回归/华夏/新。

此诗八句，每句的句式结构都为2/2/2/1，尤其是中间的颔联与颈联也是如此，没有任何变化，读起来缺少抑扬顿挫之感，没有长短高低回环。

初雪奉和忆雪堂主人

吕可夫

一夜/琼花/玉/砌阶，为谁/粉饰/太平/来？
岂妆/深翠/蓬蓬/竹？更映/新红/灼灼/梅。
斗酒人/催/诗兴/起，围炉客/趁/火锅/开。
安知/僻远/山村/里，尚有/寒烟/冷/灶台。

　　八句四联中，除了颔联与颈联的句式结构两两相同外，其他四个句子几乎每句都有意做一些结构上的变化，不完全雷同一律，这样读起来就比较流利顺畅，不至于沉闷呆滞。

　　律诗各联句子结构变化是个较难的技巧问题，历来诗人完全避免句式雷同者很少。杜甫在这方面是做得比较好的。下面就专以杜诗为例来诠释说明如何避免句式雷同。

　　一是同联的出、对句从词性上要横向拉开。对偶句的句式结构相同是必然的，这是对仗的格律要求，但在同类词性的小分类上可以尽量拉远一些，有意造成一些变化。若出句用地名、物名，则对句用人名或山水名等。如：

清江锦石伤心丽，
嫩蕊浓花满目斑。

　　二是下联与上联从内容上要纵向拉远。可以从时空、动静、情景、虚实、远近、视听、数字、虚词等入手，求得两联之间的变化。如：

春风自信牙樯动，
迟日徐看锦缆牵。

鱼吹细浪摇歌扇，
燕蹴飞花落舞筵。

且看欲尽花经眼,

莫厌伤多酒入唇。

江上小堂巢翡翠,

苑边高冢卧麒麟。

三是联与联之间,句子结构要力求变化。就语法上的变化来说,可以交错使用偏正结构、主谓结构、动宾结构、联合结构等,如:

几处/园林/萧瑟/里,谁家/砧杵/寂寥/中。

蝉声/断续/悲/残月,萤焰/高低/照/暮空。

春日忆李白

[唐]杜甫

白也/诗/无敌,飘然/思/不群。

清新/庚开府,俊逸/鲍参军。

渭北/春天/树,江东/日暮/云。

何时/一/尊酒,重与/细/论文?

曲江对雨

[唐]杜甫

城上/春云/覆/苑墙,江亭/晚色/静年/芳。

林花/著雨/燕脂/落,水荇/牵风/翠带/长。

龙武/新军/深/驻辇,芙蓉/别殿/谩/焚香。

何时/诏此/金钱/会,暂醉/佳人/锦瑟/旁。

四是尽量避免同头、叠尾、单动词同位,注意使头两字、头四字、末三字的结构保持不同。如:

且看／欲尽／花／经眼，莫厌／伤多／酒／入唇。

江上／小堂／巢／翡翠，苑边／高冢／卧／麒麟。

后三字虽均为1/2结构，但因为动词不同位而产生变化。上联开头用虚词，下联开头用名词，避免了同头。最后一字虽均为名词，但不算叠尾，因为上联是单名词，下联是双名词，也算适当变化。又因为上下联中"经、入、巢、卧"四个动词虽在末三字但不同位，增加了尾部的变化，故而更不叠尾。又如：

桃花／细逐／杨花／落，黄鸟／时兼／白鸟／飞。

纵饮／久判／人／共弃，懒朝／真与／世／相违。

上联末三字为2/1结构，下联末三字为1/2结构，形成交错，虽最后一字均为动词同位，也不算叠尾。杜诗中此类例子有很多，可以多加研究，深入体会。

蜀相

[唐]杜甫

丞相／祠堂／何处／寻，锦官／城外／柏／森森。

映阶／碧草／自／春色，隔叶／黄鹂／空／好音。

三顾／频烦／天下／计，两朝／开济／老臣／心。

出师／未捷／身／先死，长使／英雄／泪／满襟。

野老

[唐]杜甫

野老／篱前／江岸／回，柴门／不正／逐江／开。

渔人网／集／澄潭／下，贾客船／随／返照／来。

长路／关心／悲／剑阁，片云／何意／傍／琴台。

王师／未报／收／东郡，城阙／秋生／画角／哀。

五是用典不能太满。尤其是颔联和颈联四句，如果均用典，让人看了也会产生雷同之感，感觉堆砌呆滞。

平头、重字、句式结构雷同等，并非格律问题，而是诗病之几种，应尽量避之，但也不能一概而论，认为有此病就必定不是好诗。诗以意为先，这是共识。

黄鹤楼

[唐] 崔颢

昔人已乘黄鹤去，此地空余黄鹤楼。
黄鹤一去不复返，白云千载空悠悠。
晴川历历汉阳树，芳草萋萋鹦鹉洲。
日暮乡关何处是，烟波江上使人愁。

在《唐诗三百首》的绝大多数版本中，都将此诗列为七律第一首，可见古往今来人们对此诗的评价之高。而就是这样一首被古今盛传的律诗，中间两联首词用的竟是同一类名词"黄鹤、白云、晴川、芳草"。在创作过程中要尽量防病，这是诗内功夫，但也不能因形式而害意，而是应灵活掌握，追求诗外功夫，因为意境才是诗词的最高艺术追求。

十二、格律诗押韵中的"孤雁格"

在格律诗的押韵过程中，有些作者往往在首句或尾句借用邻韵，这种押韵方法也是允许的，称为"孤雁格"。孤雁格有两种。

（一）"孤雁出群格"

格律诗的首句借用邻近韵部（邻韵）的字作为韵脚的，称为"孤雁出群格"（或称孤雁带群格，就好像一只孤单的白雁带着一群黑雁振翅高飞）。

最早称首句借用邻韵为"孤雁出群"的人是明代的谢榛。他在其著作《四溟诗话》中说："七言绝、律，起句借韵，谓之'孤雁出群'，宋人多有之。"沿用这种说法的今人诗家，如张皓先生在其主编的《古典诗词通论》中说："唐宋人常不拘首句韵脚之规，而借用邻韵，后世称为孤雁出群格。"星汉先生在《今韵说略》一文中也指出："晚唐有于首句入韵的格律诗，借用邻韵的韵字，作为首句的韵脚，唐宋几成风气，视为定例，叫'借韵'，起名号'孤雁出群'……如冬韵诗起句入东韵，支韵诗起句入微韵，豪韵诗起句入萧肴是也。"

访戴天道士不遇

［唐］李白

犬吠水声中，（东韵）桃花带露浓。（冬韵）
树深时见鹿，　　　溪午不闻钟。（冬韵）
野竹分青霭，　　　飞泉挂碧峰。（冬韵）
无人知所去，　　　愁倚两三松。（冬韵）

这首诗的首句，借用"冬韵"的邻韵"东韵"中的"中"字，就称为"孤雁出群格"。

题庐山西林壁

［北宋］苏轼

横看成岭侧成峰，（冬韵）远近高低各不同。（东韵）
不识庐山真面目，　　　只缘身在此山中。（东韵）

这首诗也是首句"峰"字借用"东韵"的邻韵"冬韵"，也是"孤雁出群格"。

雪梅

[宋]卢梅坡

梅雪争春未肯降，（江韵）骚人搁笔费评章。（阳韵）
梅须逊雪三分白，　　　雪却输梅一段香。（阳韵）

　　这首诗首句句脚"降"字借用"阳韵"的邻韵"江韵"，也是"孤雁出群格"。

山园小梅

[宋]林逋

众芳摇落独暄妍，（先韵）占尽风情向小园。（元韵）
疏影横斜水清浅，　　　暗香浮动月黄昏。（元韵）
霜禽欲下先偷眼，　　　粉蝶如知合断魂。（元韵）
幸有微吟可相狎，　　　不须檀板共金樽。（元韵）

　　此诗首句韵脚用的"妍"字属于先韵，而后面的"园、昏、魂、樽"等韵脚字则属于元韵，先韵与元韵属于邻韵，首句借用邻韵，便称"孤雁出群格"。

（二）"孤雁入群格"

　　格律诗的最后一句借用邻近韵部（邻韵）的字作为韵脚的，称为"孤雁入群格"（或称孤雁混群格。就好像一只孤单的白雁混入一群黑雁一起振翅高飞）。

　　在格律诗的创作中，"孤雁出群格"用得较多，而"孤雁入群格"则不常用。但是，有的诗人因为激情澎湃，为了一种特殊情感的表达需要，一时在本韵部里又找不到准确的字眼，不得已之下，只能借用邻韵部的字作为全诗结句的韵脚。所以说，"孤雁入群格"是一种不常用的"格"，但又是某些诗人在某些场合不得不用的一种"格"。

无题

鲁迅

惯于长夜过春时，（支韵）挈妇将雏鬓有丝。（支韵）
梦里依稀慈母泪，　　　城头变幻大王旗。（支韵）
忍看朋辈成新鬼，　　　怒向刀丛觅小诗。（支韵）
吟罢低眉无写处，　　　月光如水照缁衣。（微韵）

此诗结句句脚"衣"字，借用"支韵"的邻韵"微韵"，就称为"孤雁入群格"。

在使用借韵，形成"孤雁格"时，有两点必须注意：

一是必须是借用邻韵，非邻韵不能借用。邻韵就是读音接近的韵部，在韵书中一般紧挨着排在一起。

二是在一首诗中，只能借韵一次，并且必须在首句或尾句借韵。即或是首句借韵（孤雁出群），或是尾句借韵（孤雁入群），中间之韵句不得借韵。

十三、诗词唱和简介

唱和，即附和、应答的意思，亦作"唱酬""酬唱"，谓作诗词与别人相酬和。诗词唱和是诗朋词友之间的一种创作与交流，是指在对方写一首诗词的前提下，写一首有关联的诗词相和答，可以意思相近，也可以意思不同甚至相反。

唱和有次韵、用韵、依韵与和诗四种形式。

（一）次韵

亦称步韵，是唱和中用得最多的一种，即用其原韵原字，且韵脚先后次序都必须相同，因而难度最大。诗的题目就要用：步韵某某诗或次韵某某诗。次韵（步韵）诗的原诗称"原玉"，以示尊重对方。如果要发表，则应该将原玉一并发出，附在后面。如苏轼次韵刘景文：

奉寄苏内翰

［宋］刘景文

倦压鳌头靖左鱼，笑寻颖尾为西湖。
二三贤守去非远，天一清风今不孤。
四海共知霜鬓满，重阳曾插菊花无。
聚星堂上谁先到，欲傍金樽倒玉壶。

次韵刘景文见寄

［宋］苏轼

谁上束来双鲤鱼，巧将诗信渡江湖。
细看落墨皆松瘦，想见掀髯正鹤孤。
烈士家风字用此，书生习气未能无。
莫因老骥思千里，醉后哀歌缺唾壶。

吕可夫次韵邓元资：

酬吕可夫老师赠《自闲斋联稿》

邓元资

清淳典雅誉声高，惠我佳篇莫逆交。
展卷长吟关不住，一帘灯影照深宵。

次韵元资先生酬赠《自闲斋联稿》

吕可夫

自知文拙恐羞高，印墨聊为习作交。

若得师傅刀斧斫，会当梦笑醒中宵。

刘明顺次韵吕可夫：

花甲初度

吕可夫

六十春秋弹指过，红尘紫陌费蹉跎。

飞霜染鬓何须怨，且听红楼好了歌。

次韵吕可夫先生《花甲初度》奉和

刘明顺

宦海扬帆破浪过，书山策马岂蹉跎。

先生一管怜香笔，情思满天当再歌。

（二）用韵

用韵即用原诗的韵脚字而不必顺其次序。诗的题目为：用某某人诗韵。

（三）依韵

亦称同韵，和诗与被和诗押韵属同一韵部即可，不必用其原韵脚字。诗的题目为：依某某人诗韵或者是同韵和某某人诗。如吕可夫依韵邓元资：

病中寄友

邓元资

疲惫难堪拜佛门，山林野寺好修身。

爱吾诗友频相问，病树枝头会有春。

依韵奉和元资先生《病中寄友》

吕可夫

疲惫无非太苦辛，拉犁委实耗精神。

将身暂寄红尘外，雪后梅枝又放春。

吕可夫依韵周行易：

丁酉正月夜观书遣怀

周行易

夜如沧海月如船，牵引乡愁到史前。

唤醒同胞齐着力，从头再著五千年。

依周行易先生《丁酉正月夜观书遣怀》韵

吕可夫

民如江海政如船，覆载无常不绝篇。

历代兴亡长记取，江山或许百千年。

（四）和诗

和诗只作诗酬和，不用原诗原韵而任意用韵。如吕可夫答郭星明诗：

丁酉年初赴湘访吕导可夫得句

郭星明

新举吟旌起网坛，湖湘碧处访名贤。
三千水击云空阔，六合风来岭蜿蜒。
橘子洲肩两行字，麓山峰顶四时联。
豪情蘸取百重翠，挥洒人生作彩笺。

答郭星明君

吕可夫

千里迢迢浙赴湘，路遥无隔友情长。
玉楼初晤新如旧，金谷欢筵客作庄。
老酒香浓开口笑，佳肴味辣会心尝。
春风四座驱寒意，厚谊腾波涨楚江。

除了唱和诗之外，还有一种"分韵"诗，指若干人在一起作诗时，按照事先规定的若干字为韵，各人分拈韵字，依韵作诗，叫作"分韵"，也称"赋韵"。古时墨客骚人用得较多，今人现在亦渐成风气。事先规定的韵脚字可以是诗句、词句或其他，不受限制。"分韵"写诗时，拈到的韵字一般放在首句或尾句作韵脚。如：

诗友于西湖渔港招饮，分韵得"月"字

吕可夫

冀会旧新雨，麓湘风掣越。
春烟湿柳堤，花气袭琼阙。
日尽笑何休？樽空情不竭。
虽无曲水觞，未负西湖月。

金陵道友莅临长沙，夜宴火宫殿，分韵得"重"字

吕可夫

关河迢递万千重，莫阻诗心到麓峰。
昔梦湖湘双子杰，今摩汉魏六朝松。
山川一揽风骚满，物我两忘天地空。
鸿雪如烟情似水，长歌不绝大江东。

双峰甘棠赏芍药花，分韵得"远"字

吕可夫

四月甘棠春未晚，红香紫馥遍重巘。
烟笼翡翠草萋萋，露湿胭脂花婉婉。
顾盼姿生摄梦魂，招摇色诱奔瑶苑。
多情客恐负深情，雨剑风刀不辞远。

　　诗词唱和中，还有一种"飞花令"，原是古代饮酒助兴的游戏之一，输者罚酒。

　　酒令是中国酒文化的重要组成部分，在筵席上是助兴取乐的饮酒游戏，萌生于儒家的"礼"，最早出现于周朝。

　　以"飞花令"为代表的饮酒行令，是中国文人在饮酒时的一种特有的助兴游戏。"飞花令"属雅令，比较高雅，没有诗词基础的人根本不会玩，所以这种酒令也就成了文人墨客喜爱的文字游戏，就连名字也源于诗词之中。"飞花"出自唐代诗人韩翃的名诗《寒食》：

　　　　春城无处不飞花，寒食东风御柳斜。

　　　　日暮汉宫传蜡烛，轻烟散入五侯家。

　　取第一句最后两字，故名"飞花令"。

　　古代的"飞花令"要求很严，对令人所对出的诗句要和行令人吟出

的诗句格律一致，而且对规定好的字出现的位置同样有着严格的要求。这些诗可背诵前人诗句，也可临场现作。

行"飞花令"时，可选用诗和词，也可用散曲，但选择的句子一般不超过七个字。

比如，如果以"花"字行酒令，酒宴上甲说一句第一字带有"花"的诗词，如"花近高楼伤客心"，出自杜甫《登楼》：

> 花近高楼伤客心，万方多难此登临。
>
> 锦江春色来天地，玉垒浮云变古今。
>
> 北极朝廷终不改，西山寇盗莫相侵。
>
> 可怜后主还祠庙，日暮聊为《梁父吟》。

乙要接续第二字带"花"的诗句，如"落花时节又逢君"，出自杜甫《江南逢李龟年》：

> 岐王宅里寻常见，崔九堂前几度闻。
>
> 正是江南好风景，落花时节又逢君。

丙可接"春江花朝秋月夜"，"花"在第三字位置上，出自白居易《琵琶行》：

> 其间旦暮闻何物？杜鹃啼血猿哀鸣。
>
> 春江花朝秋月夜，往往取酒还独倾。

丁接"人面桃花相映红"，"花"在第四字位置上，出自崔护《题都城南庄》：

> 去年今日此门中，人面桃花相映红。
>
> 人面不知何处去，桃花依旧笑春风。

接着可以是"不知近水花先发"，"花"在第五字位置上，出自张谓《早梅》：

> 一树寒梅白玉条，迥临村路傍溪桥。
>
> 不知近水花先发，疑是经冬雪未销。

再接着可以是"出门俱是看花人"，"花"在第六字位置上，出自杨巨源《城东早春》：

诗家清景在新春，绿柳才黄半未匀。

若待上林花似锦，出门俱是看花人。

最后可以是"霜叶红于二月花"，"花"在第七字位置上，出自杜牧《山行》：

远上寒山石径斜，白云生处有人家。

停车坐爱枫林晚，霜叶红于二月花。

到"花"字在第七个字位置上则一轮完成，可继续循环下去。行令人一个接一个，当中如果有人作不出诗、背不出诗或作错、背错诗，就由酒令官命其喝酒。

在酒宴上，以诗词行令的方式有多种，主要目的在于以雅助兴，活跃气氛，因此不拘一格。如直接说一句带"花"字的诗，"花"字在诗中的位置对应到某客人，该客人再接，如果正好对应到自身，则罚酒。如行令人说"牧童遥指杏花村"，"花"字在第六字位置上，从行令人开始数到第六人接令，如果第六人刚好是行令人自己，则行令人自罚一杯。罚酒后，再由被罚人接着第二轮出令，依次进行。

行诗词酒令是诗词与中国酒文化、饮食文化的完美结合，是一种具有中国特色的饮食娱乐活动，既贴近生活，又因其高雅性而自古至今，经久不衰。

唐 宋 词

一、词的定义

本书中所谓"词"，非语法范畴之"词"，而专指古典韵律文学体裁中的唐宋词。

唐宋词是中国古代汉语文学中，一种在章法、句式和字、声方面都有独特格律的，以写景、抒情为主的韵文，是诗歌的一种特殊形式，是音乐的文学。简言之，就是按一定乐曲演唱的诗。所以，现在一般认为，诗是吟的；词、曲（散曲）是唱的；对联（楹联）是观的。也还有另外一种说法：诗词是听觉艺术，对联是视觉艺术。

词因为句式有长有短，便于歌唱，又因为在古代是要谱曲合乐的歌词，故又称曲子词、乐府、乐章、长短句、诗余、琴趣等。

王力在其《汉语诗律说》中称词是"一种律化的、长短句的、固定字数的诗"。王易在其《词曲史》中则称词为"一种长短句之近体乐府"。这些定义在一般情况下是可以成立的，但也并非绝对。

词的句式大多是长短不一的，但也有齐言体，即每句字数一样多，就像绝句一样，非常整齐，如唐代刘禹锡的《竹枝词》：

　　杨柳青青江水平，闻郎江上踏歌声。

　　东边日出西边雨，道是无晴是有晴。

又如唐代李白的七言乐府《清平调三首》：

一

　　云想衣裳花想容，春风拂槛露华浓。

　　若非群玉山头见，会向瑶台月下逢。

二

　　一枝红艳露凝香，云雨巫山枉断肠。

　　借问汉宫谁得似？可怜飞燕倚新妆。

三

　　名花倾国两相欢，长得君王带笑看。

　　解释春风无限恨，沉香亭北倚阑干。

再如唐代王维的阳关体《送元二使安西》（渭城曲）：

　　渭城朝雨浥轻尘，客舍青青柳色新。

　　劝君更尽一杯酒，西出阳关无故人。

　　以上都非诗，而是词，因为当时都是谱曲和乐而歌的。这类字数、句式整齐的词，只占词的极少部分。绝大多数词都是字数不等、句式长短不一的。

　　每首词的字数，按不同词牌一般也是基本固定的，但也有增减不一的现象，如《增字惜红衣》《减字木兰花》等。

二、词的起源

　　词作为一种特殊形式的诗歌体裁，滥觞于隋唐，酝酿于五代，成熟于两宋，是介于唐代近体诗与元代散曲之间的一种韵文。

　　词是一种音乐文学。它的产生、发展以及创作、流传都与音乐有直接关系。古代词所配合的音乐称为燕乐，又叫宴乐，其主要成分是北周和隋朝以来由西域胡乐与汉族民间里巷之曲相融而成的一种新型音乐，主要用于娱乐和宴会的演奏，于隋代开始流行。而配合燕乐的词的起源，也就可以上溯到隋代。宋人王灼《碧鸡漫志·卷一》说："盖隋以来，今之所谓曲子者渐兴，至唐稍盛。"

　　词最初主要流行于汉族民间。《敦煌曲子词集》收录的160多首作品，大多是从盛唐到唐末五代的汉族民间歌曲。大约到中唐时期，诗人李白、张志和、韦应物、白居易、刘禹锡等人开始写词，把这一文体引入文坛，形成了一定规模的"文人词"。到晚唐五代时期，文人词有了很大的发展。晚唐词人温庭筠及以他为代表的"花间派"词人和以李煜、冯延巳为代表的南唐词人的创作，都为词体的成熟和抒情基本风格的建立做出了重要贡献。词终于在诗之外别树一帜，成为中国古代耀眼的文学体裁之一。

　　进入宋代，词的创作逐步蔚为大观，产生了大批成就突出的词人，名篇佳作层出不穷，并出现了各种风格、流派。《全宋词》共收录1330多家近20000首词作，从这些数字可以推想当时词之创作盛况。

　　因此可以说，词在宋代发展到了顶峰，是宋代盛行的一种汉文字文学体裁，标志宋代文学的最高成就。宋词是中国古代汉族文学皇冠上一颗光辉夺目的明珠。在古代汉族文学的阆苑里，宋词是继唐诗之后一座芬芳绚丽的园圃。它以姹紫嫣红、千姿百态的神韵，与唐诗争奇，与元曲斗艳。它历来与唐诗并称双绝，都代表一代文学之盛。由于宋词的巨大成就和广泛影响，后来演变成论诗说唐诗，论词说宋词。词是宋代成就最高、作家最多、最有代表性的文学形式，可以与唐代诗歌并列，故有了所谓"唐诗""宋词"的称谓与说法。

目前考证到的流传最早的词，是被明代著名文人杨慎尊为"千古词祖"李白的一首《菩萨蛮》：

平林漠漠烟如织，寒山一带伤心碧。暝色入高楼，有人楼上愁。

玉阶空伫立，宿鸟归飞急。何处是归程？长亭连短亭。

三、词的分类

（一）按长短规模分

一首词，有的只有一段，称为单调；有的分两段，称为双调。双调中分为上片（上阕）和下片（下阕）。双调之外还有分三段或四段的，称三叠或四叠，譬如《阳关三叠》。

词牌依其字数的多少，又有"小令""中调""长调"之分。据清代毛先舒《填词名解》之说，58 字以内为小令，59～90 字为中调，90 字以上为长调。最长的词调《莺啼序》，达 240 字之多。

（二）按音乐性质分

可分为令、引、慢、三台、序子 、法曲、大曲、缠令、诸宫调九种。

（三）按音乐或节拍分

常见有令、引、近、慢四种。"令"，也称小令，一般较短，早期的文人词多为小令，如《十六字令》《如梦令》《捣练子令》等。"引"和"近"一般较长，如《江梅引》《阳关引》《祝英台近》《诉衷情近》等。"慢"又较"引"和"近"更长，盛行于北宋中叶以后，有柳永"始衍慢词"

之说，即慢词是从柳永开始创制的，如《木兰花慢》《雨霖铃慢》《锦堂春慢》等。

（四）按词作风格分

大致可分为婉约派和豪放派。所谓花间派，其实就是婉约派的前身。

（五）按押韵平仄分

词与诗一样，都讲究押韵。格律诗一般以押平声韵居多，押仄声韵较少，而词的押韵要丰富得多，共分五类。

1.平韵格，即一首词中，押平韵到底

长相思·别情

［唐］白居易

汴水流，泗水流，流到瓜州古渡头。吴山点点愁。

思悠悠，恨悠悠，恨到归时方始休。月明人倚楼。

浣溪沙·暮春游

吕可夫

夜雨敲窗响到明，卷帘翠洗鸟啼晴。轻衣远屐踏莎行。

无奈林花红欲谢，堪怜春水绿还平。垂竿打桨不消停。

鹧鸪天·苏州吴江静思园

吕可夫

水榭垂虹映画堂，姑苏阆苑试新妆。鹤亭夺翠涟漪隔，月舫借红莺燕藏。　　闲品赏，静思量，风荷禅院竹回廊，天遗灵璧卿云石，巧补吴江峰一方。

2. 仄韵格，即一首词中，押仄韵到底

卜算子·黄州定慧院寓居

[宋]苏轼

缺月挂疏桐，漏断人初静。时见幽人独往来，缥缈孤鸿影。
惊起却回头，有恨无人省。拣尽寒枝不肯栖，寂寞沙洲冷。

3. 平仄韵转换格

这一类有三种不同情形，即一首词中，由押平声韵转换到押仄声韵；或从押仄声韵转换到押平声韵；或先押仄声韵，然后转换成押平声韵，再转换成押仄声韵。

（1）平声韵转仄声韵。

南乡子

[后蜀]欧阳炯

画舸停桡，槿花篱外竹横桥。水上游人沙上女，回顾，笑指芭蕉林里住。

（2）仄声韵转平声韵。

昭君怨·荷雨

[宋]杨万里

午梦扁舟花底，香漫西湖烟水。急雨打蓬声，梦初惊。
却是池荷跳雨，散了真珠还聚。聚作水银窝，泻清波。

虞美人·乔口春

吕可夫

　　柳林江畔春何早？黄柳青绒草。短桥碧水绕人家，牧笛莺簧催晓种桑麻。　　渔舟撒网竿纶钓，虾蹦鳞儿跳。微风细雨燕轻斜，红袖翩跹陌上笑簪花。

　　(3)先押仄声韵，然后转换成押平声韵，再转换成押仄声韵。

调笑令·杨柳

[唐]王建

　　杨柳，杨柳，日暮白沙渡口。船头江水茫茫，商人少妇断肠。肠断，肠断，鹧鸪夜飞失伴。

　　(4)平仄韵通叶(协)格。
　　叶(协)韵，就是押韵的意思。平仄韵通叶(协)格指一首词中平仄韵在一个韵部中通押，即同韵不同声调。

西江月·夜行黄沙道中

[宋]辛弃疾

　　明月别枝惊鹊，清风半夜鸣蝉。稻花香里说丰年，听取蛙声一片。七八个星天外，两三点雨山前。旧时茅店社林边，路转溪桥忽见。

　　这首词的韵脚处字，上片为"蝉""年""片"；下片为"前""边""见"。其中"蝉、年、前、边"四字为平声，而"片、见"两字为仄声。这六个字皆同韵，在《词林正韵》中同属第七部，只是声调不同。这便是平仄韵通叶(协)格。

（5）平仄韵错叶（协）格。

即一首词的韵脚字里面加了几个其他的平仄相反的韵脚字，如《定风波》，整首词押平声韵，但中间加了两个另外的仄声韵脚的句子。

定风波·莫听穿林打叶声

［宋］苏轼

莫听穿林打叶声，何妨吟啸且徐行。竹杖芒鞋轻胜马，谁怕？一蓑烟雨任平生。　　料峭春风吹酒醒，微冷，山头斜照却相迎。回首向来萧瑟处，归去，也无风雨也无晴。

这种平仄韵错叶（协）格与平转仄韵或仄转平韵的区别在于：前者是交错的，后者不交错。

平仄韵转换格不一定只押一个韵，可押不同韵部。

（六）按词牌来源分

关于词牌的来源，主要有三种说法：

一是本来是乐曲的名称，如《菩萨蛮》。据传唐代大中初年，女蛮国使者前来长安进贡。她们梳着高高的发髻，戴着金冠，满身璎珞，像菩萨一样。当时教坊因此谱成《菩萨蛮曲》。据说唐宣宗爱唱《菩萨蛮》词，使其成为当时风行一时的曲子。《西江月》《风入松》《蝶恋花》等都属于这一类词，都是来自汉族民间的曲调。

二是摘取一首词中的几个字作词牌，如《忆秦娥》。因为依照这个格式写出的最初一首词开头两句是"箫声咽，秦娥梦断秦楼月"，所以该词牌就叫《忆秦娥》，又叫《秦楼月》。

《忆江南》本名《望江南》，又名《谢秋娘》，因为白居易有一首咏"江南好"的词，最后一句是"能不忆江南"，所以该词牌又叫《忆江南》。

《如梦令》原名《忆仙姿》，后改名《如梦令》，因为后唐庄宗所写的

《忆仙姿》中有"如梦，如梦，残月落花烟重"的句子。

《念奴娇》又叫《大江东去》，这是由于苏轼有一首词《念奴娇·赤壁怀古》的第一句是"大江东去"。其又叫《酹江月》，因为苏轼这首词的最后一句是"一樽还酹江月"。

三是本来就是词的题目，称为"本意"或"本事"，如《踏歌词》咏的就是踏歌起舞（单调30字，六句四平韵，作者是唐代的崔液）。

> 彩女迎金屋，仙姬出画堂。
>
> 鸳鸯裁锦绣，翡翠帖花黄。
>
> 歌响舞分行，艳色动流光。

《舞马词》咏的就是舞马（单调24字，四句两平韵或三平韵，作者是唐代的张说）。

> 天鹿遥徵卫叔，日龙上借羲和。
>
> 将共两骖争舞，来随八骏齐歌。

《欸乃曲》咏的就是泛舟（单调28字，四句三平韵，作者是唐代的元结）。

> 湘江二月春水平，满月和风宜夜行。
>
> 唱桡欲过平阳戍，守吏相呼问姓名。

《渔歌子》咏的就是打鱼（单调27字，四句四平韵，中间两句三言，例用对偶，作者是唐代的张志和）。

> 西塞山前白鹭飞，桃花流水鳜鱼肥。
>
> 青箬笠，绿蓑衣，斜风细雨不须归。

此外，《浪淘沙》咏的是浪淘沙；《抛球乐》咏的是抛绣球；《更漏子》咏的是夜晚等。这种情况是最普遍的。

凡是词牌下面注明"本意"或"本事"的，就是说，词牌同时是词题，也就不需另拟题目。

四、词牌

每首词都有词牌，即曲调，也称词调。有的词牌又因字数或句式不同有不同的"体"。古代流传下来的词牌有 2000 多个，比较常用的词牌有 100 多个，如《水调歌头》《念奴娇》《如梦令》等。

词牌或词调不同，则结构不同，字数不同，平仄安排也不同。各个词调都是"调有定句，句有定字，字有定声"，且各不相同。

词的结构分片或阕，一片（阕）就相当于现在歌词的一段。不分片的为单调，分两片的为双调，分三片的称三叠，分四片的叫四叠。每片之后到下一片的第一句称"过片"。一定的词牌反映一定的声和情。词牌名称的由来、多数已不可考。只有《菩萨蛮》《忆秦娥》等少数有本事（本意）词。

词的韵脚即音乐中停顿的地方，一般不换韵，有的也换韵，有的句句押韵，有的隔句押韵，有的隔几句才押韵。

词也像五、七言近体诗一样，讲究平仄。仄声韵比诗韵更严格，还要分上声、去声、入声。词可以用叠字，如"寻寻觅觅""冷冷清清""凄凄惨惨戚戚"等，而诗一般不这样用。

五、词谱

每一个词牌的格式，叫作词谱。依照词谱规定的字数、平仄及其格式来写词，叫作"填词"。"填"，就是依谱填写，照葫芦画瓢。

如李白《菩萨蛮》的古词谱（又名《子夜歌》《巫山一片云》《重叠金》，双调44字，上、下阕分别由两仄韵转换成两平韵）。

平（可仄）林漠（可平）漠烟如织，（仄韵）

寒（可仄）山一（可平）带伤心碧。（叶仄韵）

暝（可平）色入高楼，（换平韵）

有（可平）人楼（可仄）上愁。（叶平韵）

玉（可平）阶空伫立，（三换仄韵）

宿（可平）鸟归飞急。（三叶仄韵）

何（可仄）处是归程，（四换平韵）

长（可仄）亭连（可仄）短亭。（四叶平韵）

如果要按照《菩萨蛮》这个词牌填写新词，就要按照上面所标明的词谱，每个字都按要求填写，不能逾越。

古代这样用文字记录的词谱，看起来很费劲，不能一目了然。现在一般用标记符号来代替文字，简单明了。标记符号一般为：

平声字○

仄声字●

可平可仄字◎

押平声韵△

押仄声韵▲

十六字令

（又名《苍梧谣》《归字谣》，单调 16 字，三平韵）

[元]周晴川

眠，月影穿窗白玉钱。无人弄，移过枕函边。

△，◎●◎○●●△。◎○●，◎●●○△。

捣练子

（又名《深院月》《夜捣衣》等，原咏（本意）捣练而得名，用于妇女怀念征
人较多。单调 27 字，三平韵，首为三字对偶句，句法均为前二后一）

［南唐］李煜

深院静，小庭空，断续寒砧断续风。无奈夜长人不
〇●●，●〇△，◎●◎〇●●△。◎●◎〇●

寐，数声和月到帘栊。

●，◎〇〇●●〇△。

除了上面这种标记符号外，还有另外一种标记符号，如龙榆生编
著的《唐宋词格律》一书，就分别用下列符号进行标记：

—（平声字）

｜（仄声字）

＋（可平可仄字）

韵（押韵字）

句（断句字）

六、常用的词谱

每个不同的词牌都有不同的词谱。词谱规定了每个不同词牌的句
数、每句的字数以及押韵、对仗。由于词牌太多、词谱不一，故词作家
除了一些经常填写、比较熟练的词谱可以不用翻书对照外，一般填词
都要对照词谱。词谱就是用来对照填词的工具书，相当于写诗的韵书
和查字的字典。常用的词谱有以下五种：

（1）《钦定词谱》，清代陈廷敬、王奕清纂。

（2）《白香词谱》，清代舒梦兰编，属于入门级词谱，应用较多。

（3）《词律》，清代万树编。

（4）《中华词律》，谢映先编。

（5）《中华词律辞典》，潘慎、秋枫编。

七、常用的词韵

词与格律诗一样，讲究押韵。押韵就要用到韵书。词与诗一样，也有专门的韵书。不过，现在也允许用诗韵填词，用词韵写诗。词韵主要有两种工具书：

（一）《词林正韵》，清代戈载著。

（二）《词韵简编》，张珍怀录辑。录自近代著名词学大师龙榆生所著《唐宋词格律》（上海古籍出版社 1978 年版）。

填词用以上两种韵书均可。相比较而言，《词林正韵》比较正统，《词韵简编》比较简明。也有少数人用诗韵中的《平水韵》《诗韵新编》《中华新韵》填词。如果没有专门规定，也是可以的。

八、词的流派

词大致可以分为婉约派和豪放派两大派别。所谓的花间派，其实可以归类于婉约派。

（一）婉约派

婉约派的特点，主要是内容侧重儿女风情，结构深细缜密，音律谐婉，语言圆润，清新绮丽，具有一种柔婉之美，但内容比较窄狭。由于长期以来词多趋于婉转柔美，人们便形成了词以婉约为正宗的观念，并以李煜、柳永、周邦彦等词家为"词之正宗"。婉约词风长期支配词坛，一直到南宋，姜夔、吴文英、张炎等大批词家无不从不同方面受其影响。如南宋著名女词人李清照的《如梦令》：

常记溪亭日暮，沉醉不知归路。兴尽晚回舟，误入藕花深处。争渡，争渡，惊起一滩鸥鹭。

此首小令，就是一首婉约词，为李清照年轻时所作，写她经久不忘的一次溪亭畅游，表现了其卓尔不群的情趣、豪放潇洒的风姿、活泼开朗的性格。该词利用白描的艺术手法，创造出一个具有平淡之美的艺术境界，清秀淡雅，静中有动，语言浅淡自然，朴实无华，给人以强烈的美的享受。

婉约派的代表人物有柳永、晏殊、晏几道、周邦彦、李清照、秦观、姜夔、吴文英、李煜、欧阳修、朱淑真、纳兰性德等。其代表作分别为：

柳永：《雨霖铃·寒蝉凄切》《蝶恋花·伫倚危楼风细细》。

晏殊：《浣溪沙·一曲新词酒一杯》《浣溪沙·一向年光有限身》。

晏几道：《临江仙·梦后楼台高锁》《鹧鸪天·彩袖殷勤捧玉钟》。

周邦彦：《兰陵王·柳阴直》《蝶恋花·月皎惊乌栖不定》。

李清照：《如梦令·常记溪亭日暮》《醉花阴·薄雾浓云愁永昼》。

秦观：《踏莎行·郴州旅舍》《鹊桥仙》《浣溪沙》《望海潮》。

姜夔：《扬州慢》《杏花天影》《疏影》《暗香》。

吴文英：《莺啼序·残寒正欺病酒》《风入松·听风听雨过清明》。

李煜：《虞美人》《相见欢》《乌夜啼》《浪淘沙令》《谢新恩》。

欧阳修：《采桑子·群芳过后西湖好》《诉衷情·清晨帘幕卷秋霜》《踏莎行·候馆梅残》《蝶恋花·庭院深深深几许》。

朱淑真：《蝶恋花·楼外垂杨千万缕》《菩萨蛮·湿云不渡溪桥冷》。

纳兰性德：《鬓云松令·枕函香，花径漏》《木兰花令·人生若只如初见》。

（二）豪放派

豪放派的特点，大体是创作视野较为广阔，气象恢宏雄放，喜用诗文的手法、句法和字法写词，语词宏博，引典用事较多，不过于拘守音律。北宋苏轼、黄庭坚、晁补之、贺铸等都有这类风格的作品。

豪放词兴起于北宋。宋朝南渡以后，由于外族入侵，社会巨变，悲壮慷慨的高亢之调应运发展，蔚然成风，辛弃疾更成为创作豪放词的一代巨擘和领袖。豪放词派不但屹然别立一宗，震烁宋代词坛，而且广泛地沾溉词林后学，从宋、金、元、明直到清代，历来都有标举豪放旗帜，大力学习苏、辛的词人。

如苏轼《江城子·密州出猎（乙卯正月二十夜记梦）》：

老夫聊发少年狂，左牵黄，右擎苍。锦帽貂裘，千骑卷平冈。欲报倾城随太守，亲射虎，看孙郎。　　酒酣胸胆尚开张，鬓微霜，又何妨！持节云中，何日遣冯唐？会挽雕弓如满月，西北望，射天狼。

这首《江城子》豪气冲天，名记出猎之事，实为倾吐豪情壮志，抒发作者不顾境遇不妙、年纪偏大而愿保卫边疆、报国杀敌的愿望。

豪放派的代表人物有苏轼、辛弃疾、陆游、张孝祥、张元干等。其代表作分别为：

苏轼：《念奴娇·赤壁怀古》《满江红·东武会流怀亭》。

辛弃疾：《破阵子·醉里挑灯看剑》《汉宫春·会稽蓬莱阁观雨》。

陆游：《谢池春·壮岁从戎》《夜游宫·记梦寄师伯浑》《卜算子·咏梅》。

张孝祥：《六州歌头·长淮望断》。

张元干：《贺新郎·梦绕神州路》。

对于豪放词，苏轼的贡献是非常大的。可以说，从苏轼开始，委婉柔弱的词风才为之大变，另成一派。

首先，苏轼词扩大了词境。苏轼之性情、襟怀、学问悉见于诗，也同样融之于词。刘辰翁《辛稼轩词序》说："词至东坡，倾荡磊落，如诗如文，如天地奇观。"他外出打猎，便豪情满怀地说："会挽雕弓如满月，西北望，射天狼。"(《江城子》)他望月思念弟弟，便因此悟出人生哲理："人有悲欢离合，月有阴晴圆缺，此事古难全。"(《水调歌头》)他登临古迹，便慨叹："大江东去，浪淘尽、千古风流人物。"(《念奴娇》)刘熙载《艺概·卷四》概括道："东坡词颇似老杜诗，以其无意不可入，无事不可言也。"

其次，苏轼词提高了词品。苏轼的"以诗入词"，把词家的"言情"与诗人的"言志"很好地结合起来，文章道德与儿女私情并见乎词，在词中树堂堂之阵，立正正之旗。他即使写闺情，品格也很高。《贺新郎》词中那位"待浮花浪蕊都尽，伴君幽独"的美人，可与杜甫诗《佳人》"天寒翠袖薄，日暮倚修竹"之格调比高。胡寅《酒边词序》因此盛称苏词"一洗绮罗香泽之态，摆脱绸缪婉转之度，使人登高望远，举首高歌，而逸怀豪气超乎尘埃之外"。词至东坡，其体始尊。

再次，苏轼词改造了词风。出现在苏轼词中的往往是清奇阔大的景色，词人的旷达胸襟也徐徐展露其中。传统区分宋词风格，有"婉约""豪放"之说，苏轼便是"豪放"词风的开创者。凡此种种"诗化"革新，都迅速地改变着词的内质，况周颐因此肯定地说："熙丰间，词学称极盛，苏长公提倡风雅，为一代山斗。"(《蕙风词话》卷二)刘熙载《艺概·卷四》中换了一个角度评价说："太白《忆秦娥》，声情悲壮，晚唐、五代，惟趋婉丽，至东坡始能复古。"苏轼词的复古，正是词向诗的靠拢，突出"志之所之"，也是向唐诗的高远古雅复归。至此，词之"雅化"也取得了实质性的突破。

九、填词的方法

填词与写诗不太一样，填词有许多不同的词牌可供选择，而写诗则只有律诗、绝句、古体、歌行等几种体裁。词牌与诗歌体裁不同，它不仅是一种格式，而且带有强烈的感情色彩。因此，填词首先要选好词牌，就如写诗必须要有题目一样。写诗时的题目，表达了整首诗的基本内容，即便不好明确标题，也可弄个朦胧的"无题"之类。词牌则有很强的感情色彩，大多规定了作品的情感基调，即使只标词牌，不用词题，也无关紧要，因为可以把首句作为词的标题，如欧阳修的《蝶恋花·庭院深深深几许》和李清照的《武陵春·风住尘香花已尽》等。即使如苏轼的《念奴娇·赤壁怀古》这样有完整词牌、标题的作品，有些书中亦把它标成《念奴娇·大江东去》。可见，词牌往往比词题更重要。

词牌虽然也规定了一首词的字数、平仄、押韵以及部分对仗等格律，但不像绝句、律诗的格律那样没有感情色彩。词牌是带有感情色彩的，是一种配合音乐的文学，是古人拿来当歌唱的（后来逐步脱离乐器和曲谱是另一回事）。词牌正是规定了一首词的音乐腔调，而腔调则是为表达感情服务的。因此，选择一个最适合表达自己创作感情的词牌，是填好一首词的第一步。

填词要选词牌，词牌又规定了一首词的音调，因此选择词牌就是选择词牌的声和情，而不是选择词牌的名字。每个词牌都有其特定的声和情，或细腻轻扬，或激越豪放，或婉约柔情，或慷慨雄壮，或幽怨凄凉，或坦荡激昂。凡此种种，词牌基本上已经规定了，如《满江红》《念奴娇》《永遇乐》等适合填一些调子较高、感情激烈、声情俱壮的内容，因此在用韵上也以仄韵尤其是入声韵为主。《小重山》《一剪梅》等词牌则适合填写一些声调低沉、感情细腻、凄清孤寂的内容，因此大多选用平声韵。

满江红·中日甲午战争120周年祭

吕可夫

一战何堪？家国痛、沧波喋血。殇甲午、北洋师丧，舰沉烟灭。潮汐难湔民族耻，河山恨覆樱花雪。贫弱腐，壮士未尸还，空悲烈。　马关约，腰脊折。银廪罄，金瓯缺。哭伤心黄海，泪飘寒月。拜鬼犹怀狼子梦，强兵敢忘东瀛孽？史为鉴，富国正朝纲，防前辙。

中日甲午战争以清朝北洋水师全军覆灭的大败告终，这段沉痛的历史是个非常沉重的题材，因此适宜用《满江红》这样的词牌来反映。其押韵也宜用沉郁短促的入声字，这就是词牌的感情色彩使然。

填词选择词牌时，最忌讳"顾名思义"，即依据词牌的字面表象选择。如《千秋岁》，字面很吉祥，但实际上却是凄凉幽怨的调子，用韵很密，连不押韵的各句也全用仄声字，读来声情幽咽。秦观曾有"落红万点愁如海"的名句，后来黄庭坚就用此词牌吊唁秦观，因此后人多拿它作吊唁之词。如果望词生义，用它去填写祝寿的内容，则无论如何也不合情理。同样，《寿楼春》虽然字面看起来喜庆，然声调却哀怨凄婉，亦不适合填写祝寿或喜庆的内容。再如《贺新郎》，这个词牌字面上似乎是庆贺新婚，然词调慷慨激昂，与燕尔新婚的欢乐感情不适应，因此亦不能用来祝贺新人。

毛泽东1923年写了一首《贺新郎·别友》。他之所以选择《贺新郎》这个词牌，不是为了表达新婚宴尔之喜，而是为了表达两个恋人分离之际那种情深恨长、生离死别、依依不舍的情感：

挥手从兹去。更那堪凄然相向，苦情重诉。眼角眉梢都似恨，热泪欲零还住。知误会前番书语。过眼滔滔云共雾，算人间知己吾和汝。人有病，天知否？　　今朝霜重东门路。照横塘半天残月，凄清如许。汽笛一声肠已断，从此天涯孤旅。凭割断愁丝恨缕。要似昆仑崩绝壁，又恰像台风扫寰宇。重比翼，和云鬟。

以上所说，就是形式对内容的反作用，若违反了它，则再有水平的作手也填不出好词。

怎样根据自己的思想感情和内容需要去选择那些适合表达相应内容的词牌呢？根据夏承焘先生《唐宋词欣赏》一书的介绍，选择词牌有三种方法：

第一，从声、韵方面探索，包括字声平仄和韵脚疏密；

第二，从形式结构方面探索，包括分片和章句的安排；

第三，比较前人同词牌，看他们用这个词牌写哪种感情最多、最好。

对初学者来说，第三种方法是最实际的，而且便于更快地掌握。当然，词牌仅仅是一种形式而不是内容，而形式是为内容服务的。因此，也不能对词牌的选择墨守成规。揣摩古代名家的作品，就是要用他们的作品来衡量某些词牌的声情，而不是用揣摩来的声情去衡量名家的作品。《诗序》中说："在心为志，发言为诗，情动于中而形于言。言之不足，故嗟叹之；嗟叹之不足，故咏歌之；咏歌之不足，不知手之舞之，足之蹈之。"就如《诗经》，当初也是用来吟唱的，是先有情而后有言，然后才配以音律。只有这样，个人的情感才不至于受到音律的束缚而难于表达。即使是我们现今的歌曲，亦是先写歌词，然后再根据歌词的内容配曲。关于这一点，《乐记》中云"诗言其志，歌咏其声，舞动其容。三者本于心，然后乐器从之"，故"有心则有诗，有诗则有歌，有歌则有声律，有声律则有乐歌"。宋代王灼专论词牌选择的《碧鸡漫志》，也有"古人初不定声律，因所感发为歌，而声律从之"之说。可见，表达真切的思想感情比形式的选择要重要得多。

简而言之，填词首先要找到一个合适的词牌，例如《菩萨蛮》《卜算子》《水调歌头》等。接着，还要看它的以下几点内容。

（1）定段，定句，定言。

（2）平仄，即平声、上声、去声、入声的安排。

（3）对偶，绝大部分词不要求对仗，不要求对仗的地方可对可不对，但少量的词有些地方是要求对仗的。

（4）押韵（押韵和平仄是不同的）。

（5）章法，以句号为单位，句号内承接，句号间递转。

（6）叠字，包括叠句、叠韵，有一部分词在一定位置有叠字、叠韵、叠句的要求，如叠句词：

长相思

［五代·南唐］李煜

一重山，两重山。山远天高烟水寒，相思枫叶丹。

⊙⊙△，⊙⊙△。⊙●○○○●△，⊙○○●△。

菊花开，菊花残。塞雁高飞人未还，一帘风月闲。

⊙⊙△，⊙⊙△。⊙●○○○●△，⊙○○●△。

选定了词牌，是否需要拟定词题（标题）呢？不一定。可以在词牌后面再加一个词题（标题）。如苏轼的《念奴娇·赤壁怀古》、陆游的《卜算子·咏梅》、毛泽东的《沁园春·雪》等，也可以只要词牌名而不加词题（标题）。北宋著名词家柳永和南宋著名女词家李清照的词，大多数都只有词牌，而没有词题（标题）。还有些人认为，填词不加词题更好，词题的内容通过词来反映，更加耐读，也更使人回味。这个问题可由填词人自己把握。

十、名家名篇赏析

（一）婉约词

1. 温庭筠

【作者简介】

温庭筠（约812—约866），本名岐，艺名庭筠，字飞卿，汉族，太原祁（今山西省祁县）人，晚唐时期诗人、词人。唐初宰相温彦博后裔。

温庭筠出生于没落贵族家庭，富有才华，文思敏捷，每次入试，押官韵，八叉手而成八韵，人谓有曹子建（曹植）"七步之才"，且有过之，所以也有"温八叉"之称。然因其恃才傲物，狂放不羁，又好讥刺权贵，多犯忌讳，取憎于时，长被贬抑，多次考进士均落榜，一生很不得志。

温庭筠精通音律，工诗。其诗辞藻华丽，浓艳精致，内容多写闺情，少数作品对时政有所反映。其诗与李商隐齐名，时称"温李"。

温庭筠词的艺术成就在晚唐诸词人之上。其词作刻意求精，注重词的文采和声情，被尊为"花间词派"之鼻祖，对词的发展影响较大。在词史上，与韦庄齐名，并称"温韦"。后世词人如冯延巳、周邦彦、吴文英等多受他的影响。

温庭筠有《花间集》遗存。后人辑有《温飞卿集》和《金奁集》，存词70余首。

《菩萨蛮》本为唐教坊曲，后用为词牌。亦作《菩萨鬘》，又名《子夜歌》《重叠金》等。唐宣宗（李忱）大中年间，女蛮国派遣使者进贡，她们身上披挂着珠宝，头上戴着金冠，梳着高高的发髻，号称菩萨蛮队，当时教坊因此制成《菩萨蛮曲》，后来《菩萨蛮》成了词牌名。《菩萨蛮》双调四十四字，前后阕均两仄韵转两平韵。另有《菩萨蛮引》《菩萨蛮慢》。《菩萨蛮》也是曲牌名，属北曲正宫。字句格律与词牌前半阕同，用在套曲中。许多文人都写过以《菩萨蛮》为词牌（曲牌）的诗词，其中以温庭筠《菩萨蛮》十四首最有名。

《菩萨蛮·小山重叠金明灭》，是温庭筠的代表词作。此词浓艳非常，写女子起床梳洗时的娇慵姿态以及妆成后的情态，暗示了人物孤独寂寞的心境。全词把妇女的容貌写得很美丽，服饰写得很华贵，体态也写得十分娇柔，仿佛描绘了一幅唐代仕女图。

本词委婉含蓄地揭示了人物的内心世界，并成功地运用了反衬手法。鹧鸪双双，反衬人物的孤独；容貌服饰的描写，反衬人物内心的寂寞空虚。该词充分体现了作者的词风和艺术成就。

这首词对后世影响很大，早几年曾被刘欢谱曲，作为电视连续剧《甄嬛传》的插曲。

菩萨蛮·小山重叠金明灭

[唐]温庭筠

小山重叠金明灭，鬓云欲度香腮雪。懒起画蛾眉，弄妆

⊙○⊙●○○▲，⊙○●●○○▲。●●●○△，●○

梳洗迟。　　照花前后镜，花面交相映。新帖绣罗襦，双双

○●△。　　⊙○○●▲，⊙●●○▲。⊙○●●○△，⊙○

金鹧鸪。

○●△。

【注释】

（1）《菩萨蛮》，本唐教坊曲，后用为词牌，也用作曲牌。又名《子夜歌》《重叠金》《花间意》《梅花句》《花溪碧》《晚云烘日》等。双调小令，以五七言组成，四十四字。用韵两句一换，凡四易韵，平仄递转，以繁音促节表现深沉而起伏的情感，历来名作极多。代表作有唐代李白的《菩萨蛮·平林漠漠烟如织》、温庭筠的《菩萨蛮·小山重叠金明灭》等。

（2）小山：眉妆的名目，指小山眉、弯弯的眉毛。另外一种理解为：小山指屏风上的图案，由于屏风是折叠的，所以说小山重叠。金：指唐时妇女眉际妆饰之"额黄"。明灭：隐现明灭的样子。金明灭：形容阳光照在屏风上金光闪闪的样子。一说描写女子头上插戴的饰金小梳子重叠闪烁的情形，或指女子额上涂成梅花图案的额黄有所脱落而或明或暗。

（3）鬓云：像云朵似的鬓发。形容发髻蓬松如云。度：覆盖、遮掩，形容鬓角延伸向脸颊，逐渐轻淡，像云影轻度。欲度：将掩未掩的样子。香腮雪：香雪腮，雪白的面颊。

（4）蛾眉：女子的眉毛细长弯曲像蚕蛾的触须，故称蛾眉。一说元及以后浓阔的时新眉叫"蛾翅眉"。

（5）弄妆：梳妆打扮，修饰仪容。

（6）罗襦：丝绸短袄。

（7）鹧鸪：贴绣上去的鹧鸪图，这说的是当时的衣饰，就是用金线绣好花样，再绣贴在衣服上，谓之"贴金"。

【释文】

眉妆漫染，叠盖了部分额黄，鬓边发丝飘过。洁白的香腮似雪，懒懒地起来，画一画蛾眉，整一整衣裳，梳洗打扮，慢吞吞，意迟迟。

照一照新插的花朵，对了前镜，又对后镜，红花与容颜，交相辉映。在崭新的绫罗裙襦上，贴上花样，准备绣一双双的金鹧鸪。

【赏析】

这首《菩萨蛮》，为了适应宫廷歌妓的声口和点缀皇宫里的生活情趣，把妇女的容貌写得很美丽，服饰写得很华贵，体态也写得十分娇柔，仿佛描绘了一幅唐代仕女图。

全篇通体一气，精整无只字杂言。所写只是一件事，若为之拟一题目，便是"梳妆"。领会此二字，一切便迎刃而解。而妆者，以眉为始；梳者，以鬓为主；故首句即写眉，次句即写鬓。

"小山重叠金明灭"。小山，眉妆之名目，晚唐五代，此妆盛行。

《海录碎事》载为"十眉"之一式。大约"眉山"一词，亦因此起。眉曰小山，也时时见于当时词中，如五代蜀秘书监毛熙震《女冠子》云："修蛾慢脸，不语檀心一点，小山妆。"正指小山眉。又如同时孙光宪《酒泉子》云："玉纤淡拂眉山小，镜中嗔共照。翠连娟，红缥缈，早妆时。"亦是写晨妆对镜画眉之情景。可知小山本谓淡扫蛾眉，实与韦庄《荷叶杯》所谓"一双愁黛远山眉"同义。

有些人解小山为"屏"，其实不当。此由（1）不知全词脉络，误以首句与下无内在联系；（2）不知"小山"为眉样专词，误以为此乃"小山屏"之简化。又不知"叠"乃眉蹙之义，遂将"重叠"解为重重叠叠。然"小山屏"者，译为今言，谓"小小的山样屏风"，故"山屏"即为"屏山"，为连词，而"小"为状词；"小"可省减而"山屏"不可割裂而只用"山"字。既以"小山"为屏，又以"金明灭"为日光照映不定之状，不但"屏""日"全无着落，章法脉络亦不可寻。

重叠，相当于蹙眉之蹙字义，唐诗有"双蛾叠柳"之语，正此之谓。金，指唐时妇女眉际妆饰之"额黄"，故诗又有"八字宫眉捧额黄"之句，其可为证。

"鬓云欲度香腮雪"。已将眉喻为山，再将鬓喻为云，再将腮喻为雪，是谓词章脉络。盖晨间闺中待起，其眉蹙锁，而鬓已散乱，其披拂之发缕，掩于面际，故上则微掩眉端额黄，在隐现明灭之间；下则欲度腮香，度实亦微掩之意。如此一来，山眉、金额、云鬓、雪腮构成一幅春晓图，十分别致。

"懒起画蛾眉，弄妆梳洗迟"。首两句所写，状待起未起之情景。故第三句紧接懒起，起字一逗——虽曰懒起，并非不起，而是娇懒迟迟而起。闺中晓起，必先梳妆，故"画蛾眉"三字一点题——正承"小山"而来。"弄妆"再点题，而"梳洗"二字又正承鬓之腮雪而来。其双管齐下，脉络最清。然而中间又着一"迟"字，远与"懒"字互为呼应，近与"弄"字互为注解。"弄"字最奇，因而是该篇词眼。一"迟"字，多少层次，多少时光，多少心绪，多少神情，俱被此一字包尽。

梳妆虽迟，终究有完毕之时，故过片重开，"照花前后镜，花面交相映"。即写梳妆已罢，最后以两镜前后对映而审看梳妆是否合乎标准。其前镜，妆台奁内之座镜；其后镜，手中所持之柄镜——俗呼"把儿镜"。所以照者，为看两鬓簪花是否妥帖，而两镜之交，"套景"重叠，花光之与人面，亦交互重叠，至于无数层次。以此十个字写此难状之妙景，尽得神理，实为奇绝之笔。

词作行笔至此，写梳妆题目已尽，如何结尾？后面又忽来两句："新帖绣罗襦，双双金鹧鸪"。新帖，同贴，即新鲜之"花样子"，剪纸为之，贴于绸帛之上，作为刺绣之"蓝本"。盖言梳妆既妥，遂开始一日之女红：刺绣罗襦，而此新样花贴，偏偏是一双一双的鹧鸪图案。闺中独守之人，见此图案，不禁有所感触。此处之所感所触，与开头之山眉深蹙、梦起迟妆相呼应。由此一例，足见温庭筠词极工于组织联络，回互呼应之妙。

望江南·梳洗罢

［唐］温庭筠

梳洗罢，独倚望江楼。过尽千帆皆不是，斜晖脉脉水悠
○⊙●，⊙●●○△。○●⊙○○●●，⊙○○⊙●●○

悠。肠断白蘋洲。
○。△，⊙●●○△。

【注释】

（1）《望江南》，词牌名，又名《梦江南》《忆江南》《江南好》，原唐教坊曲名，后用为词牌名。段安节《乐府杂录》载："《望江南》始自朱崖李太尉（德裕）镇浙日，为亡妓谢秋娘所撰，本名《谢秋娘》，后改此名。"《金奁集》入"南吕宫"。小令，单调二十七字，三平韵。

（2）梳洗：梳头、洗脸、化妆等妇女的生活内容。

（3）独：独自，单一。望江楼：楼名，因临江而得名。

（4）千帆：上千只帆船。帆：船上使用风力的布篷，又作船的代名词。皆：副词，都。

（5）斜晖：日落前的日光。晖：阳光。脉脉：含情凝视、情意绵绵的样子。这里形容阳光微弱。《古诗十九首》有"盈盈一水间，脉脉不得语"之语。后多用以表示含情欲吐之意。

（6）肠断：形容极度悲伤愁苦。白蘋：水中浮草，色白。古时男女常采蘋花以赠别。洲：水中的陆地。

【释文】

梳洗完毕，独自一人登上望江楼，倚靠着楼柱凝望着滔滔江面。上千艘船过去了，所盼望的人却没有出现。太阳的余晖脉脉地洒在江面上，江水慢慢地流着，思念的柔肠萦绕在那片白蘋洲上。

【赏析】

《望江南·梳洗罢》，是一首写闺怨的小令。词以江水、远帆、斜阳为背景，截取倚楼远望这一场景，以空灵疏荡之笔，塑造了一个望夫盼归、凝愁含恨的思妇形象。全词表现了女主人公从希望到失望以至最后的"肠断"的感情，情真意切，语言精练含蓄而余意不尽，没有矫饰之态和违心之语，风格清丽自然，是温庭筠词中别具一格的精品。

这首小令，只有短短二十七个字，却蕴含了丰富的内容和情思。

《白香词谱笺》云："词之难于令曲，如诗之难于绝句""一句一字闲不得"，即字字须精练，不能闲费笔墨。

起句"梳洗罢"，看似平平，语不惊人，但这三个字内容丰富，给读者留下了许多想象的余地。这不是一般人早晨起来的洗脸梳头，而是特定的人（少妇），在特定的条件（准备迎接久别的爱人归来）下，一种特定情绪（喜悦和激动）的反映。

在中国古典诗歌中，常以"炉薰阖不用，镜匣上尘生。绮罗失常色，金翠暗无精"之类的描写来表现思妇孤寂痛苦的生活和心情。本篇用法有所不同，离别的痛苦、相思的寂寞、孤独的日子似乎就要过去或者说希望中的美好日子似乎就要来到。于是，她临镜梳妆，顾影自怜，着意修饰一番。结果却是热烈的希望之火遇到冰冷的现实，带来了更深一层的失望和更大的精神痛苦，重新回到"明镜不治""首如飞蓬"的苦境中去。这三个字，把这个女子独居的环境、深藏内心的感情变化和对美好生活的向往，表现得非常生动。

接着，出现了一幅广阔、多彩的艺术画面："独倚望江楼"。江为背景，楼为主体，焦点是独倚的人。这时的女子，感情是复杂的。随着时间的推移，她的情绪是变化的：初登楼时的兴奋喜悦、久等不至的焦急、对往日的深沉追怀，可以引起读者许多想象。

这里，一个"独"字用得很传神。"独"字，既无色泽，又无音响，却意味深长。这不是恋人呢喃情语的"互倚"，也不是一群人叽叽喳喳的"共倚"，透过这无语独倚的画面，反映了人物的精神世界。一幅美人凭栏远眺图，却是"误几回、天际识归舟"的"离情正苦"。把人、景、情联系起来，画面上就有了盛妆女子和美丽江景调和在一起的斑斓色彩，有了人物感情变化和江水流动的交融。

"过尽千帆皆不是"，是全词感情上的大转折。这句和起句的欢快情绪形成对照，鲜明而强烈；又和"独倚望江楼"的空寂焦急相连接，承上而启下。船尽江空，人何以堪！希望落空，幻想破灭，这时映入她眼帘的是"斜晖脉脉水悠悠"。

落日、流水本是没有生命的无情物，但在此时此地的思妇眼里，却成了多愁善感的有情者。这是她的痛苦心境移情于自然物而产生的一种联想类比。斜阳欲落未落，对失望女子含情脉脉，不忍离去，悄悄收着余晖；不尽江水似乎也懂得她的心情，悠悠无语流去。它像一组电影镜头：一位着意修饰的女子，倚楼凝眸烟波浩渺的江水，等待久别不归的爱人，从日出到日落，由希望变失望。

至此，景物的描绘、感情的抒发、气氛的烘托都已成熟。最后，弹出全词的最强音："肠断白蘋洲"。

古人评词，强调"末句最当留意，有余不尽之意始佳"。这一末句与全词"不露痕迹"相较，点出主题似乎太直，但在感情的高潮中结句，仍有"余不尽之意"。白蘋洲在何处？俞平伯先生在《唐宋词选释》中说，不要"过于落实，似泛说较好"，这是极为深刻的见解。但在本篇的艺术描写中，应该是江中确有白蘋洲存在的，不是比喻、想象，也不是泛指，而是实写。独倚望江楼，一眼就可看到此洲，但那时盼人心切，只顾看船而不见有洲了。千帆过尽，斜晖脉脉，江洲依旧，却不见所思，怎能不肠断？

词是注重作家主观抒情的艺术形式。这首小令，情真意切，生动自然，没有矫饰之态和违心之语。词中出现的楼头、船帆、斜晖、江水、小洲这些互不相干的客观存在物，以及思妇由盼郎归来的喜悦到"肠断白蘋洲"的痛苦失望这些人物感情神态的复杂变化，经过作家精巧的艺术构思，成为浑然一体的艺术形象。作家的思想感情像一座桥梁，把这些景物、人物联系了起来，而且渗透到景物描绘和人物活动之中，成了有机的艺术整体，使冰冷的楼、帆、水、洲好像有了温度，有了血肉生命，变得含情脉脉；使分散孤立的风景，融合成具有内在逻辑联系的艺术画面；使人物的外在表现和内在心理活动完美统一地显示出来。正是现实生活中的思妇的怨和恨、血和泪，深深地感动了作家。在这些似乎平静的字句中，跳动着作家真挚热烈的心。

这首小令，像一幅清丽的山水小轴，画面上的江水没有奔腾不息的波涛，发出的只是一种无可奈何的叹息，连落日的余晖，也饱含了深刻的寓意，盘旋着一股无名的愁闷和难以排遣的怨恨。还有那临江的楼头、点点的船帆、悠悠的流水、远远的小洲，都惹人遐想和耐人寻味，有着一种美的情趣和情景交融的意境。这首小令，看似不动声色，却在轻描淡写中酝酿着炽热的情感，而且宛转起伏，顿挫有致，可于不用力处看出"重笔"。

思妇题材，自古写的人就很多，可以说是一个"热门题材"，但这首小令，不落俗套，很有特色。同时，这也是一个软题材，但这首小令不是软绵绵的，而是情调积极、健康、朴素的。在有着绮丽艳冶"花间"气的温词中，这首小令可说是情真意切、清丽自然、别具一格的精品。

2. 柳永

【作者简介】

柳永（约987—约1053），北宋著名词人，出身于官宦世家，原名三变，字景庄，后改名永，字耆卿，因排行第七，又称柳七，汉族，崇安（今福建武夷山）人，官至屯田员外郎，故世称柳屯田，婉约派最具代表性的人物之一。他自称"奉旨填词柳三变"，以毕生精力作词，并以"白衣卿相"自诩。

柳永是第一位对宋词进行全面革新的词人，也是两宋词坛上创用词调最多的词人。他大力创作慢词，将敷陈其事的赋法移植于词，同时充分运用俚词俗语，以通俗的意象、淋漓尽致的铺叙、平淡无华的白描等独特的艺术手法作词，对宋词的发展产生了深远影响。

柳永对宋词的贡献主要表现在两个方面。

一是创制慢词。唐五代时期，词的体式以小令为主，慢词总共不过十多首。到了宋初，词人擅长和习用的仍是小令。与柳永同时而略晚的张先、晏殊和欧阳修，仅分别尝试写了17首、3首和13首慢词，慢词占其词作总数的比例很小。而柳永一人就创制了慢词87首、长调125首，是第一个大量创制慢词的人。柳永大力创制慢词，从根本上改变了唐、五代以来词坛上小令一统天下的格局，使慢词与小令两种体式平分秋色，齐头并进。

二是创制词调。柳永还是两宋词坛创制词调最多的词人。据统计，在宋词880多个词调中，属于柳永首创或首次使用的就有100多个。词至柳永，体制始备，令、引、近、慢、单调、双调、三叠、四叠等长调短令，日益丰富。形式体制的完备，为宋词的发展和后继者在内容上的开拓提供了前提条件。

柳永词多描绘城市风光和歌妓生活，尤擅长抒写羁旅行役之情。其铺叙刻画，情景交融，语言通俗，音律谐婉，在当时流传甚广，人称

"凡有井水饮处，皆能歌柳词"，可见其对宋词发展的影响之大。后来的苏轼、黄庭坚、秦观等著名词家在创作上都受其影响。

柳永是北宋前期最有成就的词家，一生创作了不少词作，《柳永全集》共收有212首，其中《雨霖铃》《八声甘州》《望海朝》等是其代表作。

雨霖铃·寒蝉凄切

[宋]柳永

寒蝉凄切。对长亭晚，骤雨初歇。都门帐饮无绪，留恋
○○⊙▲。●○○●，●●○▲。○○○⊙⊙●，○●
处，兰舟催发。执手相看泪眼，竟无语凝噎。念去去、千里
●，○○○▲。●○○●○●，●○●○▲。●●●、○
烟波，暮霭沉沉楚天阔。　　多情自古伤离别。更那堪、冷落
○○，●●○○●○▲。　　⊙○●●○○▲。●○○、●●
清秋节。今宵酒醒何处？杨柳岸、晓风残月。此去经年，应
○○●。⊙○⊙●⊙⊙？⊙○●、●○○▲。●●○○，○
是良辰好景虚设。便纵有、千种风情，更与何人说？
●○○●●⊙▲。●●●、⊙○○●，●○○○▲？

【注释】

《雨霖铃》，词牌名，也写作《雨淋铃》。双调，一百零二字，前后片各五仄韵，多用入声部韵。前片第二、五句是上一、下三句式，第八句是上一、下四句式，第一字宜用去声。

相传唐玄宗李隆基在安史之乱被平后返京时，在雨中听到铃声而思念起在马嵬坡香消玉殒的杨贵妃，非常悲伤，故作此曲。该曲调自身就具有哀伤的成分。柳永是第一个用此曲填词的词人。

【释文】

秋后的蝉叫得是那样的凄凉而急促，面对着长亭，正是傍晚时分，一阵急雨刚停住。城外设帐饯别，没有畅饮的心绪，正在依依不舍的

时候，船上的人已催着出发。握着手互相瞧着，满眼泪花，直到最后也无言相对，千言万语都噎在喉间说不出来。想到这回去南方，千里迢迢，一片烟波，那夜雾沉沉的楚地天空竟是一望无边。自古以来多情的人最伤心的便是离别，何况又逢这萧瑟冷落的秋季，离愁哪能经受得了！谁知我今夜酒醒时身在何处？怕是只有杨柳岸边，面对凄厉的晨风和黎明的残月了。这一去，长年相别，相爱的人不在一起，我料想：即使遇到好天气、好风景，也是如同虚设。即使有满腹的情意，我又再同谁去诉说呢？

【赏析】

《雨霖铃·寒蝉凄切》这首词是柳永的代表作，为作者离开汴京南下浙江时与恋人（虫娘，当时京都有名的歌妓，与柳永情投意合）惜别之作。词以悲秋景色为衬托，抒写与所爱之人难以割舍的离情。词中以种种凄凉、冷落的秋天景象渲染离情别绪，活画出一幅秋江别离图。作者仕途失意，不得不离开京都远行，不得不与心爱的人分手，这双重的痛苦交织在一起，使他格外难受。这首词真实地描述了临别时的情景。

上片写送别的情景，深刻而细致地表现话别的场面。下片写设想中的别后情景，表现了双方深挚的感情。全词如行云流水，写尽了人间的离愁别恨。词人以白描手法写景、状物、叙事、抒情，感情真挚，词风哀婉。

此词被称为抒写离情别绪的千古名篇，也是柳词和有宋一代婉约词的杰出代表。在词中，作者将他离开汴京与恋人惜别时的真情实感表达得缠绵悱恻，凄婉动人。全词起伏跌宕，声情双绘，是宋元时期流行的"宋金十大曲"之一。

起首三句写别时之景，点明了地点和节序。《礼记·月令》云："孟秋之月，寒蝉鸣。"可见时间大约在农历七月。然而词人并没有纯客观地铺叙自然景物，而是通过景物的描写和氛围的渲染，融情入景，暗寓别意。秋季、暮色、骤雨、寒蝉，词人所见所闻，无处不凄凉。"对长亭晚"一句，中间插刀，极尽顿挫吞咽之致，更准确地传达了这种凄凉况味。

这三句景色的铺写，也为后两句的"无绪"和"催发"设下伏笔。"都门帐饮"，语本出自江淹《别赋》："帐饮东都，送客金谷。"他的恋人在都门外长亭摆下酒筵给他送别，然而面对美酒佳肴，词人毫无兴致。"方留恋处、兰舟催发"，这八个字完全是写实，然却以精练之笔刻画了典型环境与典型心理：一边是留恋情浓，一边是兰舟催发，这样的矛盾冲突何其尖锐！这里的"兰舟催发"以直笔写离别之紧迫，虽没有那么含蕴缠绵，却直而能纡，更能促使感情的深化。于是后面便迸发出"执手相看泪眼，竟无语凝噎"二句。寥寥十一字，语言通俗而感情深挚，形象逼真，如在目前，真是力敌千钧！

词人凝噎在喉的就是"念去去"二句的内心独白。这里的"念"字用得尤好，读去声，作为领格，上承"凝噎"而自然一转，下启"千里"以下而一气流贯。"念"字后"去去"二字连用，则愈显激越的声情，读时一字一顿，遂觉去路茫茫，道途修远。"千里"以下，声调和谐，景色如绘。既曰"烟波"，又曰"暮霭"，更曰"沉沉"，着色一层浓似一层；既曰"千里"，又曰"阔"，一程远似一程，道尽了恋人分手时难舍的别情。

上片正面话别，下片则宕开一笔，先作泛论，从个别说到一般。"多情自古伤离别"，意谓伤离惜别，并不自我始，自古皆然。接以"更那堪冷落清秋节"一句，则极言时当冷落凄凉的秋季，离情更甚于常时。"清秋节"一词，映射起首三句，前后照应，针线极为绵密；而冠以"更那堪"三个虚字，则加强了感情色彩，比起首三句的以景寓情更为明显、深刻。

"今宵"三句蝉联上句而来，是全篇警策之句，也是柳永光耀词史的名句。这三句本是想象今宵旅途中的况味，遥想不久之后一舟临岸，词人酒醒梦回，却只见习习晓风吹拂萧萧疏柳，一弯残月高挂杨柳梢头。整个画面充满了凄清的气氛，客情之冷落，风景之清幽，离愁之绵邈，完全凝聚在这画面之中。这句景语似工笔小帧，无比清丽。清人刘熙载在《艺概》中说："词有点，有染。柳耆卿《雨霖铃》云：'多情自古伤离别，更那堪冷落清秋节。今宵酒醒何处？杨柳岸、晓风残月 。'上二句点出离别冷落，'今宵'二句乃就上二句意染之。点染之间，不得有他语相隔，隔则警句亦成死灰矣。"也就是说，这四句密不可分，相互烘托，相互陪衬，中间若插上另外一句，就破坏了意境的完整性和形象的统一性，而后面这两个警句，也将失去光彩。

"此去经年"四句，改用情语。他们相聚之日，每逢良辰好景，总感到欢娱；可是别后非止一日，年复一年，纵有良辰好景，也引不起欣赏的兴致，只能徒增惆怅而已 。"此去"二字 ，遥应上片"念去去"；"经年"二字，近应"今宵"，在时间与思绪上均是环环相扣、步步推进的。"便纵有千种风情，更与何人说"，以问句归纳全词，犹如奔马收缰，有住而不住之势；又如众流归海，有尽而未尽之致。

此词之所以脍炙人口，是因为它在艺术上颇具特色，成就甚高。早在宋代，就有记载说，以此词的缠绵悱恻、深沉婉约，"只合十七八女郎，执红牙板，歌'杨柳岸、晓风残月'。"这种格调的形成，有赖于意境的营造。词人善于把传统的情景交融的手法运用到慢词中，把离情别绪的感受，通过具有画面性的境界表现出来，意与境会，构成一种诗意美的境界，给读者以强烈的艺术感染。全词虽为直写，但叙事清楚，写景工致，以具体鲜明而又能触动离愁的自然风景画面来渲染主题，状难状之景，达难达之情，而出之以自然。末尾二句画龙点睛，为全词生色，是脍炙人口的千古名句。

八声甘州

［宋］柳永

对潇潇暮雨洒江天，一番洗清秋。渐霜风凄紧，关河冷
●⊙○○⊙●●○○，⊙⊙●○△。●●○○⊙●，⊙○○
落，残照当楼。是处红衰翠减，苒苒物华休。惟有长江水，

●，⊙●○△。⊙●⊙○●，⊙●●○△。⊙●⊙○●，
无语东流。　　不忍登高临远，望故乡渺邈，归思难收。叹
⊙●○△。　　○●○○●，⊙●○○●，⊙●○△。●
年来踪迹，何事苦淹留？想佳人，妆楼颙望，误几回，天际
⊙○○●，⊙○●○△？●○○，⊙○○●，⊙●○　⊙●
识归舟。争知我，倚阑干处，正恁凝愁。
●○△。○○●，⊙○⊙●，⊙●○△。

【注释】

(1)《八声甘州》，词牌名，又名《甘州》《潇潇雨》《宴瑶池》，双调九十七字，上下片各九句、四平韵。

(2)潇潇：形容雨声急骤。

(3)凄紧：形容秋风寒冷萧瑟。

(4)关河：关隘、山河。

(5)残照：夕阳。

(6)是处红翠衰减：是处：到处。红衰翠减：花朵凋零，绿叶枯萎。出自李商隐《赠荷枪实弹花》诗"此荷此叶常相映，红衰翠减愁煞人"句。

(7)苒苒：渐渐地。

(8)物华休：美好的景致已不复存在。

(9)淹留：久留。

(10)颙望：抬头远望。

(11)天际识归舟：谢朓《之宣城出新林浦向板桥》诗云："天际识归舟，云中辨江树。"误几回、天际识归舟，指多少次将远处来的船误认为丈夫的归舟，极写思情之深。争知：怎知。

(12)恁：如此，这样。

(13)凝愁：愁思凝结难解。

【释文】

面对着潇潇暮雨从天空洒落在江上，经过一番雨洗的秋景分外寒凉凄清。凄凉的霜风逐渐迫近，关隘、山河冷清萧条，落日的余光照耀在楼上。到处红花凋零，翠叶枯落，美好的景物渐渐衰残，不复存在。只有长江水，仍不声不响地向东流淌。

不忍心登上高山下看远方，眺望渺茫遥远的故乡，渴求回家的心思难以收拢。叹息这些年来的行踪，为什么苦苦地长期停留在异乡？想起心上人，正在华丽的楼上抬头凝望，多少次错把远处驶来的船当作心上人回家的舟。怎么知道我，倚着栏杆的时候，正这样的愁思深重。

【赏析】

柳永出身于士族家庭，从小接受儒家思想，有求仕用世之志。因天性浪漫和富有音乐才能，适逢北宋安定统一，城市繁华，京城歌楼妓馆林林总总，被流行歌曲吸引，乐与伶工、歌妓为伍，初入世竟因谱写俗曲歌词，遭当权者挫辱而不得伸其志。于是他浪迹天涯，用词抒写羁旅之志和怀才不遇的痛苦愤懑。《八声甘州》即此类词的代表作，被苏轼称赞其佳句为"不减唐人高处"。

纵观全词，非独结尾统摄全篇，上下片十八句无不泾渭分明，丝丝入扣。上片写景，下片言情，情景交织，以"对"字开篇，"登高临远"过片，"倚栏"落脚，又以倚栏凝愁照应江水无语，有如常山之蛇，关节响应，救首救尾。柳永词铺叙而不散漫，于此可见一斑。

柳词本以柔婉见长，此词却"以沉雄之魄，清劲之气，写奇丽之情。"（郑文焯《与人论词遗札》）将志士悲慨与儿女柔情相结合，体现出刚柔相济的艺术美。用单字去声作为句首领头字，也是一大特色，"对""渐""望""叹""误"等用于开篇与转折处，骨节灵通，强而有力，如点睛之龙破壁而飞。

这首传诵千古的名作，融写景、抒情为一体，通过描写羁旅行役之苦，表达了强烈的思归情绪，语浅而情深，是柳永同类作品中艺术成就最高的一首。

开头两句写雨后江天，澄澈如洗。一个"对"字，写出了登临纵目、望极天涯的境界。当时，天色已晚，暮雨潇潇，洒遍江天，千里无垠。其中"雨"字、"洒"字和"洗"字，三个上声，循声高诵，感觉素秋清爽，无与伦比。

自"渐霜风"句起，以一个"渐"字，领起四言三句十二字。"渐"字承上句而言，当此清秋，复经雨涤，于是时光景物，遂又生一番变化。这样词人用一"渐"字，神态毕备。秋已更深，雨洗暮空，乃觉凉风忽至，其气凄然而遒劲，直令衣单之游子，有不可禁当之势。

一个"紧"字，又用上声，气氛声韵写尽悲秋之气。再下一"冷"字，又是上声，层层逼紧。而"凄紧""冷落"，又皆双声叠响，具有很强的艺术感染力，紧接一句"残照当楼"，境界全出。这一句精彩处在"当楼"二字，似全宇宙悲秋之气一起袭来。

"是处红衰翠减，苒苒物华休。"词意由苍茫悲壮转入细致沉思，由仰观转至俯察，又见处处皆是一片凋落之景象。"红衰翠减"，乃用诗人之语，倍觉风流蕴藉。"苒苒"，恰与"渐"字相呼应。一"休"字，寓有无穷的感慨愁恨。

接下来，"惟有长江水，无语东流"写的是短暂与永恒、改变与不变之间的这种直令千古词人思索的宇宙人生哲理。"无语"二字乃"无情"之意，此句蕴含百感交集的复杂心理。

"不忍"句点明背景是登高临远。说"不忍"，又多一番曲折、一番情致。至此，词以写景为主，情寓景中。但下片妙处在于词人善于推己及人，本是自己登高远眺，却偏想故园之闺中人，应也是登楼望远，伫盼游子归来。"误几回"三字更觉灵动。结句篇末点题。"倚阑干"，与"对"，与"当楼"，与"登高临远"，与"望"，与"叹"，与"想"，都相关联、相辉映。词中登高远眺之景，皆为"倚闺"时所见；思归之情又从"凝愁"中生发；而"争知我"三字化实为虚，使思归之苦、怀人之情表达得更为曲折动人。

这首词章法结构细密，写景抒情融为一体，以铺叙见长。词中思乡怀人之意绪，展衍尽致。而白描手法和通俗的语言，将这复杂的意绪表达得明白如话。正因如此，柳永的这首《八声甘州》终于成为词史上的丰碑，得以传诵千古。

3. 李煜

【作者简介】

李煜（937—978），南唐元宗（即南唐中主）李璟第六子，初名从嘉，字重光，号钟隐、莲峰居士，汉族，生于金陵（今江苏南京），祖籍彭城（今江苏徐州铜山区），南唐最后一位国君。

北宋建隆二年（961 年），李煜继位，尊宋为正统，岁贡以保平安。开宝四年（971 年）十月，宋太祖灭南汉，李煜去除唐号，改称"江南国主"。次年，贬损仪制，撤去金陵台殿鸱吻以示尊奉宋廷。开宝八年（975 年），李煜兵败降宋，被俘至汴京（今河南开封），授右千牛卫上将军，封违命侯。太平兴国三年（978 年）七月七日，李煜死于汴京，追赠太师，追封吴王，世称南唐后主、李后主。

李煜精书法、工绘画、通音律，诗文均有一定造诣，尤以词的成就最高。李煜的词，继承了晚唐以来温庭筠、韦庄等花间派词人的传统，又受李璟、冯延巳等的影响，语言明快，形象生动，用情真挚，风格鲜明，其亡国后因身份突变，环境幽闭，心情压抑，词作题材更加多样，含意深沉，尤其是亡国之痛，促使其创作了《虞美人》《浪淘沙》《乌夜啼》等千古杰作。李煜是一位亡国之君，是政治上的失败者，却是文学上的成功者，在词坛上留下了不朽的篇章，被后世誉为"千古词帝"。其词在晚唐五代词中别树一帜，对北宋及后世词坛影响深远。

虞美人·春花秋月何时了

[五代·南唐]李煜

春花秋月何时了？往事知多少。小楼昨夜又东风，故国
⊙○⊙●○○▲，⊙●○○▲。⊙○○⊙●●○△，⊙●

不堪回首月明中。　　雕栏玉砌应犹在，只是朱颜改。问君
⊙○○●●○△。　　⊙○○●○○▲，⊙●○○▲。⊙○

能有几多愁？恰似一江春水向东流。
⊙●●○△？⊙●⊙○○●○△。

【注释】

(1)《虞美人》，词牌名，原为唐教坊曲，初咏项羽宠姬虞美人死后地下开出一朵鲜花，因以为名。又名《一江春水》《玉壶水》《巫山十二峰》等，以李煜词、毛文锡词为正体，李词为双调五十六字，前后段各四句，两仄韵、两平韵；毛词为双调五十八字，前后段各五句，两仄韵，三平韵。另有五十六字两仄韵、两平韵，五十八字五平韵，五十八字前段五句五平韵，后段五句两仄韵三平韵的变体。

(2)了：了结，完结。

(3)砌：台阶。雕栏玉砌，指远在金陵的南唐故宫。

(4)朱颜：或指当年的红粉宫女，或指朱红色油漆的豪华宫殿。

(5)君：作者自称。

(6)能有：都有，还有，却有。

【释文】

这春花秋月的美好时光什么时候才能结束啊？难堪的往事不知道有多少！昨夜小楼上又吹来了春风，在这皓月当空的夜晚，怎能忍受得了回忆故国的伤痛。

精雕细刻的栏杆、玉石砌成的台阶应该都还在，只是原来居处的朱颜已不再，过去的红粉宫女也已衰老。要问我心中有多少哀愁，就

像那不尽的春江之水滚滚东流。

【赏析】

这首《虞美人》是李煜的代表作，也是李后主的绝命词。此词与《浪淘沙·帘外雨潺潺》均作于李煜被毒死之前，时为北宋太宗太平兴国三年（公元 978 年），这时李煜降宋已近三年。相传他于自己生日（七月七日）"七夕"之夜，在寓所命歌妓作乐，唱新作《虞美人》词，声闻于外。宋太宗闻之大怒，命赐毒酒，将其杀害。

这首词通过今昔交错对比，表现了一个亡国之君的无穷哀怨，表达了强烈的故国之思，取得了惊天地泣鬼神的艺术效果。

"春花秋月何时了，往事知多少！"三春花开，中秋月圆，岁月不断更替，人生多么美好。可我这囚犯的苦难岁月，什么时候才能完结呢？"春花秋月何时了"表明词人身为阶下囚，怕春花秋月勾起往事而伤怀。回首往昔，身为国君，过去许许多多的事到底做得如何呢？怎么会弄到今天这步田地？据史书记载，李煜当国君时，日日纵情声色，不理朝政，枉杀谏臣……透过此句，不难看出，这位从威赫的国君沦为阶下囚的南唐后主，此时此刻的心中有的不只是悲苦愤慨，多少也有悔恨之意。

"小楼昨夜又东风，故国不堪回首月明中。"苟且偷生的小楼昨天夜晚又一次春风吹拂，春花又将怒放。回想起南唐的王朝、李氏的社稷——自己的故国却早已灭亡。诗人身居囚室，听着春风，望着明月，触景生情，愁绪万千，夜不能寐。一个"又"字，表明此情此景已多次出现，这种精神上的痛苦让人难以忍受。"又"点明了"春花秋月"的时序变化，词人降宋又苟活了一年，加重了上两句流露的愁绪，也引出词人对故国往事的回忆。

"雕栏玉砌应犹在，只是朱颜改。"尽管"故国不堪回首"，可又不能不"回首"。谁没有思国思乡之情呢？何况现在沦为阶下之囚，失去自由，更是会经常回忆当年的往事。这两句就是具体写"回首""故国"的——故都金陵华丽的宫殿大概还在，只是鲜艳的颜色已经凋败，那些丧国的宫女容颜已经衰老。这里暗含着李后主对江山易主、物是人非的深刻感慨。"朱颜"一词在这里固然具体指往日宫中的红粉佳人或殿宇的金碧辉煌，但同时又是过去一切美好事物、美好生活的象征。

以上六句在结构上颇具匠心。几度运用两相对比和隔句呼应，反复强调自然界的轮回更替和人生的短暂易逝，富有哲理意味，感慨深沉。一、二句"春花秋月"的无休无止和人间事的一去难返对比；三、四句"又东风"和"故国不堪回首"对比；五、六句"应犹在"和"改"对比。"又东风""应犹在"又呼应"何时了"；"不堪回首""朱颜改"又呼应"往事"。如此对比和回环，形象逼真地传达出词人心灵上的波涛起伏和忧思难平。词人竭力将美景与悲情、往昔与当今、景物与人事的对比融为一体，尤其是通过自然的永恒和人事的沧桑的强烈对比，把蕴蓄于胸中的悲愁悔恨曲折有致地倾泻出来，凝成了最后的千古绝唱。

"问君能有几多愁？恰似一江春水向东流。"最后两句，自问自答，石破天惊。词人的满腔幽愤再也控制不住，汇成了旷世名句"问君能有几多愁？恰似一江春水向东流。"把愁思比作"一江春水"，就使抽象的情感显得形象可感。愁思如春水涨溢恣肆，奔放倾泻；又如春水不舍昼夜，无尽东流。声调上，这九个字平仄交替，读来亦如满江春水起伏连绵，把感情在升腾流动中的深度和力度表达得淋漓尽致。词人先用发人深思的设问，点明抽象的本体"愁"，接着用生动的喻体奔流的江"水"作答。用满江的春水来比喻满腹的愁恨，极为贴切形象，不仅显示了愁恨的悠长深远，而且显示了愁恨的汹涌翻腾，充分体现出奔腾中的感情所具有的力度和深度。以这样声情并茂的词句作结，大大增强了作品的感染力，读者读完之后合上书页，似乎也被这无尽的哀思淹没了。

以水喻愁，可谓"前有古人，后有来者"。如，李群玉《雨夜呈长官》"请量东海水，看取浅深愁"；刘禹锡《竹枝词》"蜀江春水拍山流，水流无限似侬愁"；秦观《江城子·西城杨柳弄春柔》"便作春江都是泪，流不尽，许多愁"。这些诗词妙句尽管都以水喻愁，却或失之于轻描淡写，或失之于直露，都没有"恰似一江春水向东流"这样打动人心，真所谓"真伤心人语"也。

　　全词以明净、凝练、优美、清新的语言，运用比喻、对比、设问等多种修辞手法，高度地概括和淋漓尽致地表达了诗人的真情实感。全词虚设回答，在问答中又紧扣回首往事，感慨今昔写得自然而一气流注，最后进入语尽意不尽的境界，使词显得阔大雄伟。难怪前人赞誉李煜的词是"血泪之歌"，"一字一珠"。

　　全词抒写亡国之痛，意境深远，感情真挚，结构精妙，语言清新，虽短小而余味无穷。唐圭璋《李后主评传》指出："他身为国主，富贵繁华到了极点；而身经亡国，繁华消歇，不堪回首，悲哀也到了极点。正因为他人生经过这种极端的悲乐，遂使他在文学上的收成，也格外光荣而伟大。在欢乐的词里，我们看见一朵朵美丽之花；在悲哀的词里，我们看见一缕缕的血痕泪痕。"王国维《人间词话》也如是评价："唐五代之词，有句而无篇。南宋名家之词，有篇而无句。有篇有句，唯李后主降宋后之作，及永叔、子瞻、少游、美成、稼轩数人而已。"

4.晏殊

【作者简介】

　　晏殊（991—1055），字同叔。北宋前期著名词人，抚州临川县文港乡（今南昌进贤县）人，十四岁以神童入试，赐进士出身，命为秘书省正字，自此官运亨通，迁太常寺奉礼郎、光禄寺丞、尚书户部员外郎、太子舍人、翰林学士、左庶子。仁宗即位后，迁右谏议大夫兼侍读学士加给事中，进礼部侍郎，拜枢密使、参知政事加尚书左丞。庆历中，又拜集贤殿学士、同平章事兼枢密使、礼部、刑部尚书、观文殿大学士、知永兴军、兵部尚书，封临淄公，谥号元献，世称晏元献。

　　晏殊一生，仕途得意，历任要职，更兼热心提拔后进，如范仲淹、韩琦、欧阳修等，皆出于其门下。

　　晏殊以词著名于文坛，尤擅小令，风格含蓄婉丽，与其子晏几道，被称为"大晏"和"小晏",又与欧阳修并称"晏欧"。亦工诗善文,原有集,已散佚。存世有《珠玉词》《晏元献遗文》《类要》残本。

晏殊《珠玉词》存词 130 余首,多表现诗酒生活和悠闲情致,颇受南唐冯延巳的影响。晏词造语工巧浓丽,音韵和谐,风流蕴藉,温润秀洁,风格含蓄婉丽。其代表作为《浣溪沙》《蝶恋花》《踏莎行》《破阵子》《鹊踏枝》等,其中《浣溪沙》中的"无可奈何花落去,似曾相识燕归来"为千古传诵的名句。

浣溪沙

[宋]晏殊

一曲新词酒一杯,去年天气旧亭台,夕阳西下几时回?
⊙●⊙○⊙●△,⊙○⊙●●○△,⊙○○●●○△?
无可奈何花落去,似曾相识燕归来,小园香径独徘徊。
⊙●⊙○○●●,⊙○○●●○△,⊙○⊙●●○△。

【注释】

《浣溪沙》,词牌名,唐教坊曲,又名《山花子》,双调,四十二字,上片三平韵,下片两平韵。过片两句多用对偶,此为定格。别格有《摊破浣溪沙》,上、下片各增三字,韵全同。如南唐中主李璟的《摊破浣溪沙》:

菡萏香销翠叶残,西风愁起绿波间。还与韶光共憔悴,不堪看。
细雨梦回鸡塞远,小楼吹彻玉笙寒。多少泪珠何限恨,倚阑干。

【释文】

在去年的旧亭台上写了一曲新词,倒了一杯酒,我坐在那看着夕阳西下,突然想到夕阳西下有多少时间已过去,已回不来?

看着那花儿在风中摇摆而落在地上,感觉时间一去不复返,时间过去了就永远也回不来了,让我们更加珍惜时间吧,因为我们知道留不住最美的时光。燕子飞回来了,可到底是不是去年的燕子呢?谁也不知道，只是觉得似乎好像。我站在花园里飘着落花香味的小路上，一个人不时地走来走去。我知道花落还有花开的时候，可我们却不会重生。

【赏析】

这首《浣溪沙》词虽含伤春惜时之意，实际上却为感慨抒怀之情。词之上片绾合今昔，叠印时空，重在思昔；下片则巧借眼前景物，着重写今日的感伤。全词语言圆转流利，通俗晓畅，清丽自然，意蕴深沉，启人神智，耐人寻味。词中对宇宙人生的深思，给人以哲理性的启迪和美的艺术享受。

起句"一曲新词酒一杯，去年天气旧亭台。"写对酒听歌的现实环境。从复叠错综的句式、轻快流利的语调中可以体味出，词人在面对现境时，开始是怀着轻松喜悦的感情，带着潇洒安闲的意态的。但边听边饮，这现境却又不期而然地触发对"去年"所历类似境界的追忆：也是和今年一样的暮春天气，面对的也是和眼前一样的楼台亭阁、一样的清歌美酒。然而，在似乎一切依旧的表象下，又分明感到有的东西已经有了难以逆转的变化，这便是悠悠流逝的岁月和与此相关的一系列人和事。于是词人不由得从心底涌出这样的喟叹："夕阳西下几时回？"夕阳西下，是眼前景。但词人由此触发的，却是对美好景物情事的流连，对时光流逝的怅惘，以及对美好事物重现的微茫的希望。这是即景兴感，但所感者实际上已不限于眼前的情事，而是扩展到整个人生，其中不仅有感性活动，而且包含着某种哲理性的沉思。夕阳西下，是无法阻止的，只能寄希望于它的东升再现，而时光的流逝、人事的变更，却再也无法重复。

"无可奈何花落去，似曾相识燕归来"一句，工巧而浑成、流利而含蓄，在用虚字构成工整的对仗、唱叹传神方面表现出词人的巧思深情，这也是这首词出名的原因。但更值得玩味的倒是这一句所含的意蕴。花的凋落，春天的消逝，时光的流逝，都是不可抗拒的自然规律，虽然惋惜流连也无济于事，所以说"无可奈何"，这一句承上"夕阳西下"；然而在这暮春天气中，所感受到的并不只是无可奈何的凋衰消逝，而是还有令人欣慰的重现，那翩翩归来的燕子不就像是去年曾在此处安巢的旧时相识吗？这一句应上文"几时回"。花落、燕归虽也是眼前景，但一经与"无可奈何""似曾相识"联系，它们的内涵便变得非常广泛，而且还带有美好事物的象征意味。在惋惜与欣慰的交织中，蕴含着某种生活哲理：一切必然要消逝的美好事物都无法阻止其消逝，但在消逝的同时仍然有美好事物的再现，生活不会因消逝而变得一片虚无。只不过这种重现毕竟不等于美好事物的原封不动地重现，而只是"似曾相识"罢了。

此词之所以脍炙人口，广为传诵，其根本原因在于情中有思。词中似乎于无意间描写司空见惯的现象，却有哲理的意味，启迪人们从更高层次思索宇宙人生问题。词中涉及时间永恒而人生有限这样深广的意念，但表现得十分含蓄。

5. 晏几道

【作者简介】

晏几道（1038—1110），北宋著名词人，字叔原，号小山，抚州临川文港沙河（今江西省南昌市进贤县）人，晏殊第七子，与其父晏殊合称"二晏"。

晏几道词风似其父而造诣过之。工于言情，表达情感直率。其小令语言清丽，感情深挚，尤负盛名。多写爱情生活，是婉约词派的重要代表作家。有《小山词》260 多首遗世。

鹧鸪天

[宋]晏几道

彩袖殷勤捧玉钟，当年拚却醉颜红。舞低杨柳楼心月，
⊙●○○●●△。⊙○⊙●●○△。⊙○⊙●○○●，

歌尽桃花扇底风。　　从别后，忆相逢。几回魂梦与君同。
⊙●○○●●△。　　○●●，●○△。⊙○○●●○△。
今宵剩把银釭照，犹恐相逢是梦中。
⊙○⊙●○○●，⊙●○○●●△。

【注释】

(1)《鹧鸪天》，词牌名，又名《思佳客》《醉梅花》《思越人》《剪朝霞》《骊歌一叠》，双调，五十五字，上片四句三平韵，下片五句三平韵。上片第三四句、下片第一二句一般要求对偶。

(2)彩袖：代指穿彩衣的歌女。

(3)玉钟：玉琢的酒杯，此言珍贵的酒杯。

(4)拚却：心甘情愿。拚，不顾惜。

(5)剩把：尽管。剩，读锦 jǐn。

(6)银釭：银质的蜡台。

【释文】

忆当年，你手捧玉盅把酒敬，衣着华丽人多情；我举杯痛饮拼一醉，醉意醺醺脸通红。纵情跳舞，直到楼顶月、挨着树梢向下行；尽兴唱歌，使得桃花扇、疲倦无力不扇风。

自从离别后，总想重相逢，多少次你我重逢在梦中。今夜果真喜相逢，挑灯久坐叙别情，还恐怕又是虚幻的梦境。

【赏析】

此词表现的是一对恋人的"爱情三部曲"：初盟、别离、重逢。全词不过五十几个字，而能造成两种境界，互相补充配合，或实或虚，既有色彩的绚烂，又有声音的谐美，足见作者词艺之高妙。

"彩袖殷勤"二句，着笔于对方，落墨于自身，既展现了二人初识时的特定情境，也披露了二人一见倾心、愿托终身的曲折心态。"彩袖"，说明对方并非与自己门第相配的大家闺秀，而不过是侑酒于华筵盛宴的歌女。但此时伊人殷勤捧杯劝饮，却不仅仅是履行侑酒之责，而欲借此暗通情愫。而心有灵犀的作者又何尝不谙其意？为了报答她对自己独钟的深情，他开怀畅饮，不惜一醉。这就写出了感情的双向交流。

"舞低杨柳"二句描写歌舞场面，渲染欢乐气氛，是对初识，亦即初盟时情境的进一步勾画。不径直言伊人舞姿曼妙，歌声婉转，而借时间的推移，从侧面表现出其极尽妍态，是作者的独出机杼之处。

"舞低杨柳"句既点出了艳舞的持续之久，又将月升日沉的自然现象化为其动态效应。

"歌尽桃花"句由暗示伊人轻摇花扇，尽兴演唱，直至精疲力竭，才暂歇歌喉——扇底风尽，不正意味着歌喉暂歇？这种竟夜歌舞、通宵欢宴的情景，无疑从一个侧面反映出宋代文人阶层的生活情趣。但作者之所以对它历久难忘，却不仅仅是出于对昔日歌舞生涯的眷念，更因为那是他与伊人相识相恋的契机。此两句造语精丽，发想新奇，于绮华中别见韶秀之美，因而深为后代词论家所推赏。

下片一笔跃至别后的相思，而将初盟以迄别离的种种情事尽皆略去，颇见剪裁之工。"从别后"二句点明初逢的场面是其别后怀念的主要内容。"几回魂梦"句直诉魂牵梦萦的相思情怀。"与君同"暗示不独自己如此，对方亦复频入梦境，相思无已，但梦中重逢的欢娱极其短暂，梦后独处的凄怆却格外深长。如是者三，必然既想入梦，又怕入梦，乃至将梦作真、将真作梦。这就逗出"今宵剩把"二句：作者以"剩把""犹恐"前后勾连，通过持灯反复照看而犹难以释然，深刻地写出了这一对眷恋至深的情侣，久别重逢时那种惊喜交集、喜极转忧的特殊心态。唯其眷恋至深才唯恐此番又是将梦作真。

陈廷焯《白雨斋词话》评曰："下半阕曲折深婉，自有艳词，更不得不让伊独步。"这当不是溢美之词。当然，末二句也许受到杜甫诗"夜阑更秉烛，相对如梦寐"（《羌村三首》之一），及司空曙诗"乍见翻疑梦，相悲各问年"（《云阳馆与韩绅宿别》）的启发。

言为心声。有至情之人，才能有至情之文。一首《鹧鸪天》，写悲感，写欢情，都是这样真挚深沉，感人肺腑，具有强烈的感情色彩。虽然这首词的题材比较窄，不外乎伤离怨别，感悟怀旧，遣情遗恨之作，并没有超出晚唐五代词人的题材范围。但是小晏写情之作的动人处，就在于它的委婉细腻，情深意浓而又风流妩媚，清新俊逸。白居易曰："感人心者，莫先乎情。"古往今来，脍炙人口的诗词，大抵不仅有情，而且情真。所谓"真字是词骨。情真、景真，所作必佳，且易脱稿"。

"彩袖殷勤捧玉钟，当年拼却醉颜红。舞低杨柳楼心月，歌尽桃花扇低风。"一个是殷勤地劝酒，一个是拼命地喝酒，为伊消得人憔悴。当年一夕初逢的倾心难忘，别后梦中的飘忽难寻，今宵突然重逢的恍惚难信，景境几转，人事剧变，一切都"如幻如电，如昨梦前尘"。而重逢时的惊疑和惊喜之状也就自然而然，毫无忸怩作态。

多情似小晏，天下能有几何？小晏词工于言情而能真，故陈廷焯虽嫌其不免思涉于邪，有失风人之旨，然又不能不称其措辞婉妙，一时独步，又言"浅处皆深""情词并胜""曲折深婉，自有艳词，更不得让伊独步。"小晏善写风流之情，欢娱之境，既极尽沉郁之致和荡气回肠之胜，又能表现出纯真无邪的品性，使人不觉其卑俗，不感其淫亵，虽百读之而不厌。这一点，小晏受五代词尤其是后主词的影响很大。冯煦《宋六十家词选例言》曰："淮海、小山，古之伤心人也"。把小晏、李后主、秦少游并称"词中三位美少年"，可见其三人之风格的确比较接近。陈廷焯《白雨斋词话》还云："李后主、晏叔原皆非词中正声，而其词则无人不爱，以其情胜也。情不深而为词，虽雅不韵，何足感人？"王国维先生也说："大家之作，其言情也，必沁人心脾……"小晏之作，已然近之。

"从别后，忆相逢，几回魂梦与君同。今宵剩把银釭照，犹恐相逢是梦中。"回忆相会时的欢乐肆意，酣畅淋漓，正是为了反衬钟情至深，相思至极，魂牵梦萦，不免寤寐求之。而梦中的相会终归是空，清醒后的相思却更深邃，更加彻骨，以至于当真正相会之时，分不清眼前是梦是真，害怕再次醒来更加痛彻心扉的相思。

晏几道出身书香门第，不少婉雅佳言也化用了前人诗句。虽然前人言在，但是为己所用，和谐融贯，读来仍是自然生辉，更别有一番情趣含蕴其中。梦的意境在小晏笔下，采用递进的方式，前一句的相思之情已是极限，后一句则递进一步，产生了循环往复的艺术效果，意象更为丰满。可谓青出于蓝而胜于蓝。

晏几道以其"淡语皆有味，浅语皆有致"的典雅风格和"秀气胜韵，得之天然"的清丽词风冠盖一时。陈廷焯《白雨斋词话》卷一云："北宋晏小山工于言情，出元献（晏殊）、文忠（欧阳修）之右，然不免思涉于邪，有失风人之旨。而措辞婉妙，则一时独步。"陈振孙则赞曰："其（叔原）词在诸明胜中，独可追逼花间，高处或过之。气磊落，未可贬也。"毛晋在《跋小山词》中称小晏词"字字娉娉，如揽嫱、施之袂，恨不能起莲、鸿、苹、云，按红牙板，唱和一过"。可谓倾倒之至。而其"从别后，忆相逢，几回魂梦与君同。今宵剩把银缸照，犹恐相逢是梦中"的佳句，千百年来一直为世人所传唱，至今仍余韵袅袅。

6. 秦观

【作者简介】

秦观（1049—1100），早年字太虚，后改字少游，别号邗沟居士、淮海居士，今江苏高邮人。

秦观少时聪颖，博览群书，诗词文章俱佳，抱负远大，曾纵游湖州、杭州、润州（今镇江）各地。熙宁元年（1068），其方 21 岁，因目睹人民遭受水灾的惨状，就创作了《浮山堰赋》《郭子仪单骑见虏赋》，一时引起轰动。

秦观因与苏轼过从甚密，在朝廷党争中屡受牵连，仕途不顺，逝世较早。存世有词三卷 100 多首，诗十四卷 430 多首，文三十卷 250 多篇。

秦观是婉约词派的代表作家之一，在婉约感伤词作的艺术表现方面展示出独特的审美境界。

首先，在意境创造上，秦观词作擅长描摹清幽冷寂的自然风光，抒发迁客骚人的愤懑和无奈，营造出萧瑟凄厉的"有我之境"。代表性作品是他贬谪湖南郴州期间所写的《踏莎行·郴州旅舍》：

雾失楼台，月迷津渡，桃源望断无寻处。可堪孤馆闭春寒，杜鹃声里斜阳暮。　　驿寄梅花，鱼传尺素。砌成此恨无重数。郴江幸自绕郴山，为谁流下潇湘去？

这篇词作非常深切地抒写了词人遭受流放、前途渺茫、孤独寂寞、思念家乡的愁绪。特别是最后两句，因景设问，沉痛地表达出自己远离朝廷、谪放天涯的无奈和悲愤。

秦观病逝之后，苏轼特意将这首词的最后两句书于扇上，并题跋曰："少游已矣，虽万人何赎！"后来北宋著名书法家米芾又将此词书写，连同苏轼的跋一起刻碑。此碑现立于郴州苏仙岭，因秦观词、苏轼跋、米芾书而被称为"三绝碑"，享誉古今。

其次，在语法结构方面，秦观受到柳永的影响，创作了大量慢词。但是他能把小令词中含蓄缜密的韵味带进慢词长调，从而弥补了柳永以赋法填词所造成的发露有余、浅白单调的不足，使词显得跌宕有致，包蕴深层，《望海潮·洛阳怀古》就是显著代表。

最后，在字法运用方面，秦观词作具有含蓄隐丽的特征，取象设词追求意象的精致幽美，描绘自然景物，多为飞燕、寒鸦、垂杨、芳草、斜阳、残月、远村、烟渚等；摹建筑器物，则多是驿亭、孤馆、画屏、银烛之类。他以柔婉的笔触，对词中的字句多加推敲和修饰，用精美凝练的辞藻，传写出凄迷朦胧的意境。如《鹊桥仙·纤云弄巧》：

纤云弄巧，飞星传恨，银汉迢迢暗度。金风玉露一相逢，便胜却、人间无数。　　柔情似水，佳期如梦，忍顾鹊桥归路。两情若是久长时，又岂在、朝朝暮暮。

正像赵尊岳在《填词丛话》卷中评析秦观词用字之妙所言："淮海即好丽字，触目琳琅，如'东风里，朱门映柳，低按小秦筝'，一'映'，一'低按'，一'小'字，已经驱使质实为疏秀，人见其风度矣。"

望海潮·洛阳怀古

[宋]秦观

梅英疏淡，冰澌溶泄，东风暗换年华。金谷俊游，铜驼

⊙○○●，⊙○○●，⊙○⊙●○△。⊙●●○，⊙○

巷陌，新晴细履平沙。长记误随车。正絮翻蝶舞，芳思交加。

●●，⊙○⊙●○△。⊙○●○△。●⊙⊙●●，⊙●○△。

柳下桃蹊，乱分春色到人家。　　　西园夜饮鸣笳。有华灯碍

⊙●○○，⊙○⊙●●○△。　　　⊙○●●○△。●○○●

月，飞盖妨花。兰苑未空，行人渐老，重来是事堪嗟。烟暝

●，⊙●○△。⊙●●○，⊙○●●，⊙○⊙●○△。⊙●

酒旗斜，但倚楼极目，时见栖鸦。无奈归心，暗随流水到天

●○△，⊙⊙○●●，⊙●○△。⊙○●○，●⊙⊙●●○

涯。

△。

【注释】

(1)《望海潮》，词牌名，为柳永首创，此调咏钱塘(今浙江杭州)，当是以钱塘作为观潮胜地取意。双调，一百零七字，上片十一句，五平韵，下片十一句，六平韵。

(2)冰澌溶泄：冰块融化流动。

(3)东风暗换年华：是说东风吹起，不知不觉又换了岁月。

(4)金谷：金谷园，在洛阳西北。俊游：同游的好友。

(5)铜驼巷陌：古洛阳宫门南四会道口，有二铜驼夹着相对，后称铜驼陌。巷陌：街道。

(6)芳思：春天引起的错综复杂的情思。

(7)西园：宋时洛阳有董氏西园为著名的园林。后世泛指风景优美的园林。鸣笳：奏乐助兴。胡笳是古代传自北方少数民族的一种

乐器。

（8）是事：事事。

（9）烟暝：烟雾弥漫，天色昏暗。

【释文】

梅花稀疏，色彩轻淡，冰雪正在消融。春风吹拂暗暗换了年华。回想昔日金谷胜游的园景，铜驼街巷的繁华，趁着新晴漫步在雨后平沙。总记得曾误追了人家姑娘的香车。正是柳絮翻飞、蝴蝶翩舞的时候，引得春思缭乱交加。柳荫下的桃花小径，乱纷纷的落花，将春色送到万户千家。

西园夜里宴饮，乐工们吹奏起胡笳。缤纷高挂的华灯遮掩了月色，飞驰的车盖碰损了繁茂的花朵。花园尚未凋残，游子却渐渐衰老，鬓生霜发。重来旧地，事事感慨吁嗟。暮色苍茫，烟霭里一面酒旗斜挂。空倚着楼上的栏杆，纵目远眺，时而看见栖息在树上而晚归的乌鸦。见此情景，不由得生归隐之心。思乡的情绪，已暗自随着流水奔腾到天涯。

【赏析】

有一年的早春时节，秦观重游洛阳。洛阳这个古代名城，是北宋时的西京，也是当时繁华的大城市之一。词人曾经在这里生活过一段时间，对此地留下了难忘的记忆。词人旧地重游，人事沧桑给他以深深的触动，使他油然而生惜旧之情，因而写下了这首词。

此词不止于追怀过去的游乐生活，还有政治失意之慨叹隐藏其中。

上片起头三句，写初春景物：梅花渐渐地稀疏，结冰的水流已经溶解，在东风的煦拂之中，春天悄悄地来了。"暗换年华"，既指眼前自然界的变化，又指人事沧桑、政局变化。此种双关的今昔之感，直贯结句思归之意。

"金谷俊游"以下十一句，写的都是旧游，实以"长记"两字领起，"误随车"固"长记"之中，即前三句所写金谷园中、铜驼路上的游赏，也属同样内容。但由于格律关系就把"长记"这样作为领起的字移后了。"金谷"三句所写都是欢娱之情，纯为忆旧。"长记"之事甚多，而这首词写的只是两年前春天的那一次游宴。

金谷园是西晋石崇的花园，在洛阳西北，当时极为奢华。铜驼路是西晋都城洛阳皇宫前一条繁华的街道，以宫前立有铜驼而得名。故人们每以金谷、铜驼代表洛阳的名胜古迹。但在词里，西晋都城洛阳的金谷园和铜驼路却是用以借指北宋都城汴京的金明池和琼林苑，而非实指。与下面的西园也非实指曹魏邺都（今河北临漳西）曹氏兄弟的游乐之地，而是指金明池（因为它位于汴京之西）。这三句，乃是说前年上巳，适值新晴，游赏优美的名园，漫步繁华的街道，缓踏平沙，非常轻快。

因忆及"细履平沙"故连带想起当初最令人难忘的"误随车"那件事来。"误随车"出自唐韩愈《游城南十六首》中的《嘲少年》："直把春偿酒，都将命乞花。只知闲信马，不觉误随车。"而李白的《陌上赠美人》："白马骄行踏落花，垂鞭直拂五云车。美人一笑褰珠箔，遥指红楼是妾家。"以及张泌的《浣溪沙》："晚逐香车入凤城，东风斜揭绣帘轻，慢回娇眼笑盈盈。消息未通何计是？便须佯醉且随行，依稀闻道太狂生。"则都可作随车的注释。尽管那次"误随车"只是无心之误，却也引起了词人温馨的遐思，使他对之长久地保持着美好的记忆。"正絮翻蝶舞"四句，写春天景色。"絮翻蝶舞""柳下桃蹊"，正面形容浓春。春天的气息到处洋溢，人在这种环境之中，自然也就"芳思交加"，即心情充满着青春的欢乐了。此处这一"乱"字下得极好，它将春色无所不至，乱哄哄地呈现着万紫千红的图景形象地表现了出来。

下片"西园"三句，从美妙的景物写到愉快的饮宴，时间则由白天到了夜晚，足见当时的尽情享乐。西园借指西池。曹植的《公宴》写道："清夜游西园，飞盖相追随。明月澄清景，列宿正参差。"曹丕《与吴质书》云："白日既匿，继以朗月。同乘并载，以游后园。舆轮徐动，参从无声；清风夜起，悲笳微吟。"又云："从者鸣笳以启路，文学托乘于后车。"词用二曹诗文中的意象，写日间外面游玩之后，晚间又到国夫人园中饮酒、听乐。各种花灯都点亮了，使得明月也失去了她的光辉；许多车子在园中飞驰，也不管车盖擦损了路旁的花枝。写来使人觉得灯烛辉煌，车水马龙，如在眼前一般。"碍"字和"妨"字，不但显出月朗花繁，而且也显出灯多而交映、车众而并驰的盛况。把过去写得愈热闹，就愈衬托出现在的凄凉、寂寞。

"兰苑"二句，暗中转折，逼出"重来是事堪嗟"，点明怀旧之意，与上片"东风暗换年华"相呼应。追忆前游，是事可念，而"重来"旧地，则"是事堪嗟"，感慨至深。此时酒楼独倚，只见烟暝旗斜，暮色苍茫，既无飞盖而来的俊侣，也无鸣笳夜饮的豪情，极目所至，已经看不到絮、蝶、桃、柳这样一些春色，只是"时见栖鸦"而已。这时，宦海风波，仕途浮沉，使词人不得不离开汴京，于是归心也就自然而然地，同时也是无可奈何地涌上心头。

此词的艺术特色主要有两点。

其一，结构别具一格，上片先写今后写昔，下片先承上写昔然后再写今，忆昔部分贯通上下两片。

其二，大量运用对比手法，以昔衬今，极富感染力。

7. 李清照

【作者简介】

李清照（1084—1155），号易安居士，汉族，山东省济南章丘人。宋代（南北宋之交）女词人，婉约词派代表，有"千古第一才女"之称。其所作词，前期多写悠闲生活，后期多悲叹身世，情调感伤。形式上善用白描手法，自辟途径，语言清丽。论词则强调协律，崇尚典雅，提出词"别是一家"之说，反对以作诗文之法作词。亦能诗，留存不多，部分篇章感时咏史，情辞慷慨，与其词风不同。有《易安居士文集》《易安词》，已散佚。后人有《漱玉词》辑本。今有《李清照集校注》。

一剪梅

［宋］李清照

红藕香残玉簟秋。轻解罗裳，独上兰舟。云中谁寄锦书
⊙●○○⊙●△。⊙●○○，⊙●○△。⊙○○●●○○

来，雁字回时，月满西楼。　　　花自飘零水自流。一种相思，
○，⊙●○○，⊙●○△。　　　⊙●○○⊙●△。⊙●○○，

两处闲愁。此情无计可消除，才下眉头，却上心头。
⊙●○△。⊙○○●●○○，⊙●○○，⊙●○△。

【注释】

（1）《一剪梅》，词牌名。此调因周邦彦词起句有"一剪梅花万样娇"，乃取前三字为调名。又，韩淲词有"一朵梅花百和香"句，故又名《腊梅香》，又，李清照词有"红藕香残玉簟秋"句，故又名《玉簟秋》。双调小令，共六十字，上、下片各六句，词谱相同，句句平收，叶韵者则有上、下片各三平韵、四平韵、五平韵、六平韵数种，声情低抑。亦还有句句叶韵者，不过为数不多，如宋代蔡伸《一剪梅·堆枕乌云堕翠翘》：

堆枕乌云堕翠翘。午梦惊回，满眼春娇。嬛嬛一袅楚宫腰。那更春来，玉减香消。　　　柳下朱门傍小桥。几度红窗，误认鸣镳。断肠风月可怜宵。忍使恹恹，两处无聊。

（2）玉簟：光滑如玉的竹席子。

（3）兰舟：用兰木做的小船，泛指游船。

（4）锦书：对书信的一种美称。《晋书·窦滔妻苏氏传》云："苏蕙织锦为回文旋图诗，以赠其被徙流沙的丈夫窦滔。"这种用锦织成的字称锦字，又称锦书。

（5）雁字：指雁群飞翔时排成"一"或"人"字形。相传雁能传书。

【释文】

荷已残，香已消，冷滑如玉的竹席透出深深的秋凉。轻轻脱换下薄纱罗裙，独自泛一叶兰舟。仰头凝望远天，那白云舒卷处，谁会将锦书寄来？正是雁群排成"人"字，一行行南归的时候，月光皎洁浸人，洒满这西边独倚的亭楼。

花，自在地飘零，水，自在地漂流，一种离别的相思，你与我，牵动起两处的闲愁。无法排除的是这相思、这离愁，刚从微蹙的眉间消失，又隐隐缠绕上心头。

【赏析】

这首《一剪梅》，是李清照的早期作品，当作于1103年（北宋崇宁二年）的秋天，作者时年方二十。

此词表现了词人与丈夫赵明诚离别之后，依依不舍的一腔深情，反映了初婚少妇沉溺于情海之中的纯洁心灵。作品以其清新的格调、女性特有的诚挚情感和不落俗套的表现方式，给人以美的享受，是一首工致精巧的别情词作。

这是一首倾诉相思、别愁之苦的词。是李清照写给新婚不久即离家外出的丈夫赵明诚的。她诉说了自己独居生活的孤独寂寞和急切思念丈夫早日归来的心情。伊世珍《琅嬛记》说："易安结褵（婚）未久，明诚即负笈远游。易安殊不忍别，觅锦帕书《一剪梅》词以送之。"

作者在词中以女性特有的敏感捕捉稍纵即逝的真切感受，将抽象而不易捉摸的思想感情，以素淡的语言表现出来，使之变得具体可感、为人理解、耐人寻味。

词的上阕首句"红藕香残玉簟秋"写荷花凋谢、竹席浸凉的秋天，空灵蕴藉。"红藕"，即粉红荷花。"玉簟"，是精美的竹席。这一句含义极其丰富，不仅点明了萧疏秋意的时节，而且渲染了环境气氛，对作者的孤独闲愁起到了衬托作用。表面上是写荷花残、竹席凉这些寻常事情，实质上暗含青春易逝、红颜易老、"人去席冷"之意境。梁绍壬《两般秋雨庵随笔》赞美此句"有吞梅嚼雪，不食人间烟火气象。"

接下来"轻解罗裳，独上兰舟"，是写其白天泛舟水上之事：词人解开绫罗裙，换着便装，独自划着小船去游玩。"轻解"与"独上"，栩栩如生地表现出她的神态、举动。"轻"，写手脚动作的轻捷灵敏，表现出生怕惊动别人，小心而又带有几分害羞的少妇心情。正因为是"轻"，所以谁也不知道，连侍女也没让跟上。"独"字回应上句的"轻"字，点明了下阕"愁"字的症结。"独上兰舟"，暗示她想借泛舟以消愁，并非闲情逸致地游玩。昔日也许双双泛舟，而今独自击楫，恩爱情深、朝夕相伴的丈夫久盼不归，怎不教她愁情满怀？

"云中谁寄锦书来？"极写惦念丈夫、望眼欲穿之情，真是一封"家书抵万金"。

"雁字回时，月满西楼"，是她思夫的迫切心情突然自现的外在表现。作者借助鸿雁传书的传说表达思情，画面清晰，形象鲜明。它渲染了一个月光照满楼头的美好夜景，然而在喜悦的背后，蕴藏着相思的泪水。

"月满西楼"，写月夜思妇凭栏眺望。月已西斜，足见她站立楼头已久，这就表明了她思夫情之深，愁之极。盼望音讯的她仰头叹望，竟产生了雁足回书的遐想。难怪她不顾夜露浸凉，呆呆伫立凝视，直到月满西楼而不知觉。

下阕起首"花自飘零水自流"，言眼前的落花流水可不管词人心情如何，自是飘零东流。其实，这一句含有两个意思："花自飘零"，是说她的青春像花那样空自凋残；"水自流"，是说她丈夫远行了，像悠悠江水空自流。只要我们仔细品味，就不难发觉，李清照既为自己的红颜易老而感慨，更为丈夫不能和自己共享青春而让它白白地消逝而伤怀。这种复杂而微妙的感情，正是从两个"自"字表现出来的。这就是她之所以感叹"花自飘零水自流"的关键所在，也是两人真挚爱情的具体表现。当然，它所喻指的人世的一切诸如离别，均给人以无可奈何之感。"一种相思，两处闲愁。"由己及人，互相思念，这是有情人的心灵感应，她想到丈夫一定也同样因离别而苦恼着。这种独特的构思体现了李清照与赵明诚二人心心相印、情笃爱深，相思却又不能相见的无奈思绪。

"此情无计可消除，才下眉头，却上心头。"这种相思之情笼罩心头，无法排遣，蹙着的愁眉刚刚才有所舒展，而思绪又涌上心头，其内心的绵绵愁苦挥之不去，遣之不走。"才下""却上"两个词用得相当妙，把真挚的感情由外露转为内向，迅疾的情绪变化打破了故作平静的心态，把相思之苦表现得极其真实形象，表达了绵绵无尽的相思与愁情，使独守空房的孤独与寂寞充满字里行间，感人至深。这和李煜《乌夜啼》"剪不断，理还乱，是离愁，别是一般滋味在心头"有异曲同工之妙。

这首词的结尾三句，是历来为人所称道的名句。王士禛在《花草蒙拾》中指出，这三句从范仲淹《御街行》"都来此事，眉间心上，无计相回避"脱胎而来，而明人俞彦《长相思》"轮到相思没处辞，眉间露一丝"两句，又是"盗用"李清照的词句。这说明，诗词创作虽忌模拟，但可以点化前人语句，使之呈现新貌，融入自己的作品之中。成功的点化总是青出于蓝而胜于蓝，不仅变换原句，而且高过原句。李清照的这一点化，就是一个成功的例子，王士禛也认为范句虽为李句所自出，而李句"特工"。两相对比，范句比较平实板直，不能收醒人眼目的艺术效果。李句则别出巧思，以"才下眉头，却上心头"两句代替"眉间心上，无计相回避"的平铺直叙，给人以耳目一新之感。这里，"眉头"与"心头"相对应，"才下"与"却上"成起伏，语句结构十分工整，表现手法也十分巧妙，因而在艺术上有更大的吸引力。当然，句离不开篇，这两个四字句只是整首词的一个有机组成部分，并非一枝独秀。它有赖于全篇的烘托，特别因与前面另两个同样工巧的四字句"一种相思，两处闲愁"前后映衬，而相得益彰。同时，篇也离不开句，全篇正因这些醒人眼目的句子而振起。李廷机《草堂诗余评林》称此词"语意超逸，令人醒目"，读者之所以易为它的艺术魅力所吸引，其原因亦在于此。

8.朱淑真

【作者简介】

朱淑真，一作淑贞（约1135—约1180），号幽栖居士，宋代女诗人、词人，亦为唐宋以来留存作品最丰盛的女作家之一，祖籍安徽歙州（今属江西婺源）。《四库全书》中定其为"浙中海宁人"，一说为浙江钱塘（今浙江杭州）人。生于仕宦之家。丈夫为文法小吏，因志趣不合、夫妻不睦离异。最后抑郁早逝。又传朱淑真过世后，父母将其生前文稿付之一炬。其余生平不可考，素无定论。现有《断肠诗集》《断肠词》传世，为劫后余篇。

蝶恋花·送春

[宋]朱淑真

楼外垂杨千万缕。欲系青春，少住春还去。犹自风前飘
⊙●⊙○○●▲。⊙●○○，⊙●○○▲。⊙○●⊙
柳絮。随春且看归何处。　　绿满山川闻杜宇。便做无情，
●▲。○○⊙○●○▲。　　⊙●○○○●▲。⊙●○○，
莫也愁人苦。把酒送春春不语。黄昏却下潇潇雨。
⊙●○○▲。⊙●⊙○○●▲。⊙○○●●○▲。

【注释】

（1）《蝶恋花》，词牌名，商调曲，原唐教坊曲名，本源采用于梁简文帝乐府"翻阶蛱蝶恋花情"，又名《黄金缕》《鹊踏枝》《凤栖梧》《卷珠帘》《一箩金》《江如练》《西笑吟》《明月生南浦》《转调蝶恋花》《鱼水同欢》等。双调，六十字，上下片各四仄韵，词谱相同。《蝶恋花》一般以抒写缠绵悱恻的感情或心中离情愁绪较多，虽有部分山水风景描写，但还是以景寄情为主。

（2）自：仍然。

（3）"绿满"句：在漫山遍野茂密的丛林中听见了杜鹃的叫声。

(4)"莫也"句：(鸟儿)莫非也因为人间的愁苦而忧愁吗？苦：有的版本又作"意"。

(5)潇潇雨：暴雨、急雨。潇潇是雨声。

【释文】

楼外的垂杨千丝万缕，似乎想借此系住已然远去的春日。那随风而舞的杨柳，仿佛想要随春而去，找到春天的归宿。

春残之时，花落草长，鲜绿覆满山川。只听到远处杜鹃鸟的凄厉叫声。杜鹃即使无情，也在悲鸣春去的人间之苦啊。进酒赠春，春却依旧漠然而去，只是到了黄昏之时，落下一片漫天的大雨。

【赏析】

《蝶恋花·送春》是女词人朱淑真的作品，词人通过丰富的想象力和贴切的拟人手法，将暮春景色表现得委婉多姿、细腻动人，在宋代诸多惜春之作中，显示了它独有的艺术特色。

词中首先出现的是垂杨。"楼外垂杨千万缕，欲系青春，少住春还去"三句，描绘了垂杨的绿姿。这种"万条垂下绿丝绦"(贺知章《咏柳》)的景色，对于阴历二月(即仲春时节)是最为典型的。上引贺诗中即有"不知细叶谁裁出，二月春风似剪刀"之句。它不同于"浓如烟草淡如金"的新柳(明人杨基《咏新柳》)，也有别于"风吹无一叶"的衰柳(宋人翁灵舒《咏衰柳》)。

一切景语皆情语。朱淑真为什么借它来表现惜春之情呢？主要是利用那柔细如丝缕的枝条，而构造成似乎可以系留着事物的联想。

"少住春还去"。在作者的想象中，那打算系住春天的柳条没有达到目的，它只把春天从二月拖到三月末，春天经过短暂的逗留，还是决然离去了。

"犹自风前飘柳絮，随春且看归何处"两句，对暮春景物作了进一层的描写。柳絮是暮春最鲜明的特征之一，所以才有"飞絮著人春共老"(范成大《暮春上塘道中》)，"飞絮送春归"(蔡伸《朝中措》)。诗人们都把飞絮同残春联系在一起。朱淑真却独出心裁，把天空随风飘舞的柳絮，描写成似乎要尾随春天归去，去探看春的去处，把它找回来，像黄庭坚在词中透露的"若有人知春去处，唤取归来同住"（《清平乐》）。比起简单写成"飞絮""送春归"或"著人春意老"来，朱淑真这种"随春"的写法，就显得更有迂曲之趣。句中用"犹自"把"系春"同"随春"联系起来，造成了似乎是垂杨为了留春，"一计不成，又生一计"的艺术效果。

像飞絮一样，哀鸣的杜宇（杜鹃鸟）也似被看作残春的标志。

"绿满山川闻杜宇，便做无情，莫也愁人苦"，春残时节，花落草长，山野一片碧绿。远望着这暮春的山野，听到传来的杜鹃鸟的凄厉啼声，词人在想：杜鹃即使（便做）无情，也为春去而愁苦，因而发出同情的哀鸣。词人通过这摇曳生姿的一笔，借杜宇点出人意的愁苦，这就把上片中处于幕后的主人公引向台前。在上片，仅仅从"楼外"两个字，感觉到她的楼内张望；从"系春""随春"，意识到是她在驰骋想象。主人公的惜春之情完全是靠垂杨和柳絮表现出来的。

接下来，则由侧面烘托转向正面描写。

"把酒送春春不语"。系春既不可能，随春又无结果，主人公看到的只是暮春的碧野，听到的又是宣告春去的鸟鸣，于是她只好无可奈何地"送春"了。

阴历三月末是春天最后离去的日子，古人常常在这时把酒举杯，以示送春。

唐末诗人韩偓《春尽日》诗有"把酒送春惆怅在，年年三月病恹恹"之句。朱淑真按照旧俗依依不舍地"送春"，而春却没有回答。她看到的只是在黄昏中忽然下起的潇潇细雨。作者用一个"却"字，把"雨"变成了对春的送行。这写法同王灼的"试来把酒留春住，问春无语，帘卷西山雨"（《点绛唇》）相似，不过把暮雨同送春紧密相连，更耐人寻味：这雨是春漠然而去的步履声呢，还是春不得不去而洒下的惜别之泪呢？

这首词同黄庭坚的《清平乐》都将春拟人，抒惜春情怀，但写法上各有千秋。黄词云：

春归何处？寂寞无行路。若有人知春去处，唤取归来同住。

春无踪迹谁知？除非问取黄鹂。百啭无人能解，因风飞过蔷薇。

黄词从追访消逝的春光着笔，朱词则从借垂柳系春、飞絮随春到主人公送春，通过有层次的心理变化揭示主题。相比之下，黄词更加空灵、爽丽，朱词则较多寄情于残春的景色，带有凄凉的况味，这大概和她哀挽不幸的身世有关。

（二）豪放词

1. 苏轼

【作者简介】

苏轼，（1037—1101），字子瞻，又字和仲，号东坡居士，自号道人，世称苏仙。北宋眉州眉山（今四川省眉山市）人。唐宋八大家之一，宋代重要的文学家，宋代文学最高成就的代表。

苏轼多才多艺，文章汪洋恣肆，跌宕起伏，与欧阳修并称"欧苏"。

苏轼诗题材广阔，清新豪健，善用夸张比喻，独具风格，与黄庭坚并称"苏黄"。

苏轼词开豪放一派，与辛弃疾同是豪放词派代表，并称"苏辛"。

苏轼还工书画。书法列北宋"苏黄米蔡"四大家之首。画开湖州一派。有《东坡七集》《东坡易传》《东坡乐府》等传世。

苏轼一生成就颇多。就文学而言，苏轼在词的创作上取得了非凡的成就。就一种文体自身的发展而言，苏词的历史性贡献又超过了苏文和苏诗。苏轼继柳永之后，对词体进行了全面的改革，最终突破了词为"艳科"的传统格局，提高了词的文学地位，使词从音乐的附属品转变为一种独立的抒情诗体，从根本上改变了词的发展方向。

念奴娇·赤壁怀古（变格）

［宋］苏轼

大江东去，浪淘尽、千古风流人物。故垒西边，人道是、
●○○●，●○●、○○●●▲。●○○●，○○●、

三国周郎赤壁。乱石穿空，惊涛拍岸，卷起千堆雪。江山如
○●○○●▲。●○○○，○○●●，●●○○▲。○○○

画，一时多少豪杰。　　遥想公瑾当年，小乔初嫁了，雄姿
●，●○○●●▲。　　○○○●○○，●○○●●，○○

英发。羽扇纶巾，谈笑间、樯橹灰飞烟灭。故国神游，多情
○▲。●●○○、○○●、○○○○○▲。●●○○，○○

应笑我，早生华发。人生如梦，一樽还酹江月。
○●●，●○○▲。○○○●，●○○●●▲。

【赏析】

《念奴娇》，词牌名。念奴是唐天宝年间的一名著名歌妓。传说唐玄宗每年游幸各地时，念奴经常暗中随行。唐玄宗每次辞岁宴会时间一长，宾客就吵闹，使音乐奏不下去。玄宗即叫高力士高呼念奴出来唱歌，大家才安静下来。念奴色艺俱佳，其声名一直传至后世。因之取念奴为词牌名。相传《念奴娇》词调就由她而兴，意在赞美她的演技。此调有仄声二格，平声一格，《词谱》以苏轼"凭空跳远"词为仄体正格，其他两体为变格。双调，一百字。前片四十九字，后片五十一字，各十句，四仄韵，一韵到底。此调宜抒写豪迈感情。东坡赤壁词，句读与各家词微有出入，是仄韵变格。另有平韵格，以陈允平词为正体，用者较少。

《念奴娇》还有《大江东去》《酹江月》《杏花天》《赤壁谣》《壶中天》《大江西上曲》《百字令》《湘月》等别称。苏轼此词《念奴娇·赤壁怀古》，因词中有"大江东去""一樽还酹江月"等名句，故又名《大江东

去》《酹江月》《赤壁词》《酹月》。

【赏析】

《念奴娇·赤壁怀古》是元丰五年（1082）七月苏轼谪居黄州时所作。上片咏赤壁，下片怀周瑜，最后以自身感慨作结。起笔"大江东去，浪淘尽、千古风流人物"高唱入云，气势足与李白诗"黄河之水天上来"相媲美，且词境壮阔，在空间与时间上都得到了极度拓展。江山、历史、人物一齐涌出，以万古心胸引出怀古思绪。接着借"人道是"疑似之言，把江边故垒和周郎赤壁挂上了钩。"乱石穿空，惊涛拍岸，卷起千堆雪"三句，正面写赤壁景色，惊心骇目。词中把眼前的乱山大江写得雄奇险峻，渲染出古战场的气氛和声势。对于周瑜，苏轼特别激赏他少年功名，英气勃勃。"小乔初嫁了"看似闲笔，且小乔初嫁周瑜在建安三年，远在赤壁之战前十年，特意插入这一句，更显得周瑜少年英俊，春风得意，词也因此豪放而不失风情，刚中有柔，与篇首"风流人物"相应。"羽扇纶巾"三句写周瑜的战功，也很特别。周瑜身为主将却并非兵戎相见，而是羽扇便服，谈笑风生。写战争却一点也不渲染铁马金鼓的惨烈气氛，只着笔于周瑜的从容潇洒，指挥若定，这种写法更能突出周瑜的风采和才能。苏轼这一年四十七岁了，不但功业未成，反而待罪黄州，同三十岁左右就功成名就的周瑜相比，不禁深感自愧。壮丽江山，英雄业绩，激起苏轼豪迈奋发的感情，也加深了他的内心苦闷和思想矛盾。故从怀古归到伤己，自叹"人间如梦"，只能举杯同江上清风、山间明月一醉欲消千古愁了。这首怀古词兼有感奋和感伤两重色彩，但篇末的感伤色彩掩盖不了全词的豪迈气派。词中写江山形胜和英雄伟业，在苏轼之前从未成功地出现过。因此这首《念奴娇》历来被看作苏轼豪放词的代表作，不但词的气象境界凌厉无前，而且大声镗鞳，需铜琵琶、铁绰板来伴唱。

苏轼的词，不论内容还是形式，都不那么拘于一格，有时放笔直书，便成为"曲子中缚不住"的"句读不葺之诗"。有些从内容看也颇为平凡，正如泥沙俱下的长江大河，不是一道清澈流水，但正因如此，才能显出江河的宏大气势。人们可以如此这般地挑剔它，却总是无法否定它。

苏轼这首《念奴娇》，无疑是宋词中有数之作。立足点如此之高，写历史人物又如此精妙，不但词坛罕见，在诗国也是不可多得的。

他一下笔就高视阔步，气势沉雄："大江东去，浪淘尽、千古风流人物"——细想万千年来，历史上出现过多少英雄人物，他们何尝不显赫一时，俨然时代的骄子，谁不赞叹他们的豪杰风流，谁不仰望他们的姿容风采！然而，长江后浪推前浪，随着时光的不断流逝，随着新陈代谢的客观规律，如今回头一看，那些"风流人物"当年的业绩，好像被长江的浪花不断淘洗，逐步淡漠，渐渐褪色，终于变成了历史的陈迹。

"浪淘尽"——真是既有形象，又能传神。但更重要的是，作者一开头就抓住历史发展的规律，高度凝练地写出历史人物在历史长河中所处的地位，真是高屋建瓴，先声夺人，令人不能不惊叹。

"故垒西边，人道是、三国周郎赤壁"——上面已泛指"风流人物"，这里就进一步提出"三国周郎"作为全篇的主脑，文章就由此生发开去。

"乱石穿空，惊涛拍岸，卷起千堆雪"——这是现场写景，必不可少。一句说，乱石像要穿透天空；一句说，惊涛拍打堤岸。由于乱石和惊涛搏斗，无数浪花卷成了无数的雪堆，忽起忽落，此隐彼现，蔚为壮观。

"江山如画，一时多少豪杰"——"如画"是从眼前景色得出的结论。江山如此秀美，人物又是一时俊杰之士。这长江，这赤壁，岂能不引起人们怀古的幽情？于是，由此便逗引出下面一大段感情的抒发了。

"遥想公瑾当年，小乔初嫁了，雄姿英发"——下片第一句承上启下。作者在这里单独提出周瑜来，不仅因为周瑜作为此地的代表人物在赤壁之战中是关键性人物，更含有艺术剪裁的需要。

在"公瑾当年"后面忽然接上"小乔初嫁了"，然后再补上"雄姿英发"，这是非常重要又非常大胆的一笔，非苏轼难以为之。它像在两座悬崖之间，横架一道独木小桥，是险绝的事，又是使人叹绝的事。说它险绝，因为这里原插不上小乔这个人物，如今硬插进去，似乎不大相称，所以确实是十分冒险的一笔。说它使人叹绝，因为插上了这个人物，真能把周瑜的风流俊雅极有精神地描画出来。从艺术的角度来说，真乃传神之笔。那风神摇曳之处，绝不是用别的句子能够饱满地表现的。

"羽扇纶巾"——这四个字充分显示周瑜的风度翩翩与淡定娴雅，是"小乔初嫁了"的进一步勾勒和补充。

"谈笑间、樯橹灰飞烟灭"——极力赞扬了周瑜运筹帷幄之中，决胜千里之外的高超军事指挥才能和英雄气概，与前面的雄姿英发相呼应。

"故国神游，多情应笑我，早生华发"——从这里就转入对个人身世的感慨。"故国神游"，是说三国赤壁之战和那些历史人物引起了自己许多感想——好像自己的灵魂向远古游历了一番。"多情"，是嘲笑自己的自作多情。由于自作多情，难免要早生华发（花白的头发），所以只好自我嘲笑一番了。在这里，作者对自己无从建立功业，年纪又大了——对比起周瑜破曹时只有三十四岁，仍然只在赤壁矶头怀古高歌，很有感慨。

"人生如梦，一樽还酹江月"——于是只好旷达一番。反正，过去"如梦"，现在也是"如梦"，还是拿起酒杯，向江上明月浇奠，表示对它的敬意，也就算了。这里用"如梦"，正好回应开头的"浪淘尽"。因为风流人物不过是"浪淘尽"，人间也不过"如梦"，又何必不旷达而心有戚戚，又何必过分执着呢？这是苏轼思想上长期潜伏着的、同现实世界表现离心倾向的一道暗流。阶级的局限如此，在他的一生中，常常无法避免而不时搏动着。

综观整首词，说它非常昂扬积极，并不见得；可是它却告诉我们，词这个东西，绝不只是风花雪月，只能在酒边花间做一名奴隶的。这就是词发展史上一个重大的突破，也是划时代的进展。

词坛的新天地就是通过这些创作实践，逐步发展并且扩大其领域的。苏轼这首《念奴娇》，正是一个卓越的开头，时至今日，仍然像一座丰碑似的屹立在中国文学发展史的大道上。

2. 辛弃疾

【作者简介】

辛弃疾（1140—1207），字幼安，号稼轩，山东东路济南府历城县（今济南市历城区遥墙镇四凤闸村）人，中国南宋豪放派词人代表，人称词中之龙，与苏轼合称"苏辛"，与李清照并称"济南二安"。

辛弃疾生于金国，少年即抗金归宋，曾任江西安抚使、福建安抚使等职。强烈的爱国主义思想和战斗精神是辛词的基本思想内容，著名代表词作有《水调歌头·带湖吾甚爱》《摸鱼儿·更能消几番风雨》《满江红·家住江南》《沁园春·杯汝来前》《西江月·夜行黄沙道中》等。辛弃疾之词，艺术风格多样，以豪放为主，风格沉雄豪迈又不乏细腻柔媚。其词题材广阔又善化用前人典故，多抒写力图恢复国家统一的爱国热情，倾诉壮志难酬的悲愤，对当时执政者的屈辱求和颇多谴责，也有不少吟咏祖国河山的作品。由于与当政的主和派政见不合，后被弹劾落职，退隐山居，于公元 1207 年忧愤去世，享年 68 岁，追赠少师，谥忠敏。有词集《稼轩长短句》，现存词 600 多首。

辛弃疾不仅是一位伟大的爱国将领，也是一位伟大的词人。辛词以其内容上的爱国思想和艺术上的创新精神，在文学史上产生了巨大影响。与辛弃疾以词唱和的陈亮、刘过以及稍后的刘克庄、刘辰翁等，都与他的创作倾向相近，形成了南宋中叶以后声势浩大的爱国词派。后世每当国家、民族危急之时，不少作家都从辛词中汲取精神上的鼓舞力量。

永遇乐·京口北固亭怀古

[南宋] 辛弃疾

千古江山，英雄无觅，孙仲谋处。舞榭歌台，风流总被，
○●○○，⊙○○●，○●○▲。●●○○，○○●●，
雨打风吹去。斜阳草树，寻常巷陌，人道寄奴曾住。想当年、
●●○○▲。⊙○○●，○○⊙●，⊙●○○▲。○○○、
金戈铁马，气吞万里如虎。　　　　元嘉草草，封狼居胥，赢得
○○⊙●，●○○⊙○▲。　　　　○○●●，○○○●，⊙●
仓皇北顾。四十三年，望中犹记，烽火扬州路。可堪回首，
○○●▲。●●○○，⊙○○●，○○○○▲。○○○●，
佛狸祠下，一片神鸦社鼓。凭谁问、廉颇老矣，尚能饭否？
○○○●，○●○○●▲。○○●、○○●●，●●●●？

【注释】

(1)《永遇乐》，词牌名，双调，一百零四字，《乐章集》注"林钟商"，晁补之词名《消息》，自注"越调"。此调有仄韵、平韵两体。上下阕各十二句，各四仄韵（平韵）。仄韵者始自北宋，平韵者始自南宋。

(2)京口：古城名，即今江苏镇江。因临京岘山、长江口而得名。

(3)孙仲谋：三国时的东吴大帝孙权（182年—252年），字仲谋，曾建都京口。

(4)舞榭歌台：演出歌舞的台榭，这里代指孙权故宫。榭，建在高台上的房子。

(5)寻常巷陌：极窄狭的街道。寻常，古代指长度，八尺为寻，倍寻为常，形容窄狭。引申为普通、平常。巷、陌，这里都指街道。

(6)寄奴：南朝宋武帝刘裕的小名。

(7)"想当年"三句：刘裕曾两次领兵北伐，收复洛阳、长安等地。金戈，用金属制成的长枪。铁马，披着铁甲的战马。它们都是当时精

良的军事装备，这里指代精锐的军队。

(8)元嘉草草：元嘉是刘裕的儿子南朝宋文帝刘义隆的年号。草草：轻率。南朝宋刘义隆好大喜功，仓促北伐，反而让北魏主拓跋焘抓住机会，以骑兵集团南下，兵抵长江北岸而返，使南朝宋刘义隆的军队遭到重创。

(9)封狼居胥：狼居胥山，在内蒙古自治区西北部，现称肯特山。汉武帝元狩四年(前119年)，霍去病远征匈奴，歼敌七万余，于是"封狼居胥山，禅于姑衍"。积土为坛于山上，祭天曰封，祭地曰禅，古时用这种方式庆祝胜利。南朝宋文帝刘义隆命王玄谟北伐，王玄谟慷慨陈说北伐的策略，文帝说："闻王玄谟陈说，使人有封狼居胥意"。词中用"元嘉北伐"失利事，以影射南宋"隆兴北伐"。

(10)赢得仓皇北顾：仓皇，慌张；北顾，向北望。即赢得仓皇之北顾。宋文帝刘义隆命王玄谟率师北伐，为北魏太武帝拓跋焘击败，北魏趁机大举南侵，直抵扬州，吓得宋文帝亲自登上建康幕府山向北观望形势。赢得，剩得、落得。

(11)四十三年：作者于宋高宗赵构绍兴三十二年(1162年)，从北方抗金南归，至宋宁宗赵扩开禧元年(1205年)，任镇江知府登北固亭写这首词时，前后共四十三年。

(12)烽火扬州路：指当年扬州地区，到处都是抗击金兵南侵的战火烽烟。路，宋朝时的行政区划，扬州属淮南东路。

(13)可堪：表面意为可以忍受得了，实则犹"岂堪""哪堪"，即怎能忍受得了。堪，忍受。

(14)佛(bì)狸祠：北魏太武帝拓跋焘小名为佛狸。公元450年，他曾反击刘宋，在两个月的时间里，太武帝拓跋焘兵锋南下，五路远征军分道并进，从黄河北岸一路穿插到长江北岸，并在长江北岸瓜步山建立行宫，即后来的佛狸祠。

(15)神鸦：指在庙里吃祭品的乌鸦。社鼓：祭祀时的鼓声。整句话的意思是，到了南宋时期，当地老百姓只把佛狸祠当作供奉神祇的地方，而不知道它过去曾是南侵皇帝的行宫。

（16）廉颇：战国时赵国名将。《史记·廉颇蔺相如列传》记载，廉颇被免职后，跑到魏国，赵王想再用他，派人去看他的身体情况，廉颇之仇人郭开贿赂使者，使者看到廉颇，廉颇为之米饭一斗、肉十斤，被甲上马，以示尚可用。使者回来报告赵王说："廉颇将军虽老，尚善饭，然与臣坐，顷之三遗矢（通假字，即屎）矣。"赵王以为廉颇已老，遂不用。

【释文】

历经千古的江山，再难找到像孙权那样的英雄。当年的舞榭歌台、英雄人物都早已随着岁月的流逝无迹可寻。斜阳照着长满草树的普通小巷，人们说那是当年刘裕曾经住过的地方。回想当年，他领军北伐、收复失地的时候是何等威猛！

然而刘裕的儿子刘义隆好大喜功，仓促北伐，遭到对手的重创，反而让北魏太武帝拓跋焘乘机挥师南下，兵抵长江北岸而返。我回到南方已经有四十三年了，看着中原仍然记得扬州路上烽火连天的战乱场景。怎么能回首啊，当年拓跋焘的行宫外竟有百姓在那里祭祀，乌鸦啄食祭品，人们过着社日，只把他当作一位神祇来供奉，而不知道这里曾是一个皇帝的行宫。还有谁会问，廉颇老了，饭量还好吗？

【赏析】

《永遇乐·京口北固亭怀古》写于宋宁宗开禧元年（1205 年），辛弃疾时年六十六。当时韩侂胄执政，正积极筹划北伐，闲置已久的辛弃疾于前一年被起用为浙东安抚使，这年春初，又受命担任镇江知府，戍守江防要地京口。从表面上来看，朝廷对他似乎很重视，然而实际上只不过是利用他主战派元老的招牌作为号召而已。辛弃疾到任后，一方面积极布置军事进攻的准备工作；但另一方面，他又清楚地意识到政治斗争的险恶和自身处境的孤危，深感很难有所作为。辛弃疾支持北伐抗金的决策，但是对独揽朝政的韩侂胄轻敌冒进的做法又感到忧心忡忡，他认为应当做好充分准备，绝不能草率从事，否则难免重蹈覆辙，使北伐再次失败。辛弃疾的意见没有引起南宋当权者的重视。一次他来到京口北固亭，登高眺望，怀古忆昔，心潮澎湃，感慨万千，于是写下了这首词。

该词以"京口北固亭怀古"为题，即寓深意。因为京口是三国时吴国大帝孙权设置的重镇，并一度为都城，也是南朝宋武帝刘裕生长之地。面对锦绣江山，缅怀历史上的英雄人物，正是像辛弃疾这样的志士登临应有之情和题中应有之意，该词正是从这里着笔的。

上片怀古抒情。首句"千古江山"，"千古"，是时代感，照应题目"怀古"；"江山"是现实感，照应题目"京口北固亭"。

"英雄无觅，孙仲谋处"，写作者站在北固亭上瞭望，看眼前的一片江山，脑子里一一闪过千百年来曾经在这片土地上叱咤风云的英雄人物。他首先想到了三国时吴国的皇帝孙权，他有着统一中原的雄图大略，在迁都建业以前，于建安十四年（209）先在京口建"京城"，作为新都的屏障，并且打垮了来自北方的侵犯者曹操的军队，保卫了国家。可是如今，像孙权这样的英雄已经无处寻觅了。

诗人起笔便抒发其江山依旧、英雄不再、后继无人的感慨。

"舞榭歌台，风流总被、雨打风吹去"，又在上句的基础上推进一层，非但再也找不到孙权这样的英雄人物，连他当年修建的"舞榭歌台"，那些反映他光辉功业的遗物，也都无情地被"雨打风吹去"，杳无踪迹了。

"斜阳草树，寻常巷陌，人道寄奴曾住。"这句描写眼前景致，同时使词人联想起与京口有关的第二个历史人物刘裕。写孙权，先想到他的功业再寻觅他的遗迹；写刘裕，则由他的遗迹联想起他的功业，然后在上片最后以"想当年、金戈铁马，气吞万里如虎"三句回忆他的功业。

刘裕以京口为基地，削平了内乱，取代了东晋政权。他曾两度挥戈北伐，先后灭掉南燕、后秦，收复洛阳、长安，几乎可以克复中原。作者想到刘裕的功勋，非常钦佩，最后三句表达了词人对其无限景仰的感情。

英雄人物留给后人的印象是深刻的。可是刘裕这样的英雄，他的历史遗迹，如今也是同样地找不到了，只有那"斜阳草树，寻常巷陌"，怎不令人感叹唏嘘！

词的上片借古意抒今情，还比较豁达显露，而在下片，作者通过典故所揭示的历史意义和现实感慨就更加意深而味隐了。

"元嘉草草，封狼居胥，赢得仓皇北顾"三句，用古事影射现实，尖锐地提出一个历史教训。史载，南朝宋文帝刘义隆（刘裕之子）"自践位以来，有恢复河南之志"。他曾三次北伐，都没有成功。特别是元嘉二十七年（450 年）的最后一次，失败得更惨。用兵之前，他听取彭城太守王玄谟陈述北伐之策，非常激动，说："闻玄谟陈说，使人有封狼居胥意。""有封狼居胥意"谓有北伐必胜的信心。当时分据在北中国的北魏，并非无隙可乘；南北军事实力的对比，北方也并不占优势。若能妥为筹划，虑而后动，是能够打胜仗、收复部分失地的。无奈宋文帝急于事功，轻启兵端，贸然盲动，结果不仅没有取得预期的胜利，反而招致北魏太武皇帝拓跋焘（字佛狸，鲜卑族，明元帝拓跋嗣长子，北魏第三位皇帝，政治家、军事家，曾亲率大军先后攻灭胡夏、北燕、北凉，伐柔然，征山胡，降鄯善，逐吐谷浑，取刘宋的虎牢、滑台等地，统一了中国北方）大举南侵，弄得国势一蹶而不振了。这一历史事实，对当时现实所提供的历史鉴戒，是发人深省的。作者援用古事，影射现实，尖锐地提醒南宋统治者要吸取前人的历史教训。

从"四十三年，望中犹记，烽火扬州路"开始，词由怀古转入伤今，联想到自己，联系当今的抗金形势，抒发感慨。作者回忆四十三年前北方人民反抗异族统治的斗争此起彼伏，如火如荼，自己也在战火弥漫的扬州以北地区参加抗金斗争。后来渡淮南归，原想凭借国力，恢复中原，不期南宋朝廷昏聩无能，使他英雄无用武之地。如今自己成了老人，而壮志依然难酬。辛弃疾追思往事，不胜感慨。

"可堪回首，佛狸祠下，一片神鸦社鼓"应接上三句，由回忆往昔转入写眼前实景。这里值得探讨的是，佛狸是北魏的皇帝，距南宋已有七八百年之久，北方的百姓把他当作神来供奉，辛弃疾看到这个情景，不忍回首当年的"烽火扬州路"。辛弃疾这里是用"佛狸"代指金主完颜亮。四十三年前，完颜亮发兵南侵，曾以扬州作为渡江基地，而且也曾驻扎在佛狸祠所在的瓜步山上，严督金兵抢渡长江。以古喻今，佛狸很自然地就成了完颜亮的影子。如今"佛狸祠下，一片神鸦社鼓"与"四十三年，烽火扬州路"形成鲜明的对比。当年沦陷区的人民与异族统治者进行不屈不挠的斗争，烽烟四起，但如今的中原早已风平浪静，沦陷区的人民已经安于异族的统治，甚至对异族君主顶礼膜拜，这是何等痛心的事。不忍回首往事，实际就是不忍目睹眼前的事实。词人以此正告南宋统治者，收复失地，刻不容缓，如果继续拖延，民心日去，中原就收不回了。

最后以"凭谁问，廉颇老矣，尚能饭否"作结，表达了作者说不尽的无可奈何。辛弃疾以战国名老将廉颇自比，这个典用得很贴切，内蕴非常丰富。一是表白决心，和廉颇当年服事赵国一样，自己对朝廷忠心耿耿，只要起用，当仁不让，奋勇争先，随时奔赴疆场，抗金杀敌。二是显示能力，自己虽然年老，但仍然和当年的廉颇一样，老当益壮，勇武不减当年，可以充任北伐主帅。三是抒写忧虑。廉颇曾为赵国立下赫赫战功，可为奸人所害，落得离乡背井，虽愿为国效劳，却是报国无门。词人以廉颇自况，忧心自己有可能重蹈覆辙，被朝廷弃而不用或用而不信，才能无法施展，壮志不能实现。辛弃疾的忧虑不是空穴来风。果然，韩侂胄等不采纳他的意见，对他疑忌不满，在北伐前夕，以"用人不当"为名免去了他的官职，使他渴盼为恢复大业出力的愿望又一次落空。

就这首词而论，用典比较多，但并非堆砌典故，而是体现了辛弃疾在语言艺术上的特殊成就。其用典贴切自然，紧扣题旨，增强了作品的说服力和意境美。

正因为这些典故用得天衣无缝，恰到好处，所以它们所起的作用，以及在语言艺术上的能量和感染力，不是直接叙述和描写所能达到的。

　　全词豪壮悲凉，义重情深，散发着爱国主义的思想光辉，是辛弃疾豪放词之代表作。明代著名文学家杨慎在《词品》中说："辛词当以京口北固亭怀古《永遇乐》为第一。"

对 联

一、对联的定义

对联，俗称对子，雅称楹联，是写在纸上、布上或雕刻在竹子、木头、石头柱子上的对偶语句。对联形式严谨，对仗工整，平仄协调，是一字一音的中华汉语言独特的艺术形式，是中国的传统文化之一，是中国古典文学中的瑰宝。

对联作为一种民间习俗，是中国传统文化的重要组成部分。相对于格律诗词来说，对联形式短小，文辞精练，句式灵活，实用性强，而且内涵丰富深邃，雅俗共赏，更接地气，尤其是在社会生活中可以广泛应用，如春联、喜联、挽联、店铺联、行业联、会议联、风景联、名胜联、寺庙联、格言联、巧趣联等，为广大人民群众所喜闻乐见，很受欢迎。2005年，国务院把楹联习俗列为第一批国家非物质文化遗产名录。楹联习俗在华人乃至全球使用汉语的地区以及与汉语汉字有文化渊源的其他民族中传承、流播，对于弘扬中华民族文化具有重大意义。

什么形式的文学体裁方能称为对联呢？

岳阳楼上挂的"洞庭天下水；岳阳天下楼"不是对联。

长沙岳麓书院门前挂的"惟楚有才；于斯为盛"是对联。

毛泽东诗词中"四海翻腾云水怒，五洲震荡风雷激"不是对联，而"红雨随心翻作浪，青山着意化为桥"是对联。

对联有它独立、独特的体式与规则。比如：

一元复始；
万象更新。

欲穷千里目；
更上一层楼。

铁马秋风塞北；
杏花春雨江南。

书山有路勤为径；
学海无涯苦作舟。

门有古松，庭无乱石；
秋宜明月，春则和风。

这种以上联和下联（有的带横批）按一定规则组成的文学样式，才是合格的对联。

二、对联的起源与发展

对联历史悠久，起源于桃符，滥觞于律诗，发展于春联，至今已经有一千多年。因为律诗中间两联要求对仗，把两句对仗的话写到桃符或纸上，就形成了最初的楹联。

宋代诗人王安石写过一首《元日》诗：

爆竹声中一岁除，春风送暖入屠苏。

千门万户曈曈日，总把新桃换旧符。

诗里的"桃符"，就是古代过年时，人们挂在家门口避邪消灾的、用桃木做的小板子。

在古代，人们对疾病、灾祸等自然现象不能做科学的解释，便以为是鬼祟作怪。相传世间有两位善于捉鬼的神人兄弟，名叫神荼、郁垒，他们住在一棵巨大的桃树下。人们便用桃木做成两块长七八寸，宽约一寸的木板，上面画上他们的形象，用以驱鬼镇邪。这便是诗中所说的"桃符"。这种除夕在门上挂桃符的习俗始于秦汉以前。

到了五代，人们才开始把联语题写在桃木板上代替降鬼大神的形象。

新年纳余庆；

嘉节号长春。

这是后蜀最后一位君主孟昶在桃符上题写的皇宫楹联，目前被对联界公认为可考证的我国最早的一副春联。据《宋史·蜀世家》记载，五代后蜀主孟昶"每岁除夕，命学士为词，题桃符，置寝门左右。末年（964），学士辛寅逊撰词，昶以其非工，自命笔题云：'新年纳余庆；嘉节号长春'。"

孟昶题写在桃符上的这两个对偶句，完全符合对联的格律要求，充满着迎接新春的喜气，寄予了对新年的期望，是实实在在的春联。从字面上看，"纳"即"享受、接纳"；"余庆"，旧指"先代的遗泽"，《易经·坤·文言》："积善之家，必有余庆。"上联的大意是：新年享受着先代的遗泽。下联的大意是：佳节预示着春意常在。因此，这副春联被对联界公认为我国最早的一副春联，也是对联的最初萌芽。

宋代以后，对联开始被书写在纸上，民间新年张贴春联也已经相当普遍。王安石《元日》诗就是当时春联繁荣盛况的真实写照。

到了明代，明太祖朱元璋大力提倡春联。他在金陵定都后，命令大臣官员和百姓人家除夕前都必须书写一副对联贴在门上，他还穿便装暗自出巡，挨门挨户观赏查看。

传说，朱元璋有一年除夕微服私访，见一户人家没贴春联，问其故，说是家贫请不起人写春联。再问其做何营生，答曰"阉猪"。乃说："给你写副春联，不要钱如何？"答曰："求之不得。"朱元璋于是挥笔写道：

双手劈开生死路；
一刀割断是非根。

这既是一副春联，其实也是一副行业联，既对仗工整，又比较文雅，还切合"阉猪"职业。

由于皇帝的提倡与率先垂范，对联的创作与运用日渐广泛。当时的文人也把题联作对当成文雅的风流乐事，写春联更是成为一时的社会风尚。

进入清朝以后，对联犹如盛唐的格律诗一样兴盛，出现了不少脍炙人口的名联佳对和高手大家。随着各国文化交流的发展，对联还传入越南、泰国、朝鲜、日本、新加坡等国。这些国家的华人圈里，至今还保留着贴对联的风俗。

清朝道光年间，福州人梁章钜写了一部《楹联丛话》，共十二卷，后又作《续话》四卷，《三话》二卷。他的儿子梁恭辰又续作《四话》六卷。梁氏《楹联丛话》分故事、应制、庙祀、廊宇、胜迹、格言、佳话、哀挽、集句、杂缀等十类。这是中国楹联史上第一部系统的楹联专著。有人因此认为对联已成为清代的主流文学，提出了"清联"的说法，把对联与"唐诗""宋词""元曲""明小说"相提并论。清代确实是对联史上的第一个鼎盛时期。除了梁氏父子所著《楹联丛话》外，当时在私塾和社会上流传应用很广的《声律启蒙》（作者车万育）和《笠翁对韵》（作者李渔）都是在清朝编撰印行的。

古代私塾启蒙首先必学对对子，又称之为"对课"。对课就得有对联教材。康熙进士车万育（湖南邵阳人）所编撰的私塾对课教材《声律启蒙》便是其中之一。

一东（节选）

云对雨，雪对风，晚照对晴空。来鸿对去燕，宿鸟对鸣虫。三尺剑，六钧弓，岭北对江东。人间清暑殿，天上广寒宫。两岸晓烟杨柳绿，一园春雨杏花红。两鬓风霜，途次早行之客；一蓑烟雨，溪边晚钓之翁。

清代著名戏剧家、文学家李渔（号笠翁）继《声律启蒙》之后，又撰写了另一本对课教材《笠翁对韵》。

一东（节选）

天对地，雨对风。大陆对长空。山花对海树，赤日对苍穹。雷隐隐，雾蒙蒙。日下对天中。风高秋月白，雨霁晚霞红。牛女二星河左右，参商两曜斗西东。十月塞边，飒飒寒霜惊戍旅；三冬江上，漫漫朔雪冷渔翁。

《声律启蒙》和《笠翁对韵》，都是过去训练儿童应对，掌握声韵格律的启蒙读物。二者皆按韵分编，包罗天文、地理、花木、鸟兽、人物、器物等的虚实应对。从单字对到双字对、三字对、五字对、七字对一直到十字对、十一字对，声韵协调，朗朗上口，读起来如唱歌一般，好读易记，可使读者从中得到语音、词汇、修辞的训练。在很长一段时间内，这两本书是人们学习写作近体诗词，创作对联，熟悉对仗、用韵、组织词语的启蒙读物。

"中华民国"时期，对联活动的开展和对联专著的出版较前代都有过之而无不及。私塾儿童开蒙，也是以"对课"为先。塾师教学国文，多采用"对课"的方法，即教师出上句，学生作虚实平仄对应的下句，以训练学生作诗作联的技巧，从而加强学生对所学语文知识的理解、运用和巩固。

据传有位姓石的私塾先生，对学生要求严格，惩罚手段野蛮，使学生既怕又恨。有一次，这位石先生见一只小鸡被身后突然垮塌的砖墙压死了，即景出对云"细羽家禽砖后死"，要学生对下联。有位调皮学生当即对曰："粗毛野兽石先生"，把这位私塾先生气得哭笑不得。

著名的国学大师陈寅恪在主持清华大学文学院招生考试时，就曾以对联作考题来取录学生。出句为上联"孙行者"，对句为下联，考生中对得较好的下句有"祖冲之""胡适之"，一时传为佳话。这一时期，可称对联发展史上的第二个高潮。

中华人民共和国成立后的很长一段时期内，由于多种原因，对联这种优秀传统文化没有引起人们应有的重视，甚至逐渐式微。直到1984年，随着中国改革开放的春风吹拂，中国楹联学会应运而生，随即全国各地的楹联组织也如雨后春笋般相继建立，楹联队伍不断壮大。从此之后，对联再次复兴。一时间，对联书籍的出版，也超过历史上任何时期。

2006年，国务院以国发18号文件发布《关于公布第一批国家级非物质文化遗产名录的通知》，批准了文化部门确定的第一批共518项国家级非物质文化遗产名录，楹联习俗名列第十部分"民俗类"501号。

进入互联网时代，出现了网络对联。许多对联网站的建立，更是推波助澜，开辟了对联学习、交流的新天地，极大地促进了对联的兴盛和发展。尤其是全国各地征联活动与楹联竞赛次第开展，参与人数及作品数量空前。对联入校园、对联入乡村、对联入社区、对联入军营活动也办得风生水起。楹联教学基地、楹联创作基地、楹联街区、楹联村落、楹联乡镇、楹联城市在各地涌现。

2004年，全国高等学校招生考题中首次出现对联内容。2005年，对联走进中央电视台春节晚会（简称央视春晚），到2018年已经五次在海内外征集春联，并评选优秀作品在春节晚会上进行展示，参与人员非常踊跃。由于央视春晚异常强大的影响力，使楹联得到了极大的宣传、普及、推广。

三、对联的功用

对联从它诞生之日起，便以其实用性受到人们的广泛青睐。可以说，对联的这种实用功能，是它不同于诗词歌赋与散曲等韵律文学样式的一个最大优势，也是其生命力和发展空间的最大潜力，更是无论墨客骚人或平民百姓都喜欢的一个重要原因。

对联是国际上唯汉语言文字独有的一种文学艺术形式，是中华民族多姿多彩的传统文化艺术宝库的重要组成部分。它以概括性强、实用性强、雅俗共赏等特点，成为千百年来文学艺术百花园中的一朵奇葩。在历史上，属对是文人雅士显智露才的方式，是褒扬忠孝仁义、责贬奸邪诡诈的武器。更重要的是，对联因为与书法、建筑物等载体的紧密结合，在各种场合发挥着无以替代的社会功能。

1904 年，恰逢慈禧太后 70 岁大寿，要求举国大庆，举行隆重的万寿庆典。有人拍马屁写贺联曰：

> 一人有庆；
>
> 万寿无疆。

国学大师章太炎当时身陷囹圄，知道了以后很气愤，将这副马屁联改造了一下，变成了一副辛辣讽刺、愤怒抨击的对联：

> 今日到南苑，明日到北海，何日再到古长安？叹黎民膏血全枯，只为一人歌庆有；
>
> 五十割琉球，六十割台湾，而今又割东三省！痛赤县邦圻益蹙，每逢万寿祝疆无。

章太炎先生以犀利的语言，淋漓尽致地揭露和讽刺了慈禧穷奢极欲的生活和她君临朝政 40 多年给中华民族带来的巨大灾难和不幸。

该联的上联揭露了慈禧为了自己奢侈享受，不惜用搜刮来的民脂民膏在京城大兴土木，搞什么"南苑""三海"（即南海、中海、北海）工程，甚至不惜挪用海军军费，耗银千万两重修颐和园，供她一人享乐。而与此同时，九州大地连年灾荒，饿殍遍野，民不聊生，这就形成了非常鲜明、强烈的对比。

　　该联的下联，作者辛辣地嘲讽了慈禧每过一次"大寿"，都使中国的疆域被外国列强宰割瓜分一次，都使中华民族蒙受一次奇耻大辱。

　　据说慈禧太后生平最羡慕"孝圣宪皇后"（乾隆皇帝的生母）。孝圣宪皇后活了86岁，在她60、70、80岁时，曾举办了三次隆重的庆寿大典。慈禧也极力仿效之。然而，慈禧的每一次"庆寿"，恰恰都与她丧权辱国、割地赔款的罪恶行径紧密相连。在她50岁时（1884年），爆发了中法战争，日本乘机鲸吞了我国的琉球群岛。在她60岁时（1894年），中日甲午战争爆发，战争最后以清政府割让辽东半岛、台湾岛及澎湖列岛给日本，并赔偿两亿两白银而告终。在她70岁这年（1904年），俄国与日本侵略者为争夺我国东北三省在中国土地上大动干戈，而慈禧却无耻地宣布中国严守"中立"，这是卖国成性、奴颜婢膝到了何等地步！"每逢万寿祝疆无"，这画龙点睛的一笔，真是绝妙的讽刺。这副对联从牢中传出，一时轰动全国，大快人心。

　　光绪三十四年十月二十一日（1908年11月14日）傍晚，光绪皇帝驾崩。时隔一天，慈禧太后随即去世。四川楹联大师刘师亮撰挽联于其门曰：

> 洒几滴普通泪；
> 死两个特别人。

　　皇帝与太后接连去世，照理应是普天同悲，而刘师亮却以揶揄的口吻，以工稳的对仗，以普通与特别两个非常通俗却又截然相反的词语，构成了一副谐趣巧对，既真实地表达了黎民百姓的态度，又含蓄地表现了两个死者的特殊身份、作为与结局，对慈禧、光绪进行了无情的嘲讽。特别是横批"通统痛同"四个同音字，暗指宣统皇帝与同治皇帝，用四川话读起来声如放铳，惊人心魄，引人深思。看到这副对联的人都忍俊不禁，颇觉解气，一时之间传为笑谈。

　　刘师亮家对门有个豪绅，曾受过他的嘲弄，早就对他恨之入骨，看了这副对联，便去衙门告发。官府将刘师亮抓去，可又挑不出毛病，只好以"大不敬"罪名罚他银圆五块，并令他将此联撕掉重写了事。刘师亮回家后，撕去原联，又贴上一副新联，表达自己的愤慨与不满：

> 抠几个酸字眼；
>
> 罚五块大洋银。

　　其不屈不挠的一身铮铮硬骨，尽在联语之中。

　　"中华民国"成立后，虽然推翻了清王朝的封建统治，但老百姓的生活依然贫困，政府税收和捐款多如牛毛。过年时，刘师亮便写了一副春联贴在自家门口：

> 民国万岁（税）；
>
> 天下太平（贫）。

　　该联巧妙借用谐音，使人既会心一笑，又别感滋味。

　　当时四川军阀杨森督理四川，为了搜刮民财而巧立名目，甚至对农民进城挑粪也要征税。刘师亮十分气愤，写了一副对联加以抨击：

> 自古未闻粪有税；
>
> 而今只剩屁无捐。

　　该联语几近鄙俗，却入木三分地嘲弄了杨森不合情理的盘剥行径，使人感到无可奈何，欲哭无泪。

　　杨森为了打造政绩，提高自己的威望，并借机向百姓摊捐派款，中饱私囊，假市政建设之名，下令修建马路和体育场等。当时成都街道狭窄，沿路许多人家必须拆迁。杨森不管人民死活，不给任何补贴，对无家可归的拆迁户也不予妥善安置，严令自行拆迁，到期不执行，就派人强行拆房。拆房后，许多百姓无钱建房，流离失所。许多商户因此倾家荡产，搞得民不聊生，民怨沸腾。而杨森却穷凶极恶，不许抗辩。刘师亮代表百姓与之交涉未果，后来又看到马路迟迟不能竣工，满路的石头瓦块，等待用石磙碾平。刘师亮抑制不住心中的忧愤，撰联怒骂之：

马路已捶成，问督理何时才滚？

民房将拆尽，愿将军早日开车。

此联表面意思是希望尽早滚路通车，实际上是让杨森赶快滚。联中的"滚""车"（四川方言是"走开"的意思，与"滚蛋"义近）二字是双关语，此对联以双关手法，妙思天成地抒发了成都市民的共同心声，既揭露了拆房修路对居民造成的损害，又表达了巴不得军阀早日离开的愤慨。

一代国学大师、史学家陈寅恪曾为清华大学入学考试拟过对联试题——"孙行者"。他还在《与刘叔雅论国文试题》中，就此事向当时的清华大学国文系主任刘叔雅说明了四条理由：第一，对子可以测验应试者能否辨别虚、实字及其应用；第二，对子可以测试应试者读书多少及语藏贫富；第三，对子可以测试应试者是否分平、仄声，并说"此点至关重要"，是高中毕业生应具备的常识；第四，对子可以测验应试者的思想条理。

写对联有利于开拓思维。在对联创作过程中，作者要认真观察所要表现的事物，深入分析其特征，发掘其内涵，并选用适当的表现手段和恰当的词语。同时，为了使作品符合联律要求，需要把上、下联中的分句或词语前后置换，或把上下联中的分句或词语上下置换，或替换平仄声字等。可见，创作对联的过程，也就是开拓思维的过程。

对联创作需要积累广博的知识。在对联创作中，需要广泛涉猎天文、地理、历史、人文、政治、军事、宗教、民俗、服饰、植物、动物、器物、名胜、神话、典故等多方面的知识。写作对联，必须掌握词性、词的分类、词语结构等语文基础知识和比喻、比拟、借代、夸张、对比、反语、设问、反问、排比、反复、双关等修辞知识。对联创作的过程，就是促使自己涉猎知识、积累知识的过程，通过对联创作可以扩大知识面。

对联最大的功能还在于它的实用性。在这一点上，它远远胜过诗、词、曲、赋，而且由于对联雅俗共赏，最接地气，更容易为老百姓所接受，它的欣赏、宣传、教化作用就更容易发挥。举凡风景名胜、宫殿衙署、亭台楼阁、寺庙道观尼庵，乃至庭院门户，随处可见楹联。重大的时政题材，也可以用对联表达出来，并且因为句式和字数不受限制，所以比诗、词、散曲更为自由，更富表现力。如：

纪念改革开放四十周年

吕可夫

一旦破关，扫贫穷闭锁，四十年户启牖开，顿时心阔眼新，燕舞清风花绽笑；

五洲瞩目，看南北西东，九万里天翻地覆，从此山丰水裕，民逢盛世国回春。

第一艘国产航母海试

吕可夫

十三亿吐气扬眉，大海长风初砺剑；

千万浬守疆护土，利锋重器远宣威。

尤其在人们的日常生活中，题赠应酬、逢年过节、婚丧嫁娶、生日乔迁、竣工开业、重大活动等，都可以用楹联来点缀助兴。如笔者撰写的几副题赠嵌名联、贺联与挽联：

赠郑铁峰（鹤顶格）

铁须淬火身方硬；

峰纵凌云天更高。

赠顾雅云（女，魁斗格）

雅到幽兰清到菊；

平如静水淡如云。

赠胡智勇（鹤顶格）

智水仁山云故友；

勇松劲柏竹初心。

贺长沙市望城区诗词楹联协会成立20周年

二十年戛玉探骊，喜乔口书堂，风骚未负杜欧笔；

三千里扬帆击楫，期铜官靖港，江海再腾潘陆潮。

贺蔡聪、李松龄新婚

好风日黄花绽蕊，红叶题诗，画眉堂锦绣园深，十里沿溪为客扫；

佳姻缘蔡笔山盟，松龄海誓，坦腹榻芙蓉帐暖，百年牵手共春探。

贺联友贾雪梅生日

寿礼自天来，芳辰每降梅花雪；

文心如锦绣，梦笔还添柳絮才。

代拟湖南省老干部诗词协会挽伏家芬先生

笔属一流，名重湖湘，长领骚坛称泰斗；

魂归三甲，春寒料峭，空余书屋话诗联。

挽诗坛乡贤前辈朱帆先生

斯文沦丧久，问天下如今诗人几个？风骨几分？数麟角凤毛，幸有布衣三楚客；

坛坫恸哀多，悼岭南唯此悲泗一行，挽词一副，叹花城潋水，再无锦绣两乡楼。

【注】朱帆先生自称两乡人,岭南布衣,斋号"两乡楼",著有《两乡楼诗稿》。

挽台湾著名诗人余光中先生

去国飘零七十年,隔一湾海峡望月,长怀满腹忧伤,唯有诗文消块垒;
离歌慷慨九千里,竟万缕乡愁遗恨,空叹两头母子,再无船票返家山。

由于对联雅俗共赏,适用于社会生活的多种场合,并能够给人一种高雅的传统文化熏陶,因此非常受社会各界欢迎,从而产生深刻的社会影响,表现出强大的社会教化功能。

四、对联的创作

如何创作一副既合格律又有意境的好对联呢?既没有诀窍可言,也没有捷径可走,只要做到以下几点,离对联殿堂就不会十分遥远了。

(一)热爱生活是对联创作的前提

对地对天,天地有情皆可对;
联今联古,古今无事不能联。

在现实生活中,对联素材无处不有。许多口头语和我们平日的所见所闻,信手拈来,就是现成的对联。学习一些对联故事,看一些介绍前人创作对联的逸闻趣事,对我们应该有所启示。

热爱生活,养成处处留心观察、事事用脑思考、时时动手练笔的良好习惯,就有取之不尽的创作素材。而离开生活或者对生活缺乏激情,麻木不仁,是谈不上对联创作的。

（二）扎实的语言文字功底和渊博的历史、文学、社会知识是对联创作的基础

对联创作往往需要反复替换词语，调换词序使词性对品，结构对应，平仄对立；还要涉及天文、地理、历史、人文、政治、军事、宗教、民俗、行业、服饰、饮食、植物、动物、器物、建筑、名胜、神话、典故等多方面的知识。这就要求我们刻苦学习，积累大量的词汇，掌握丰富的语法知识，广泛涉猎各种社会知识，在对联创作时才能左右逢源、游刃有余。

（三）丰富的想象是对联创作的翅膀

想象，就是形象思维。我国第一部诗歌总集《诗经》，按内容分为风、雅、颂，按创作手法分为赋、比、兴。所谓比，就是比喻，就是形象思维。一件文学作品，有比喻方能产生意象，带出意境，从而深刻地感染读者。任何文学创作，都不能离开丰富的形象思维。没有形象思维的作品，很难有思想深度和艺术感染力。

李白有一首《古朗月行》诗，开头就说：

> 小时不识月，呼作白玉盘。
>
> 又疑瑶台镜，飞在青云端。

以"白玉盘""瑶台镜"做比喻，生动地表现出月亮的形状和月光的皎洁无瑕，使人感到非常新颖有趣。而且"呼""疑"两个动词，惟妙惟肖地传达出儿童的天真烂漫之态。这四句诗，看似信手写来，却可称情采俱佳。这就是运用形象思维的典范。

古诗词中，由于运用形象思维而形成佳作的句子有很多。譬如：

> 忽如一夜春风来，千树万树梨花开。
>
> （岑参《白雪歌送武判官归京》）
>
> 问君能有几多愁？恰似一江春水向东流。
>
> （李煜《虞美人》）

试问闲愁都几许，一川烟草，满城风絮，梅子黄时雨。

（贺铸《青玉案》）

大漠沙如雪，燕山月似钩。

（李贺《马诗》）

不知细叶谁裁出？二月春风似剪刀。

（贺知章《咏柳》）

可怜九月初三夜，露似珍珠月似弓。

（白居易《暮江吟》）

飞流直下三千尺，疑是银河落九天。

（李白《望庐山瀑布》）

　　一块石头、一截树根，可以变成珍贵的艺术品，一处景物、一个事件，可以成为传世的文学作品。这些都来自艺术家、文学家丰富的想象和精心的艺术加工。文艺创作素来有所谓三种境界之说。

　　第一种境界叫看山是山，看水是水。

　　第二种境界叫看山不是山，看水不是水。

　　第三种境界叫看山还是山，看水还是水。

　　这几句话，看似相似，却是文学创作中三种完全不同的境界，是对形象思维展开和上升的形象总结。

　　对联创作也离不开丰富的想象。没有想象和深层次的思考，石头、树根依然是天然的石头、树根，山水依然是原始的山水，事件依然是客观的事件。只有展开丰富的想象，进行深层次的思维，并以活生生的形象表现出来，才能创作出好的对联作品。

潇湘古八景之"江天暮雪"

吕可夫

白皑皑水岸苍茫，正好息帆，但看蓑笠篷舟，日落犹垂几竿晚；
空荡荡江天清旷，最宜把盏，且置红泥绿蚁，客来可却数杯寒。

全联都是通过形象思维来进行描绘的。橘子洲自古为长沙名胜，东望长沙，西瞻岳麓。在笔者的想象中，每当大雪纷飞，湘江北去，白雪江天浑然一色，世间万物寂寂无声，江中商船落帆泊岸，雪光上的暮色如烟雾一样漂浮不定，人的心情也就格外清冷，思想随着雪花飘舞，那种清凉的悠闲也许是最接近冬雪本质的悠闲。

笔者还写过一副《黄山》联，也充分运用了拟人、夸张、比喻、对比等形象思维：

> 草木亦通情，有松能迓八方客；
>
> 烟霞如煮海，无岳不输一段云。

笔者还写过一副衡州古八景之一《东洲桃浪》联：

> 云树暖东洲，浮江心一片丹霞，桃花春涨胭脂水；
>
> 烟波接南岳，映渚上数檐黛瓦，柳絮风传卷帙声。

这副对联也运用了拟人的形象思维，诗化的语言使东洲桃浪的风景变得形象、生动和美好。

以上对联如果不是运用形象思维来进行描绘，写出来则会枯燥干巴、直白乏味，缺少艺术感染力。

五、对联格律

诗有诗律，联有联律。没有规矩，不成方圆。对联创作的规矩就是对联格律。创作一副对联，首先要使它符合对联格律。鉴赏一副对联，首先要看它符合不符合对联格律，然后再考量它的思想性、意境、艺术性及其他。创作对联忌有悖语法，偏离格律。评价一副对联好与不好，首先要言之合律，然后才是言之有物，言之有理，言之有趣，言之有意，言之有益。

概括而言，对联格律有六个基本要素（六个基本要求），缺一不可。

（一）字句对等

一副对联由两句话组成。第一句话叫上联，第二句话叫下联，也叫上比、下比，还有的称出幅、对幅。

对联横写时，上一行是上联，句末一般用分号，特殊情况下也有用问号、感叹号的；下一行是下联，句末一般用句号，特殊情况下也有用问号、感叹号的。

对联竖写时，遵循书法规则，面对着的右边写上联，左边写下联。贴对联时，面门而立，右手边贴上联，左手边贴下联。用于张贴的对联一般不用标点。

对联的上联或下联有几个字，就叫几言联。对联可以只是一个独立句，这种对联叫单句联。对联也可以由两个及以上的多个分句组成，这种对联叫复句联。

对联的字数对等，指上联的字数与下联的字数相等。即上联是几言，下联也一定是几言。换言之，上联有几个字，下联也一定是几个字。否则，上下联字数多少不一，就"对不起"了。袁世凯皇帝梦破灭郁郁而终后，曾有人写了这样一副挽联：

袁世凯千古；

"中华民国"万年。

这样的对联，上下联字数不对等，根本不是合格的对联，但当时人们看了以后，并未提出异议，反而认为写得很好。为什么呢？这是因为作者巧妙地运用了对联上下联字数必须对等的联律要求，反其道而行，故意不对等，从而让读者读出袁世凯"对不起""中华民国"这种讽刺的意味来，达到抨击袁世凯窃取辛亥革命胜利果实、逆历史潮流而动、复辟倒退的反动行径的目的。

对联中的上、下联，不仅字数相等，句数也是对等的，即上联有几个分句，下联也必须有几个分句。若上联是单句，下联也必须是单句。若上联由两个分句组成，下联也必须由两个分句组成。以此类推，不一而足。例如：

> 寒尽桃花嫩；
>
> 春归柳色新。

明末清初傅山撰写的书房联：

> 竹雨松风琴韵；
>
> 茶烟梧月书声。

笔者撰写的《水泊梁山宋江井》联：

> 一眼石泉沉日月；
>
> 几瓢天露洗江山。

以上皆为单句联，上联为单句，下联也为单句，上下联句数对等。上联分别为五言、六言、七言，下联也分别是五言、六言、七言，字数完全相等。

如清末湘军水师主帅彭玉麟的自题联：

> 水得闲情，山多画意；
>
> 门无俗客，楼有赐书。

再如笔者撰写的《题蜗牛》联：

> 躲入小楼，难堪世事；
>
> 肩成重负，终是房奴。

以上两副对联皆是两分句的复句联，上下联每个分句都是四个字，两句共八个字，称为八言联，句数、字数都对等。

再如清末著名联家湖南望城李篁仙《题京师长沙会馆》联：

> 何人当贾傅才名，忆江上祠堂，万里每萦芳草梦；
>
> 此处是燕山旧址，愿湘中子弟，大家争摘桂枝来。

上联有三个分句，下联也有三个分句，上下联句数对等。上联有十九个字，下联也有十九个字；上联第一、二、三分句分别为七字、五字、七字，下联第一、二、三分句也分别为七字、五字、七字，上下联字数对等，各对应分句的字数也分别对等。

如笔者撰写的《花蕊夫人》联：

十四万人齐解甲，堪怜蜀苑金枝，竟成宋圃残花，岂是红颜招祸水；

一千余载再评诗，莫道雄师弃主，当恨昏君误国，何能黄口怨男儿？

上联四个分句，下联也是四个分句，句数相等，且每个分句的字数也分别相等。

又如李篁仙《题汉口长沙会馆》联：

麓山之巅，湘水之滨，携剑倚苍茫，数前朝梅将功名、蒋侯威望；

武昌以西，汉阳以北，凭栏瞰风物，想故园定王台榭、贾傅祠堂。

上联五个分句，下联也是五个分句，不仅句数相等，且每个分句的字数也分别相等。

再如左宗棠27岁重病时所作自挽联：

慨此日骑鲸西去，七尺躯委残芳草，满腔血洒向空林，问谁来歌蒿歌薤，鼓琵琶冢畔，挂宝剑枝头，凭吊松楸魂魄，奋激千秋，纵教黄土埋予，应呼雄鬼；

倘他年化鹤东归，一瓣香祝成本性，十分月现出金身，愿从此为樵为渔，访鹿友山中，订鸥盟水上，消磨锦绣心肠，逍遥半世，唯恐苍天负我，再作劳人。

上联、下联多达十个分句，也是句数完全相等，相对应的每一句的字数也是完全相等的。

纵观以上所有对联可知，一副对联不管多长，不管有多少个分句，都必须上、下联句数相等，并且每个对应分句的字数也必须分别相等。

（二）形对意联

对联的名称就是对对联内容和形式的高度概括。"对"，即词语对仗、平仄对立；"联"，即语意关联。

对联写作中的对仗方式多种多样，或以相同的口吻描写同一事物的两个相似侧面，使其互相映衬、补充，达到相辅相成的效果；或以相反的口吻描写同一事物的两个不同侧面，使其互相反衬、对照，达到相反相成的效果；或通过上下联的因果、递进、转折、条件、假设等关系议论、叙述、交代一件事情……但不论采用何种对仗方式，所创作的对联的上、下联的内容总是互相关联的，而不是毫不相干、风马牛不相及的。如：

> 门外湖光十里碧；
>
> 座中山色四围青。

上联写"湖光"，下联写"山色"。上、下联均以赞美的口吻从两个方面描写杭州西湖的景色。又如：

> 有天皆丽日；
>
> 无地不春风。

上联顺着写每天都是风和日丽的好日子，下联则采取否定之否定的方式写没有任何地方不受到春风的沐浴，也就是每个地方都沐浴着春风。

再如笔者撰写的《咏竹》联：

> 有生但立虚心节；
>
> 纵死犹开异代花。

上联写竹子的虚心，下联写竹子临死开花，繁衍后代，通过两个不同的侧面，赋予竹子一种美好高尚的人格。

再如笔者撰写的贺长沙地铁二号线首通联：

> 朝思暮想多年，喜山水有情，美梦终圆，古邑先行通地铁；
>
> 遁土飞车一路，看雨晴无阻，好风正劲，长沙疾驶向春天。

上联写人们多年的盼望终于实现，下联写地铁开通后给人们生活带来的极大便利以及对长沙经济的促进，分别从不同侧面歌颂了长沙城市建设的巨大变化，格律上是完全对立的，但内容和意境却是互相联系的。再如笔者的《题花炮》联：

> 万簇奇葩，竞放异芳，妆春即尽力腾霄，有声有色；
>
> 一生烈胆，不同凡响，为美纵粉身碎骨，无怨无尤。

上联抓住花炮的有声有色，即惊天动地的声响与多姿多彩的绚丽，使花炮的特征非常突出，表露无遗。下联宕开一笔，从花炮另一个侧面即燃放以后粉身碎骨，从而进一步歌颂花炮为了用美装点人间而不惜牺牲自己的崇高品格，形式上对立，内容上统一。

再如笔者撰写的 2017 年高考考场联：

　　十年磨剑，两日试锋，下笔千言成竹满；

　　四海凭龙，九霄任鹄，出门一笑大江宽。

上联从中学生活到考场到应试落笔，开门见山，直奔高考主题，以磨剑、试锋、下笔三个动宾结构词组烘托气氛，一气呵成，并化用"胸有成竹"的成语典故，重在鼓舞考生树立信心。

下联宕开一笔，从"海阔凭龙跃，天高任鸟飞"的角度切入，勉励考生不要将高考看成人生的唯一上升通道，要知道世界大得很，只要有本事，在社会上各个角落都可以发挥才干，提升人生，因此，既要有信心，也要有承受力，考完之后应一笑置之，不要压力太大，背思想包袱。上下联虽然意思不同，但都是围绕高考这个主题展开，形式相对而意思相连。

曾国藩挽乳母联：

　　一饭尚铭恩，况保抱提携，只少怀胎十月；

　　千金难报德，论人情物理，也当泣血三年。

汉韩信未发迹前因贫困潦倒，几乎饿毙，幸漂母以饭接济而活命。韩信发达后以千金酬谢漂母而被其拒绝。曾国藩此联上下联都用了这一个典故，但选取了不同角度。上联写乳母之恩要大大超过漂母一饭之恩，保抱提携，几同亲母；下联写即使千金也难以报答乳母养育之恩，哪怕论人情物理，也当守孝三年。从格律的形式上看，上、下联是对立的，但内容都是围绕挽乳母这个主题展开的。

从上面各联可以看出，每一副对联都是上下联分别描述同一事物的两个方面。上联或下联各自都清晰地表达了一个完整的意思，而上下联又统一于同一主旨。这就是对立统一规律在对联中的具体反映。又如：

　　不历几番磨炼；

　　怎成一段锋芒。

任我纵横千里目；

看他吴楚万重山。

到此已穷千里目；

谁知才上一层楼。

这几副对联，若单看上联或下联，都不能表达一个明白的意思，但将上、下联结合起来，则所表达的意思就很明了了。

以上各例都说明，对联的上、下联的内容是互相关联的，它们形式上可以对立，但内容或意境必须关联，集中表达一个主题。

（三）节奏对拍

节奏对拍，是指一副对联上、下联的节奏要一致。所谓节奏，就是诵读对联时语气上的自然停顿或意思上的自然分隔，也就是上、下联中每个不可分割的词语为一个节奏。人们一般称之为音步或音节，有的也叫节奏点。本书以"/"作划分。

汉语的词语大多为"二字而节"，也就是说，一般两个字为一个节奏，但也有一字而节或三个以上的字组成的音节。如曾国藩联：

养活/一团/春意思；

撑起/两根/穷骨头。

上、下联的节奏均为2/2/3，这就是节奏对拍。

勤劳/门第/春光/在；

富庶/人家/岁月/长。

上、下联节奏均为2/2/2/1。

辞旧岁/人人/添寿；

迎新年/户户/进财。

上、下联节奏均为3/2/2。

与/有肝胆人/共事；

从/无字句处/读书。

上、下联节奏均为 1/4/2。

从以上几副七言单句联可以看出，同样字数的对联，可以有不同的节奏，但每副对联的上、下联的节奏总是一致的。

再如曾国藩联：

<blockquote>
大处/着眼，小处/着手；
群居/守口，独居/守心。
</blockquote>

上、下联节奏均为 2/2/2/2。

方授楚题岳阳楼联：

<blockquote>
湖面/镜磨，遥望/君山/凝/碧色；
城头/波憾，快登/杰阁/听/涛声。
</blockquote>

上、下联节奏均为 2/2/，2/2/1/2。

上面两副对联，一副为八言复句联，一副为十一言复句联。两副对联的总字数虽然不同，但各联中上、下联的节奏都是一致的。再如：

<blockquote>
爽气/西来，云雾/扫开/天地/恨；
大江/东去，波涛/洗尽/古今/愁。
</blockquote>

这副题黄鹤楼的十一言复句联，上、下联节奏均为 2/2/，2/2/2/1，与上面岳阳楼的十一言复句联前分句节奏相同，后分句节奏不同。

再如笔者题黄河联：

<blockquote>
磅礴/下昆仑，不息/不挠，奔腾/万里/轩辕血；
绵延/流太古，无私/无悔，滋润/千秋/华夏根。
</blockquote>

三个分句，上、下联的节奏均为 2/3/，2/2/，2/2/3。

再如笔者偶感联：

<blockquote>
何得/文章？无非有/过人/学养/才情/器识；
如言/诀窍，还是须/下力/读书/明理/观人。
</blockquote>

从以上各例可以看出，不论是单句联还是复句联，不论字数的多少，一副对联上、下联的节奏总是一致的。

（四）平仄对立

对联是格律文学，声律是其格律的主要方面。对联之"对"，含义有二：一为语句对仗，二为平仄对立。平仄对立即声律要求。遵循对联声律的要求，在联句中平仄必须交替（或音节位置平仄交替，或节奏点上平仄交替），上、下联之间相应位置则平仄必须对立（相反）。这样可使对联诵读时朗朗上口，听起来抑扬顿挫，流利悦耳。对联不同于格律诗，它只讲平仄，即声调，而不要求押韵（音韵）。

汉字的声调分为平声和仄声。古音的音调有五声，即上平、下平、上声、去声和入声。上平和下平为平声，上声、去声、入声为仄声。

普通话声调的阴平（一声）和阳平（二声）称为平声，上声（三声）和去声（四声）称为仄声。

平仄对立，是指当句（本句）中按节奏点（又叫音步、音节，可为一字、两字、三字）安排平仄交替，而上、下联对应节奏点上用字的平仄要相反。所谓节奏点，除一言外，均指每个词语的后一个字。

一副对联中，一般要求上联最后一个字为仄声，下联最后一个字为平声，称"仄起平收"。但在少数古联中也有例外，即有上联平收、下联仄收者，如长沙岳麓书院大门联：

> 惟楚有材；
>
> 于斯为盛。

中国楹联学会颁布的《联律通则》要求，"上联收于仄声，下联收于平声"。即对联上联的最后一个字一定要是仄声，下联的最后一个字一定要是平声，例如：

> 酒绿；
>
> 灯红。

上、下联各有一个词语，上联后一个字"绿"为仄声，下联后一个字"红"为平声。再如：

> 有山皆绿；

无水不清。

上、下联各由两个词语组成，上联各节奏点上的"山""绿"的声调为平、仄。下联相对应节奏点上的字"水""清"的声调为仄、平。

又如徐悲鸿联：

铁马秋风塞上；

杏花春雨江南。

上、下联各有三个词语，上联各节奏点上的字"马""风""上"的声调为仄、平、仄；下联相对应节奏点上的字"花""雨""南"的声调为平、仄、平，句中交替，上、下联对立（相反）。

又如郑板桥故居中堂联：

春风放胆来梳柳；

夜雨瞒人去润花。

上、下联各由四个词语组成，上联各节奏点上的"风""胆""梳""柳"的声调分别为平、仄、平、仄；下联相对应节奏点上的"雨""人""润""花"的声调分别为仄、平、仄、平，也是句中交替，上、下联对立。

因为汉语词语多为两个字组成，俗称"二字而节"，所以，就有"一、三、五不论，二、四、六分明"的说法。至于一个字为一个词语，或三个以上字为一个词语的特例，可依词语的后一个字为节奏点来安排平仄。如笔者的潇湘古八景之洞庭秋月联：

二三更/水白/螺青，放棹/归来，秋月/一船/波/洗净；

八百里/风平/浪静，登楼/俯仰，湖光/万顷/镜/铺开。

此联第一分句的前三字为一个词语，不能分割，其节奏点就在第三字上，这就要求在这个位置上的字上、下联要平仄对立，而不是以第二个字为平仄对立的节奏点。

再如笔者的南京玄奘寺联：

三藏塔，六和亭，九华山，镂月裁云，更揽烟波十里，如斯风水，古踞金陵，只合唐僧埋舍利；

百杵钟，数记鼓，几声磬，传真弘法，为因佛念一缘，入此禅林，虔参玉座，好听梵呗解慈悲。

此联前三个分句都是三个字为一个词句，每个词句的节奏点都在第三字，因此就要按照节奏点来安排平仄，而不是按第二个字。

需要特别指出的是，五言与七言的对联，有律句和非律句两种节奏。所谓律句，就是句子节奏如律诗一般，如郑板桥联：

室雅/何须/大；

花香/不在/多。

其节奏为2/2/1，属于律句联。再如笔者撰写的书房联：

四面/虽空/书补壁；

一生/不寂/字为朋。

其节奏为2/2/1/3，也属于律句联。另如：

养/天地/正气；

法/古今/完人。

虽然也是五言，但其节奏为1/2/4，格律诗是没有这种节奏的，故属于非律句联。其节奏点在第一、三、五字上，而非第二、四字。再如黄鹤楼联：

栏杆外/滚滚/波涛，任/千古/英雄，挽不住/大江/东去；

窗户间/堂堂/日月，尽/四时/凭眺，几曾见/黄鹤/西来。

第一分句虽是七言，但其节奏为3/2/2；第二分句虽是五言，但其节奏为1/2/2；第三分句还是七言，其节奏与第一分句一样，依然为3/2/2，五、七言格律诗也没有这种节奏，故同样属于非律句联。非律句联则按节奏点安排平仄交替，然后上下联对应位置平仄对立相反。再如笔者垓下之战联：

一战/定/乾坤，百姓/苦/兴亡，想当年/四面/楚歌，无非是/虎夺/狼争，莫叹/江山/不/归项；

别姬/情/岂绝？弃舟/心/已死，幸此地/千秋/淮水，至今说/英雄/美女，犹怜/子弟/未/还乡。

　　第一、二分句为五言律句，其节奏均为2/1/2，句中平仄交替按五言律句"仄仄仄平平"，下联则与之相反，为"平平平仄仄"；第三、四分句为非律句，其节奏均为3/2/2，句中平仄交替则按节奏点安排为"平、仄、平"，下联与之相反，为"仄、平、仄"；最后一句为七言律句，其节奏为2/2/1/3，按七言律句的格律要求为"仄仄平平平仄仄"，下联则与之相反，为"平平仄仄仄平平"。

　　再比如笔者的挽李敖先生联：

　　舌生花/笔亦/生花，笔如刀/舌更/如刀，问/谁能/快意/恩仇？屡出/奇谈/惊/海陆；

　　色深陷/情也/深陷，情留痛/色可/留痛？是/天悯/衰年/苦恨，另开/绮户/弄/风骚。

　　这副四分句联，每句都是七言，前三个分句属于非律句联，后面一个分句属于律句联，因此在每个分句当中的平仄安排，就分别遵循非律句与律句的不同要求，只是在节奏点上句中平仄交替，上下联分句之间平仄对立。

　　由此可知，律句的对联，就要按律句的节奏点来安排平仄，非律句的对联则按非律句的节奏点安排平仄即可，不一定完全按两个字一个音节来定。

　　平仄的要求可归纳为当句中各词语后一字的平仄要交替，不交替者则称之为"失替"；上下联相同位置节奏点上的字的平仄要相反，否则就称之为"失对"。

　　此外，在安排平仄时还要注意一字多音的问题，根据语言环境来确定字的读音的平仄。如"看"字，在"看财奴、看管、看护、看家、看家狗、看家戏、看青、看守"等词语中，它的音调为平声（第一声）"kān"；而在"看戏、看病、看不起、看见、看客"等词语中，它的音调则为仄声（第四声）"kàn"。

　　创作对联时，常常会遇到自己写的对联其他方面都好，只是平仄不符合联律的情形。这种情形的解决办法，一种是用平仄合律的同义字替换。如：

> 笔端题破华山景；
>
> 纸上跃起渭水春。

这是一副七言律句对联。下联中节奏点"起"为仄声，与当句中"上""水"同仄，这样就出现了当句平仄失替，违反了对联格律的基本要求。同时，又与上联同位节奏点上的"破"字同仄，出现了上下失对，这种失对，也是对联的一种禁忌。所以，我们必须把"起"字换成同义的平声字，如"腾"字，才能符合律句联的格律要求。

另一种解决方法是调换词序。如：

> 夜夜星明月朗；
>
> 天天风和日丽。

这是一副六言非律句联，下联末尾字"丽"为仄声，不符合下联收于平声的要求，上联"明"与下联"和"均在节奏点上，但同为平声，上联"朗"与下联"丽"同为仄声，上下失对。如果把"风和日丽"的词序调整为"日丽风和"，则"丽"字与"明"字平仄相反，"和"字与"朗"字平仄相反，这个问题就解决了。

不过，一定要注意一个问题，由于词组的逻辑关系或是阅读习惯问题，并不是所有的词组都能调换词序。能够调换词序的一般是逻辑关系无妨碍或读音顺口的词组。如古今可以换成今古，山河可以换成河山，翻天覆地可以换成覆地翻天，披星戴月可以换成戴月披星；但江山不能换成山江，天地不能换成地天，过河拆桥不能换成拆桥过河。

这是因为有的词组有因果关系或逻辑关系，是不能随便调换词序的。如杯弓蛇影不能换成蛇影杯弓，纲举目张不能换成目张纲举，得陇望蜀不能换成望蜀得陇，卸磨杀驴不能换成杀驴卸磨等。

对联与格律诗一样，也要忌上联三仄尾，下联三平尾。尤其是律句节奏的楹联，更要注意这个问题，即不要上联末尾连续出现三个仄声字，下联末尾连续出现三个平声字。如：

> 打鼓敲锣送旧岁；

张灯结彩迎新春。

这副对联的上联尾"送旧岁"为三个仄声字,下联尾"迎新春"为三个平声字,一般是不允许的。

由于汉字的声调有古音与今音之别,《联律通则》对楹联用字的平仄实行古声和今音"双轨制"。即创作对联时,既可以用古音(平水韵),也可以用今音(普通话新四声),从实际出发,既不厚今薄古,也不厚古薄今。但是一定要注意,在一副对联中,也和一首诗中的要求一样,古音和今音绝对不可以混用。

(五)词性对品

词性对品,是指一副对联上、下联相对应位置上的词的词性要相同。即实词对实词,虚词对虚词。实词中,名词对名词,动词对动词,形容词对形容词,数量词对数量词,方位词对方位词。虚词中,副词对副词,介词对介词,连词对连词,助词对助词,叹词对叹词。如:

水秀;

山青。

上联"水"为名词,下联对应位置上的"山"字也是名词;上联"秀"字为形容词,下联对应位置上的"青"字也是形容词。又如:

风调雨顺;

政善人和。

上联中的"风""雨"为名词,"调""顺"为形容词,下联中的"政""人"为名词,"善""和"为形容词。再如:

明月松间照;

清泉石上流。

上联五字,依次为形容词、名词、名词、方位词、动词,下联依次相同,此为词性对品。再如清代民族英雄林则徐联:

苟利国家生死以;

岂因祸福避趋之。

上联七言，依次为副词、动词、名词、名词、动词、动词、语气助词，下联各词词性依次与上联相同。

清代学者阮元题杭州西湖岳庙前秦桧夫妻铁铸跪像联：

咳！仆本丧心，有贤妻何至若是；

唉！妇虽长舌，非老贼不到今朝。

上、下联除了相应位置上的名词、动词、形容词等实词属对工整外，上联中的"咳"与下联中的"唉"为叹词对叹词。"本"与"虽"，"有"与"非"，"何"与"不"均为副词对副词，虚词对也十分工整。

要特别指出的是，汉语的词性是可以随着不同的语境而转换的。名词可转换成动词或形容词，动词可转换成名词或形容词，形容词可转换成名词或动词。古人云：字无定义，故无定类，凡词依句辨品，离句无品。词性是词在语法中的类别特性（角色）。词性随着其所处的语言环境的变化而变化。我们在创作对联时一定要注意这个问题，不能说某个词是什么性质就永远是什么性质，要根据一个词当时所处的语境去分析和辨别其当时的词性。

如"架"字，在"书架"这个词中为名词，而在"十架飞机"这个词组中则为量词，在"架桥"这个词语中又为动词。

再如"红"字，在"披红戴花"这个词组中为名词；在"红遍中国"中为动词；在"火红"这个词中为形容词。我们把词语在不同语境中的词性变换称作"词性转类"或"词性转品"。

但是，词性对品也不能绝对化。能够对品最佳，确实不能对品，只要结构相同，也可以作宽对来看待，而不可一味拘泥。如清代著名联家薛时雨《挽曾文正公》联：

一介臣休休有容，频年燮理，余闲小队出郊坰，惯向山中寻魏野；

万户侯绵绵勿替，当代元勋，佐命大名垂宇宙，岂徒江左重夷吾。

上联第二分句中中"燮理"为动词，而下联第二分句中的"元勋"为名词，词性并不对品，但因为同是偏正结构，可视为宽对。

再如笔者的《南京大屠杀77周年祭》联：

七十七年往事，纵雨洗风磨，国耻锥心，痛史岂能轻抹去；

三十三万同胞，成尸山血海，城殇刻骨，伤痕怎忍再撕开。

上、下联第二分句的"雨洗风磨"与"尸山血海"严格说来对仗并不十分工整，前者由名词与动词组成，后者由名词与名词组成，但因为这两个词组均为偏正结构，组成的短句又均为并列结构，故词性虽有不同，结构却完全相同，作为宽对是完全可以的，而且如果用"当句自对"来对照，则非常工整。

（六）结构对应

一副对联上、下联对应位置上的词组结构要一致，这一点非常重要和关键。即，主谓词组对应主谓词组，动宾词组对应动宾词组，偏正词组对应偏正词组，联合词组对应联合词组，方位词组对应方位词组，能愿词组对应能愿词组，趋向词组对应趋向词组，复指词组对应复指词组，连动词组对应连动词组，介词词组对应介词词组，助词词组对应助词词组。如明代才子解缙对成祖朱棣之"无情对"：

色难；

容易。

"色难"与"容易"同为主谓词组。再如传说李白题岳阳楼联：

水天一色；

风月无边。

上联"水天"与下联"风月"同为并列（联合）名词，"一色"与"无边"同为偏正词组；两个词组合起来又同组成一个偏正短句，结构都完全相同。再如：

书山有路勤为径；

学海无涯苦作舟。

上联"书山有路"与下联"学海无涯"同为主谓宾词组，上联"勤为径"与下联"苦作舟"也同为主谓宾词组，结构完全一致。再如：

春风染绿千株树；

夜雨调红万朵花。

上联"春风"与下联"夜雨"同为偏正词组，上联"惹绿"与下联"调红"同为动补词组；上联"千株树"与下联"万朵花"同为偏正词组。

什么是词组结构呢？词组是由词构成的较大的造句单位。对联上、下联又是由若干个词组组成的句子。联律要求一副对联上、下联相对应的词组的结构一致。因此，了解词组结构是对联创作的必备知识。对联写作常用的词组结构一般有下列几种。

（1）主谓词组。词与词之间为陈述关系的是主谓词组。被陈述部分是主语，陈述部分是谓语。即表达"谁干什么"或"谁怎么样"。如：工业发达、大家清楚、精神饱满、经验丰富（谁怎么样），他讲、鸟鸣（谁干什么）。

（2）动宾词组。词与词之间为支配关系的是动宾词组。支配的部分是动词谓语，被支配的部分是宾语。即表达"做什么""是什么"。如：造纸、种树、请您、找谁、爱祖国、关心集体、讨论问题（做什么），是老师（是什么）。

（3）偏正词组。词与词之间为修饰关系的是偏正词组。被修饰部分是"正"，修饰部分是"偏"。即"什么样的谁""怎样干什么""干得怎么样"。如：中国人民、农业技术、高高的山、光明的前途、第一学习小组、家乡的土（什么样的谁），快说、很红、完全赞成、非常谦虚、十分清楚、立刻答应（怎样干什么），填满、用尽、记清楚、读一遍、高兴极了、听不明白、唱得好、来得早（干得怎么样）。

（4）联合词组，又叫并列词组。词与词之间为联合（并列）关系的是联合词组（谁和谁）。并列的两个词的词性一般是相同的。如：山水、桌椅、工农兵、柴米油盐、继承发扬、积极热情、轻松愉快、橙黄橘绿等。

六、对联方法

（一）正对

正对是对联最常用的对仗方式。其特点是上、下联以相同的口吻描写、议论、叙述同一事物的两个侧面。其内容的语法关系为并列关系。上、下联各自独立、意境完整。上、下两联意义相关，和谐统一，服务于同一主旨。如郑板桥联：

> 室雅何须大；
>
> 花香不在多。

上联写居室只要雅致，不一定要有多大；下联写花朵只要幽香，并不在于要许多。通过两个侧面，反说而正对，字面上是写居室和花朵，实质是表现一个士大夫的高尚品行和情操。

再如某戏台联：

> 生丑净旦演出古今故事；
>
> 离合悲欢唤醒你我良知。

上联写戏剧中的各种行当，表演不同时代的戏剧；下联写不同的剧情都是为了对人起教化作用。上联写唱戏，下联写看戏，各自意境完整。而唱戏与看戏又有着紧密联系。上、下联服务于"戏剧这一文学形式对人有教化作用"的主旨。再如李篁仙挽左宗棠联：

> 风静渚边，海外识中朝人物；
>
> 星寒五丈，湘阴开丞相祠堂。

上联写左宗棠收复国土、镇守边关的历史功绩；下联哀悼逝者，并表明逝者故乡的祠堂将世世代代受人瞻仰。上、下联从不同侧面表现左宗棠这一英雄人物。再如李篁仙题继室蒋氏墓前华表联：

> 如此青山，片石三生无了恨；

是何黄土，十年双葬可怜人。

此联亦为正对。上联责怪青山无情，长眠佳人，使两人情爱的"三生石盟"成了无尽之恨；下联又责怪黄土太没有良心，十年之内相继埋葬了自己的正妻与继室，使自己孤单零落，变成一个十分可怜之人。联语以拟人手法，从墓地的青山、黄土两处落笔，切地切景，虽无悲哀之词，读之却能深切感受到作者内心的无比悲痛之情。

正对的上、下联互相映衬、互相补充、相辅相成。要注意的是，正对时下联选取事物的侧面、角度及用词要避免与上联雷同、重复、接近，否则就会犯对联"合掌"的毛病。所谓"合掌"，就是两个手掌合起来完全重合。因为对联文字短小，如果语意或词语合掌，则表意重复、累赘，既浪费笔墨，又影响其内涵与外延。因此自古以来，"合掌"就被认为是对联与诗词的一大"硬伤"。

合掌有局部合掌与整体合掌。局部合掌如：

万民争致富；

百姓乐安康。

万民、百姓都是广大民众的概称，两词相对，则犯了局部合掌的毛病。

赤县神州催骏马；

中华大地展新姿。

赤县、神州、中华，是一个名词（中国）的多种称谓，犹如一个人有几个名字一样，用自己的大名对自己的小名或别名，意思相同，就犯了局部合掌。整体合掌如：

千家传喜讯；

万户报佳音。

"千家"与"万户"同指家家户户，"传喜讯"与"报佳音"同指传报好消息，这就是整体合掌。类似合掌的对偶句子还有如：

鸟语春光好；

莺歌柳色新。

独有英雄驱虎豹；
更无豪杰怕熊罴。

笔墨惊风雨；
文章泣鬼神。

合掌是对联之大忌，必须引起高度重视，并尽量避免。

(二) 反对

反对是相对于正对而言的一种对联与诗词的对仗方式，不是通常所说的"持不同意见"的意思。

刘勰《文心雕龙·丽辞》言："丽辞之体，凡有四对；言对为易，事对为难，反对为优，正对为劣。"

反对与正对的相同之处是上、下联也是描绘、议论、叙述同一事物的两个侧面，其内容的语法关系也是并列关系，上、下联各自独立，意境完整，上、下联意义相关，和谐统一，服务于同一主旨。反对与正对的不同之处是下联采用与上联相反的口吻，用与上联相对位置上的词相反或相对的词组联，使上、下联互相反衬、对照、相反相成，服务于同一主旨。反对与正对相比，显得变化更为强烈，更具有表现力，主题阐发更深刻，引人注目，能收到更佳的艺术效果。

如郑板桥联：

虚心竹有低头叶；
傲骨梅无仰面花。

上联正着说，竹子很虚心，叶子总是低垂着的；下联反着说，梅花有傲骨，因此不开仰着向上的花朵。这样用拟人手法一正一反进行描写，都是围绕一个正人君子的道德品行做文章，使人读了之后印象更加深刻，就像写论文从正面求证与反面求证一同进行，可以使论据更充分，论点更站得住脚一样。再如：

书山有路勤为径；

学海无涯苦作舟。

　　上、下联都是围绕读书和学习做文章。上联从正面论述，强调必须要"勤奋"；下联从反面论述，强调要"刻苦"，只有这样，才能学有所得，学有所成。再如林则徐联：

　　　　苟利国家生死以；

　　　　岂因祸福避趋之。

　　这副对联非常有名，也是林则徐自己非常喜欢、多次书写和吟诵的一副对联，其意思是：假如对国家有利，我可以把生命交付出来（上联）；岂能因为有祸就逃避，有福就坦然接受（下联）。上联是正说，下联是反说，但都表达一个主题：报效国家，应不惜一切。再如：

　　　　持家有道日勤日俭；

　　　　教子无方惟读惟耕。

　　上联正着说，操持好家是有办法的，就是勤俭二字；下联反着说，教育好子女没有更好的方法，只有读书和耕田。上、下联中用"有道"与"无方"一对相反的词却达到了异曲同工的效果。

　　再如笔者的《题易水》联：

　　　　气凛凛舍生取义，行侠博名，自古英雄无退路；

　　　　风萧萧白服素冠，悲歌壮筑，至今燕赵有余寒。

　　上、下联尾句"自古英雄无退路"与"至今燕赵有余寒"亦是采用反对之法，从两个侧面诠释当年"荆轲刺秦王"时易水送别之悲壮激烈，使读者穿越时空，产生身临其境之感，这就是反对的妙处所在。

　　再如笔者的《题岳阳君山》联：

　　　　天地一青螺，莽莽沉沉，非八百里玉盘，不能托住；

　　　　潇湘多翠竹，斑斑点点，是四千年珠泪，尚未滴干。

　　此联也采取了反对之法，上联用唐代刘禹锡诗典《望洞庭》：

　　　　湖光秋月两相和，潭面无风镜未磨。

　　　　遥望洞庭山水翠，白银盘里一青螺。

从反面论述君山岛与洞庭湖之关系，指出君山虽像一个青螺，但因为太大太沉，没有洞庭湖这个大玉盘是托不住的。

下联用上古时期娥皇、女英寻夫，闻舜帝驾崩于九嶷山而伤心欲绝，泪洒翠竹成斑的传说和毛泽东诗句"斑竹一枝千滴泪"两个典故，从正面论述君山岛上的翠竹到现在还斑斑点点，是因为两位湘夫人的思夫之泪，经历了四千多年还没有滴干。

"非"与"是"，是这副对联中反对的两个关键词。通过反对，从正反两个方面充分地描述了君山的特点，从而使联语产生较强的艺术感染力。

再如笔者的《题彭玉麟》联：

刚直岂虚名，不要官不要钱不要命，较武穆之言，犹超乎一；

忠贞尤实至，只爱雪只爱琴只爱梅，甘情丝所缚，未负此三。

上联写彭玉麟"三不要"，下联写其"三只爱"，运用"不"和"只"这两个反对的关键词，通过正反两个方面的对比，形成强烈的反差，使彭玉麟的品格、情操更加立体化，使其形象更加生动鲜明，给读者留下深刻印象。

反对在对联中运用较多，不是因为其论述比正对更充分有力，而是因为其容易避免合掌。如：

富者胀穿肚；

穷人饿断肠。

笼鸡有食汤刀近；

野鹤无粮天地宽。

正对与反对中，上联与下联都是平行和并列关系，没有侧重。

（三）串对（流水对）

串对，又名流水对，就是将一个完整的意思分成两句表达出来，上、下联内容顺承，下联是上联意思的补充与继续，同时还要深化上联所要表现的主题。整副对联的上、下联就像一条河水的上游和下游，又像流水线作业的上线和下线。串对要求内容连贯,语气紧相衔接。串对内容在时间上有前有后,在语法上有递进、转折、因果、条件、承接、假设等关系。串对的上、下联分开来看,不能单独表达完整的意思,只有上、下联结合起来读,才能表达完整的联意。同时,串对的对联上、下联顺序不可颠倒。如长沙岳麓山云麓宫望湘楼联:

直登云麓三千丈;

来看长沙百万家。

此联就是一副典型的串对(流水对)联。上、下联并非并列、平行关系,也不是从两个不同侧面来说明同一主题。上联虽语句完整,却并未完整地表达作者的意思,下联串对以后,全联的意思方才完整。串对大致有以下几种类型。

(1)承接关系。上、下联按时间顺序叙述连续的事件或者按意义上的连贯性构成承接关系,关联词多用"已……又……""才……又……"等。如:

到此已穷千里目;

谁知才上一层楼。

(2)递进关系。上联和下联内容从小到大,由浅入深,由表及里,这种关系被称为递进关系。常用的关联词有"况""更""不但……而且"等。如某理发店联:

不教白发催人老;

更喜春风吹面生。

在叙事层次上,下联比上联更深一层,下联化用白居易《草》中诗句"春风吹又生",寓意尤浓,为此联句的高妙之处。有的联省去表示递进的关联词,而并不减其递进的意思。如某旅社联:

进门都是客;

到此即为家。

(3)假设关系。上联提出假设,下联做出结论,这种句法关系称假设关系,常用的关联词有"如""便""如果……就""要是……就"

等。如：

世间若有灵丹妙药；

天下岂无长寿神人。

上联出句提出假设，下联对句推出结果，意思是说如果世上有灵丹妙药，人间就会有长生不老的人。当然，也有不用关联词的。

（4）条件关系。即用上联提出条件、下联道出结果的方式表达联意。一般用"只有……才""除非……方可"等句式。如：

只有心中无俗嶂；

方能笔底有奇峰。

除非经历几番磨炼；

方可铸成一段锋芒。

有的也可不用关联词，如去掉"除非""才可"，上、下联仍为条件关系。如唐王勃对偶诗句：

海内存知己；

天涯若比邻。

此句虽然没有相应关联词，但是也可以理解其中的条件关系，即只要有"海内存知己"这个条件，就能达到"天涯若比邻"这个结果。

（5）转折关系。即上联与下联在语意上为转折关系，一般常用"但""却""然""虽""曾""又""然""不"等关联词。如某人酬宾联：

虽无美酒酬贵客；

却有诚心待嘉宾。

（6）选择关系。上下句分别说两件事，表示二者择一，称为选择关系或取舍关系。常用"宁……不……""与其……不如……""但""不"等关联词。如：

宁为玉碎；

不为瓦全。

联句以"宁……不……"关联直抒胸臆，表达"要这，不要那"的选择关系，表现出刚正不阿、一身正气的英雄气概。再如：

> 困厄勿穷原委；
>
> 英雄莫问出身。

以"勿""莫"表达"不要这，也不要那"的选择关系。

又如李白《清平调》诗：

> 若非群玉山头见；
>
> 会向瑶台月下逢。

以"若非""会向"表达"或者这，或者那"的选择关系。

（7）因果关系。上联和下联分别推出原因和结果。一般上联讲原因、理由，下联讲结果或做出结论。如：

> 春来眼底；
>
> 喜上眉梢。

上联是因，下联是果。因为春天来到眼底，所以才喜上眉梢。再如某棉花店联：

> 聚来千亩雪；
>
> 化作万家春。

上联虽然没有关联词，但前一句是因，后一句是果，是说因为收集来大量的棉花，所以就能提供给大家足够的御寒品。

又如杜甫《春望》诗：

> 烽火连三月；
>
> 家书抵万金。

此联虽然没有关联词，但上联明显是因，说因为到处是连续不断的战火，使得音讯中断；下联明显是果，说一封家书都非常珍贵，抵得过万金之宝贵。

因果关系的串对联，一般是上联说因，下联言果，但也有因果关系倒装的，即上联言果，下联说因。如：

> 休叹人生如意少；
>
> 从来世道不平多。

此联上联是果，下联是因，先说果，后说因，将因果关系倒了过来，但照样可以说明道理。

（四）自对

自对又称"当句对""句中自对""边对"，即上、下联中分别自行对仗，又在全联中相互对仗，是对联中最常用且非常重要的一种对仗方法。

自对，可以一至多字。一联内的自对，可以一至多次。

自对这种方法起源于《楚辞》，如"蕙蒸""兰藉"，"桂酒""椒浆"，"桂棹""兰枻"，"斫冰""积雪"，后发展到唐诗，又运用到对联中。对联中的自对手法，大致可以分成以下几种。

（1）兼用相对式自对，如鄂比赠曹雪芹联：

> 远富近贫，以礼相交天下少；
>
> 疏亲慢友，因财绝义世间多。

其中，不仅上、下联之间即"远富近贫"与"疏亲慢友"之间对仗工整，而且上联自身即"远富"与"近贫"之间，下联自身即"疏亲"与"慢友"之间，对仗也很工整。这种兼用相对式自对，从全联的整体对仗效果看，无疑使对联在整体上显得更加工稳。

（2）宽松相对式自对。如：

> 闲云野鹤翩翩去；
>
> 万水千山得得来。

此联当句之中，"闲云"与"野鹤"、"万水"与"千山"自对很工，但上、下联之间，即"闲云野鹤"与"万水千山"之间的对仗就比较宽。再如笔者题成都望江楼联：

> 百尺楼领川蜀风骚，怀校书吟云咏雨，供秀才问月诘天，更宜揽岷雪锦涛，画水绣山争入笔；
>
> 千年井对枇杷门巷，流杯池竹影犹清，浣笺亭桃花未老，难免感人非物是，伤春吊古怕凭栏。

全联五个分句，几乎全部采用当句自对。如果按传统对格，读起来极不对仗，但如果以"当句自对"来看，则是十分工整的。

（3）不相对式自对（其中还包括一种比较特殊的破律式）。有的对联只用自对，上、下联之间基本不相对，甚或完全不相对。这种自对可称为不相对式自对。这种自对句式，在多分句联或长联中是普遍存在的。如湖南邵阳（宝庆）双清亭联：

把酒涤凡襟，任天涯草绿，世界尘红，此心澄似双江水；

凭栏豁望眼，看细雨帆樯，夕阳楼阁，胜概多于六岭春。

此联当句之中，"天涯草绿"与"世界尘红"自对很工，"细雨帆樯"与"夕阳楼阁"自对也很工，但上、下联之间，即"天涯草绿，世界尘红"与"细雨帆樯，夕阳楼阁"之间，就基本不成对仗了。

又如清代陶澍题汉口长沙会馆联：

隔秋水一湖耳，看岸花送客，樯燕留人，此境原非异土；

共明月千里兮，记夜醉长沙，晓浮湘水，相逢好话家山。

此联中，上联"岸花送客，樯燕留人"和下联"夜醉长沙，晓浮湘水"分别自对，但上、下联之间即"岸花送客，樯燕留人"与"夜醉长沙，晓浮湘水"之间，可以说完全不对仗。

还有一种比较特殊的不相对式自对，表面看起来还有破律之嫌，但实质上是对格律的一种变通，因此，也是允许的。这种类型的自对，可称之为破律式自对。这种破律式自对，以一种运用了自对手法的特殊的规则重字比较多见，因此也可以称为特殊重字自对。如王澄川题岳武穆联：

为臣死忠，为子死孝，大丈夫当如此矣；

南人归南，北人归北，小朝廷岂求活耶。

此联表面上看，上联为"为臣死忠，为子死孝"，下联却对之以"南人归南，北人归北"，似乎犯了对联格律中不规则重字之大忌，不过，以自对视之，它却又非常工整，所以，其实质还是一种比较特殊的规则重字，是一种运用了自对手法的规则重字。

又如武昌黄鹤楼联：

一枝笔挺起江汉间，到最上层，放开肚皮，直吞将八百里洞庭，九百里云梦；

千年事幻在沧桑里，是真才子，自有眼界，那管他去早了黄鹤，来迟了青莲。

此联最后两个分句亦是当句自对的有规则重字，而上、下联则完全不对仗。

笔者撰写的《花蕊夫人》联，也属于这种自对：

十四万人齐解甲，堪怜蜀苑金枝，竟成宋圃残花，岂是红颜招祸水；

一千余载再评诗，莫道雄师弃主，当恨昏君误国，何能黄口怨男儿？

上联中的"蜀苑金枝，宋圃残花"和下联中的"雄师弃主，昏君误国"句中自对很工整，但上、下联则完全不对仗。

又如笔者为中央电视台 2018 年《春联说春晚》专题节目撰写的春联：

酒席人圆，海北天南开盛宴；

荧屏春晚，红包微信贺新年。

联中"海北天南"与"红包微信"当句自对很工整，而上、下联则完全不对仗，这就是比较宽松的不相对式自对。这种自对的好处是可以使语言更加灵动而不呆滞。

（4）句词混合式自对，如曾国藩之父所撰家训联：

有诗书，有田园，家风半读半耕，但以箕裘承祖泽；

无官守，无言责，时事不闻不问，只将艰巨付儿曹。

此联中，上、下联的"半读半耕"与"不闻不问"，看起来是各句之中"半读"与"半耕"、"不闻"与"不问"几个语词分别自对，似乎是句中的语词自对，但实际上，真正对仗的也只是"读"与"耕"、"闻"与"问"几个字（或说单词），因此也可以看作是词中的字词自对，故称之为句词混合式自对。

再如胡衡斋题阳山韩文公祠联：

> 其人如泰山北斗；
>
> 是日也天朗气清。

此联中，"泰山"对"北斗"、"天朗"对"气清"，就是典型的单句联语词自对。又如岳阳楼联：

> 四面湖山归眼底；
>
> 万家忧乐到心头。

上联的"湖"对"山"，下联的"忧"对"乐"，就是典型的单句联字词自对。

笔者的《题陈抟》联，也运用了字词自对：

> 一局棋赢得华山，许枕石披云，岳色溪声凭管领；
>
> 百年道修成玄祖，纵官宣帝召，听猿观鹤任扶摇。

此联第二分句的"枕石披云""官宣帝召"和第三分句的"岳色溪声""听猿观鹤"都属于字词自对。

（5）间隔式联中自对，如俞樾贺潘某新婚联：

> 门第旧金张，喜宰相文孙，刚配状元娇女；
>
> 倡随小梁孟，缔百年嘉耦，恰当十月阳春。

上联中的"宰相文孙"与"状元娇女"，下联中的"百年嘉耦"与"十月阳春"两个自对分句之间，因为中间添加了别的字词，形成了间隔，故称为间隔式联中自对或分句间隔式自对。还有间隔式句中自对，如王闿运题灵光寺归来庵联：

> 爱读秦碑兼汉篆；
>
> 好寻奇字到名山。

上联中的"秦碑"与"汉篆"，下联中的"奇字"与"名山"，中间添加了一个字，就是间隔式句中自对或语词间隔式自对。

还有间隔式词中自对，如田东谿联：

> 于进步中求退步想；
>
> 在忙时节作闲时游。

上联中"进步"与"退步"、下联中"忙时"与"闲时"之间添加了两个字，使词语隔断，就是间隔式词中自对或字词间隔式自对。

（6）句中不对等自对。如济南大明湖联：

四面荷花三面柳；

一城春色半城湖。

上联"四面荷花"与"三面柳"、下联"一城春色"与"半城湖"，三个字与四个字相对，就构成当句（句中）不对等自对。其实后面三字是可以添加一个字的，如"柳烟""湖水"等，只是因为七言句式的字数限制而省略了。但如果真要添加的话，则上、下联的位置要颠倒过来，才能符合尾句句脚仄起平收的格律要求。

再如笔者撰写的"花红药业杯"纪念改革开放 40 周年暨庆祝广西壮族自治区成立 60 周年楹联：

四十年九州草绿，六十年八桂花红，国沐春风区浴日；

掌声里五岳飞歌，笑声里三江起舞，山流金曲水弹琴。

此联中，上、下联一、二分句两两构成分句自对，即"四十年九州草绿"对"六十年八桂花红"；"掌声里五岳飞歌"对"笑声里三江起舞"，属于比较宽松的不相对式自对。而最后的尾句却属于句中不对等自对，即"国沐春风"对"区浴日"；"山流金曲"对"水弹琴"，四个字对三个字，其实后面的三个字也是可以添加一个字的，如"红日""玉琴"等，只是因为限于七言句式的字数要求而省略了。

（7）排比式自对。三个以上（含三个）连续的相同句子排列在一起，即是排比。对联创作尤其是长联创作中，一个很常见的现象就是自对句式往往与排比句式同时运用，这种自对可称为排比式自对。

排比式自对，可分成对称式排比自对和非对称式排比自对两种。

如著名的孙髯所题昆明大观楼长联：

五百里滇池奔来眼底，披襟岸帻，喜茫茫空阔无边。看：东骧神骏，西翥灵仪，北走蜿蜒，南翔缟素。高人韵士何妨选胜登临。趁蟹屿螺洲，梳裹就风鬟雾鬓；更苹天苇地，点缀些翠羽丹霞，莫辜负：四围香稻，万顷晴沙，九夏芙蓉，三春杨柳；

数千年往事注到心头，把酒凌虚，叹滚滚英雄谁在？想：汉习楼船，唐标铁柱，宋挥玉斧，元跨革囊。伟烈丰功费尽移山心力。尽珠帘画栋，卷不及暮雨朝云；便断碣残碑，都付与苍烟落照。只赢得：几杵疏钟，半江渔火，两行秋雁，一枕清霜。

它不仅比较突出地运用了分句自对（亦即联中自对式）的手法，而且也同样突出地运用了对称式排比自对的手法。

在大观楼这副长联中，上、下联中的"东骧神骏，西翥灵仪，北走蜿蜒，南翔缟素"与"汉习楼船，唐标铁柱，宋挥玉斧，元跨革囊"；"趁蟹屿螺洲，梳裹就风鬟云鬓，更萍天苇地，点缀些翠羽丹霞"与"尽珠帘画栋，卷不及暮雨朝云，便断碣残碑，都付与苍烟落照"；"四围香稻，万顷晴沙，九夏芙蓉，三春杨柳"与"几杵疏钟，半江渔火，两行秋雁，一枕清霜"，三处都运用了对称式排比自对的手法，占了全联几乎绝大部分篇幅。可以说，全联主要就是运用了这种手法。

再如笔者撰写的题雷锋精神联：

无私举良善，以助人为乐，奉献为荣，舍己为甘，情如火焰，九万里发光发热，动地感天，数平凡伟大精神，一说雷锋伸拇指；

忘我铸崇高，成时代之标，德操之典，公民之范，名似春风，八千日润木润花，家喻户晓，论伟大平凡价值，每提榜样暖心扉。

【注】九万里，概指全中国；八千日，指雷锋22岁生命，约8000天。

上联中的"以助人为乐，奉献为荣，舍己为甘"与下联中的"成时代之标，德操之典，公民之范"，即是三个对称式排比自对。

非对称式排比自对手法，指三个以上的排比句字数不一样多，这类对联并不少见，如余杭某氏堂屋联：

无狂放气，无道学气，无名士风流气，方称儒者；
有诵读声，有纺织声，有小儿啼笑声，才算人家。

上联的"无狂放气""无道学气"与"无名士风流气"之间，虽为排比，但字数不同，就是一种非对称式排比自对，下联的"有诵读声""有纺织声”与“有小儿啼笑声”亦然。

总之，在对联创作中，尤其是长联创作中，自对是一种广泛运用的对仗手法。熟练地掌握和运用自对手法，对于对联创作来说无疑是非常重要的。

（五）借对

借对，也称假对，分为借义对与借音对，人们一般通过这种手法达到对仗工整的目的。

（1）借义对，是指利用一个词的多种含义，在对联中巧妙借用，虽用的是甲义，但是同时借用它的乙义或丙义，来与另一词相对，如杜甫《曲江》诗：

酒债寻常行处有；
人生七十古来稀。

“寻常”一词在古汉语中具有多种含义，一为“平常”“普通”“普遍”；一是长度单位，即“八尺为寻，倍寻为常”。前者是一般的副词，后者是数量词。诗中用“寻常”来对数词“七十”，用的是它本来具有的数量方面的含义，即副词方面的意义。这就是“借义对”。再如贺寿联：

人近百年犹赤子；
天留二老看玄孙。

玄为黑色，赤子对玄孙，非常工整，合乎颜色对要求。但玄孙之“玄”，是指家族直系亲属第五代，曾孙之子，或称“四世孙”，其含义不同玄（黑）色之“玄”，故属于借义对。

（2）借音对，就是利用字（词）之间的同音关系，以甲字（词）来表乙字（词）。例如出句用了甲字，对句本来应当使用与甲字意义相类似的乙字，但用乙字的意义又不合适，于是就选用一个与甲字同音而又字义相关的丙字来结成对仗。

如李商隐《锦瑟》诗：

> 沧海月明珠有泪；
>
> 蓝田日暖玉生烟。

借音颜色对，以"沧（谐苍）海"对"蓝田"。

再如刘禹锡《陋室铭》：

> 谈笑有鸿儒；
>
> 往来无白丁。

借"鸿（谐红）儒"对"白丁"。

> 残春红芍在；
>
> 终日子规啼。

以"子规"（谐紫）对"红芍"。

> 住山今十载，
>
> 明日又迁居。

以"迁（谐千）"对"十"。

以上皆是假借，通过借用读音相同的字来达到对仗工整的目的。

（六）顶针对

顶针对，亦称联珠对、联锦对、顶真对，是指多分句对联中，前一个分句的句脚字（词）作为后一个分句的句头字（词），使相邻的两个分句首尾相连，一气呵成。或是一个联句中，字（词）断续处同字（词）相连，紧密无间。如分句顶针：

> 山羊上山，山碰山羊角；
>
> 水牛下水，水没水牛腰。

顶针对，按顶针单位分为字顶针、词顶针等。按联中的顶针位置，可分为句中顶针、句间顶针和句句顶针。

（1）字顶针，以字为顶针单位。如：

> 空中腾雾，雾成云，云开见日；
>
> 水面冻冰，冰积雪，雪上加霜。

又如：

　　　　望天空，空望天，天天有空望天空；

　　　　求人难，难求人，人人逢难求人难。

（2）词顶针，以词为顶针单位。如：

　　　　年年喜鹊衔红梅，红梅吐芳映红日；

　　　　岁岁捷报入春联，春联含笑迎春风。

又如：

　　　　白鸟忘饥，任林间云去云来、云来云去；

　　　　青山无语，看世上花开花落、花落花开。

（3）句中顶针，即在句中断续处顶针。如：

　　　　常德德山山有德；

　　　　长沙沙水水无沙。

又如：

　　　　阎锡山过无锡登锡山锡山无锡；

　　　　范长江到天长望长江长江天长。

（4）句间顶针，即在各分句间顶针，如寺庙弥勒佛联：

　　　　大肚能容，容天下难容之事；

　　　　开口便笑，笑世间可笑之人。

又如：

　　　　黄黍地中走黄鼠，鼠拖黍穗；

　　　　白杨树下卧白羊，羊啃杨枝。

这副对联既是顶针对，又是谐音对。

（5）句句顶针，即在各分句间以整句顶针。

如某戏台联：

　　　　看我非我，我看我，我亦非我；

　　　　妆谁像谁，谁妆谁，谁即像谁。

又如：

　　　　保俶塔，塔顶尖，尖如笔，笔写五湖四海；

　　　　锦带桥，桥洞圆，圆似镜，镜照万国九州。

这两副对联不仅是句句顶针，也是句间顶针。

（6）回文顶针，即回文联的前一个分句的句脚字为后一个分句的句头字，使相邻的两个分句，首尾相连。如：

> 客上天然居，居然天上客；
>
> 人过大佛寺，寺佛大过人。

此联不仅是回文顶针，也是句间顶针、句句顶针。

（七）交股对

交股对，又称错综对、交错对、交互对、犄角对、搓对、交络对，指两对词语在上、下联不同语法位置上交错互对的格式，是一种宽对。如唐代李群玉诗：

> 裙拖六幅湘江水；
>
> 髻挽巫山一段云。

上、下联中"六幅"对"一段"，"湘江"对"巫山"，但位置不同。又如：

> 昔看黄菊与君别；
>
> 今听玄蝉我却回。

上、下联中"君"对"我"，"与"对"却"，位置不同。再如：

> 春残叶密花枝少；
>
> 睡起茶多酒盏疏。

上、下联中"密"对"疏"，"多"对"少"，位置不同。

错综对中，因词语交错而对，故上、下联只要符合联中平仄交替（律句按律句规则，非律句按非律句要求）的要求即可，至于交错而对的词语则可以不考虑平仄对立。

（八）无情对

无情对，又名羊角对，是晚清士大夫中兴起的一种文字游戏。无情对的特点，就是"形对意隔"，要求上、下联文字对仗要字字相对并且非常工整,平仄符合对联规范,形式上珠联璧合,但命意与表意却各异,两个命意(表意)不能雷同,要互不相干,且越不相干越佳,越是"风马牛不相及"越好。这与其他对仗所要求的"形对意联"恰恰相反,主要是为了造成一种会心一笑、回味无穷的效果。

无情对若单看上联或下联是无法表现作品的巧趣的,只有把上联和下联联系起来看,才会发现上、下联双方互相映衬所产生的巧趣效果。

无情对有三个要点:

(1)逐字相对。

(2)上、下联必须具备极强的歧义效果,以能让人会心一笑或拍案叫绝为标准。

(3)大量采用借对手法。如:

　　　半夏(中药名);
　　　三秋(时间词)。

　　　小气(人　品);
　　　中方(地　名)。

　　　美元(货币名称);
　　　丑角(戏剧角色)。

　　　牛皮鼓(打击乐);
　　　羊角风(疾病名)。

　　一品天青褂(官　服);
　　六味地黄丸(中成药)。

　　三星白兰地(酒名);

五月黄梅天(天气)

公门桃李争荣日；
法国荷兰比利时。

细羽家禽砖后死；
粗毛野兽石先生。

杨三已死无苏丑；
李二先生是汉奸。

以上这些都属于无情对，都有逐字相对、歧义明显、运用借对的特点。

七、对联修辞

汉语有多种修辞手法，各种修辞手法都适用于对联创作。灵活运用修辞手法，可以使对联更加形象、生动、深刻、隽永，可以提高对联的艺术品位和欣赏价值。本书择要介绍几种。

(一) 比喻

比喻就是用某些与作者所要表现的事物有相似点的、熟悉的、具体的事物去说明或描述还不熟悉的、比较抽象的事物，以突出事物的某些特性，使其更形象、生动、深刻、明白。

比喻一般由"本体"即要说明的事物，"喻体"即用来作比的事物和"喻词"，如"似、象、一样、如同"等词组成。比喻分"明喻""隐喻""借喻"三种形式。

(1) 明喻是本体、喻体、喻词都同时出现的比喻。如：

> 烦绪如云吹不散；
>
> 愁思似水斩还流。

这副对联运用的就是明喻手法。上联中"烦绪"为本体，"云"为喻体，"如"是喻词；下联中"愁思"为本体，"水"为喻体，"似"为喻词，通过这样比喻，就把"烦"和"愁"的程度表现得更加深刻而形象。又如：

> 晚霞红似火；
>
> 秋水碧如蓝。

此联也采用了明喻的修辞手法。

（2）隐喻（暗喻）是只出现本体和喻体而不用喻词的比喻。如：

> 稻草捆秧父抱子；
>
> 竹篮提笋母怀儿。

上联中"父抱子"为喻体，"稻草捆秧"为本体；下联中"母怀儿"为喻体，"竹篮提笋"为本体，两联均未出现喻词。又如：

> 近水远山铺锦绣；
>
> 高楼大厦挂彩虹。
>
> 数点梅花亡国泪；
>
> 二分明月故臣心。

这两联都采用了隐喻的修辞手法。

（3）借喻就是本体和喻词都不出现，直接将喻体当作本体来说的比喻。如：

> 春蚕到死丝方尽；
>
> 蜡炬成灰泪始干。

此联用春蚕吐丝、蜡炬燃烧比喻忠贞的爱情或对职业、爱好的执着。

运用比喻手法要注意的是：比喻要形象、具体、浅显、新颖，不可朦胧、深奥、生僻、陈旧。一般情况下，上、下联要同时用比喻才会工稳。

（二）借代、比拟

（1）借代就是不把作者所要表现的事物的名称直接说出来，而是将它换个名称，换个说法，用跟它有关系的另一种事物的名称来代替它。被代的事物叫"本体"，借来代替本体事物的名称或说法叫"借体"。用借代的修辞手法写作的对联，可以巧妙地表现客观事物之间的种种关系，特点突出，形象鲜明，语句活泼，富于变化，引人深思。如：

　　　　宁丢顶上乌纱帽；

　　　　愿保眼前粗布衣。

上联中"乌纱帽"是借体，借来代替主体"官位""公职"。下联中"粗布衣"是借体，借来代替主体"人民群众的利益"。又如：

　　　　金龙盘中舞；

　　　　玉兔笼里蹲。

这是一家面食加工店的对联。上联中用"金龙"代替面条，下联中用"玉兔"代替蒸馍，生动形象。

（2）比拟是将物拟作人（拟人），或将甲物拟作乙物、把人拟作物（拟物）的修辞手法。如某烈士陵园联：

　　　　苍天垂泪缅怀烈士；

　　　　大地戴纱拜祭英雄。

此联采用拟人修辞手法，将"天""地"赋予人的形象和情感，使物人格化，从而增强了语言的感染力。又如：

　　　　花绽稚童脸上；

　　　　根扎大众心中。

此联采用拟物修辞手法，用"花""根"把一名扎根偏远贫穷山区的乡村教师比拟作一枝山花，表现了这位教师扎根山区、不怕艰苦的奉献精神和学生及家长对他的爱戴之情。再如：

　　　　春风染绿千株树；

　　　　细雨调红万朵花。

此联也采用了拟物的修辞手法，将甲物"春风""细雨"拟作乙物"颜料"，配以"染""润"两个表示动作的词，使对联的语言更加活泼。

(三) 夸张、对比

(1)夸张就是用夸大的词句，更加强烈地突出所要表达的事物的某些特征或夸大事物的某种程度的修辞手法。

夸张有扩大夸张和缩小夸张两种形式。如某寺庙斋堂联：

> 一粒米中藏世界；
>
> 半边锅里煮乾坤。

上、下联均采用扩大夸张的手法，极言"米""锅"之大。又如北京颐和园涵远堂联：

> 西岭烟霞生袖底；
>
> 东洲云海落樽前。

上、下联均采用缩小夸张的手法，极言"烟霞""云海"与人的距离之近。又如笔者的《黄山》联：

> 草木亦通情，有松能迓八方客；
>
> 烟霞如煮海，无岳不输一段云。

此联用"烟霞如煮海"来描绘亦是极度的扩大夸张。

运用夸张的修辞手法，一要以客观实际为基础，从真情实感出发，合乎情理，把握分寸；二要明确，不要给读者造成所言就是事实的误解；三要注意对不宜夸张的事物，就不能采用夸张的修辞手法。

(2)对比就是把相反、相对的两种事物或一种事物相反、相对的两个方面并举出来，进行相互比较的修辞手法。如杭州西湖岳王庙联：

> 青山有幸埋忠骨；
>
> 白铁无辜铸佞臣。

此联将人们对精忠报国的岳飞与卖国求荣的秦桧夫妇，这两种截然不同的人的爱戴与憎恨的情感作强烈对比，使思想感情表达得更鲜明、更突出。又如：

事到盛兴须谨慎；

人逢危险应从容。

此联将两种处境、两种态度作对比，富含人生哲理。

又如笔者的《抗日滇缅远征军》联：

危战勇担当，踏疠水瘴烟，兵赴狼烽，青山处处埋忠骨；

远征谁记取？叹他邦异国，尸无马革，黄土年年望故乡。

上联极力写滇缅抗日将士的艰苦卓绝，下联着力写后人对英雄的淡忘与冷漠，从而形成强烈的对比，更加深刻地阐明一个民族不能忘记自己的英雄这个主题。

（四）双关

双关就是借助语音（同音字）或语义（一词多义）的联系，使语句同时关涉两种事物的修辞手法。它的特点是表面上说的是甲事物，而实际上则隐涉着乙事物，即言在此而意在彼。双关有两种形式。

（1）借义双关。如：

未出土时便有节；

及凌云处更虚心。

这副咏竹联，从字面上看，是写竹子的有节与空心，但透过字面，还蕴含了另外一层意思，即指人在最困难的时候，在低处时，要保持做人的气节；在得意的时候，在高处时，要保持谦虚的态度，不可得意忘形。这就是"借义双关"。再如：

宰相合肥天下瘦；

司农常熟世间荒。

这也是一副语义双关联，运用语义双关手法，言此而及彼。从字面上看，上联中"宰相"是官职名称，指李鸿章，"合肥"是他的籍贯。下联中"司农"也是官职名称，指翁同龢，"常熟"是他的籍贯。而实际上，联里的"合肥""常熟"却有另解，即讽刺他们只管自己中饱私囊，而不顾老百姓的疾苦。再如：

眼前一簇园林，谁家庄子？

壁上几行文字，哪个汉书？

这也是一副语义双关联。从字面上看，庄，指园林、山庄、庄园；汉，指男人。但庄子又是古代一位有名的思想家、哲学家，而《汉书》则是一本史书。

（2）借音双关。如：

两舸并行，橹速（鲁肃）不如帆快（樊哙）；

八音齐奏，笛清（狄青）难比箫和（萧何）。

从字面上看，上联讲摇橹行船没有张帆行船速度快；下联讲吹笛的声音没有吹箫的声音悦耳。实际上此联用的是谐音双关。上联中的"橹速"为三国时吴国文官"鲁肃"的谐音，"帆快"为汉初武将"樊哙"的谐音，是讲鲁肃的能力比不上樊哙。下联中的"笛清"为北宋武将"狄青"的谐音，"箫和"为汉初谋臣"萧何"的谐音，是讲狄青的能力比不上萧何。又如：

因荷（何）而得藕（偶）；

有杏（幸）不须梅（媒）。

这也是一副借音双关联。相传明代宰相李贤当时喜爱以神童入翰林的少年程敏政之才，想将女儿许配给他。在一次家庭宴会上，李贤指着桌上的莲藕说出上联，字面意思是藕来自荷花，而实际上是利用"荷""何"同音，"藕""偶"同音，来委婉地探问程敏政要选择怎样的配偶。程敏政当即手指桌上的杏和梅说出下联，字面意思是有杏子吃就不用吃梅子了，而实际上是利用"杏""幸"同音，"梅""媒"同音，巧妙地回答了李贤的问话，意思是有老相爷亲口许亲的幸事就不再用媒人了。

（五）巧趣

运用中国汉字的造字特点，按对联的传统属对格式，可以创作出许多不同样式、不同风格的巧趣对联。巧趣联往往以其活泼的形式、诙谐幽默的语言，特别是隐含的意境发人深思，引人入胜。巧趣联形式多样，创作方法各异，本书仅举其中几种常见对格。

1. 嵌字法

这是一种运用比较广泛的对格，就是将人、动物、植物、地方、处所、书刊、词牌等名称嵌入联语中。嵌字要求上、下联字面表达的语义清楚，嵌字与联意浑然一体，贴切自然，不见斧凿痕迹，没有牵强附会之嫌。要嵌的字可以同时嵌入上联任何位置，也可嵌入下联任何位置，还可分别嵌入上、下联任何位置。根据嵌字在句中的位置，各种嵌法都有名称。

嵌字联常用于题赠、谐趣、应酬，以使要表达的意思更加鲜明突出，更具艺术性和欣赏性。如：

姹紫嫣红呈异彩；

争奇斗艳竞芳菲。

从字面看，这副对联是在描写花园中盛开的鲜花，但实际上是上、下联分别嵌入了一位叫闫异芳女士的名字中的"异""芳"二字。再如：

英名盖世三岔口；

杰作惊人十字坡。

此为田汉题赠张英杰的嵌名联。张英杰即京剧表演艺术家"盖叫天"本名。该联中既嵌入人名，又嵌入其表演的代表剧目《三岔口》《十字坡》。

笔者曾经也给自己撰制过一副嵌名联：

随遇而安，可无其累；

有书乃足，夫复何求？

此联将两个虚词同位嵌入联中，以表明本人的个性与爱好，因名字未嵌在"鹤顶"（首位），嵌字浑然一体，并不醒目，不细看难以察觉，而这恰是嵌字格的本质要求与优劣评判标准。嵌字法还有"诗钟"一种，因内容较多，后面辟专章论述。

2.隐字法

隐字联，亦称缺如（阙如）联、藏字联，即在联中故意省略需要突出的一些字，以含蓄巧妙地传达言外之意、弦外之音。隐字联含而不露，曲径通幽，寓意隽永，其中不乏构思巧妙、手法奇特、语言生动之佳作，读之令人拍案叫绝，回味无穷。

相传北宋名相吕蒙正（一说明朝宰相张居正）年少时家境贫寒，某年除夕，见家中一贫如洗，便写了一副春联贴于门上：

> 二三四五；
>
> 六七八九。
>
> 横批：南北

按计数顺序，上、下联故意缺"一（衣）"少"十（食）"，横批故意缺"东西"，音谐"缺衣少食，没有东西"之意。此联立意奇巧，以含蓄诙谐的手法表现出作者的穷困酸楚之况。

古代有一副嘲讽一位名叫"吉生"的庸医联：

> 未必逢凶化；
>
> 何曾起死回。

此联分别隐去成语"逢凶化吉"和"起死回生"中的"吉""生"二字，即隐去庸医"吉生"之名，以此来讽刺这位庸医医治技术不行，医病不"吉"，救死无"生"，令人读之不禁莞尔一笑。

明代文学家冯梦龙《古今谭概》中记载：某书生家贫，无酒为友祝寿，遂持水一杯，谓友人曰："君子之交淡如？"

友人知其意，应声曰："醉翁之意不在。"

这一问一答，恰好构成一副平起仄收的集句隐字联：

> 君子之交淡如；
>
> 醉翁之意不在。

上联出自《庄子·山水》："君子之交淡如水，小人之交甘若醴。"下联出自欧阳修《醉翁亭记》："醉翁之意不在酒，在乎山水之间也。"客人有意隐去"水"字，自嘲因贫穷而无酒为朋友祝寿之窘况；主人有意隐去"酒"字，表达朋友之间真挚的友谊和高雅的志趣绝非泛泛的"酒肉"之情可比。这种方法叫集句阙如，也就是集句隐字。

当年香港著名女影星莫愁逝世后，一位记者为她撰写了一副挽联，用的也是集句缺如法：

> 与尔同销万古；
>
> 问君能有几多？

此联上联集李白诗句"与尔同销万古愁"，下联集李煜词句"问君能有几多愁"，而都隐去了"愁"字，让读者去领会和想象，别蕴哀思。再如：

> 数声吹起湘江月；
>
> 一枕招来巫峡云。

此联两个典故上联隐"笛"，下联隐"梦"。

> 咬定一两句，终身得力；
>
> 栽成六七竿，四壁皆清。

此联上联写读书，而不见"书"；下联谈栽竹，却不现"竹"。联语精辟，通畅明了。

> 一二三四五六七；
>
> 孝悌忠信礼义廉。

这是一副讽刺袁世凯的隐字联。上联缺"八"，意喻忘八（王八）。下联缺"耻"，意喻无耻。

3. 析字法（离合字法、拆合字法）

利用汉字的造字特点，把某个汉字分离或集合起来后的各部分及原字安排在联语中，要求联语字面表达意义明白，无斧凿之痕。如：

> 此木为柴山山出；
>
> 因火生烟夕夕多。

上联将"柴"拆开为"此""木"，而"此""木"又合成"柴"；将"出"拆开为"山""山"，而"山""山"又合成"出"。上联的字面意思为树枝可以做柴禾，每座山上都生长着树木。下联将"烟"拆开为"因""火"，而"因""火"又合成"烟";将"多"拆开为"夕""夕",而"夕""夕"又合成"多"。其字面意思为烟是因火而生的,每当黄昏,家家户户都冒起了炊烟。这样拆合,上、下联字面表达流畅,情通理顺。再如:

> 鸿是江边鸟;
>
> 蚕为天下虫。

这也是将"鸿""蚕"两个字分别拆开而成的一副表意通顺的对联。此联既拆又合,先拆后合。

还有合字联。如:

> 二人土上坐;
>
> 一月日边明。

> 八刀分米粉;
>
> 千里重金锺。

> 人曾是僧,人弗能成佛;
>
> 女卑为婢,女又可称奴。

4. 回文法

一是上、下联以中间一字为中心,全句呈中心对称,顺读或倒读皆一样。河南省信阳境内有一座山名叫鸡公山,山中有两处景观:"斗鸡山"和"龙隐岩"。有人就此作了一副回文联:

> 斗鸡山上山鸡斗;
>
> 龙隐岩中岩隐龙。

此七言联以正中第四字为中心,顺读和倒读完全一样,即是回文。

厦门鼓浪屿有个景点叫"鱼脯浦",因地处海中,岛上层峦叠嶂,烟雾缭绕,遥望海淼淼,水茫茫,远接云天。有人据此写了一副饶有趣味的回文联:

> 雾锁山头山锁雾;
>
> 天连水尾水连天。

这也是以正中字为中心，顺读和倒读都一样的回文联。

二是把上联倒读作下联。清代北京城里有一家有名的饭馆叫"天然居"，相传乾隆皇帝曾就此做过一副有名的回文联：

客上天然居；

居然天上客。

上联是说，客人上"天然居"饭馆去吃饭。下联是上联倒着念，意思是没想到居然像是天上的客人。乾隆皇帝想出这副回文联后，心里挺得意，即将之当成一副联的上联，向大臣们征对下联。大臣们一时面面相觑，无人应声。只有大学士纪晓岚即席就北京城东有名的大庙大佛寺，想出了一副回文联：

人过大佛寺；

寺佛大过人。

上联是说，人们路过大佛寺这座庙。下联是说，庙里的佛像大极了，大得超过了人。纪学士的下联，对得也挺不错的。这副回文联与乾隆皇帝的回文联合在一起，又组成了一副新的回文联：

客上天然居，居然天上客；

人过大佛寺，寺佛大过人。

两副回文联合而为一，浑然天成，如出一口，妙趣横生。

5.重字法

在上、下联中，分别多次重复使用同一个字（词），但重字的次数和位置对称而有规律，从而产生循环往复的文字效果。如《红楼梦》中太虚幻境石牌坊联：

假作真时真亦假；

无为有处有还无。

这副联虽只七言，但上联两次重复"真""假"，下联两次重复"有""无"，且重复字都在相同位置，这样读起来就产生了一种循环往复的效果，使人印象深刻。如某地关公庙联：

赤面秉赤心，赤兔追风，驰驱时无忘赤帝；

　　　　　　青灯观青史，青龙偃月，隐微处不愧青天。

　　此联结合关羽坐骑赤兔马与所用兵器青龙偃月刀，多处有规则重复"赤""青"二字，使关公的形象呼之欲出。又如清代河南内乡县衙联：

　　　　吃百姓之饭，穿百姓之衣，莫道百姓可欺，自己也是百姓；
　　　　得一官不荣，失一官不辱，勿说一官无用，地方全靠一官。

　　这副衙署联非常有名，通过有规则重复"百姓""一官"，突出表现官与民的关系，挂在县衙门口，几成警句，使读者印象深刻。又如笔者题重庆濯水古镇风雨桥联：

　　　　　　古色古香，几巷苔街麻石滑；
　　　　　　任风任雨，一江烟水画桥横。

　　此联通过有规则重字，突出小镇之古老幽静和风雨桥之坚固美观。

　　6.叠字法

　　将相同的字（词）重叠起来运用，以增强表达效果。叠字与重字的区别，在于一个是重叠使用，一个是单独使用。叠字的使用，虽是平常字词，却使语句产生一种"化腐朽为神奇"的新奇效果。

　　如杭州西湖有两副很著名的清代叠字古联：

　　　　　　水水山山处处明明秀秀；
　　　　　　晴晴雨雨时时好好奇奇。

　　　　　　雨雨风风，暖暖寒寒，处处寻寻觅觅；
　　　　　　莺莺燕燕，花花草草，卿卿暮暮朝朝。

　　此联读起来如春风扑面，饶有趣味。

　　7.同旁法

　　上、下联中各字（或部分字）选用同一偏旁（部首）的字；或上联中各字（或部分字）选用同一偏旁（部首）的字，而下联中各字（或部分字）选用另一种同一偏旁（部首）的字组成对联，使之别有趣味。

　　传说古时有一位年轻女子，貌极美且很有才华，然下嫁后不久，丈夫就因病而亡。女子年轻守寡，寄居娘家，终日不乐，欲思改嫁。乡里闻之，思娶者众。女子恐男方缺少才气，日后生活不协，遂出一上联征对，言对出者即可嫁之为妻，出句曰：

寄寓客家，寂寞寒窗空守寡；

这就是一比全部用同一偏旁组成的上联。这比上联被称为绝对，至今还未见到比较出色的下联。

同旁法有"对同"（即上下联偏旁全同）与"联同"（只上联偏旁与下联偏旁各自相同）两种。

对同如：

烟锁池塘柳；

炮镇海城楼。

此联上、下联每个字偏旁相同，并字字同位相对。

湘江波滚滚；

渤海浪滔滔。

此联上、下联各字全部选用同一偏旁。

民国四公子之一、现代学者张伯驹曾以同旁字撰了一副贺婚联：

缔缕绾结红丝缕；

纳彩（古汉字为綵）缠绵绿绮弦（古汉字为絃）。

可谓古雅俊秀，文采飞扬。

联同如：

荷花荷叶莲蓬藕；

云霭云霞雾露霜。

上联同"草字头"，下联同"雨字头"。

某年，西安市曾举行"爱国储蓄征联"活动，有副获奖联为：

涓涓溪流汇江海；

细细丝纱织绫绸。

此联形象地表达了储蓄这个主题，上联同旁"三点水"，下联同旁"绞丝"，即为"联同"。

据传，清朝末年八国联军攻占北京后，清政府派官员与之谈判退兵事宜，曾以对联开谈。八国联军出上联：

琵琶琴瑟八大王，王王在上；

清朝官员对之以：

魑魅魍魉四小鬼，鬼鬼犯边。

对句有力地回击了八国联军侵略者的趾高气扬，煞了其不可一世之威风。这副对联上、下联部分字分别选用同一偏旁，且"在上"又说明各字都是王字头，"犯边"又说明各字都是鬼字边，一语双关，确实巧妙。又如：

江淮河汉海洋水淼淼；

松柏梧桐杨柳木森森。

此联亦是上联选用同一偏旁的字，下联选用另一同偏旁的字。

2005 年中央电视台春节联欢晚会上，各省的对联中有以青海、甘肃为内容、以同旁法而撰制的对联：

水泽源流江河湖海；

金银铜铁铬镍铅锡。

青海是我国两大水系长江、黄河的发源地，故上联全用"氵"旁。甘肃是我国有色金属之乡，故下联全用"钅"旁。除"水""金"两个字为独立词外，其他皆为偏旁相同，亦可视为联同。

同旁联中还有两种情况，即"全同"和"形同"。

北方一家车马店，曾张贴过这样一副春联：

迎送远近通达道；

进退迅速游逍遥。

上、下联的字全用"辶"旁，很符合车马店的行业特色，可谓别具一格。此称为"全同"，亦即"对同"。

在有些对联中，有些字虽然并不属于同部首的字，但字形部分相同，也可以看作是同旁对。如：

> 孔孟孜孜教学子；
>
> 僧侣念念化仙人。

该联中的字明显不属于同一部首，但它的上联均含有"子"字，下联同时含有" 亻"和"人"字，所以，仍然可以看成是同旁。此称为"形同"，即字形相同。

8. 应首法

上、下联首尾分别用同一个字。如：

> 品行长短他人品；
>
> 学问浅深自己学。

此联上联首尾为"品"字，下联首尾为"学"字（联用今音）。

9. 其他巧趣联

除了上述巧趣手法之外，巧趣联按内容、题材还可以涉及许多方面。

（1）歇后语联。以两句歇后语为上、下联，构成一副对联。如：

> 老虎吃天——胃大；
>
> 小鸡噬月——心狂。

（2）谜语联。以两个谜语的谜面为上、下联，构成一副对联，即用对联的形式制作谜语。如：

> 悲鸿擅绘者；
>
> 赤壁败操何？
>
> （各打一字）。

谜底为：上联，徐悲鸿最擅长画的——马也，即"驰"；下联，赤壁之战曹操兵败的原因——火耳，即"耿"。

又如：

> 一江春水横空涌；
>
> 三片远帆天地张。
>
> 　　（打一字）

谜底为："州"。

手足互立；

唇齿相依。

（各打一字）

谜底为：上联"捉"，下联"呀"。

关羽赴宴；

秀才参军。

（各打一四字成语）

谜底为：上联"单刀直入"，下联"投笔从戎"。

(3) 俗语联。以俗语入联。如：

一身胆；

八斗才。

男子心头肉；

女儿掌上珠。

(4) 新生词语联。语言文字具有强大的生命力。随着时代的发展，新词汇不断涌现，尤其是进入互联网时代以后，词汇更新很快，出现了许多以新词汇融入创作的对联，因其时代感强而使人耳目一新，尤其是年轻人易于接受。如："碟鼠；网虫""酷毙；帅呆""猫眼；鼠标""给力；加油""微信；猛男""炫富；扶贫""撸袖干；放心生""正能量；好声音""中国梦；小康春"等，不一而足。

(5) 专用词联。以词牌、曲牌、书名、地名、影视剧名、食物名、中药材名等入联。如传说中苏轼与苏小妹互对的：

《水仙子》持《碧玉箫》，风前吹出《声声慢》；

《虞美人》穿《红绣鞋》，月下引来《步步娇》。

上、下联各用三个词牌名组织成联，不仅非常工整，而且意境很美。

再如：

《一剪梅》；
《双飞燕》。

《留客住》；
《踏莎行》。

《山亭柳》；
《陌上花》。

《鸟鸣涧》；
《蝶恋花》。

上述都是词牌名对联。

还有以食物名称入联的。如：

甜菜；
苦瓜。

土豆；
洋葱。

还有以中药材名称入联的。如：

马齿苋；
鸡血藤。

红娘子上重楼连翘百步；
白头翁坐常山独活千年。

还有以植物名入联的。如：

狗尾草；
鸡冠花。

还有以地名入联的。如：

河北；

山西。

此外，还有以书名、影视剧名等入联的。

（6）玻璃联。亦称玻璃对。此种对联全部利用左右对称的汉字字型，应用到玻璃上，视之正反如一，因此称为玻璃联。汉字中有一千多个字形左右对称的字，为玻璃联的产生提供了条件。

对联发展至清代，除书、刻于传统的竹、木、牙、角、金属、石头、纸张、绢素等材质上之外，又开始运用到玻璃。由于玻璃透明，刻制或张贴的对联从背面看，文字笔画相反，而字形对称的汉字则正反两面看都基本一样。据梁章矩《楹联续话·杂缀》载，乾隆、嘉庆年间，文人吴山尊注意到玻璃这一材质特点，选用左右对称的文字撰联，视之正反如一，称为玻璃联。如：

赤日关山古；

金风塞草黄。

曲罘暮云变；

兴来壶鼎空。

丛林带春雨；

空谷觅幽兰。

草舍燕回青杏小；

熏风人立素兰香。

一川白水春光早；

四面青山杏雨寒。

且坐空堂奏古曲；
闲登小阁阅春山。

田叟营苗山舍北；
儿童弄笛竹林西。

玻璃联不仅有趣，而且有一定的实用价值。

（六）诗钟

诗钟出自格律诗，但只有两句，不要求押韵，只要求当句平仄交替和上、下联平仄对立与词语对仗，故也成为对联的一种特殊样式。

诗钟以格律诗为基础，以风雅为特色，是中国古代文人的一种限时吟诗文字游戏，出现较晚，大约发源于清朝嘉庆、道光年间，最先流行于福建八闽地区。

昔人敲钟，规矩极严。拈题时，缀钱于缕，焚香寸许，承以铜盘，香焚缕断，钱落盘鸣，以为构思之时限，因声响如鸣钟，故名"诗钟"。诗钟吟成，再作为核心联句各补缀成一首律诗，游戏始结束。诗钟多半限定内容（诗题）、文字和钟格。

诗钟格律要求极严，只限七言，句式也只限律句两格，且平仄、对仗必须工整，不可出现拗句、孤平、三平尾、三仄尾。

格一：

平平仄仄平平仄；
仄仄平平仄仄平。

格二：

仄仄平平平仄仄；
平平仄仄仄平平。

诗钟格式繁多，可分为合咏格、分咏格、笼纱格、嵌字格四大类。

（1）合咏格，即上、下联合咏一事一物，读之明了，不能犯题。如：

钟题·花落知多少：

> 凄凉墙外飘难数；
>
> 狼藉阶前扫几回。

钟题·络腮胡(笔者制)：

> 翼德颊边茅剪短；
>
> 云长鬓角草推平。

(2)分咏格，即上、下联分咏两事两物，读之明了，不能犯题。如：

钟题·岳飞/老虎(笔者制)：

> 画及不成翻类犬；
>
> 字之曰举并称鹏。

钟题·杏花/重阳(笔者制)：

> 春色出墙争妩媚；
>
> 秋光买醉忆茱萸。

(3)笼纱格，即将钟题字暗藏于钟联中，隐约如见，不犯题而呼之欲出，顺序可不论上下。如：

钟题·左/易(笔者制)：

> 牙因知味承恩幸(易)；
>
> 思未能言擅赋才(左)。

(4)嵌字格，即将钟题字按一定格式分别嵌入上、下联。

嵌字格又分凤顶(一唱)、燕颔(二唱)、鸢肩(三唱)、蜂腰(四唱)、鹤膝(五唱)、凫胫(六唱)、雁足(七唱)、魁斗、蝉联、辘轳、比翼、汤网、云泥、鼎峙、晦明、碎锦、双钩、四皓、五俎、六逸、七贤、八龙、九老等多种嵌格。

①凤顶格，将两个钟题字任意分嵌于每句第一字，也称"一唱"。如：

钟题·人/鸟(一唱)：

> 人凭赤血赢犹健；
>
> 鸟到青云倦亦飞。

②燕颔格，将两个钟题字分嵌于每句第二字，也称"二唱"。如：

钟题·醉吟(二唱)：

> 臣醉酒能倾一石；
>
> 客吟诗巳载三车。

③鸢肩格，将两个钟题字任意分嵌于每句第三字，也称"三唱"。如：

钟题·红豆(三唱)：

> 灯光豆炧劳人草；
>
> 楼影红飞思妇花。

④蜂腰格，将两个钟题字分嵌于每句第四字，也称"四唱"。如：

钟题·元旦(四唱)：

> 千军待旦传刁斗；
>
> 万国朝元拜冕旒。

⑤鹤膝格，将两个钟题字任意分嵌于每句第五字，也称"五唱"。如：

钟题·重九(五唱)：

> 要为卷土重来计；
>
> 谁赞勤王九合功。

⑥凫胫格，将两个钟题字分嵌于每句第六字，也称"六唱"。如：

钟题·意/飞(六唱)：

> 斜阳六水鸦飞乱；
>
> 明月孤山鹤意痴。

⑦雁足格，将两个钟题字分嵌于每句第七字，也称"七唱"。如：

钟题·鹤/梅(七唱)：

> 隐现云端千岁鹤；
>
> 横斜竹外一枝梅。

⑧魁斗格，将两个钟题字任意分嵌于全联第一字与第十四字。如：

钟题·黄花(魁斗格)：

花门积雪千山白；

大漠飞沙一月黄。

⑨蝉联格，将两个钟题字分嵌于全联第七字与第八字。如：

钟题·蝉唱(蝉联格)：

花落后庭商女唱；

蝉鸣西陆楚囚吟。

⑩辘轳格，又称卷帘格、八叉格。即将两个钟题字分别嵌于上句首字和下句第二字(正辘轳)；或嵌于上句第二字和下句首字(反辘轳)。依次类推，两个题字在上下句差一个字的字位，两个题字必须是一平一仄。如：

钟题·花/柳(正辘轳格)：

怜花蝶舞缤纷翅；

嬉鲤柳摇曼妙腰。

钟题·莲/露(反辘轳格)：

乍垂莲瓣移香步；

微露瓠犀发妙香。

⑪比翼格，将两个钟题字任意对嵌于钟联中，相当于一唱至七唱。如：

钟题·散/书(比翼格)：

杜房并驾中书省；

金宋相持大散关。

⑫汤网格，将三个钟题字任意分嵌于两句之首末，而成网开一面之状。如：

钟题·天/安/云(汤网格)：

天末楼台横北固；

云中城阙望西安。

⑬云泥格，又名鹭拳格，即将两个钟题字嵌于出句第二字和对句第六字，或出句第六字和对句第二字，题字必须为一平一仄。如：

钟题·世/无(云泥格):

> 原无憾事留心底;
>
> 自有清名在世间。

钟题·世/无(云泥格):

> 为人但得心无悔;
>
> 在世何求利有争。

⑭晦明格,将两个钟题字一个明嵌点题,一个暗写点题。如:

钟题·红豆(晦明格):

> 双眸如豆讥文士;
>
> 一口含樱画美人。

⑮鼎峙格,将三个钟题字分嵌于全联第一字、第七字、第十一字。或分嵌于第四字、第八字、第十四字,成三足鼎峙之状。如:

钟题·花仙子(鼎峙格):

> 花前情圣是潘子;
>
> 酒后诗仙数李郎。

⑯碎锦格,亦称鸿爪格,将两个钟题字分嵌于钟联中,不得相连。如:

钟题·张/陈(碎锦格):

> 满几陈编三寸烛;
>
> 半肩行李一张琴。

⑰双钩格,将四个钟题字对嵌于钟联首尾之中。如:

钟题·暮云/秋雨(双钩格):

> 雨过孤桐披薄暮;
>
> 秋来大雁泣残云。

⑱四皓格,碎锦格之一种,将四个钟题字分嵌于上、下联,不得相连。如:

钟题·海角钟声(四皓格):

> 海城画角严兵卫;
>
> 山阁诗钟集友声。

⑲五俎格,碎锦格之一种,将五个钟题字分嵌于上、下联,不得相连。如:

钟题·清泉石上流(五俎格,笔者制):

> 溪边瘦石多清籁;
>
> 岩上飞泉少浊流。

⑳六逸格,碎锦格之一种,将六个钟题字分嵌于上、下联,可相连二字。如:

钟题·杏花春雨江南(六逸格,笔者制):

> 雨后寻春桃叶渡;
>
> 江南沽酒杏花村。

㉑七贤格,碎锦格之一种,将七个钟题字分嵌于上、下联,可相连二字。如:

钟题·弹笔作文奏苦音(七贤格):

> 弹琴奏作哀苦调;
>
> 落笔文成警世音。

㉒八龙格,碎锦格之一种,将八个钟题字,随意分嵌于上、下联,可三个题字连嵌,也可两个题字成对。如:

钟题·月明华屋画桥碧阴(八龙格):

> 小桥画舫摇明月;
>
> 华屋芳林度碧阴。

㉓九老格,碎锦格之一种,将九个钟题字,随意分别嵌于上、下联,可四个题字连嵌,也可两个题字成对。如:

钟题·寒鸦万点流水绕孤村(九老格):

> 水流孤塞千声雁;
>
> 村绕寒林万点鸦。

钟题·燕子飞时绿水绕人家(九老格):

柳绿时飞双燕子；

水清常绕万人家。

诗钟虽有许多格式，但只有平起、仄起两种句式，即：

（1）平平仄仄平平仄；

仄仄平平仄仄平。

（2）仄仄平平平仄仄；

平平仄仄仄平平。

诗钟不宜用拗句和拗救。

八、对联用典

用典，顾名思义，就是运用典故。我国旧体诗文中多见用典，对联亦如此。

对联用典，不仅可以使文字精练，篇幅洁简，而且可使联语更加有内涵、有气势、有厚重感，如虎添翼；铺陈文采，如锦上添花；切中要害，如画龙点睛。总之，对联用典能增强艺术感染力。不少对联因为用了典故而光彩夺目，文情隽永。

同时，联中用典，往往语意双关，以典故对照现实，可以丰富对联的内容，增加对联的思想深度，使人产生奇思妙想。用典作譬，还可以使对联文义含蓄，内涵蕴藉。因此，用典是对联比较多用、常见的一种艺术手法。

笔者《题黄鹤楼》联，即用的诗词典：

看大江东去，高铁南来，千年一瞬间，不生黄鹤白云想；

对楼上风骚，胸中块垒，万事三杯里，聊作梅花玉笛吟。

上联用宋代苏东坡《念奴娇·赤壁怀古》词"大江东去，浪淘尽"和唐代崔颢《黄鹤楼》诗"黄鹤一去不复返，白云千载空悠悠。"下联用唐代李白《与史郎中钦听黄鹤楼上吹笛》诗"黄鹤楼中吹玉笛，江城五月落梅花。"

用典忌贪多堆砌，生涩冷僻。用典不当，或如雾里看花，或如猜哑谜，因典伤意，是不可取的。用典难在有新意，贵在藏而不露。

当然，不是所有对联都要用典，要视主题和意境需要而定。如果用典不当，不仅不会使作品增彩，反而会使作品逊色。

用典要讲究技巧，必须做到恰当合理，有的放矢，过分和不及都会成为败笔。

（一）用典要注意的六个方面

1. 用典要注意思想性

清代郑板桥题苏州网师园濯缨水阁联：

曾三颜四；

禹寸陶分。

曾，即孔子的弟子曾参。他曾说："吾日三省吾身，为人谋而不忠乎？与朋友交而不信乎？传不习乎？"意思是说，一个人每日要从三个方面来反省自己，即自己的忠心、守信、复习三个方面，此为"曾三"的来由。

颜，指孔子的弟子颜回。他有"四勿"之说，即"非礼勿视，非礼勿听，非礼勿言，非礼勿动。"故称颜四。

禹寸，是说大禹珍惜每一寸光阴。《游南子》谓："大圣大责尺璧，而重寸之阴。"

陶分，指东晋名将、军事家、学者，陶渊明的曾祖父陶侃，珍惜每一分时光。他曾说："大禹圣者，乃惜寸阴，至于众人，当惜分阴。"

郑板桥此联化古人之名言，以最简练的语句，囊括深邃之内容，可作格言、警句、座右铭。此联在于激励人们修养道德，珍惜时光，思想积极，具有很大的正能量，值得后人效仿、学习，因而思想性很强。

2. 用典要注意准确性

用好典故，可以起到画龙点睛的作用。然而，必须做到用典准确，切不可典义失调。如民国时期著名楹联大家方尔谦（方地山）代拟的小凤仙挽蔡锷联：

> 不幸周郎竟短命；
>
> 早知李靖是英雄。

上联将蔡锷比作周瑜，岁在青壮，同龄而夭，又暗喻袁世凯是曹操，用典贴切。下联将自己比作红拂，将蔡锷比做李靖。两喻中人物同是异性知己，同是在政治上做过一番大事业的英雄，所以此联用典贴切、自然，令人生发联想。

笔者某年清明节扫墓后曾撰写一联：

> 几杯薄酒，三炷清香，两支残烛，每逢今日断魂，天公亦下纷纷泪；
>
> 春色无边，青山依旧，白发添新，一想他年祭我，地菜当含淡淡愁。

上联化用唐代杜牧《清明》一诗：

> 清明时节雨纷纷，路上行人欲断魂。
>
> 借问酒家何处有？牧童遥指杏花村。

将清明雨比喻成天公泪，更显伤感之情，以寄托对先辈的深深哀思。下联化用"三月三，地菜煮鸡蛋"的湖南民谚和清明风俗。地菜是一种野菜俗称，学名"荠菜"，南宋著名词家辛弃疾《鹧鸪天》中有"城中桃李愁风雨，春在溪头荠菜花"之句。这样用典，丝丝入扣，就确切不移地扣住了清明节这一主题。

3. 用典要注意新颖性

典故是古老的、静态的，用典贵在活用，可使典故鲜活起来，给读者以新鲜、真实、完美的感觉。这就需要作者在创作过程中，将自己的主观意识融进典故中去，使它具有独特的韵味。

四川成都武侯祠有副清代赵藩写的对联，不同凡响：

> 能攻心则反侧自消，从古知兵非好战；
>
> 不审势即宽严皆误，后来治蜀要深思。

所谓攻心，即瓦解敌方军心，使之心归己方，失去战斗力。《三国志·蜀志·马谡传》裴松之注引《襄阳记》："用兵之道，攻心为上，攻城为下。心战为上，兵战为下。"所以历代兵法，皆注重攻心为上。

反侧，不顺从的意思。《荀子·王制》："遁逃反侧之民。"杨倞注："反侧，不安之民也。"《后汉书·光武纪上》："令反侧子自安。"李贤注："反侧，不安也。"

这是明用典。同时，还暗用了历史小说《三国演义》中诸葛亮七擒孟获的故事和治理蜀国宽严得当这两个典故。

此联旧典翻新，重点突出"从古知兵非好战"和"后来治蜀要深思"这个主题，写出了新意，遂成为一副名联。

4. 用典要照应主题

康有为挽戊戌变法遇难六君子联：

殷干酷刑，宋岳枉戮，臣本无恨，君亦何尤，当效正学先生，启口问成王安在？

汉室党锢，晋代清谈，振古如斯，于今为烈，恰似子胥相国，悬睛看越寇飞来。

此联旁征博引，借古讽今，连用六个典故（殷比干、宋岳飞、明方孝孺、春秋伍子胥等枉遭杀害以及汉党锢之祸、晋代清谈之政治黑暗），以一种独特的方式表达了对"戊戌六君子"的缅怀之情和对清王朝的控诉，契合内容，非常确切地照应了主题。

5. 用典要自然得体

蒲松龄题《镇纸铜条》联，写得十分精彩，可作座右铭：

有志者，事竟成，破釜沉舟，百二秦关终属楚；

苦心人，天不负，卧薪尝胆，三千越甲可吞吴。

上联借用项羽救赵过漳水后，沉船、破釜、背水一战，终获大捷的典故，无半点雕琢之感。下联借用越王勾践卧薪尝胆苦熬十年，绝不罢休的顽强意志和远大志向，最后灭吴兴越的历史事实。以这样两个大家比较熟悉的典故入联，用来激励和鞭策、警醒自己，非常贴切，通俗自然。

6. 用典要积极上进

笔者曾经写了一副贺联友新婚联：

> 红瘦绿肥，再世易安耽喜酒；
>
> 花间月下，前身太白画新眉。

上联化用李清照《如梦令》词：昨夜风疏雨骤，浓睡不消残酒。试问卷帘人，却道海棠依旧。知否？知否？应是绿肥红瘦。

下联化用李白《月下独酌》诗：

> 花间一壶酒，独酌无相亲。
>
> 举杯邀明月，对影成三人。

以旧典贺新人，积极上进。

(二)用典的几种常见手法

用典在对联中比较常见。概括起来有以下几种手法。

1. 拈用

即将古诗文中的原话照搬或稍加改动而成联。如杭州岳王庙联：

> 天下太平，文官不爱钱，武将不惜死；
>
> 乾坤正气，在下为河岳，在上为日星。

上联引自岳飞的原话："文官不爱钱，武将不怕死，则天下太平矣。"联中只将顺序颠倒一下，属拈来之笔。下联引自文天祥所作《正气歌》："天地有正气，杂然赋流形，下则为河岳，上则为日星。"只改动几个字。

2. 撮合

即一副联里，将不同作品中的互不相干的两个（或两个以上）典故撮合在一起，为同一主题服务。如安徽霍山县韩信祠联：

> 生死一知己；
>
> 存亡两妇人。

此联虽只寥寥十字，却全面概括了韩信一生中的重大经历。上联"生死一知己"，是说韩信被刘邦重用建功立业及后来欲谋反被识破遭诛杀，均因萧何一人。世人说"成也萧何，败也萧何"，即指于此。下联"存亡两妇人"，是说韩信早年因家贫经常挨饿，幸被一洗衣老母（漂母）救助，才保全性命，得以建功封侯。后韩信谋反被捕，被吕后所杀，存亡都在两个妇人之手，此即下联的含义。

3. 翻新

即用原来的典故翻出新意。如河南南阳卧龙岗诸葛庐联：

心在朝廷，原无论先主后主；

名高天下，又何辩襄阳南阳。

据传，此联为清代咸丰年间南阳知府顾嘉衡所作。当时的有关部门对诸葛亮茅庐所在地多有争议，一说在湖北襄阳隆中，一说在河南南阳。顾嘉衡是湖北襄阳人，当时他正在河南南阳任职。地方人士要他裁判茅庐的出处，顾颇感左右为难，于是便撰写了这副对联悬于卧龙岗处，意思是说既然诸葛亮对政事鞠躬尽瘁，死而后已，他的功绩扬名天下，又何必去为茅庐在何处这一区区小事而争论不休呢？此联句不仅老典翻新，解了一个争论不休的难题，也显示了作者的宽广胸怀。

4. 脱化

即用典不着形迹，使典故原来的风貌不易被人察觉，谓之"淡水着盐，不露痕迹"。如岳阳楼有一副联：

四面湖山收眼底；

万家忧乐到心头。

下联是将范仲淹《岳阳楼记》中的名句"先天下之忧而忧，后天下之乐而乐"的意思脱化，用得极巧。

5. 改造

即对所用典故的内容做一番改动，以为己用。如有一副讽刺庸医的对联：

不明才主弃；

多故病人疏。

此联就是将孟浩然的诗句"不才明主弃，多病故人疏"改编成一副嘲讽庸医的妙对。"才"通"财"，才主即财主。

6. 修饰

所谓修饰，即摘取原文中、诗词中的句子加以修正，以符合对联的要求。如清末秀才许经明题明诚学校联：

> 明以辩之，学以聚之；
>
> 诚者成也，校者教也。

上联"明以辩之"，出自《礼记·中庸》；"学以聚之"语出《易经·乾卦》；下联"诚者成也"，出自《礼记》；"校者教之"出自《史记·儒林传》，都只是稍加修饰。

7. 借用

如侯竹愚题潮州韩愈祠联：

> 苏学士前传谪宦；
>
> 孟夫子后拜先生。

此联即借用了两位历史名人——苏轼与孟轲，来比喻韩愈，这就无形中表达了对韩愈的敬仰之情，挂之祠堂，端肃正大，典雅堂皇。

又如笔者所撰岳阳楼小乔墓联：

> 千八百年伴浊浪拍空，依然继夫婿豪情，若思羽扇纶巾，谈笑江山，红颜未失英雄色；
>
> 二三十步有名楼拔地，早已为巴陵胜景，幸毗芳魂古碣，引招辐辏，青冢应无寂寞天。

此联就分别借范仲淹《岳阳楼记》与苏东坡《念奴娇·赤壁怀古》文、词中有关意象，并借其英雄夫婿周瑜之英武来衬托小乔巾帼本色。

8. 集句

集古诗文或民谣、民谚中的句子而成新联，融入集句者的思想、意境或景象。集句可分为两种：

一是全集句。如王安石集谢贞与王籍诗句联：

> 风定花犹落；
>
> 鸟鸣山更幽。

二是部分集句。指对联的一边或某一小节系集句，其余由作者自撰。如宋初石延年(曼卿)赠友联：

> 天若有情天亦老；(李　贺)
>
> 月如无恨月常圆。(石延年)

上联集唐代李贺诗句，下联为联作者自己创作。

九、对联声律及平仄安排

对联声律的概念与诗词声律没有什么大的区别，但具体要求却有许多不同。所谓"声"，是指汉字的诵读声调，即平、仄四声(包括古音和今音)；所谓"律"，即规律、格律。对联声律，即对联中各字、各句间(尤其是句脚字)声调安排搭配的格律标准。声律协和，则诵读起来抑扬顿挫，起伏回环，高低跌宕，长短交替，富于音乐之美。

对联由多个要素构成独特的对联文体，而声律与对仗则构成对联文体最基本的两个重要特征。不讲究声律和对仗，就不成其为对联。对仗使上下联在相类中求得统一，而声律则使上下联在对立中求得变化，两者共同构成了对联文体的形式之美。

对联声律的基本要求有以下三点。

(1)在联句中必须平仄相互交替；

(2)在联句间要长短句式搭配并注意句脚字也要平仄相间；

(3)在上、下比中必须平仄相互对立。

具体可分为四个方面：

(1)平仄声的分辨；

(2)句内节奏的划分和节奏点的平仄安排；

(3)多分句联长、短句式的组合；

(4)多分句长联句脚字平仄的搭配。

（一）平仄声的分辨

古音（平水韵）的"平"声与"上、去、入"三声，构成了古四声的平声与仄声。今音（现代汉语普通话）的"阴平（一声）、阳平（二声）"为新四声的平声；"上声（三声）、去声（四声）"则为新四声的仄声。

古时许多朝代，都刊行一种韵书或几种韵书，以作诗词创作之规范，因此比较复杂。现在古四声基本都以南宋末年平水人刘渊刊行的《平水韵》为准，新四声则以《新华字典》为准。我们现在撰写对联，在平仄要求方面一般奉行双轨制（专门有要求的除外），古今兼容，既可以用古音创作，也可以用今音创作，但一定要特别注意，在一副对联作品中，古音与今音绝对不可混合使用。

辨别古音和今音，主要看入声字。古音中的入声字，在今音中已经不单独存在，全都派入各个声调当中。如清同治年间云南窦序撰、湖南何绍基书的岳阳楼名联，就是用的古音：

一楼何奇？杜少陵五言绝句，范希文两字关心，滕子京百废俱兴，吕纯阳三过必醉。诗耶？儒耶？吏耶？仙耶？前不见古人，使我怆然而下！

诸君试看：洞庭湖南极潇湘，扬子江北通巫峡，巴陵山西来爽气，岳阳城东道岩疆。潴者，流者，峙者，镇者，此中有真意，问谁领会得来？

下联音步位置的"极"字、"峡"字，皆为入声字，古音为仄声，而今音皆为第二声阳平。

笔者题王震将军联，也是用古音撰写的：

承易主簿忠肝义胆，报国酬民，忘死舍生，猛士出三湘，无愧浏阳山水壮；

有马伏波伟略奇韬，陕甘亮剑，昆仑饮雪，将军名一代，可追天下古今雄。

上联中的"簿"字、"国"字、"出"字，下联中的"一"字，在古音中均为仄声，而今音均为平声，因此只能用古音读方符合对联句中平仄交替和上下联平仄对立的格律要求。

又如笔者题南京大屠杀纪念馆联：

入门步履沉，三十万尸山血海，抑塞胸膛，听安魂曲咽，哭痛纵无声，涕泗能浮公祭鼎；

观史国家苦，八十年后鉴前车，提醒朝野，察拜鬼心阴，思危应有惕，和平不息共鸣钟。

上联的"十"字、"咽"字，下联的"十"字、"醒"字、"息"字，都属于今平古仄字，因此，此联也只能用古音读方合联律。

用今音撰写对联现在也渐渐普遍，如下面这副春联：

赋诗奏乐颂扬华夏辉煌业绩；

泼墨挥毫描绘祖国锦绣江山。

下联音步位置的"国"字，古音为入声，今音为第二声阳平，古仄今平，故此联只有读今音方能使上、下联音步处平仄对立，符合格律规范。

因此，正确地辨别平仄声，尤其是正确地辨别古音和今音中的平仄，熟练地掌握古音中的入声字，是写好对联的第一步。这方面南方人较北方人有天然的读音优势，因为《平水韵》作为当时的官方用语，就是以南方话为基础撰写、刊行的。入声字其实并不难掌握，开始时可以查韵书确定，慢慢地熟能生巧，用多了也就记住了。

（二）句内节奏的划分

句内节奏，指一句联语中硬性规定的停顿次数或自然产生的停顿次数。其中硬性规定的停顿称为"声律节奏"或"音节"；语气自然产生的停顿称为"语意节奏"或"意节"。

对联句内节奏的划分，与格律诗、词、曲、骈文、古散文都有不同，但兼有上述各种文体的语言特点，越是接近诗词的节奏特点，其语言的韵律感越强；越是接近骈文和古散文的节奏特点，其语言的韵律感就越弱。

联句中的每一次停顿，称为一个"音步"，每个音步通常由两个汉字组成，称为"标准音步"；但有时也会由一个字构成音步，称为"残音步"；极少数情况下，还会由三个字或以上的字组成一个音步，称为"超音步"。任何联语的句内节奏均是由这三种音步进行不同组合的结果。两个字组成的音步，平仄声重点在第二个字，即偶字位置上，奇字位置可不论平仄。三个字或以上组成的音步，平仄声重点在最后一字，但要注意避免三连平或三连仄，三个字的领字与约定俗成的词组除外。

任何联句都要先正确划定句内节奏，其目的是在划定节奏后，按照平仄大致相间（交替）的原则安排节奏点上的声调，再按平仄严格相对的原则安排对句中节奏点的平仄。句内节奏的划分，大致有以下几种情形。

1. 律句节奏

律诗中的颔联和颈联，是对联的源头之一，因此，对联中的律句节奏，即是按律诗的节奏而划分，这也是韵律感最强的节奏。但必须注意，所谓对联律句，只限五言和七言，非五言和七言则不称其为律句。但是，也不是所有的五言、七言联句都是律句。

律句节奏，不论五言和七言，其实都只有三种基本格式：

（1）平平仄仄平平仄；

　　仄仄平平仄仄平。

（五言则去掉前两字）

（2）仄仄平平平仄仄；

　　平平仄仄仄平平。

（五言也去掉前两字）

（3）仄仄平平仄平仄；

　　平平仄仄仄平平。

（拗救句变格，五言去掉前两字）

对联律句的节奏，也和律诗诗句的节奏一样，分为五言节奏和七言节奏。五言律句，一般可分为"2/3""3/2""2/2/1""2/1/2"等四种节奏。

①"2/3"节奏联：

> 撑天/凌日月；
>
> 插地/震山河。

> 月喧/穿石水；
>
> 风折/断岩烟。

前面两字构成一个节奏（标准音步），后面三字构成一个节奏（超音步）。其句内平仄完全按五言律诗的平仄安排，即：

> 平平平仄仄；
>
> 仄仄仄平平。

当然，这两副对联如果按"2/1/2"节奏划分，也是可以的：

> 撑天/凌/日月；
>
> 插地/震/山河。

> 月喧/穿/石水；
>
> 风折/断/岩烟。

②"3/2"节奏联：

> 水与石/争地；
>
> 云携山/上天。

前三字为一个节奏（超音步），后两字为一个节奏（标准音步），句内的平仄安排仍然按五言律诗的平仄，即：

> 仄仄平平仄；
>
> 平平仄仄平。

但上、下联中第三字均未拘平仄，这也是格律诗中所谓"一三五不论、二四六分明"的通行办法，但要注意避免孤平、三连仄和三连平。

③"2/2/1"节奏，如郑板桥题江苏镇江焦山别峰庵联：

> 室雅／何须／大；
>
> 花香／不在／多。

　　一、二字为一个节奏(标准音步)，三、四字为一个节奏(标准音步)，第五字单独为一个节奏(残音步)，其句内平仄也完全按照五言律诗的平仄安排，即：

> 仄仄平平仄；
>
> 平平仄仄平。

　　下面这副"2/2/1"节奏联，虽节奏与上面的联相同，而平仄安排却不同：

> 泉临／香涧／落；
>
> 峰入／碧云／高。

　　同样是一、二字为一个节奏，三、四字为一个节奏，第五字单独为一个节奏，其句内平仄安排也完全按照五言律诗的平仄安排，但却与前面郑板桥联不同，变为：

> 平平平仄仄；
>
> 仄仄仄平平。

　　由此可见，联句虽是同样的节奏，但句内平仄是可以变化的，都是以五言律诗的平仄格式为准。

　　④"2/1/2"节奏联：

> 石怪／诗／难咏；
>
> 松奇／画／不如。

> 有雨／云／生路；
>
> 无风／叶／满山。

> 海上／生／明月；
>
> 山中／有／白云。

　　以上三副五言联，均是一、二字为一个节奏(标准音步)，第三字

为一个节奏(残音步),四、五字为一个节奏(标准音步),其句内平仄安排都是按五言律诗的平仄,即:

> 仄仄平平仄;
>
> 平平仄仄平。

> 溪流/环/古刹;
>
> 竹影/绕/禅房。

上面这副联,虽然也是"2/1/2"节奏,但句内平仄安排却与前面三副联不同,变成了五言律诗中的下列格式:

> 平平平仄仄;
>
> 仄仄仄平平。

有的五言联,虽然也是五个字,却并非律句节奏,即使其平仄安排符合句中交替与上、下联对立的要求,也不能视为律句。如:

> 送/千年客/去;
>
> 移/一个关/来。

其节奏为1/3/1,而五言律句是没有如此节奏的所以不必用五言律句的平仄格式去套,而只要按音节或意节符合平仄交替要求即可。

五言联如此,七言联也一样,同样可以有四种节奏,只不过在五言联前面多加两个字,且平仄与后面两个字相反,再多一个节奏而已。

如清代王夫之自题湘西草堂联:

> 六经/责我/开/生面;
>
> 七尺/从天/乞/活埋。

一、二字为一个节奏(标准音步),三、四字为一个节奏(标准音步),第五字单独为一个节奏(残音步),六、七字为一个节奏(标准音步),成"2/2/1/2"节奏格式,其句内平仄安排完全符合七言律诗的平仄要求:

> 平平仄仄平平仄;
>
> 仄仄平平仄仄平。

清代吴熙载自题七言联，其节奏又有所不同：

> 种来/松树/高于/屋；
>
> 闻道/梅花/瘦似/诗。

一、二字为一个节奏（标准音步），三、四字为一个节奏（标准音步），五、六字为一个节奏（标准音步），第七字单独为一个节奏（残音步），成"2/2/2/1"节奏格式，其句内平仄安排也完全按七言律诗的平仄，即：

> 平平仄仄平平仄；
>
> 仄仄平平仄仄平。

> 宁作/劲松/迎雪/挺；
>
> 不为/媚柳/顺风/摇。

这副七言联虽然节奏与上面的联相同，依然为"2/2/2/1"节奏，但句内平仄安排却是七言律诗的另一种格式，即：

> 仄仄平平平仄仄；
>
> 平平仄仄仄平平。

律句联除了上述两种平仄正格外，还有一种平仄变格，即上联为本句自救格：仄仄平平仄平仄，下联依然是平平仄仄仄平平。如：

> 静向/庭中/赏/花舞；
>
> 闲从/户外/听/莺歌。

一、二字为一个节奏（标准音步），三、四字为一个节奏（标准音步），第五字单独为一个节奏（残音步），六、七字为一个节奏（标准音步）。如果按仄仄平平平仄仄正格，上联中第五字当平却仄，因而在第六字进行拗救，变成当仄而平，这种拗救变格，在律诗中是普遍认可的，在律句联中同样被认可。要注意的是，上联本句先拗后救后，下联不必再跟着上联拗救，只需按原正格的平仄不变就行了。

由上述例子可见，联语凡属于律句节奏的，都应按律句格律来安排句内平仄，非如此，则视为出律了。律句联按照律诗的三种平仄格式来安排句内平仄，同样要遵守律诗中避免"孤平""三平尾""三仄尾"的要求。

有的联虽然也是七言，但并非律句节奏，如周恩来青年时代所撰联：

与/有肝胆人/共事；

于/无字句处/读书。

第一字为一个节奏（残音步），中间四字为一个节奏（超音步），后两字为一个节奏（标准音步），成"1/4/2"节奏格式，其句内平仄安排也未遵循七言律句平仄要求。又如：

怀/海阔/天高/之志；

养/先忧/后乐/之心。

第一字为一个节奏（残音步），二、三字为一个节奏，四、五字为一个节奏，六、七字为一个节奏（均为标准音步），成"1/2/2/2"节奏格式，其句内平仄安排也未遵循七言律句平仄要求。再如：

能受苦/方为/志士；

肯吃亏/不是/愚人。

前三字为一个节奏（超音步），四、五字为一个节奏（标准音步），六、七字为一个节奏（标准音步），成"3/2/2"节奏格式，其句内平仄安排也未遵循七言律句的平仄要求。

综合上面三副对联，可以看出，这类对联虽然也是七言，但并非律句。非律句则不能按照律句平仄来对照、衡量和要求，而只能根据"音节"或"意节"来安排和衡量平仄，这就是后面所要讲的"散句节奏"。

除上面所讲之外，律句联中还有一种特殊句式——诗钟，前面已有专章论述，此处不再赘言。

2. 散句（非律句）节奏

对联句式不仅受律诗的影响，同时还融汇了词、散曲、骈文（赋）、古散文、白话文等各种句式、句法，尤其是中长联，更是需要将律句与散句结合，交替使用，才能避免呆滞，体现灵动，表达通畅。因此，联语除律句外，更多的是散句，即非律句，特别是中长联，所有分句很少有全部为律句者，大多是散句与律句混合使用，也有全部用散句者。正因为有了散句与律句的结合交替使用，才大大地增强了对联的语言张力和艺术表现力。如南京胜棋楼联：

> 梨瓮开时，正花落鸟啼，春风拂面；
>
> 楸枰战罢，看天高云淡，秋月满怀。

全联由三个分句组成，全部为散句，其句中平仄安排则按音步或音节交替，上、下联则相应对立。

南京胜棋楼还有一联：

> 赌墅付传闻，叹青史成堆，千古河山棋一局；
>
> 争墩笑多事，看画梁依旧，半湖烟雨燕双栖。

全联亦由三个分句组成，却是律句与散句结合。第一分句与第三分句为律句，第二分句为散句。律句与散句结合后，每一句中，律句按律句平仄安排交替，散句按散句平仄安排交替，上、下联则安排相应平仄对立。

又如左宗棠自挽联：

> 慨此日骑鲸西去，七尺躯委残芳草，满腔血洒向空林。问谁来歌蒿歌薤，鼓琵琶冢畔，挂宝剑枝头，凭吊松楸魂魄，奋激千秋。纵教黄土埋予，应呼雄鬼；
>
> 倘他年化鹤东归，一瓣香祝成本性，十分月现出金身。愿从此为樵为渔，访鹿友山中，订鸥盟水上，消磨锦绣心肠，逍遥半世。惟恐苍天负我，再作劳人。

上、下联各有十个分句之多，却无一个律句，皆是散句。其平仄安排也全是散句节奏。

再如彭玉麟题江西石钟山昭忠祠联：

> 古来征战几人回，想当年城覆金瓯，洲横铁锁，江流石不转，实疚我心，只今劫满红羊，极目沧桑余感慨；
>
> 日暮乡关何处是，听此地钟声镗鞳，浪激噌鍧，鸟鸣山更幽，欣瞻

庙貌，特愿灵屯白马，永怀兰芷奠馨香。

上、下联各有七个分句，第一、四、七分句为律句，第二、三、五、六分句为散句，也是律句和散句交替使用。其中，律句是律句的节奏和平仄，散句是散句的节奏和平仄，各有不同。

律句有定式，如上面所讲，仅限五言和七言，且要按五言、七言律诗中三种平仄格式安排平仄，而散句（非律句）虽无定式、定法，但是也有一定的规律可循。

一般来讲，汉语中的音节大多以两个字为一个节奏，也有三个字、四个字甚至五个字为一个音节的，但它们的数量比两字音节要少得多。散句也大多以两个字为一个音节组成联句，因此，联句中安排平仄主要考虑音节或意节，按照音步的位置（即每个节奏的最后一字）来安排平仄，下联与上联相对立。如徐淮生题南京莫愁湖胜棋楼联：

湖光山色/依然，问/海燕/双双，飞向/何处；

古往今来/如此，看/秋磷/点点，闪过/空林。

联语一共三个分句，第一分句前四字为一个意节，五、六字为一个意节；第二分句第一字为一个意节，二、三字为一个意节，四、五字为一个意节；第三分句的四个字虽然为两个音节，却是一个意节。下联亦然。

散句的平仄划分，只需看音节或意节的最后一字，其余可以不拘。

三字句的平仄无定式，一般能避开三连仄或三连平即为合度。如清代邓石如自题安徽怀宁碧山书屋联：

沧海/日，赤城/霞，峨眉/雪，巫峡/云，洞庭/月，彭蠡/烟，潇湘/雨，武夷/峰，庐山/瀑布，合/宇宙/奇观，绘吾/斋壁；

少陵/诗，摩诘/画，左传/文，司马/史，薛涛/笺，右军/帖，南华/经，相如/赋，屈子/离骚，收/古今/绝艺，置我/轩窗。

前面八个分句皆为三字句，每句虽然有两个音节，但其实就是一个意节，其平仄安排不以音节（音步）为准，而以意节（节奏点）为准，即在三字句的最后一个字安排平仄，并注意避免了三连平和三连仄，且上、下联平仄相互对立。

四字句的平仄格式正格为"平平仄仄"对"仄仄平平"，因为标准音步的第一个字可不论平仄，所以更为讲究的作者常常用"仄平平仄"对"平仄仄平"。四字句以四平对四仄的情况十分罕见，作者一般很少使用，但遇到固定词组时，也可通融使用。四字句偶有1/3节奏，此时只需要严守第四字的平仄即可，能使第一字的平仄相对当然最好。"1/3"节奏能分成"1/2/1"节奏时，最好第三字和第四字的平仄相反。如清代孙髯翁题昆明大观楼长联：

五百里/滇池，奔来/眼底，披襟/岸帻，喜/茫茫/空阔/无边。看/东骧/神骏，西翥/灵仪，北走/蜿蜒，南翔/缟素。高人/韵士，何妨/选胜/登临。趁/蟹屿/螺洲，梳裹就/风鬟/雾鬓；更/苹天/苇地，点缀些/翠羽/丹霞，莫辜负/四围/香稻，万顷/晴沙，九夏/芙蓉，三春/杨柳；

数千年/往事，注到/心头，把酒/凌虚，叹/滚滚/英雄/谁在。想/汉习/楼船，唐标/铁柱，宋挥/玉斧，元跨/革囊。伟烈/丰功，费尽/移山/心力。尽/珠帘/画栋，卷不及/暮雨朝云；便/断碣/残碑，都付与/苍烟/落照。只赢得/几杵/疏钟，半江/渔火，两行/秋雁，一枕/清霜。

这副著名的大观楼楹联，是长联中的经典，至今难有超越之作。这副联上、下比各有十八个分句，却无一个律句，皆为散句，且四字句较多，而四字句中都是两个字为一个音节，平仄都按音步位置安排，完全按四平对四仄的没有，这样，读起来就更为抑扬顿挫。

在四字句正格之前加一个残音步，即得到1/4节奏（也即1/2/2节奏）的五字句，如："合/宇宙/奇观""收/古今/绝艺""看/东骧/神骏""趁/蟹屿/螺洲""更/苹天/苇地""想/汉习/楼船""尽/珠帘/画栋""便/断碣/残碑"等。这类联句虽然也是五言，但不能用五言律句的要求来衡量平仄，因为其句中节奏不属于律句节奏，而是散句节奏。

在四字句前加一个三字句，即得到3/4节奏（也即3/2/2节奏或1/2/2/2节奏或2/1/2/2节奏）的七字句，如："喜/茫茫/空阔/无边""叹/滚滚/英雄/谁在""梳裹就/风鬟/雾鬓""点缀些/翠羽/丹霞""莫辜负/四围/香稻”“都付与/苍烟/落照”“只赢得/几杵/疏钟”等。这类联句虽然也是七言，但因为其句中节奏不是律句节奏，故也不能按律诗平仄来对照衡量。

在四字句前面或后面加上一个音步，就构成了六言联句。六言联句都是散句，其平仄重点都在两字音步位置上。如："何妨/选胜/登临"“费尽/移山/心力”“湖光山色/依然”“古往今来/如此”等。

六言散句还可以有“1/3/2”节奏，如：

> 与/松竹梅/交友；
> 择/兰荷菊/为邻。

其平仄重点在节奏点即意节的音步位置上。

由三个两字词语构成的联句，则自然构成六言联句，其平仄重点也是都在两字音步位置上。如清代傅山题太原晋祠云陶洞联：

> 竹雨/松风/琴韵；
> 茶烟/梧月/书声。

又如徐悲鸿自题联：

> 铁马/秋风/塞上；
> 杏花/春雨/江南。

六言以上乃至十数言的联句，中间随意穿插标准音步、残音步以及超音步，则构成千变万化的散句句式，这类句式因为韵律性较弱，可以允许不超过两个相邻的音步平仄不相间。多数情况下，残音步可以不参与音步间的平仄相替。如彭玉麟挽子联：

> 怎能够/踏破/天门，直到/三千界/请/南斗星/北斗星，益寿/延年/将/薄改；
> 恨不得/踢翻/地狱，闯入/十八重/问/东岳庙/西岳庙，舍生/拼死/要/儿回。

此联有三个分句，一、二分句为散句，第三分句为律句。一分句七言，二分句十二言。第一分句中，上联第一节奏和第二节奏就没有平仄相间。第二分句中，上联第一节奏与第二节奏也没有平仄相间。第二分句中，上下联第四节奏和第五节奏都没有平仄相间，但平仄未相间的节奏点（音步）均仅限于两个而未超过。

对联很少有一字句和二字句的情况，仅偶尔出现，因为不存在音步的交替问题，故音调上即平仄安排较为自由。

（三）多句联长短句式的组合方式

对联有单句联与多句联（复句联）之分。多句联指两个分句以上的对联，各分句的字数分配，即长短句式的组合方式，也是对联声律方面的一个重要讲究。

多句联的句式组合没有定法，但一般来说，其搭配也应该字数多少相间，句式长短相杂，尽量避免每句字数相等。如果硬有多分句字数相等，也应该注意使每句句中节奏不同，尽量多些变化。

由两个分句组成的联语，最短的应该是六言联，一般分为两个三言句，也有二言加四言的分法。如：

厚性情，薄嗜欲；
直心思，曲文章。

悲哉，秋之为气；
惨矣，瑾其可怀。

4/4句式的八言联，是两分句对联中常见的格式，四平八稳，工整非常。如林则徐联：

海纳百川，有容乃大；
壁立千仞，无欲则刚。

九言联则有四五句式和五四句式两种。如春联（4/5句式）：

点点梅花，笑饮丰收酒；
声声爆竹，高歌胜利年。

又如春联（5/4句式）：

> 爆竹两三声，人间换岁；
>
> 梅花四五点，天下逢春。

十言联一般是 4/6 句式或 6/4 句式，也有 5/5 句式。如旅馆联（4/6 句式）：

> 且住为佳，到此何妨小坐；
>
> 浮生若梦，劝君不必多忙。

又如景物联（6/4 句式）：

> 百株松千株梅，万竿修竹；
>
> 五日风十日雨，一抹春山。

再如迎奥运、入世贸联（5/5 句式）：

> 极五岳奇峰，抒迎奥壮志；
>
> 倾三江急浪，写入世豪情。

4/7 句式与 5/7 句式的两分句联，结构最为工稳并富有方正堂皇之气，所以在对联创作上应用得比较多。如：

彭玉麟题江西湖口石钟山浣香别墅联（4/7 句式）：

> 好花香腻，锦囊肥红翻芍圃；
>
> 芳草情绵，书带瘦红锁芸栏。

笔者题学校食堂联（4/7 句式）：

> 细嚼慢吞，吃饭读书同一理；
>
> 珍粮惜菜，劳心下力悯三农。

彭玉麟题江西湖口石钟山船厅联（5/7 句式）：

> 击筑且高歌，举杯狂醉澎湖月；
>
> 推窗聊寄傲，横槊闲吟庐阜烟。

笔者题重庆濯水古镇风雨桥联（5/7 句式）：

> 风雨一肩承，濯水飞虹天上落；
>
> 古今千载看，排楼吊脚画中流。

两个分句或三个分句的多句联中，7/7 句式或 7/7/7 句式的联语很少，偶有出现，但通常应注意两个或三个七字句要有句内节奏变化，一句四三节奏，另一句就应三四节奏或别的节奏，而且最好是散句、律句结合。如笔者写的湖南新化紫鹊界梯田联：

数百级/楚稻/秦田，望/盘旋/水镜/玉梯，牛在/云间/耕/垄亩；

十余里/柴烟/茅屋，闻/遐迩/鸡声/牧笛，人从/天上/看/琼瑶。

此联三个分句，皆为七言，字数相等。如此组合虽无禁止，但确实有些犯忌。如果不做技术处理，诵读起来会别扭拗口，就像绕口令一样。如何挽救？那就是在每句的句中节奏上想办法，即将三个七言分句调整成不同的句中节奏，改变其停顿节点，妥善安排平仄声的分布，造成不同的阅读意节，同时散句、律句混合运用，使之不至于特别刻板呆滞，从而声律协调。

三分句联以 5/4/7 和 4/4/7 句式居多，当然也还有许多其他句式，如 5/7/4、7/6/4、5/5/7 等。

三分句以上对联应用自对较多，尤其是超长对联，几乎必须要用多处自对以调节全联的节奏感。三分句或四分句联语，若自对安排在前两个分句，传统上有"虾须格"之名，若对联安排在后两个分句，则有"燕尾格"之名。两句式的自对和三句式的鼎足对，一般在第一句首安排一字、二字或三字的"领格字"。不管是一字领，如看、望、喜、正等，还是两字领，如哪怕、休想、辜负、何其等，抑或是三字领，如莫教他、点缀些、梳裹就、安排些等，都可以不拘句中平仄交替和上、下联平仄对立。当然，如果领字能够做到上、下联平仄对立则更好。

四分句以上长联，句式变化甚为繁复，但不同的组合会呈现不同的节奏感，适合表达各种不同的思想情感，作者多体味古人名作，自会有所感悟。节奏安排得好的长联，读起来会有短联的感觉，这说明句式组合安排上已臻于炉火纯青，天衣无缝。如前面所举昆明大观楼长联，就是这方面的典范。民国时有一副讽刺吸食鸦片的对联，亦是仿照昆明大观楼长联的句式组合的：

五百两烟泥，赊来手里。价廉货净，喜洋洋兴趣无穷。看粤夸黑土，楚重红瓢，黔尚清山，滇崇白水。估成辨色，不妨请客闲评。趁火旺炉燃，煮就了鱼泡蟹眼。正更长夜永，安排些雪藕冰桃。莫辜负四棱响斗，万字香盘，九节老枪，三镶玉嘴；

数千金家产，忘却心头。瘾发神疲，叹滚滚钱财何用？想名类巴菇，膏珍福寿，种传罂粟，花号芙蓉。横枕开灯，足尽平生乐事。尽朝吹暮吸，哪怕他日烈风寒？纵妻啼儿怨，都装作天聋地哑。只剩下几寸囚毛，半抽肩膀，两行清涕，一副苦骸。

不合理的句式安排模式，会造成节奏感的沉闷和拖沓。合理的句式组合方式，会有效改善对联的节奏感，提高联语的艺术感染力。但若是走到极端，硬把某些句式组合方式固定为"对联谱"，则也大可不必，毕竟形式是为内容服务的，还是要根据意境或情感表达的需要来确定句式安排，不必拘泥于某种模式。

（四）多分句句脚的平仄安排

对联声律除了句中的节奏划分、平仄安排和多分句句式长短组合外，还有多分句的句脚平仄安排。其中，上、下联相对应分句的句脚应该平仄对立，这是必须严格遵守的规则，至于单边联语内部各分句句脚的平仄排列格式，目前一般有四种模式可供选择：

（1）平仄单交替式，即单边各分句句脚采取一平一仄交替的模式。此模式源于律诗，最早产生在明代，楹联大家李开先的长联中多有采用，清代也有不少联例。湖南余德泉先生将其称为"李氏规则"。本书以△表示平声句脚字；以▲表示仄声句脚字。如：

　　揽三晋溪山，奔腾眼底，合归我柏翠松青，花香鸟语；
　　　　　　△　　　　　▲　　　　　　△　　　　　▲

　　容九州风物，荡漾胸中，一任他天空海阔，鱼跃鸢飞。
　　　　　　▲　　　　　△　　　　　　▲　　　　　△

上联四个分句，其句脚字的安排为平、仄、平、仄，平仄声单一交替，下联则对应相反。此类例子很多。

笔者认为，平仄单交替式运用于多分句对联句脚，最好不要超过六个分句，若超过六个分句就可能产生单调、刻板、呆滞的诵读效果，影响对联的艺术感染力。

笔者题河北易水联，句脚亦是采用平仄单交替式：

　　气凛凛舍生取义，行侠博名，自古英雄无退路；
　　　　　　▲　　　　　△　　　　　　　▲

　　风萧萧白服素冠，悲歌壮筑，至今燕赵有余寒。
　　　　　　△　　　　　▲　　　　　　　△

（2）平仄双交替式，即单边各分句句脚采取两平两仄交替的方式。此方式源于骈文，因骈文系四六句两两对仗，以四分句为一个对偶单元，一个单元内会形成"仄平平仄"这样一个周期，骈文由很多"仄平平仄"组成，故全篇句脚的声调便形成了"仄平平仄仄平平仄"这种"平顶平、仄顶仄"的双交替的格式。这种句脚安排模式于清代被引入长联创作，被称为长联句脚的"马蹄韵"。如彭玉麟题扬州平山堂联：

　　大江南北，亦有湖山，来自衡岳洞庭，休道故乡无此好；
　　　　　▲　　　　△　　　　　　△　　　　　　　▲

　　近水楼台，收尽烟雨，论到梅花明月，须知东阁占春多。
　　　　　△　　　　▲　　　　　　▲　　　　　　　△

又如薛时雨题南京朴园联：

　　人间宰相，天上神仙，果然蓬岛为真，想圆峤方壶相连一水；
　　　　　▲　　　　△　　　　　　△　　　　　　　▲

　　小队曾来，大名不朽，留得湖山遗爱，比谢安王导别擅千秋。
　　　　　△　　　　▲　　　　　　▲　　　　　　　△

此两副联皆由四个分句组成，其句脚字的平仄都是按照"马蹄韵"安排的，为仄、平、平、仄。

如彭玉麟题江苏省南京楚军水师昭忠祠联：

　　古来征战几人回？想当年城覆金瓯，洲横铁锁，江流石
　　　　　　　△　　　　　　　　　△　　　　　　▲

不转，实疚我心，只今劫满红羊，极目沧桑馀感慨；
　　　▲　　　　△　　　　　　　△　　　　　　▲

日暮乡关何处是？听此地钟声铿鞳，浪激噌吰，鸟鸣山
　　　　　　　▲　　　　　　　▲　　　　△

更幽，欣瞻庙貌，特愿灵屯白马，永怀兰芷荐馨香。
　　△　　　　▲　　　　　　△　　　　　　　△

此联七个分句，其上联句脚平仄安排为：平、平、仄、仄、平、平、仄，下联反之，也是标准的"马蹄韵"。

如笔者题花蕊夫人联：

十四万人齐解甲，堪怜蜀苑金枝，竟成宋圃残花，岂是
　　　　　　▲　　　　　　△　　　　　　△

红颜招祸水；
　　　　▲

一千余载再评诗，莫道雄师弃主，当恨昏君误国，何能
　　　　　　△　　　　　　▲　　　　　　▲

黄口怨男儿？
　　　△

此联四个分句句脚，上联分别为仄、平、平、仄；下联分别为平、仄、仄、平，句脚亦是标准的"马蹄韵"。

笔者认为，"马蹄韵"因为其句脚字平顶平、仄顶仄的特殊交替方式而使多分句联语形成一种抑扬顿挫、跌宕流畅且不单调的格局，是多分句句脚平仄安排的最佳模式。

（3）多平一仄式，即四分句以上的联，上联除句尾为仄外所有句脚均平，下联反之。此说出自民国吴恭亨《对联话》卷七："忆予垂龆时请业于朱恂叔先生，研究作联法，问句法多少有定乎？曰：'无定。昌黎言之，高下长短皆宜，即为联界示色身也。'又问：'数句层累而下，亦如作诗之平仄相间否？'曰：'非也。一联即长至十句，出幅前九句落脚皆平声，后一句落脚仄声，对幅反是，此其别也。'"此方式只在对联文

体中出现，最早见明代李开先五分句联用此格式，入清代后应用渐多。因出于朱恂叔的传授，当今联界习惯称为"朱氏规则"。又因其句脚字上联除最后一字为仄，其余皆为平，下联反之，形同钓竿垂钓，故也称"钓竿韵"。如彭玉麟题杭州西湖岳飞墓联：

史笔炳丹书，真耶！伪耶！莫问那十二金牌，七百年壮
　　△　　　　△　　　　△　　　　　　　　△
士仁人，更何等悲歌泣血；
　△　　　　　　▲

墓门凄碧草，是也！非也！看跪此两双顽铁，亿万世奸
　　▲　　　　▲　　　　▲　　　　　　　　▲
臣贼妇，受几多恶报阴诛。
　▲　　　　　　△

此联由六个分句组成，上联除尾句句脚仄收外，其余句脚皆为平声，为五平一仄。下联则相反，为五仄一平。

如薛时雨题南京莫愁湖曾公阁联：

诗酒中人，翰墨中人，江山风月中人，薄宦岂能羁？频
　　△　　　　△　　　　　△　　　　　　△
年摆脱凡尘，逸兴豪情，跨鹤占扬州胜境；
　　△　　　　△　　　　▲

循吏一传，文苑一传，游侠货殖一传，通材无不可，平
　　▲　　　　▲　　　　　▲　　　　　　▲
昔服膺师训，感恩知己，骑鲸为上相先驱。
　　▲　　　　▲　　　　　△

此联有七个分句，上联除尾句句脚仄收外，其余句脚皆为平声，为六平一仄，下联则相反，为六仄一平。

"朱氏规则"为何要规定四个分句以上呢？因为如果只有三个分句的话，就成为"马蹄韵"了。

笔者认为，"朱氏规则"（钓竿韵）因为句脚字平仄交替过少，如果

分句多至六句以上，则不宜采用，以免诵读起来有气弱、气滞甚至难以为继之感。

（4）分节粘接式，把长联按联意的表达分成若干"节"，每节短至一句，长至四句。节内各句脚一般为：一句平仄皆可，二句则一平一仄，三句则两仄一平或两平一仄，四句则按"仄平平仄"或"平仄仄平"。节与节之间相粘，即上一节最后的句脚与下一节第一个句脚同声调。此规则出自民国蔡东藩《中国传统联对作法》："至若增长联对，以七句、八句、九句、十句成联者，或分三节、四节、五节，大致可以类推，不再引证。总之，联对愈长，节数愈多。每节自一句起，至四句止，上节末句煞脚字音为平声，则下节起句之煞脚字音仍应用平声，其用仄声亦如之。惟出联结束句，总应用仄声字煞脚；对联结束句，总应用平声字煞脚：此固联对之通例也。"

当长联严格按四句为一节时，此格式与"平仄双交替式"等价；当长联严格以两句为一节时，则能产生"平仄单交替"和"平仄双交替"两种效果。在每节句数参差不一时，此方式句脚平仄安排看似无规律，但因句脚平仄安排与联意密切配合，其合理性反倒比以上三种规范的格式优。此方式以长短不一的"节"来论平仄，似源于词和曲；各节之间的粘接则源于律诗和骈文。

如钟云舫题成都望江楼崇丽阁联：

几层楼独撑东面峰，统近水遥山，供张画谱。/聚葱岭雪，散白河烟，烘丹景霞，染青衣雾，/时而诗人吊古，时而猛士筹边，/最可怜花蕊飘零，早埋了春闺宝镜；枇杷寂寞，空留着绿野香坟。/对此茫茫，百感交集，/笑憨蝴蝶，总贪迷醉梦乡中。/试从绝顶高呼，问、问、问，这半江月谁家之物；

千年事屡换西川局，尽鸿篇巨制，装演英雄。/跃岗上龙，殒坡前凤，卧关下虎，鸣井底蛙，/忽然铁马金戈，忽然银笙玉笛，/倒不如长歌短赋，抛撒些绮恨闲愁；曲槛回廊，消受得好风细雨。/嗟予蹙蹙，四海无归，/跳死猢狲，终落在乾坤套里。/且向危楼俯首，看、看、看，哪一块云是我的天。

　　"联圣"钟云舫此联单边各二十个分句，就是采取分节粘接式，把长联按联意的表达分成七"节"，以上联为例，每节短至两句，长至四句，每节两句的句脚或为平仄，或为仄平；三句的句脚为平平仄；四句的句脚为仄平平仄或平仄仄平。

　　笔者认为，对于超长联而言，分节粘接式比"马蹄韵"更有优势，其诵读更为流畅。

　　上述四种是用得较多的句脚平仄安排格式。也有人在对联创作中并不完全拘泥于这四种句脚安排格式，而是根据联意和语气的需要，随意安排句脚平仄。笔者认为，只要表意清楚，逻辑紧密，气脉通畅，转换流利，应该是可以的。这也是句脚有定式又无定法的一种客观反映。但还是要注意两点：一是尽量避免多分句句脚全仄全平，使句脚缺少声调变化；二是尽量避免尾句之前一句的句脚仄平相同。这种句脚的平仄安排，曾经被陆伟廉先生形象地比喻为"打猪婆鼾"，意即读起来非常难听。如：

雨疏残酒，应是绿肥红瘦；
　　　　　▲　　　　　　　▲

风骤繁花，不知云白天蓝。
　　　　　△　　　　　　　△

　　两个分句句脚全仄全平，上联读起来气息急促，下联读起来气息衰弱，提不起劲。

　　概而言之，对联声律的重点，一是尽量做到句中词语之间和分句与分句之间句脚字的"平仄交替"，二是严格遵守上、下联音节、意节处"平仄对立"的要求，这其中以句尾字最为重要，分句句脚字次之，句内平仄再次之。上、下联对应之句尾、句脚、句内节奏点的平仄相对，应该严格遵守，而句内节奏点、句脚的平仄交替则可以有条件地适当放宽。

　　当然，上述说法只是就高层次的自由创作而言的，在以下几种情况下，对于平仄的要求都宜从严。

（1）对于初学者而言，声律的要求无疑应该取法乎严，前期受到的桎梏越多，最后得到的自由也会越大。

（2）在参与各种社会征联和楹联竞赛活动时，尤要注意平仄的严整，因为对于水平参差不齐的评委来说，内容的高下只是个见仁见智的软指标，而平仄方面的任何从宽都可能会被认为是"出律"的"硬伤"，而被排斥在获奖作品之外，甚至可能初选就被直接淘汰。

（3）为庄重或严肃的场合撰写对联时，对于声律的要求应尽量从严，以与总体气氛一致。

（4）联语明显为诗句即律句风格的语言以及受赠人有特别要求时也要尽量从严。

在对联创作中，有许多因为修辞的需要而舍弃平仄严整的情况，这是因为修辞所能产生的艺术效果极其直观，远远大于平仄声调的严整所发挥的作用。例如，"反复"句式可放宽平仄。为了表情达意，往往连续或间隔使用同一词语或句子，便放宽了对平仄的要求。如民国初曹民甫挽宋教仁联：

> 不可说，不可说；
>
> 如其仁，如其仁。

此联为短语的连续反复，造成上联全仄下联全平。再如"排比"句多不拘平仄。排比须由三相构成，常造成失替失对。如杭州岳飞庙联：

> 涪王兄弟，蕲王夫妇，鄂王父子，聚河岳精灵，仅留半壁；
>
> 两字君恩，四字母训，五字兵法，洒英雄涕泪，莫复中原。

再如"顶针"句式可不拘平仄。如古代讽刺联：

> 大鱼吃小鱼，小鱼吃虾，虾吃泥，泥干水尽；
>
> 朝廷刮州府，州府刮县，县刮民，民穷国危。

联语中含同字自对句式时，也不得不放宽平仄。如刘师亮贺金子如结婚嵌名联：

子兮子兮，今夕何夕？

如此如此，君知我知。

还有的技巧联、谐趣联，一般只求巧趣，可不拘平仄，如：

走马灯，灯走马，灯熄马停步；

飞虎旗，旗飞虎，旗卷虎藏身。

总之，对联声律及平仄安排是对联创作中一个非常重要的方面，其与对仗共同撑起对联的基本框架，一定要认真学习，加强练习，熟练掌握，以使自身逐步从桎梏王国向自由王国过渡，从而不断提高对联的创作水平。

附　录

附录一　《平水韵》

上平

一东：东同铜桐筒童僮瞳中衷忠虫终戎崇嵩弓躬宫融雄熊穹穷冯风枫丰充隆空公功工攻蒙笼聋珑洪红鸿虹丛翁聪通蓬烘潼胧砻峒盩梦讧冻仲鄌恫总恫窿懵庞种蛊芎倥朦绒葱匆璁

二冬：冬农宗钟龙春松冲容蓉庸封胸雍浓重从逢缝踪茸峰锋烽蚣慵恭供淙侬松凶墉镛佣溶邛共憧喁邕壅纵龚枞脓淞匈汹禺蚣榕彤

三江：江扛窗邦缸降双庞逄腔撞幢桩淙豇

四支：支枝移为垂吹陂碑奇宜仪皮儿离施知驰池规危夷师姿迟眉悲之芝时诗棋旗辞词期祠基疑姬丝司葵医帷思滋持随痴维卮縻螭麾墀弥慈遗肌脂雌披嬉尸狸炊篱兹差疲茨卑亏蕤陲骑曦歧岐谁斯私窥熙欺疵訾笞羁彝颐资糜饥衰锥姨楣夔涯伊蓍追缁箕椎罴簃蒌匙脾坻巇治骊尸綦怡尼漪累牺饴而鸥推縻璃祁绥逵羲羸肢骐訾狮奇嗤咨堕其睢漓蠡噫馗辎胝鳍蛇陴淇淄丽筛厮氏痍貔比僖贻祺嘻鹂瓷琦嵋怩熹孜台蚩罹

魑丕琪耆衰惟剂提禧居栀戏畸椅磁痿离佳虽仔寅委崎隋逶倭黎犁郫

　　五微：微薇晖徽挥韦围帏违霏菲妃绯飞非扉肥腓威畿机几讥矶稀希衣依沂巍归诽痱欷葳颀圻

　　六鱼：鱼渔初书舒居裾车渠余予誉舆胥狙锄疏蔬梳虚嘘徐猪闾庐驴诸除储如墟与畲疽苴于茹蛆且沮祛蜍桐淤妤雎纾蹰趄滁屠据匹咀衢涂虑

　　七虞：虞愚娱隅刍无芜巫于盂衢儒濡襦须株诛蛛殊瑜榆谀愉腴区驱躯朱珠趋扶符凫雏敷夫肤纡输枢厨俱驹模谟蒲胡湖瑚乎壶狐弧孤辜姑觚菰徒途涂荼图屠奴呼吾梧吴租卢鲈炉苏酥乌枯都铺禺诬竽吁瞿劬需俞逾觎萸臾渝岖镂娄夫孚桴俘迂姝拘摹糊鹕沽呱蛄砮逋舻垆徂孥泸栌嚅蚨扶母毋芙喁颥舻句邾洙麸机膜瓠恶芊呕驺喻枸侏龉葫懦帑拊

　　八齐：齐脐黎犁梨鹥妻萋凄堤低氏诋题提黄缔折篦鸡稽兮奚嵇蹊倪霓西栖犀嘶撕梯鼙批挤迷泥溪圭闺睽奎携畦骊鹂儿

　　九佳：佳街鞋牌柴钗差涯阶偕谐骸排乖怀淮豺侪埋霾斋娲蜗娃哇皆喈揩蛙楷槐俳

　　十灰：灰恢魁隈回徊枚梅媒煤瑰雷催摧堆陪杯醅嵬推开哀埃台苔该才材财裁来莱栽哉灾猜胎孩咍崔裴培坏垓陔徕皑傀崃诙煨桅唉颏能苗酶傀隗咳

　　十一真：真因茵辛新薪晨辰臣人仁神亲申伸绅身宾滨邻鳞麟珍尘陈春津秦频苹颦银垠筠巾民珉缗贫淳醇纯唇伦纶轮沦匀旬巡驯钧均臻榛姻寅彬鹑皴遵循振甄岷谆椿询恂峋莘堙屯呻粼磷辚濒闽逡填狺泯洵溱黁荀竣娠纫鄞抡畛嶙斌氤

　　十二文：文闻纹云氛分纷芬棼坟群裙君军勤斤筋勋薰曛熏荤耘芸汾氲员欣芹殷昕贲郧雯蕲

　　十三元：元原源园猿辕坦烦繁蕃樊翻萱喧冤言轩藩魂浑温孙门尊存蹲敦墩暾屯豚村盆奔论坤昏婚阍痕根恩吞沅媛援爰幡番反埙鸳宛掀昆琨鲲扪苏髡跟垠抡蕴犍袁怨蜿涠昆炖饨臀喷纯

　　十四寒：寒韩翰丹殚单安难餐滩坛檀弹残干肝竿乾阑栏澜兰看刊

丸桓纨端湍酸团抟攒官观冠鸾銮栾峦欢宽盘蟠漫汗郸叹摊奸剜棺钻瘢
谩螨潘胖弇拦完莞獾拌掸萑倌繁曼馒鳗谰洹滦

十五删：删潸关弯湾还环鹓鬟寰班斑颁般蛮颜菅攀顽山鳏艰闲娴
悭孱潺殷扳讪患

下平

一先：先前千阡笺天坚肩贤弦烟燕莲怜田填钿年颠巅牵妍研眠渊
涓蠲编玄县泉迁仙鲜钱煎然延筵禅蝉缠连联涟篇偏便全宣镌穿川缘鸢
铅捐旋娟船涎鞭专圆员乾虔愆骞权拳椽传焉跹溅舷咽零骈阗鹃翩扁平
沿诠痊悛荃遄卷挛戈佃滇婵颛犍搴嫣癣澶单竣鄢扇键蜷棉

二萧：萧箫挑貂刁凋雕迢条跳苕调枭浇聊辽寥撩僚寮尧幺宵消霄
绡销超朝潮嚣樵谯骄娇焦蕉椒饶烧遥姚摇谣瑶韶昭招飚标杓镳瓢苗描
猫要腰邀乔桥侨妖夭漂飘翘桃佻徼侥哨娆陶桥劭潇骁獠料硝灶鹞钊蛲
峤轿荞嘹逍燎憔剽

三肴：肴巢交郊茅嘲钞包胶爻苞梢蛟庖匏坳敲胞抛鲛崤铙炮哮捎
茭淆泡跑咬嘲教咆鞘剿刨佼抓姣唠

四豪：豪毫操髦刀萄猱桃糟漕旄袍挠蒿涛皋号陶翱敖遭篙羔高嘈
搔毛艘滔骚韬缫膏牢醪逃槽劳洮叨绸饕鳌熬臊涝淘尻挑嚣捞嗥薅峁谣

五歌：歌多罗河戈阿和波科柯陀娥蛾鹅萝荷过磨螺禾哥娑驼佗沱
峨那苛诃珂轲莎蓑梭婆摩魔讹坡颇俄哦呵嶓么涡窝茄迦伽磋跎番蹉搓
驮献蝌箩锅倭罗嵯锣

六麻：麻花霞家茶华沙车牙蛇瓜斜邪芽嘉瑕纱鸦遮叉葩奢楂琶衙
赊涯夸巴加耶嗟遐笳差蟆蛙虾拿葭茄挝呀枷哑娲爬杷蜗爷芭鲨珈骅娃
哇洼番丫夸裟疤些桠杈痂哆爹椰咤笆桦划迦揶吾佘

七阳：阳杨扬香乡光昌堂章张王房芳长塘妆常凉霜藏场央泱鸯秧
嫱床方浆舫梁娘庄黄仓皇装殇襄骧相湘箱缃创忘芒望尝偿樯枪坊囊郎
唐狂强肠康冈苍匡荒遑行妨棠翔良航倡伥庆姜僵缰粮穰将墙桑刚
祥详洋徉梁量羊伤汤鲂樟彰漳璋猖商防筐煌隍凰蝗惶璜廊浪裆沧纲

亢吭潢钢丧肓簧忙茫傍汪臧琅当庠裳昂障糖疡锵杭邙赃滂穰攘瓢抢螳跟眶炀闉彭蒋亡殃蔷镶孀搪彷胱磅膀螃

八庚：庚更羹肓横觥彭棚亨英瑛烹平评京惊荆明盟鸣荣莹兵卿生甥笙牲檠擎鲸迎行衡耕萌氓宏闳茎莺樱泓橙筝争清情晴精睛菁旌晶盈瀛嬴营婴缨贞成盛城诚呈程声征正轻名令并倾萦琼赓撑瞠枪伧峥猩珩蘅铿嵘丁嘤鹦铮砰绷轰訇瞪侦顷榜抨趟坪请

九青：青经泾形刑邢型陉亭庭廷霆蜓停丁宁钉仃馨星腥醒惺娉灵榠龄铃苓伶零玲翎瓴囹聆听厅汀冥溟螟铭瓶屏萍荧萤荥扃町瞑暝

十蒸：蒸承丞惩陵凌绫冰膺鹰应蝇绳渑乘升胜兴缯凭仍兢矜征凝称登灯僧增曾憎层能棱朋鹏弘肱腾滕藤恒冯瞢扔誊

十一尤：尤邮优忧流留榴骝刘由油游猷悠攸牛修羞秋周州洲舟酬仇柔俦畴筹稠邱抽揪遒收鸠不愁休囚求裘球浮谋牟眸矛侯猴喉讴沤鸥瓯楼娄陬偷头投钩沟幽彪疣绸浏瘤犹啾酋售蹂揉搜叟邹貅泅球逑俅蜉桴罘欧搂抠髅蝼兜句妯惆呕缪飕偻篓馗区

十二侵：侵寻浔林霖临针箴斟沈深淫心琴禽擒钦衾吟今襟金音阴岑簪琳琛椹谌忱壬任黔歆禁喑森参淋郴妊湛

十三覃：覃潭谭参骖南男谙庵含涵函岚蚕探贪耽龛堪戡谈甘三酣篮柑惭蓝郯婪庵颔褴澹

十四盐：盐檐廉帘嫌严占髯谦奁纤签瞻蟾炎添兼缣尖潜阎镰粘淹箝甜恬拈暹詹渐歼黔沾苫占崦阉砭

十五咸：咸缄谗衔岩帆衫杉监凡馋芟喃嵌掺搀严

上声

一董：董动孔总笼汞桶空拢洞懂恫

二肿：肿种踵宠陇垄拥壅冗茸重冢奉捧勇涌踊俑蛹恐拱巩竦悚耸溶

三讲：讲港棒蚌项耩

四纸：纸只咫是枳砥抵氏靡彼毁委诡傀髓妓绮此褫徙髀尔迤弭弥

婢侈弛豕紫捶揣企旨指视美訾否兕几姊匕比妣轨水唯止市徵喜已纪跪技迤鄙暑宄子梓矢雉死履垒诔揆癸趾芷以已似姒巳祀史使驶耳里理李俚鲤起杞士仕俟始峙痔齿矣拟耻滓玺跬圮痞址悝娌秭倚被你仔

五尾：尾鬼苇卉虺几伟篚炜斐诽菲岂匪蜚

六语：语圄圉御吕侣旅膂抒宁杼与予渚煮汝茹暑鼠黍杵处贮褚女许拒距炬所楚础阻俎沮举莒序绪屿墅著巨讵咀纾去

七麌：麌雨羽禹宇舞父府鼓虎古股贾土吐圃谱庾户树煦琥怙嵝篓卤弩肚沪枸辅组乳弩补鲁橹睹竖腐数簿姥普拊侮五斧聚午伍缕部柱矩武脯苦取抚浦主杜祖堵愈祜扈雇虏甫腑俯估诂牯瞽酤怒浒诩栩拄剖鹉溥赌伛偻莽滏

八荠：荠礼体米启醴陛洗邸底诋抵坻弟悌递涕济澧祢

九蟹：蟹解骇买洒楷锴摆拐矮伙

十贿：贿悔改采彩海在宰醢载铠恺待怠殆倍猥蕾诒蓓萧颏浼汇璀每亥乃

十一轸：轸敏允引尹尽忍准隼笋盾闵悯泯菌蚓诊畛肾牝赈窘蜃陨殒蠢紧缜纯吮朕稹嶙

十二吻：吻粉蕴愤隐谨近恽忿坟刎殷

十三阮：阮远本晚苑返反阪损饭偃堰稳蹇犍婉蜿宛阃鲧捆很恳垦圈盾绻混沌娩棍

十四旱：旱暖管满短馆盥缓碗款懒卵散伴诞浣瓒断侃算疃但坦祖悍懑纂趱

十五潸：潸眼版产限撰栈绾赧羼崠拣莞板

十六铣：铣善遣浅典转衍犬选冕辇免展茧辩篆勉翦卷显践饯眄喘软蹇演岘栈匾阐娈跣腆鲜戬吮辫件琏蠕单殄腼蚬缅沔键搴洗燹癣狷钱趁扁宴

十七筱：筱小表鸟了晓少扰绕娆绍秒沼眇矫蓼皎杳窈袅窕挑掉渺缈貌淼娇标悄缭僚昭夭燎赵兆

十八巧：巧饱卯狡爪鲍挠搅绞拗姣炒

十九皓：皓宝藻早枣老好道稻造脑恼岛倒祷抱讨考燥嫂槁潦保葆堡褓草昊浩颢镐皂袄缫蚤澡灏媪杲缟涝

二十哿：哿火舸柁沱我娜荷可坷轲左果裹朵锁琐堕垛惰妥坐裸跛簸颇叵祸卵娑爹揣隋

廿一马：马下者野雅瓦寡社写泻夏冶也把贾假舍赭厦惹若踝姐哆哑且瘕洒

廿二养：养痒鞅怏泱像象橡仰朗奖浆敞氅枉沆荡惘放仿两傥杖响掌党想爽广享丈仗幌晃莽襁纺蒋攘盎脏苍长上网荡壤赏往冈蟒魍抢慌厂慷向

廿三梗：梗影景井岭领境警请屏饼永骋逞颖颍顷整静省幸颈郢猛炳杏丙打哽秉耿憬冷靖睛

廿四迥：迥炯茗挺艇町醒溟酊到等鼎顶胫肯拯酩

廿五有：有酒首手口母后柳友妇斗狗久负厚走守绶右否受牖偶耦阜九后咎吼帚垢亩舅藕朽臼肘韭剖诱牡缶酉扣欧黝蹂取钮莠丑苟糗某玖拇纠枸忸浏赳蚪培擞趣陡寿殴

廿六寝：寝饮锦品枕审甚衽饪稔禀沈凛荏恁婶

廿七感：感览榄胆澹啖坎惨敢颔撼毯喊橄嵌

廿八琰：琰焰敛俭险检脸染掩点贬冉陕谄奄渐玷忝闪歉广俨

廿九豏：豏槛范减舰犯湛斩黯掺阚喊滥歉

去声

一送：送梦凤洞众弄贡冻痛栋仲中讽恸空控赣瓮哄衷

二宋：宋重用颂诵统纵讼种综俸共供从缝雍封恐

三绛：绛降巷撞虹泽淙

四寘：寘置事地意志治思泪吏赐字义利器位戏至次累伪寺瑞智记异致肆翠骑使试类弃饵媚鼻易辔坠醉议翅避粹侍谊帅厕寄睡忌萃穗臂嗣吹遂恣四骥季刺驷识痣志寐魅邃燧隧谥植织饲食积被芰懿悸觊冀暨匮馈篑比庇界痹悬泌鸷赘挚渍迟祟豉珥示伺嗜自置痢莉譬肆惴剚嗇企

腻施遗值柴出萎司诿陂二近始术瑟德

五未：未味气贵费沸尉畏慰蔚魏胃渭谓讳卉毅溉既衣忾诽痱蜚翡

六御：御处去虑誉署据驭曙助絮著豫翥恕与遽疏庶诅预茹语踞狙沮除如女讵欤楚嘘

七遇：遇路赂露鹭树度渡赋布步固素具数怒务雾骛骛附兔故顾雇句墓暮慕募注驻祚裕误悟寤住戍库护诉蠹妒惧趣娶铸傅付谕妪捕哺忤措错醋赴恶互孺怖煦寓酤瓠输吐屡塑捂瞿驱讣属作酗雨获镀圃驸足播苦铺姹

八霁：霁制计势世丽岁卫为济第艺惠慧币桂滞际厉涕契毙帝蔽敝锐戾裔袂系祭隶闭逝缀替细税例誓蕙偈诣砺励噬继谛系剂曳睇憩彗逮芮掣蓟妻挤弟题鳜蹶齐棣说毳离荔泥蜕赘揭唳泄娣薛呓澳捩羿谜缔切医

九泰：泰会带外盖大濑赖蔡害最贝霭沛艾兑奈绘桧脍会太汰癞粝蜕酹狈

十卦：卦挂懈隘卖画派债怪坏诫戒界介芥械拜快迈话败稗噫疥瀣湃聩惫杀喝解祭蒯喟呗寨

十一队：队内塞爱辈佩代退载碎背秽菜对废诲晦昧戴贷配妹溃黛赉吠逮岱肺溉耒慨块赛刈耐悖淬敦铠焙在再孛柿睐裁采回粹栽北劾悔

十二震：震信印进润阵镇填刃顺慎鬓晋骏闰峻衅振舜吝烬讯殡迅瞬谆馑蔺徇赈觐摈仅认衬瑾趁轫汛磷躏浚缙娠引诊蜃亲

十三问：问闻运晕韵训粪奋忿郡分紊汶愠靳近斤郓员拚隐

十四愿：愿论怨恨万饭献健寸困顿建宪劝蔓券钝闷逊嫩贩溷远曼喷艮敦郾褪堰圈

十五翰：翰岸汉难断乱叹干观散奈旦算玩烂贯半案按炭汗赞漫冠灌窜幔灿璨换焕唤悍弹惮段看判叛腕涣绊惋钻缦锻瀚胖谰蒜泮谩摊侃馆滩盥

十六谏：谏雁患涧闲宦晏慢盼豢栈惯串苋绽幻讪绾谩汕疝瓣篡铲栅扮

十七霰：霰殿面县变箭战扇煽膳传见砚选院练燕宴贱电荐绢彦甸便眷线倦羡堰莫遍恋眩钏倩卞汴弁拚咽片禅谴谚缘颤擅援媛瑗佃钿淀狷煎悬袖穿茜溅拣缠牵先炫善缱遣研衍辗转饯

十八啸：啸笑照庙窍妙诏召邵要曜耀调钓吊叫燎峤少眺诮料肖尿剽掉鹞枭轿烧疗漂醮骠绕娆摇哨约嘹裱

十九效：效教貌校孝闹淖豹爆罩拗窖酵稍乐较钞敲觉

二十号：号帽报导盗操噪灶奥告诰暴好到蹈劳傲躁涝漕造冒悼倒鳌缟懊澳膏犒部瀑旄靠糙

廿一箇：箇个贺佐作逻坷轲大饿奈那些过和挫课唾簸磨座坐破卧货左惰

廿二祃：祃驾夜下谢榭罢夏暇霸灞嫁赦借藉炙蔗假化舍价射骂稼架诈亚罅跨麝咤怕讶诧迓胯柘卸泻靶乍桦杷

廿三漾：漾上望相将状帐浪唱让旷壮放向仗畅量葬匠障谤尚涨饷样藏舫访养酱嶂抗当酿亢况脏瘴王谅亮妄丧怅两圹宕忘傍砀恙吭炀张行广汤炕长创诳掠妨旺荡防怏偿荡盎仰挡恍

廿四敬：敬命正令政性镜盛行圣咏姓庆映病柄郑劲竞净竟孟聘净泳请倩硬檠晟更横榜迎娉轻评证侦并盟

廿五径：径定听胜磬应乘媵赠佞称罄邓胫莹证孕兴经醒廷锭庭钉暝剩凭凝橙凳蹬

廿六宥：宥候就授售寿秀绣宿奏富兽斗漏陋守狩昼寇茂懋旧胄宙袖岫柚覆复救臭幼佑右侑囿豆窦逗溜瘤留构遘媾购透瘦漱镂鹫走副诟究凑谬缪疚灸畜枢骤首皱绉戊句鼬蹂沤又逅蔻伏收犹油后厚扣吼读

廿七沁：沁饮禁任荫谶浸鸠枕衽赁临渗妊吟深甚沈

廿八勘：勘暗滥担憾缆瞰三暂参澹淡憨淦

廿九艳：艳剑念验赡店占敛厌滟垫欠僭砭餍殓苦盐沾兼念埝俺潜忝

三十陷：陷鉴监汛梵帆忏赚醮谗剑欠淹站

入声

一屋：屋木竹目服福禄熟谷肉咒鹿腹菊陆轴逐牧伏宿读犊渎牍椟黩縠复粥肃育六缩哭幅斛戮仆畜蓄叔淑菽独卡馥沐速祝麓镞蹙筑穆睦啄覆鹜秃扑鬻辐瀑竺簇暴掬濮郁蠹复塾朴蹴煜谡碌毓舳柚蝠辘夙蝮匐觫囷苜茯髑副孰谷

二沃：沃俗玉足曲粟烛属录辱狱绿毒局欲束鹄蜀促触续督赎浴酷瞩躅褥旭欲渌逯告仆

三觉：觉角桷较岳乐捉朔数卓汲琢剥趵爆驳邈雹璞朴确浊擢镯濯幄喔药握搦学

四质：质日笔出室实疾术一乙壹吉秩密率律逸佚失漆栗毕恤蜜橘溢瑟膝匹黜弼七叱卒虱悉谧轶诘戌佶栉昵窒必侄蛭泌秫蟀嫉唧怵帅聿郅桎苗汩尼蒺

五物：物佛拂屈郁乞掘讫吃绂弗诎崛勿熨厥迄不屹芴倔尉蔚

六月：月骨发阙越谒没伐罚卒竭窟笏钺歇突忽勃蹶筏厥蕨掘阀讷殁粤悖兀碣猝橛羯汨咄渤凸滑孛纥核饽垡阏堀曰讦

七曷：曷达末阔活钵脱夺褐割沫拔葛渴拨豁括聒抹秣遏挞萨掇喝跋獭撮剌泼斡捋袜适咄妲

八黠：黠札拔猾八察杀刹轧刖戛秸嘎瞎刮刷滑

九屑：屑节雪绝列烈结穴说血舌洁别裂热决铁灭折拙切悦辙诀泄咽噎杰彻别哲设劣碣掣谲窃缀阅抉挈捩楔蹩褻蔑捏竭契疖涅颉撷撤跌蔑浙澈蛭揭啜辍迭呐侄冽掇批橇

十药：药薄恶略作乐落阁鹤爵若约脚雀幕洛凿索郭博错跃若缚酌托削铎灼凿却络鹊度诺橐漠钥著虐掠获泊搏勺酪谑廓绰霍烁莫铄缴谔鄂亳恪箔攫涸疟郝骆膜粕礴拓蠖鳄格昨柝摸貉愕柞寞膊魄烙焯厝噩泽矍各猎昔芍蹼逴

十一陌：陌石客白泽伯迹宅席策碧籍格役帛戟璧驿麦额柏魄积脉夕液册尺隙逆画百辟赤易革脊获翮屐适剧碛隔益栅窄核掷责惜僻癖辟

掖腋释舶拍择摘射斥弈奕迫疫译昔瘠赫炙谪虢腊硕蛰藉翟亦鬲骼鲫借喷蜴帼席貊汐摭咋吓剌百莫蜩绎霸霹

　　十二锡：锡壁历枥击绩笛敌滴镝檄激寂翟逖籴析晰溺觅摘狄获戚涤的吃霹沥惕踢剔砾栎适嫡阅觌淅晰吊霓倜

　　十三职：职国德食蚀色力翼墨极息直得北黑侧饰贼刻则塞式轼域殖植敕饬棘惑默织匿亿忆特勒劾仄稷识逼克螜唧即拭弋陟测冒抑恻肋呕殪忒嶷熄穑啬匐鲫或愎翌

　　十四缉：缉辑立集邑急入泣湿习给十拾什袭及级涩粒揖汁蛰笠执隰汲吸熠岌歙熠挹

　　十五合：合塔答纳榻杂腊蜡匝阖蛤衲沓鸽踏飒拉盍搭溘嗑

　　十六叶：叶帖贴牒接猎妾蝶箧涉捷颊楫摄蹑谍协侠荚睫惬蹀挟喋燮褶靥烨摺辄捻婕聂靥

　　十七洽：洽狭峡法甲业邺匣压鸭乏怯劫胁插押狎掐夹恰眨呷喋札钾

附录二 《词韵简编》

（十九部）

张珍怀辑

（一）本编依据清戈载著《词林正韵》一书删去僻字，故称"简编"。

（二）《词林正韵》原书韵目用《集韵》标目，分目繁多，标目有僻字，因此，本编改用比较通行的《词韵》标目，以便于检韵。至于分部，一如《词林正韵》原书。

第一部

平声：一东二冬通用

【一东】东同童僮铜桐峒筒瞳中［中间］衷忠盅虫冲终忡崇嵩［崧］菘戎绒弓躬宫穹融雄熊穷冯风枫疯丰充隆窿空公功工攻蒙（氵蒙）朦蓸笼胧栊咙聋珑砻泷蓬篷洪荭红虹鸿丛翁嗡匆葱聪骢通棕烘崆

【二冬】冬咚彤农侬宗淙锺钟龙茏春松淞冲容榕蓉溶庸佣慵封胸凶匈汹雍邕痈浓脓重［重复］从［服从］逢缝峰锋丰蜂烽葑纵［纵横］踪茸蚣邛筇跫供［供给］蚯喁

仄声：上声一董二肿、去声一送二宋通用

【一董】董懂动孔总笼［东韵同］拢桶捅蓊蠓汞

【二肿】肿种［种子］踵宠垅［陇］拥冗重［轻重］冢捧勇甬踊涌俑蛹恐拱竦悚耸巩丛奉

【一送】送梦凤洞众瓮贡弄冻痛栋恸仲中［击中］粽讽空［空缺］控哄赣

【二宋】宋用颂诵统纵［放纵］讼种［种植］综俸供［供设，名词］从［仆从］缝［隙也］重［再也］共

第二部

平声：三江七阳通用

【三江】江缸窗邦降[降伏]双泷庞撞豇扛杠腔棚桩幢蛩[冬韵同]

【七阳】阳扬杨洋羊徉芳妨方坊防肪房亡忘望[漾韵同]忙茫芒妆庄装奘香乡湘厢箱镶芗相[相互]襄骧光昌堂唐糖棠塘章张王常长[长短]裳凉粮量[衡量]梁粱良霜藏[收藏]肠场尝偿床央鸯秧殃郎廊狼榔踉浪[沧浪]浆将[持也送也]疆僵姜缰觞娘黄皇遑惶徨煌仓苍舱沧伤殇商帮汤创[创伤]疮强[刚强]墙樯嫱蔷康慷[养韵同]囊狂糠冈刚钢纲匡筐荒慌行[行列]杭航桁翔详祥庠桑彰璋漳獐猖倡凰邙臧赃昂丧[丧葬]闾羌枪锵抢[突也]蜣跄篁簧璜潢攘瓢亢吭

[漾养韵并同]旁傍[侧也]媚(马霜)当[应当]裆(王当)铛泱炀蝗隍快育汪鞅滂螂怆[漾韵同]缃琅颃怅螳

仄声：上声三讲二十二养、去声三绛二十三漾通用

【三讲】讲港项棒蚌耩

【二十二养】养痒象像橡仰朗桨奖蒋敞氅厂枉往颃强[勉强]惘两曩丈杖仗[漾韵同]响掌党想鲞榜爽广享向缥幌莽纺长[长幼]网荡上[上升]壤赏仿罔谠倘魍魉谎蟒漭嗓盎恍脏〈肮脏〉吭沆慷褓锚抢肮犷

【三绛】绛降[升降]巷撞[江韵同]戆

【二十三漾】漾上[上下]望[阳韵同]相[卿相]将[将帅]状帐唱让浪[波浪]酿旷壮放向忘仗[养韵同]畅量[数量]葬匠障瘴谤尚涨饷样藏[库藏]舫访觥嶂当[适当]抗桁妄伧宕怅创酱况亮傍[依傍]丧[丧失]恙谅胀鬯脏〈内脏〉吭砀伉圹纩桄挡旺炕亢[高亢]阆防

第三部

平声：四支五微八齐十灰[半]通用

【四支】支枝肢移(竹移)为[施为]垂吹陂碑奇宜仪皮儿离施知驰池规危夷师姿迟龟眉悲之芝时诗棋旗辞词期祠基疑姬丝司葵医帷思滋

持随痴维厄麾墀弥慈遗肌脂雌披嬉尸狸炊湄篱兹差［参差］疲茨卑亏蕤骑［跨马］歧岐谁斯澌私窥熙欺疵赀羁彝髭颐资糜饥衰锥姨夔衼涯［佳、麻韵同］伊追缁其箕治［治国］尼而推［灰韵同］匙陲魑锤缡璃骊羸帔罴糜蘼脾茈畸牺羲曦欹漪猗崎崖菱筛狮蛳鸥绥虽粢瓷椎饴鳌痍惟唯机耆逵峛丕毗枇貔楣霉辎虫嗤媸（风思）坤菥鲥鹚笞漓怡贻禧噫其琪祺麒嶷螭栀鹂累踟琵嵋

【五微】微薇晖辉徽挥韦围帏违闱霏菲［芳菲］妃飞非扉肥威祈畿机几［微也、如见几］讥玑稀希衣［衣服］依归饥［支韵同］矶欷诽绯（日希）葳巍沂圻颀

【八齐】齐黎犁梨妻［夫妻］萋凄堤低题提蹄啼鸡稽兮倪霓西栖犀嘶撕梯鼙赍迷泥溪蹊圭闺携畦嵇跻奚脐醯鳌蠡醍鹈奎批砒睽黧箆庴藜猊鲵羝

【十灰［半］】灰恢魁限回徊槐［佳韵同］梅枚玫媒煤雷颓崔催摧堆陪杯醅嵬推［支韵同］诙裴培盃偎煨瑰苔追胚徘坏桅傀偎［贿韵同］莓

仄声：上声四纸五尾八荠十贿［半］、去声四（宀真）五未八霁九泰［半］十一队［半］通用

【四纸】纸只咫是靡彼毁委诡髓累技绮觜此（氵此）蕊徙尔弭婢迆弛豕紫旨指视美否［否泰］痞兕几姊比水轨止（微几换王）［角 zhi3］市喜已纪跪妓蚁鄙晷子仔梓矢雉死履垒癸趾址以已似耜祀史驶耳使［使令］里理李起杞圮（足支）士仕俟始齿矣耻麂枳峙鲤迤氏玺巳［辰巳］滓苡倚匕迤逦旖旎舣蚍秕芷拟你企诔捶屣棰揣豸祉恃

【五尾】尾苇鬼岂卉几［几多］伟斐菲［菲薄］匪篚娓悱棐棐炜旭玮虮

【八荠】荠礼体米启陛洗邸底抵弟坻柢涕悌济［水名］澧醴邸眯娣（启攵下木）递昵腕蠡

【十贿［半］】贿悔罪馁每块汇〈汇合〉猥璀磊蕾傀偎腿

【四（宀真）】（宀真）置事地意志思［名词］泪吏赐自字义利器位戏至次累［连累］伪寺瑞智记异致备肆翠骑［车骑，名词］使［使者］试类弃

饵媚鼻易[容易]辔坠醉议翅避笥帜炽粹莳谊帅厕寄睡忌贰萃穗二臂嗣
吹[鼓吹，名词]遂恣四骥季刺驷寐魅积[积蓄]被懿觊冀愧匮恚馈黄簣
柜暨庇豉莉腻秘比[近也]鸷悬啻示嗜饲伺遗[馈遗]薏崇值惴屣眦罾企
渍臂跛挚燧隧悴尿稚雉苴悸肆泌识[记也]侍踬为[因为]

【五未】未味气贵费沸尉畏慰蔚魏纬胃汇〈字汇〉谓渭卉[尾韵同]
讳毅既衣[着衣，动词]蜚溉[队韵同]翡诽

【八霁】霁制计势世丽岁济[渡也]第艺惠慧币弟滞际涕[荠韵同]
厉契[契约]敝弊毙帝蔽髻锐戾裔袂系祭卫隶闭逝缀劓替细桂税婿例誓
筮蕙诣砺励瘵噬继脆睿毳曳蒂睇妻[以女妻人]递逮蓟蚋薜荔唳捩粝泥
[拘泥]媲嬖彗(目卑)睨剂嚏谛缔剃屉悌俪锲贳掣羿棣螮(艹雉)娣说
[游说]赘憩鳜蜺呓谜挤

【九泰[半]】会斾最贝沛霈绘脍荟狈侩桧蜕酹外兑

【十一队[半]】队内辈佩退碎背秽对废悔诲晦昧配妹喙溃吠肺耒块
碓刈悖焙淬敦[盘敦]

第四部

平声：六鱼七虞通用

【六鱼】鱼渔初书舒居裾琚车[麻韵同]渠蕖余予[我也]誉[动词]
舆胥狙锄疏蔬梳虚嘘墟徐猪间庐驴诸储除滁蜍如(上余下田)淤妤苴萱
沮狙龉茹楇於祛蘧疽蛆醵纾樗躇[药韵同]欤据[拮据]

【七虞】虞愚娱隅无芜巫于衢癯瞿戵儒襦濡须需朱珠株诛[石朱]
铢殊俞瑜榆愉逾渝窬谀腴区躯驱岖趋扶符凫芙雏敷麸夫肤纡输枢厨俱
驹模谟摹蒲逋胡湖瑚乎壶狐弧孤辜姑觚菰徒途涂荼图屠奴吾梧吴租卢
鲈炉芦颅垆蚨孥帑苏酥乌污[污秽]枯粗都菜侏姝禺拘(山禺)蹰桴俘奥
萸吁滹瓠糊醐呼沽酤泸鲈轳鸪鸳匍葡铺[铺盖]菟诬呜迂盂竽趺毋孺酴
鸪骷剀蛄晡(艹捕)葫呱蝴蚼蛆猢郛孚

仄声：上声六语七虞、去声六御七遇通用

【六语】语[语言]圉圄吕侣旅杼伫与[给予]予[赐予]渚煮暑鼠汝

茹[食也]黍杵处[居住、处理]贮女许拒炬距所楚础阻俎沮叙绪序屿墅巨去[除也]莒举讵溆浒钜醑咀诅苎抒楮

【七(上鹿下吴)】(上鹿下吴)雨宇舞府鼓虎古股贾[商贾]估土吐圃庾户树[种植，动词]煦诩努辅组乳弩补鲁橹睹腐数[动词]簿竖普侮斧聚午伍釜缕部柱矩武五苦取抚浦主杜坞祖愈堵扈父甫禹羽怒[遇韵同]腑拊俯呂赌卤姥鹉拄莽[养韵同]栩媭脯妩庑否[是否]麈褛篓偻酤牡谱怙肚踽虏夸诂瞽牯(羊殳)祜沪雇仵缶母某亩蛊琥

【六御】御处[处所]去虑誉[名词]署据驭曙助絮著[显著]箸豫恕与[参与]遽疏[书疏]庶预语[告也]踞倨蓣淤锯(虚见)狙[鱼韵同]翥薯

【七遇】遇路辂赂露鹭树[树木]度[制度]渡赋布步固素具务雾鹜数[数量]怒[(上鹿下吴)韵同]附兔故顾句墓慕暮募注住注驻炷祚裕误悟寤戍库护屡诉妒惧趣娶铸绔傅付谕喻妪芋捕哺互孺寓赴沍吐[(上鹿下吴)韵同]污[动词]恶[憎恶]晤煦酤讣仆[偃仆]赙驸婺锢蛀飓怖铺[店铺]塑愫蠹溯镀璐雇瓠迕妇负阜副富[宥韵同]醋措

第五部

平声：九佳(半)十灰(半)通用

【九佳(半)】佳街鞋牌柴钗差[差使]崖涯[支麻韵同]偕阶皆谐骸排乖怀淮豺侪埋霾斋槐[灰韵同]睚崖楷秸揩挨俳

【十灰(半)】开哀埃台苔抬该才材财裁栽哉来莱灾猜孩徕骀胎唉垓挨皑呆腮

仄声：上声九蟹十贿(半)、去声九泰(半)十卦(半)十一队(半)通用

【九蟹】蟹解洒楷[佳韵同]拐矮摆买骇

【十贿(半)】海改采彩在宰醢铠恺待殆怠乃载[岁也]凯(门岂)倍蓓迨亥

【九泰(半)】泰太带外盖大[个韵同]濑赖籁蔡害蔼艾丐奈柰汰

癫霭

【十卦(半)】懈廨邂隘卖派债怪坏诫戒界介芥械薤拜快迈败稗晒瀣
湃寨疥届㔉簀蕡喟聩块忢

【十一队(半)】塞[边塞]爱代载[载运]态菜碍戴贷黛概岱溉慨耐
在[所在]鼐玳再袋逮埭赍赛忾暧咳暧眜

<h2 style="text-align:center">第六部</h2>

平声：十一真十二文十三元(半)通用

【十一真】真因茵辛新薪晨辰臣人仁神亲申身宾滨槟缤邻鳞麟珍
(目真)尘陈春津秦频(艹频)蟿濒银垠筠巾(囗禾)民岷泯[轸韵同]珉
贫纯淳醇纯唇伦轮沦抡匀旬巡驯钧均榛遵循甄宸纶椿鹑嶙磷磷呻伸绅
寅姻荀询峋氤恂嫔彬皴娠闽纫湮肫逡菌臻豳

【十二文】文闻纹蚊云分[分离]氛纷芬焚坟群裙君军勤斤筋勋薰曛
醺芸耘芹欣氲荤汶汾殷雯赍纭昕熏

【十三元(半)】魂浑温孙门尊[樽]存敦墩炖暾蹲豚村屯囤[囤积]
盆奔论[动词]昏痕根恩吞荪扪(衤军)昆鲲坤仑婚阍髡馄喷狲饨臀跟
瘟飧

仄声：上声十一轸十二吻十三阮(半)、去声十二震十三问十四愿
(半)通用

【十一轸】轸敏允引尹尽忍准隼笋盾[阮韵同]闵悯菌[真韵同]蚓
牝殒紧蠢陨哂诊疹赈肾蜃膑黾泯窘吮缜

【十二吻】吻粉蕴愤隐谨近忿(扌文)刎(温左换扌)槿瑾恽韫

【十三阮(半)】混棍阃惘捆衮滚鲧稳本畚笨损忖囤遁很沌恳垦龈

【十二震】震信印进润阵镇刃顺慎鬓晋骏闰峻衅振俊舜赆吝烬讯仞
迅汛趁衬仅觐蔺浚赈[轸韵同]龀认殡摈缙躏廑谆瞬韧浚殉馑

【十三问】问闻[名誉]运晕韵训粪忿[吻韵同]酝郡分[名分]紊愠
近[动词](扌文)拼奋郓捃靳

【十四愿(半)】论[名词]恨寸困顿遁[阮韵同]钝闷逊嫩溷诨巽褪

喷［元韵同］艮（温左换扌）

第七部

平声：十三元(半)十四寒十五删一先通用

【十三元(半)】元原源沅鼋园袁猿垣烦蕃樊喧萱暄冤言轩藩媛援辕番繁翻幡（王番）鸳（宛鸟）蜿（氵爰）爰掀燔圈谖

【十四寒】寒韩翰［翰韵同］丹单安鞍难［艰难］餐檀坛滩弹残干肝竿阑栏澜兰看［翰韵同］刊丸完桓纨端湍酸团攒官观［观看］鸾銮峦冠［衣冠］欢宽盘蟠漫［大水貌］叹［翰韵同］邯郸摊（王干）拦珊狻豻杆跚姗殚箪瘅谰貛倌棺剜潘拼［问韵同］（上般下木）般蹒瘢磐瞒谩馒鳗钻挦邗汗［可汗］

【十五删】删潺关弯湾还环鬟寰班斑蛮颜奸攀顽山闲艰间［中间］悭患［谏韵同］孱潺擐菅般［寒韵同］颁（鬟下换曼）疝讪斓娴鹇鳏殷［赤黑色］纶［纶巾］

【一先】先前千阡笺天坚肩贤弦烟燕［地名］莲怜连田填巅髫宣年颠牵妍研［研究］眠渊涓捐娟边编悬泉迁仙鲜［新鲜］钱煎然延筵毡旃蝉缠廛联篇偏绵全镌穿川缘鸢旋船涎鞭专圆员乾［乾坤］虔愆权拳橼传焉嫣鞯褰搴铅舷跹鹃筌痊诠悛（檀木换辶）禅婵躔颛燃涟琏便［安也］翩骈癫圜钿［霰韵同］沿蜒胭芊鳊胼滇佃敀咽湮狷蠲鲜鞯膻扇棉拴荃籼砖挛儇欢璇卷［曲也］扁［扁舟］单［单于］溅［溅溅］犍

仄声：上声十三阮(半)十四旱十五潸十六铣、去声十四愿(半)十五翰十六谏十七霰通用

【十三阮(半)】阮远［远近］晚苑返反饭［动词］偃蹇琬沅宛婉畹菀蜿绻（山献）挽堰

【十四旱】旱暖管（王官）满短馆［翰韵同］缓盥［翰韵同］碗懒伞伴卵散［散布］伴诞罕瀚［浣］断［断绝］侃算［动词］款但坦袒纂缎拌懑谰莞

【十五潸】潸眼简版板阪盏产限绾柬拣撰馔赧皖汕铲羼（木束）栈

【十六铣】铣善[善恶]遣[遣送]浅典转[霰韵同]衍犬选冕辇免展茧辨篆勉剪卷显饯[霰韵同]践喘薛软蹇[阮韵同]演兖件腆跣缅缱鲜[少也]殄扁匾蚬岘畎燹隽键变泫癣阐颤膳鳝舛婉辗（檀木换辶）[先韵同]脔辫捻

【十四愿(半)】愿怨万饭[名词]献健建宪劝蔓券远[动词]侃键贩畈曼挽〈挽联〉瑗媛圈[猪圈]

【十五翰】翰[寒韵同]瀚岸汉难[灾难]断[决断]乱叹[寒韵同]观[楼观]干〈树干，干练〉散[解散]旦算[名词]玩烂贯半案按炭汗赞漫[寒韵同。又副词，独用]冠[冠军]灌爨窜幔粲灿璨换焕唤涣悍弹[名词]惮段看[寒韵同]判叛绊鹳伴畔锻腕惋馆盰捍疸但罐盥婉缎缦侃蒜钻谰

【十六谏】谏雁患涧间[间隔]宦晏慢盼篡栈[潸韵同]惯串绽幻瓣苋办谩讪[删韵同]铲绾孪篡裥扮

【十七霰】霰殿面县变箭战扇煽膳传[传记]见砚院练链燕宴贱馔荐绢彦掾便[便利]眷倦羡奠遍恋啭眩钏倩卞汴片禅[封禅]遣溅钱善[动词]转[以力转动]卷[书卷]甸电咽茜单念〈念书〉昡淀靛佃钿[先韵同]镟漩拣缮现狷炫绚绽线煎选旋颤擅缘[衣饰]撰唁谚媛忭弁援研[磨研]

第八部

平声：二萧三肴四豪通用

【二萧】萧箫挑貂刁凋雕迢条髫调[调和]蜩枭浇聊辽寥撩寮僚尧宵消霄绡销超朝潮嚣骄娇蕉焦椒饶硝烧[焚烧]遥徭摇谣瑶韶昭招镳瓢苗猫腰桥乔娆妖飘逍潇（号鸟）骁桃鹞鹩缭獠嘹夭[夭夭]幺邀要[要求]姚樵谯憔标飚嫖漂[漂浮]剽佻鞗苕（上山下召）嗺哓跷侥了〈明了〉魈（山尧）描钊轺桡铫鹪翘枵侨窑礁

【三肴】肴巢交郊茅嘲钞包胶苞梢姣庖匏坳敲胞抛蛟崤（交鸟）鞘抄蛰咆哮凹淆教[使也]跑艄捎爻咬铙莢炮[炮制]泡鲛刨抓

【四豪】豪劳毫操[操持]髦绦刀萄猱褒桃糟旄袍挠[巧韵同]蒿涛

皋号[号呼]陶鳌曹遭羔糕高搔毛艘滔骚韬缫膏牢醪逃濠壕饕洮淘叨嗃篙熬遨翱嗷臊嘷尻麌鳌獒敖牦漕嘈槽掏唠涝捞痨(艹毛)

仄声：上声十七筱十八巧十九皓、去声十八啸十九效二十号通用

【十七筱】筱小表鸟了〈未了，了得〉晓少[多少]扰绕绍杪沼眇矫皎杳窈窕袅挑[挑拨]掉[啸韵同]肇缥缈渺淼茑赵兆缴缭[萧韵同]夭[夭折]悄舀侥蓼娆硗剿晄藐秒殍了〈了望〉

【十八巧】巧饱卯狡爪鲍挠[豪韵同]搅绞拗咬炒吵佼姣[肴韵同]昂茆獠[萧韵同]

【十九皓】皓宝藻早枣老好[好丑]道稻造[造作]脑恼岛倒[跌到]祷[号韵同]捣抱讨考燥扫[号韵同]嫂保鸨稿草昊浩镐杲缟槁堡皂瑙媪燠袄懊葆褓(艹毛)澡套涝蚤拷栲

【十八啸】啸笑照庙窍妙诏召邵要[重要]曜耀调[音调]钓吊叫眺少[老少]诮料疗漻掉[筱韵同]峤徼跳嘹漂镣廖尿肖鞘悄[筱韵同]峭哨俏醮燎[筱韵同]鹞鹩轿骠票铫[萧韵同]

【十九效】效教[教训]貌校孝闹豹罩棹觉[寤也]较窖爆炮[枪炮]泡[肴韵同]刨[肴韵同]稍钞[肴韵同]拗敲[肴韵同]淖

【二十号】号[号令]帽报导操[操行]盗噪灶奥告[告诉]诰到蹈傲暴[强暴]好[爱好]劳[慰劳]躁造[造就]冒悼倒[颠倒]燥犒靠懊瑁燠[皓韵同]耄糙套[皓韵同]纛[沃韵同]漻耗

第九部

平声：五歌[独用]

【五歌】歌多罗河戈阿和[和平]波科柯陀娥蛾鹅萝荷[荷花]何过[经过]磨[琢磨]螺禾珂蓑婆坡呵哥轲沱鼍拖驼跎佗[他]颇[偏颇]峨俄摩么娑莎迦疴苛蹉嵯驮箩逻锣哪挪锅诃窠蝌髁倭涡窝讹陂都皤魔梭唆骡(扌妥)靴瘸搓哦瘥酡

仄声：上声二十(上加下可)、去声二十一个通用

【二十(上加下可)】(上加下可)火舸(享单)舵我拖娜荷[负荷]可

左果裹朵锁琐堕惰妥坐[坐立]裸跛颇[稍也]夥颗祸桠婀逻卵那坷爹[麻韵同]簸叵垛哆硪么[歌韵同]峨[歌韵同]

【二十一个】个贺佐大[泰韵同]饿过[歌韵同。又过失，独用]座和[唱和]挫课唾播破卧货簸轲[(车感)轲]驮髁[歌韵同]磋作做刹磨[磨磐]懦糯缚锉(扌妥)些[楚些]

第十部

平声：九佳(半)六麻通用

【九佳(半)】佳涯[支麻韵同]娲蜗蛙娃哇

【六麻】麻花霞家茶华沙车[鱼韵同]牙蛇瓜斜邪芽嘉瑕纱鸦遮叉奢涯[支佳韵同]巴耶嗟退加笳赊槎差[差错]蟆骅虾葭裌裟砂衙呀琶杷芭杷笆疤爬葩些[少也]佘鲨查楂渣爹挝咤拿椰珈跚枷迦痂茄桠丫哑划哗夸胯抓洼呱

仄声：上声二十一马、去声十卦(半)二十二(礻马)通用

【二十一马】马下[上下]者野雅瓦寡社写泻夏[华夏]也把厦惹冶贾[姓贾]假[真假]且玛姐舍喏赭洒嘏剐打耍那

【十卦(半)】卦挂画[图画]

【二十二(礻马)】(礻马)驾夜下[降也]谢榭罢夏[春夏]霸暇灞嫁赦藉[凭藉]假[休假]蔗化舍[庐舍]价射骂稼架诈亚麝怕借卸帕坝靶鹧贳炙嗄乍咤诧(亻宅)罅吓娅哑讶迓华[姓华]桦话胯[遇韵同]跨衩柘

第十一部

平声：八庚九青十蒸通用

【八庚】庚更[更改]羹盲横[纵横]舣彭亨英烹平枰京惊荆明盟鸣荣莹兵兄卿生甥笙牲擎鲸迎行[行走]衡耕萌薨宏闳茎罂莺樱泓橙争筝清情晴精睛菁晶旌盈楹瀛嬴赢营婴缨贞成盛[盛受]城诚呈程醒声征正[正月]轻名令[使令]并[并州]倾萦琼峥嵘撑粳坑铿撄鹦黥蘅澎膨棚

浜坪苹钲伧槃嘤轰铮狰宁狞瞪绷怦璎砰䃟鲭侦柽蛏荭（赤贞）茕赓黉瞠

【九青】青经泾形陉亭庭廷霆蜓停丁仃馨星腥醒［醉醒］惺俜灵龄玲铃伶零听［径韵同］冥溟铭瓶屏萍荧萤荣扃（炯左换土）蜻硎苓聆瓴翎娉婷宁暝瞑螟猩钉疔叮厅町泠棂图羚蛉咛型邢

【十蒸】蒸（丞灬）承丞惩澄陵凌绫菱冰膺鹰应［应当］蝇绳升缯凭乘［驾乘，动词］胜［胜任］兴［兴起］仍兢矜征［征求］称［称赞］登灯僧憎增曾（矢曾）层能朋鹏肱薨腾藤恒罾崩滕誊（陵左换山）（山曾）（女亘）塍冯症簦罾凝［径韵同］棱楞

仄声：上声二十三梗二十四迥、去声二十四敬二十五径通用

【二十三梗】梗影景井岭领境警请饼永骋逞颖颖顷整静省幸颈郢猛丙炳杏秉耿矿冷靖哽绠荇艋蜢皿儆悻婧阱狰［庚韵同］靓惺打瘿并〈合并〉犷眚憬鲠

【二十四迥】迥炯茗挺艇梃醒［青韵同］酩酊并〈并行，并且〉等鼎顶肯拯謦到溟

【二十四敬】敬命正［正直］令［命令］证性政镜盛［茂盛］行［学行］圣咏姓庆映病柄劲竞靓净竟孟净更［更加］并〈梗韵同〉聘硬炳泳进横［蛮横］摒阱檠迎郑猄

【二十五径】径定听胜［胜败］馨磬应［答应］赠乘［名词］佞邓证秤称［相称］莹［庚韵同］孕兴［兴趣］剩凭［蒸韵同］迳甑宁胫暝［夜也］钉［动词］订（亻丁）锭謦泞瞪蹭蹬亘［亘古］镫［鞍镫］滢凳磴泾

第十二部

平声：十一尤［独用］

【十一尤】尤邮优犹流旒留骝榴刘由油游猷悠攸牛修羞秋周州洲舟酬雠柔俦畴筹稠丘邱抽瘳遒收鸠搜驺愁休囚求裘仇浮谋牟眸俦矛侯喉猴呕鸥楼陬偷头投钩沟幽纠啾楸蚯踌绸惆勾娄琉疣犹邹兜呦呕貅球蜉蝣（车舟）帱阄瘤硫浏麻湫泅酋瓯啁飕鍪篌抠篝诌骰偻沤［水泡，名词］蝼髅搂欧彪掊虬揉蹂（扌柔）不［与有韵"否"通］瓿缪［绸缪］

仄声：上声二十五有、去声二十六宥通用

【二十五有】有酒首口母［（上鹿下吴）韵同］妇［（上鹿下吴）韵同］後柳友斗狗久负［（上鹿下吴）韵同］厚手叟守否［（上鹿下吴）韵同］右受牖偶走阜［（上鹿下吴）韵同］九后咎薮吼帚垢舅纽藕朽臼肘韭亩［（上鹿下吴）韵同］剖诱牡［（上鹿下吴）韵同］缶酉苟丑糗扣叩某蔀寿绶玖授蹂［尤韵同］揉［尤韵同］溲纣钮扭呕殴纠耦掊瓵拇姆擞绺抖陡蚪篓黝赳取［（上鹿下吴）韵同］

【二十六宥】宥候就售［尤韵同］寿［有韵同］秀绣宿［星宿］奏兽漏富［遇韵同］陋狩昼寇茂旧胄宙袖岫柚覆复［又也］救厩臭佑右囿豆（亇豆）窦瘦漱咒究疚谬皱逅嗅遘溜镂逗透骤又侑幼读［句读］堠仆副［遇韵同］锈鹫绉（口朱）灸簉酎诟蔻僦构扣购彀戊懋贸袤嗽凑鼬（上秋下瓦）沤［动词］

第十三部

平声：十二侵［独用］

【十二侵】侵寻浔临林霖针箴斟沈心琴禽擒衾钦吟今襟［衿］金音阴岑簪［覃韵同］壬任［负荷］歆森禁［力所胜任］（浸左换礻）暗琛涔（侵左换马）参［参差］忱淋妊掺参〈人参〉椹郴芩檎琳（虫覃）（亻音）暗黔（上山下钦）

仄声：上声二十六寝、去声二十七沁通用

【二十六寝】寝饮［饮食］锦品枕［枕衾］审甚［沁韵同］廪衽稔凛懔沈［姓氏］朕荏婶沈〈沈阳〉葚禀噤谂怎恁恁妊罨

【二十七沁】沁饮［使饮］禁［禁令］任［信任］荫浸潜谶枕［动词］噤甚［寝韵同］鸩赁暗渗窨妊

第十四部

平声：十三覃十四盐十五咸通用

【十三覃】覃潭参［参考］骖南楠男谙庵含涵函［包函］岚蚕探贪耽

眈龛堪谈甘三酣柑惭蓝担簪［侵韵同］谭昙坛婪戡颔痰篮褴蚶憨泔聃郸（虫覃）［侵韵同］

【十四盐】盐檐廉帘嫌严占［占卜］髯谦夽纤签瞻蟾炎添兼缣沾尖潜阎镰黏淹钳甜恬拈砭詹兼歼黔钤金舢崦渐鹣腌（衤詹）阉

【十五咸】咸函［书函］缄岩谗衔帆衫杉监［监察］凡馋芟搀喃嵌掺（搀左换山）

仄声：上声二十七感二十八俭二十九（豆兼）、去声二十八勘二十九艳三十陷通用

【二十七感】感览揽胆澹［淡，勘韵同］唉坎惨敢颔［覃韵同］撼毯糁湛菡萏罨橄喊嵌［咸韵同］橄榄

【二十八俭】俭焰敛［艳韵同］险检脸染掩点簟贬冉苒陕谄俨闪剡忝［艳韵同］琰奄歉芡崭埝渐［盐韵同］罨捡（合廾）崦玷

【二十九（豆兼）】（豆兼）槛范减舰犯湛（搀左换山）［咸韵同］斩黯范

【二十八勘】勘暗滥唉担憾暂三［再三］绀憨澹［咸韵同］瞰淡缆

【二十九艳】艳剑念验埝赡店占［占据］敛［聚敛］厌焰［俭韵同］垫欠僭酽潋滟俺砭玷

【三十陷】陷鉴泛梵忏赚蘸嵌站馅

第十五部

入声：一屋二沃通用

【一屋】屋木竹目服福禄谷熟肉族鹿漉腹菊陆轴逐苜蓿宿［住宿］牧伏夙读［读书］犊渎椟椟黩縠复［恢复］粥肃碌（马肃）鬻育六缩哭幅斛戮仆畜蓄叔淑倏独卜馥沐速祝麓辘镞蹙筑穆睦秃（縠角换系）覆辐瀑郁〈忧郁，郁郁葱葱〉舳掬（掬左换足）蹴（足局）茯袱（服鸟）鹆髑槲扑蜀簌蔌煜复〈复杂〉蝠菔孰塾蠢竺曝鞠嗾谡簏国［职韵同］副

【二沃】沃俗玉足曲粟烛属录辱狱绿毒局欲束鹄蜀促触续浴酷躅褥旭欲笃督赎渌纛礊北［职韵同］瞩嘱勖溽缛梏

第十六部

入声：三觉十药通用

【三觉】觉[知觉]角桷榷岳乐[音乐]捉朔数[频数]卓啄琢剥驳雹璞朴壳确浊擢濯渥幄握学龌龊槊搦镯喔邈荦

【十药】药薄恶[善恶]作乐[哀乐]落阁鹤爵弱约脚雀幕洛壑索郭错跃若酌托削铎凿箔鹊诺萼度[测度]橐钥龠瀹着著虐掠获〈收获〉泊搏霍嚼勺（讠虐）廓绰霍镬莫箨缚貉各略骆寞膜鄂博昨柝格拓轹铄烁灼疟（艹弱）箬芍蹠却噱矍攫酿跞魄酪络烙珞膊粕簿柞漠摸酢怍涸郝垩谔鳄噩锷颚缴扩椁陌[陌韵同]

第十七部

入声：四质十一陌十二锡十三职十四缉通用

【四质】质日笔出室实疾术一乙壹吉秩率律逸佚失漆栗毕恤密蜜桔溢瑟膝匹述黜弼跸七叱卒[终也]虱悉戌嫉帅[动词]蒺佶踬怵蟀筚篥必泌荜秫栉唧帙溧谧昵轶聿诘耋垤（扌卒）苗（上咸下角）鹬窒（艹必）

【十一陌】陌石客白泽伯迹宅席策册碧籍[典籍]格役帛戟璧驿麦额柏魄积[积聚]脉夕液尺隙逆画[动词]百辟赤易[变易]革脊翮屐获〈猎获〉适索厄隔益窄核舄掷责圻惜癖僻掖腋释译崿择摘弈奕迫疫昔赫瘠谪亦硕貊跖（脊鸟）碛（足脊）只炙[动词]踯斥尛鬲骼舶珀吓磔拆喀蚱笮剧檗擘栅喷帻箦扼划蜴辟幅蝈刺崝汐藉螫蟇撼襞虢哑[笑声]绎射[音亦]

【十二锡】锡壁历枥击绩（责力）笛敌滴镝檄激寂觋溺觅狄荻幂戚（益鸟）涤的吃沥霹雳惕剔砾翟籴倜析晰淅蜥劈甓嫡轹栎阅（艹的）踢迪皙裼逖（倪左换虫）阒汨[汨罗江]

【十三职】职国德食[饮食]蚀色力翼墨极殛息熄直值得北黑侧贼饰刻则塞[闭塞]式轼域蜮殖植敕亟棘惑忒默织匿慝亿忆臆薏特勒肋幅仄昃稷识[知识]逼克即唧[质韵同]弋拭陟恻测翊洫啬穑鲫抑或匐[屋韵

同]

【十四缉】缉辑戢立集邑急入泣湿习给十拾袭及级涩楫[叶韵同]粒汁蛰执笠隰汲吸絷挹(氵邑)悒岌熠茸什芨廿揖煜[屋韵同]歙笈[叶韵同]圾褶翕

第十八部

入声：五物六月七曷八黠九屑十六叶通用

【五物】物佛拂屈郁〈馥郁，郁郁乎文哉〉乞掘[月韵同]吃[口吃]讫绂弗勿迄不怫绋沸(艹弗)厥倔黻崛尉蔚契屹熨[未韵同]绌

【六月】月骨发阙越谒没伐罚卒[士卒]竭窟笏钺歇突忽袜曰阀筏鹘[黠韵同]厥[物韵同]蹶蕨殁橛掘[物韵同]核蝎勃渤悖[队韵同]孛揭[屑韵同]碣粤樾鳜脖饽鹁(扌卒)[质韵同]猝愲兀讷[呐]羯凸咄[曷韵同](石乞)

【七曷】曷达末阔钵脱夺褐割沫拔[挺拔]葛闼渴拨豁括抹遏挞跋撮泼秣掇[屑韵同]聒獭[黠韵同]剌喝磕蘖瘌袜活鸹斡怛钹捋

【八黠】黠拔[拔擢]八察杀刹轧戛瞎刮刷滑辖铩猾捌叭札扎帕茁鹖挜萨捺

【九屑】屑节雪绝列烈结穴说血舌洁别缺裂热决铁灭折拙切悦辙诀泄锲咽[呜咽]轶噎彻澈哲鳖设啮劣(决左换王)截窃孽浙孑桔颉拮撷揭褐[曷韵同]缬碣[月韵同]挈抉亵薛拽[曳](艹热)洌瞥迭跌阅餮蚕垤捏页阕觖谲鸠撇蹩篾楔(辍左换忄)辍啜缀撤缒杰桀涅霓[(倪左换虫)，齐、锡韵同]批[齐韵同]

【十六叶】叶帖贴牒接猎妾蝶叠箧慊涉飋捷颊楫[缉韵同]聂摄慑镊蹑协侠荚挟铗浃睫厌餍蹀蹀燮摺辄婕谍堞霎嗫喋碟鲽捻晔蹰笈[缉韵同]

第十九部

入声：十五合十七洽通用

【十五合】合塔答纳榻（门合）杂腊匝阖蛤衲沓鸽踏拓拉盍塌咂盒卅搭褡飒磕（木盍）遢蹋蜡溘邋跶

【十七洽】洽狭峡法甲业邺匣压鸭乏怯劫胁插锸押狎夹恰狭硖掐（答刂）袷眨胛呷歃闸霎［叶韵同］

本《词韵简编》录自龙榆生先生的《唐宋词格律》（上海古籍出版社1978 年版）。繁体字一律改成简体字，繁体里不同的字在简体里并为一字者，若在同一韵目，则不加说明，若在不同韵目，则在〈　〉内加以说明。［　］内为原书中对前字的附注说明，（　）内为对 GB 码没有的字的描述，部分 GB 码没有的字略去。

附录三　《诗韵新编》

（十八部）

《诗韵新编》是按照现代汉语规范化读音用韵而为旧体诗作者编写总结的一套"新韵"，由中华书局上海编辑所编写，上海古籍出版社1965年出版发行。本韵书采用更加符合现代汉语发音习惯的"宽松的押韵"即宽韵，同时保留了古音中的入声字。

平声

【一麻】啊腌巴吧疤笆叭扒嚓差叉杈喳咖嘎旮瓜呱哈呵花哗家佳加嘉笳葭珈枷夸拉垃拉垃啦吗妈嘛蔴趴仨沙砂痧鲨裟他她它跶蛙洼哇娲虾鸦桠哑呀丫臜查渣抓挝查茶槎搽碴打虾华划哗铧骅儿拉麻蟆嘛拿南耙扒爬琶杷啥娃霞瑕斜牙芽崖涯衙蚜睚崦咱

【二波】波播菠饽玻搓磋多哆过锅豁捋罗呵坡颇陂梭蓑莎唆嗦娑拖窝涡挝蜗莴倭脖瘥嵯嵯脞螺罗萝箩骡锣逻猡靡模摩摹魔谟膜馍蘑嫫哦婆皤鄱驼鸵跎陀沱鼍坨佗砣

【三歌】车疴婀屙歌哥戈呵科柯窠颗苛珂棵轲稞蝌了么呢奢赊遮鹅蛾娥论峨莪俄哦和禾河荷蛇

【四皆】爹街阶秸皆喈嗟乜些靴掖匣伽瘸斜鞋谐邪携偕趄爷耶椰

【五支】痴嗤媸笞螭哧蚩鸱眵絺魑疵雌差诗师施狮尸鸱思私丝司嘶斯撕蛳厮澌知枝脂厄之芝支肢蜘衹胝栀姿资兹滋辎缁髭淄粢咨恣吱孜孳龇持驰池迟匙墀踟弛坻词辞慈瓷茨祠鹚糍磁雌时鲥莳坻

【六儿】儿而

【七齐】低堤羝氐提鞮鸡基机饥肌讥羁几箕稽畿矶玑笄跻奇期畸叽赍刉其犄咪眯披批不坏砒纰溪妻凄栖欺萋崎沏梯西稀熙希曦嬉犀晞禧熹牺羲兮奚鼷衣医伊咿噫漪猗袆黟嘀离篱鹂黎梨璃缡骊狸蠡厘嫠罹蜊

蘼迷谜眯糜縻麋蘼弥猕泥尼呢霓怩妮猊鲵皮疲陂毗睥鼙罴枇琵貔比裨啤陴奇骑旗棋齐歧鳍共脐蔼琪骐琦祺畦麒祈祇耆芪祁圻岐颀啼题蹄提稊绨醍缇宜仪疑移夷遗姨饴怡贻诒彝荑痍蛇施圯咦迤沂

【八微】杯悲卑碑背吹炊催摧崔衰堆追敦诶飞霏扉妃菲啡绯蜚规归闺圭瑰傀龟鲑皈硅嘿辉晖灰挥恢徽诙麾翠隳亏窥盔岿勒醅胚呸绥尿虽睢荽推威危微隈煨偎巍委萎透葳追锥椎骓垂槌棰陲锤捶肥腓回洄茴蛔魁葵揆骙馗奎夔逵睽雷羸累垒眉煤媒梅楣枚嵋湄没玫莓霉酶培陪赔裴蕤谁随隋颓为桅帷维违帏惟薇韦闱嵬

【九开】哀埃挨唉哎掰猜差钗呆待该陔垓赅乖咳开揩腮筛衰摔胎苔歪栽灾斋挨癌皑才材裁财柴侪豺骇骸頦怀淮徊来莱徕埋霾排牌徘俳台抬鲐

【十姑】逋晡初粗都夫肤敷孵麸姑孤辜沽鸪呱菇菰估觚酤蛄箍咕乎呼糊滹枯骷刳噜铺书殊输舒疏枢姝梳蔬纾殳苏酥乌污呜恶巫诬朱珠株诛猪诸铢蛛侏茱潴橥租除刍雏锄储厨橱躇蜍滁徂浮扶符孚俘桴芙蚨蜉莩郛胡湖壶狐弧猢蝴瑚醐葫芦庐炉卢胪颅舻模奴孥驽蒲脯匍葡如儒茹濡孺襦嚅蠕图徒屠涂途荼无吾芜吴梧毋蜈

【十一鱼】居车驹拘裾琚菹疽趄罝狙据疴区趋岖驱躯蛆袪须需吁虚嘘墟胥盱迂淤纡瘀驴闾榈渠蕖瞿癯衢劬徐鱼渔余于盂竽娱愉榆渝臾萸谀腴虞愚隅圩俞逾揄舆瑜窬觎喁畬

【十二侯】抽瘳紬丢兜篼沟钩勾枸篝鞲纠究鸠揪阄啾抠眍溜熘搂妞讴讴瓯鸥欧沤呕秋丘蚯鳅邱楸收搜馊艘飕溲嗖偷修休羞咻貅庥悠攸幽优忧呦舟周州洲粥啁赒诌陬诹筹愁酬绸仇稠畴俦踌惆雠侯喉猴篌瘊糇流留榴骝刘浏瘤琉硫旒楼耧娄喽窭偻蝼髅谋缪眸牟侔鍪牛抔求泅球裘囚球裘仇蝤虬酋逑赇柔揉糅蹂熟头投骰尤游油由邮犹蝣疣猷鱿蚰铀

【十三豪】坳熬凹包胞褒炮剥标镖彪镳骠膘杓飙操糙超抄钞刀叨忉雕凋刁貂叼碉高膏糕羔篙皋槔蒿薅交焦蕉教郊茭娇娇骄胶蛟浇椒礁姣跤僬尻捞撩猫孬抛泡脬漂飘嫖敲雀跷悄硗橇锹骚搔缫臊烧梢稍艄筲叨掏滔韬饕涛挑佻消销宵霄萧箫潇嚣哮枭绡硝骁枵道哓魈邀腰要夭妖幺

哟遭糟朝招着招嘲钊翱遨敖鳌嗷鏊麈夔聱廒薄雹曹槽漕朝巢潮嘲晁捎豪毫号壕濠貉嗥嚼劳牢痨捞唠崂醪聊寥疗辽潦缭嘹寮僚燎獠毛茅牦旄髦锚蝥苗描铙桡挠猱叹袍庖炮咆刨瓢嫖桥瞧憔樵翘乔侨荞谯饶娆桡韶勺芍逃桃嗨陶涛萄鼗调条蜩迢苕笤鲦髫韶淆摇遥谣瑶肴尧姚爻徭着

【十四寒】安谙鞍庵鹌班斑般搬癍扳颁边鞭编砭蝙餐参骖搀穿川掸蹿佘镩单担丹耽眈殚聃湛郸箪瘅颠巅掂癫滇端帆番翻幡反干竿肝甘杆柑泔尴观关冠官棺倌纶鳏酣憨顸鼾欢獾间兼尖坚肩艰煎奸缄笺渐监缣溅鞯犍奸菅兼鹣鹇捐涓娟镌看堪勘刊龛戡宽颧掂鄢攀潘篇偏翩扁千牵牵迁签谦铅阡悭芊仟扦搴骞金圈悛三叁毵山衫删芟杉膻扇跚姗珊苫潸闩拴酸狻贪摊滩瘫探坍啴天添湉弯湾蜿豌剜先仙鲜纤掀灿跹掺宣喧轩萱暄谖儇咽淹咽胭嫣殷腌燕奄阉厌湮旃鸳鸢渊冤鹓簪占瞻毡沾粘旃觇詹谵专砖颛钻躜残蚕惭蟾禅蝉缠谗孱婵潺船传椽遄攒凡繁樊蕃藩矾燔含韩函涵邯寒还环鬟寰桓兰栏阑澜岚蓝篮拦斓褴婪谰连镰廉莲涟怜联帘奁濂鲢褛峦鸾銮脔栾蛮漫瞒鳗颟谩埋棉绵眠男难南楠喃年粘鲇盘蟠磐蹒便胼骈蹁钱前潜乾虔钳掮钤黔全权泉拳痊荃颧蜷鬈踡诠铨然髯烯谈弹坛檀潭痰昙覃谭田甜填钿恬畋团抟完丸纨玩贤闲嫌弦涎衔娴咸舷旋悬玄璇言延颜研炎严檐沿延妍盐岩阎蜒蜒缘援园源贺元员原辕猿鼋垣袁沅湲媛咱

【十五痕】奔贲锛宾滨濒傧彬缤参嗔琛抻春椿村皴敦吨蹲炖恩分芬纷吩酚菜根错婚惛闽荤金斤巾筋今禁津襟矜军均君钧昆坤鲲琨抡闷喷拼亲侵钦森身深伸申参莘绅娠孙荪蒸吞暾温瘟心新欣辛薪馨芯昕锌歆勋熏醺曛阴音因姻殷茵氤湮喑咽愔氲晕真珍针砧斟贞侦桢祯箴臻甄榛振谆肫尊遵樽岑涔辰尘晨沉陈臣橙忱宸唇纯莼淳醇鹑漘存蹲焚坟汾痕魂馄浑邻临林麟鳞霖嶙辚磷邻琳淋伦论轮沦纶仑囵轮门们扪民缗泯岷旻您盆贫频苹颦嫔勤芹秦琴禽衾噙蟓群裙人仁任壬妊神什屯囤饨豚臀炖闻蚊纹雯寻旬洵徇询循巡驯峋恂浔吟银垠淫麇霆狺龈寅云纭耘芸匀筠

【十六唐】肮腌邦帮梆浜傍苍仓舱伧沧昌娼猖伥阊窗创疮当铛裆方

芳妨坟冈纲钢刚缸扛肛亢罡光胱夯荒慌肓江疆僵将浆姜缰豇康糠慷筐
匡郎滂乒膀腔枪跄锵羌蜣呛锵戕嚷桑丧商裳伤殇骯汤霜双孀镗汪乡香
相箱厢汀襄镶骧身央鸯泱殃鞅脏赃赃臧张章彰璋樟獐婵庄装妆桩昂藏
长肠常偿尝裳徜嫦场床撞防妨房肪鲂行航杭吭颃黄粕皇凰蝗簧篁潢徨
惶璜磺遑隍狂诳郎狼郎娜琅螂粮良量粱凉梁踉忙盲芒茫氓囊娘酿旁庞
彷磅滂螃膀强墙樯戕嫱蔷攘瓢穰堂膛塘糖唐棠螳螗搪王亡忘详祥翔降
庠阳扬杨羊洋祥佯旸疡炀

【十七庚】崩绷兵冰屏称撑瞠琤登灯噔丁钉叮仃盯疔风丰峰蜂封枫
锋烽疯酆葑耕庚更羹赓亨哼精惊京经睛旌晶鲸兢荆茎菁泾更粳坑铿吭
拎蒙烹硑澎怦挟乒俜青清卿晴倾鲭氢扔僧生声升牲甥狌腾听厅汀翁嗡
星兴腥馨猩惺应英莺鹰婴嘤缨璎樱瑛膺增曾缯正争征筝铮睁峥蒸铮狰
怔症净甮曾层嶒成城诚承盛程乘橙呈惩丞酲伧塍裎逢缝冯恒横衡蘅珩
姮楞龄零灵菱绫陵凌聆铃伶棂苓蛉玲鲮泠羚翎图萌蒙蒙檬朦氓懵虻甍
名明铭鸣冥螟暝溟能柠凝宁咛拧狞朋蓬篷棚鹏彭膨澎硼平萍屏评凭瓶
枰苹情晴擎檠黥仍绳藤疼誊腾滕廷庭亭停霆蜓婷行形刑型饧邢荣迎盈
营萤蝇楹茔萦瀛莹荧赢

【十八东】充冲仲舂憧聪匆骢葱囱从枞东冬呼蝀工功公攻弓恭躬宫
供觥肱蚣红龚轰烘哄苘空崆倥箜松淞嵩通恫兄胸汹凶匈芎拥庸雍臃佣
雍慵饔痈中忠终衷钟盅螽松宗踪棕纵鬃重崇虫种从丛淙虹红鸿宏洪闳
讧泓蕻黉隆龙聋笼栊珑窿茏拢奢眬胧咙癃农浓侬哝秾脓穷蛩琼茕穹登
荣容绒蓉融茸熔嵘榕同童铜桐瞳僮瞳潼幢峒侗彤佟雄熊喁庸

仄声

【一把】把靶叉镲打寡剐哈假贾瘕夏卡咯垮侉喇俩马码玛蚂哪洒傻
耍瓦雅哑诈罢霸坝把爸差岔诧汉衩姹大尬卦挂褂化画话桦价架稼假嫁
驾跨胯落骂那怕帕厦瓦下夏暇罅亚迓讶娅氩诈

【二跛】跛簸脞朵躲垛果裹火夥裸娜颇笸所锁琐唢妥椭我倭左佐簸
播薄错措挫锉厝惰舵剁过货祸和磨懦糯哦破佐些唾卧坐座做柞

【三扯】扯舸可坷惹喏舍者赭饿个和贺荷课锞社舍射麝赦猞蔗鹧柘

【四解】解姐咧苤且野冶也界介届戒诫芥疥借藉解价蚧谢懈蟹械卸榭泻薢廨邂澥夜液曳

【五齿】齿耻侈褫此始驶使史矢豕屎死止指纸祉芷址趾沚旨咫枳只豸子紫姊姊梓仔訾籽滓秭翅炽啻偈次刺赐伺事世势是市士示视试氏逝恃侍仕柿噬咔嗜莳舐筮似寺肆思四嗣祀饲伺笥巳耜俟驷泗兕姒泚志制帜治稚致智置峙螭滞踬贽挚雉鸷痣忮轾痔迟豸自字恣眦渍龀

【六尔】尔饵迩珥洱二贰

【七比】比彼鄙妣秕匕抵底砥诋邸已几挤济虮鹿里理礼李俚鲤逦哩醴娌米靡弭敉你拟旎否痞圮仳起启绮岂稽屺体喜洗徙玺蕙倚椅蚁矣已以旖迤闭避臂毙币弊蔽敝庇比髀睥裨婢贲薜秘薜俾陛痹毖地递弟第蒂帝睇谛棣缔娣逮计际霁济继记纪忌季冀骥寄技骑髻剂祭悸既暨觊伎跽偈系利例厉隶丽吏励戾唳痢莉俐荔疠俪莅砺粝猁蛎罾腻泥臂屁濞媲气器弃企汽砌契憩亟妻替涕悌嚏屉剃戏细系盱意义异易裔衣刈艺毅谊议翳呓诣泄肆施懿瘗缢殪羿

【八北】北璀菲斐匪悲蜚悱诽给轨鬼癸晷诡娓宄悔毁会跬耒偎蕾美每馁蕊水髓腿尾伟纬苇萎唯委猥炜玮娓韪诿痿嘴背辈被备倍贝狈臂焙悖蓓褙惫吹脆翠粹瘁萃悴淬对队况忿懑废沸费肺吠痱苇狒桂贵柜桧跪鳜会惠慧绘秽晦喙诲卉汇蕙讳贿恚荟烩愧馈溃聩喟愦匮泪类累醉擂昧寐妹媚袂魅瑁痗内佩辔配沛帔旆瑞锐蚋睿汭睡税蜕说岁遂穗碎祟悴隧燧邃退位卫味畏慰尉未魏为伪胃喂渭谓蔚猥熨坠赘缀缒惴醉罪最晬蕞

【九矮】矮蔼霭乃摆百伯柏捭采彩睬踩揣歹逮改拐海醢慨凯楷铠恺剀芰买奶甩歪载宰崽爱碍艾隘嫒暖霭败拜稗呗菜蔡瘥踹代待怠袋带戴黛逮贷岱殆大埭迨玳溉概丐盖钙怪骇害亥坏忾咳快块会筷脍狯哙侩赖籁癞睐濑赉卖迈劢脉耐奈鼐派湃塞赛晒帅态泰太汰外在再载寨瘵

【十布】布步部怖簿埠处醋度渡杜蠹肚妒镀赴负妇父富附赋阜副傅付咐鮒讣赙驸固故顾雇沽痼估户护互瓠戽扈沪怙祜库裤路露赂鹭璐幕慕墓募怒铺树曙数竖恕庶墅漱戍澍诉素溯塑愫兔吐唾务悟误晤雾恶坞

鸳鹭戊瘑注住助杜著箸翥杼炷驻铸蛀

【十一举】举矩沮咀龃枸踽旅侣履缕吕膂屡褛铝女取娶龋许煦诩醑糈雨宇羽语与屿禹庾窳圉瘐圄伛具据炬聚拒句惧屦遽巨锯踞倨俱距苣俱距苣讵飓足醵窭瞿虑滤女趣去觑絮叙序绪婿酗遇誉御裕预喻愈寓豫与驭语芋吁谕雨饫妪

【十二丑】丑瞅斗抖陡否缶苟狗岣枸吼久酒九灸纠玖口绺柳搂篓嵝某纽扭忸偶藕哎剖掊手守首叟薮擞瞍嗾朽宿有友酉莠牖黝帚肘走臭凑辏斗豆痘窦逗读垢构购勾彀诟够媾逅厚后候堠就咎救旧臼舅疚柩究厩鹫僦叩蔻佝六陆溜馏遛漏陋缕露瘘廖坳耨沤怄肉寿受授瘦兽售绶狩嗽透秀袖岫臭绣嗅宥幼右又佑侑囿柚鼬釉蚴宙昼骤胄绉皱咒纣繇籀奏揍

【十三袄】袄拗媪宝保饱保葆褓鸨表表裱草炒吵导倒岛祷稿搞槁缟镐杲好郝搅角脚皎狡饺绞矫剿缴佼侥铰考拷烤老潦姥佬了蓼燎卯昴渺缈眇杪邈脑恼鸟袅嬲跑殍缥瞟巧悄雀愀扰绕扫嫂少讨窕小晓筱咬夭窈杳舀早澡枣蚤爪找沼傲奥澳拗懊骜报抱豹暴瀑爆鲍刨趵操道稻倒悼盗导纛调钓掉吊铞告号好浩皓昊灏教觉叫校较轿徼窖峤酵靠犒铐劳涝唠络酪落烙料缭撂冒帽貌茂懋贸耄袤妙庙闹淖溺炮泡疱票漂剽俏窍诮峭壳撬鞘扫臊少哨绍劭烧套跳眺粜朓笑效校肖啸要耀曜乐药造噪灶皂躁燥唣照棹赵罩召兆肇诏笊

【十四俺】俺揞板版坂贬扁窆褊惨产铲谄阐喘舛胆掸疸典点短反返感敢杆秆赶橄擀馆喊罕阚缓皖简减俭茧剪检柬拣蹇碱捡睑镜卷砍坎侃槛览懒揽榄脸盏卵娈满免勉冕腼眄缅郝腩碾捻辇撵暖浅遣谴缱犬染苒冉钦阮散伞馓糁闪陕坦毯袒忐殄舔腆靦饫晚挽碗婉宛菀畹皖莞挽显鲜险藓跣燹选癣眼掩演巘偃兖鼹晻俨琰远拶趱辗展斩盏转崭啭纂缵案岸暗按黯犴半办伴瓣扮拌绊变遍辨辩便辫缏以忭汴弁粲璨孱忏羼颤串钏窜爨篡旦淡诞担弹蛋惮萏但石啖瘅氮店电垫殿玷簟奠甸佃钿淀癜坫靛惦踮断段锻缎范饭泛贩畈梵干赣旰绀惯冠观罐灌盥掼鹳汗汉旱悍憾撼翰捍菡焊瀚颔唤换焕患幻宦涣豢逭浣奂瘓漶见健件建践间剑槛涧鉴荐饯舰箭监渐谏贱溅毽键腱锏僭倦眷绢圈隽狷看勘瞰阚烂滥缆练恋敛殓

链潋乱漫慢幔曼缦谩蔓面瞑难念埝廿盼畔叛判拚泮片骗欠歉纤倩嵌茜堑劝券绻散善扇膳赡缮鳝讪禅擅蟮骟单汕疝嬗涮算标探探炭碳玩万腕惋现献限羡陷线宪县馅霰腺炫泫楦胘旋绚艳厌验燕雁砚谚咽宴晏焰堰谳沿唁滟餍酽怨院愿远苑媛掾赞暂战站占绽栈湛颤传转撰馔篆赚钻攥篡

【十五本】本畚禀碜蠢趸粉滚鲧绲狠谨紧卺仅瑾尽馑垦恳肯啃捆悃凛廪懔敏皿抿泯悯闵闽黾品寝忍稔荏审哂沈谂婶矧吮损笋汆稳吻刎饮引隐蚓瘾尹殷允陨殒怎枕诊疹轸缜准隼笨奔鬓殡摈膑称趁衬寸顿盾钝遁沌炖囤摁奋愤份忿粪偾亘艮棍恨混浑溷诨进尽近禁噤劲烬赆晋浸靳搢妗俊菌郡峻浚骏竣隽畯困吝赁临躏蔺磷淋论闷懑焖嫩喷聘牝沁认任刃纫仞饪轫韧衽润闰慎甚肾渗蜃顺舜瞬逊巽褪问文紊闻信衅训迅汛讯徇殉印荫隐饮窨胤运韵孕晕愠酝蕴熨韫谮镇振震阵鸩圳枕朕赈

【十六榜】榜绑膀场厂敞氅昶惝闯党挡谠仿访纺舫港岗广犷谎晃恍讲奖桨蒋耩肮朗两魉俩莽蟒漭攮曩榜抢强襁壤嚷攘嗓搡颡赏上垧晌爽帑傥倘躺淌惝往枉网罔魍想享响饷鲞养仰庠氧脏掌长涨盎傍谤蚌棒磅镑榜唱畅介怅创怆当荡宕档挡砀放杠逛沆将降匠酱绛强虹抗亢矿况旷框眶贶浪量谅辆凉晾踉酿胖呛跄炝让丧上尚趟烫望忘妄旺王相向巷象像项橡养快恙样漾奘脏藏葬丈仗杖账障幛瘴嶂涨胀长壮状撞戆

【十七绷】绷炳饼丙柄秉屏禀逞骋等戥顶鼎酊讽梗埂耿鲠绠哽景警井颈憬阱到冷领岭令猛蜢艋蠓茗酩瞑拧捧请顷省挺艇梃町铤醒擤影颖颍瘿郢整拯迸泵蹦蚌病摒蹭称秤蹬邓瞪登澄定订锭钉碇奉凤缝俸讽风更横敬劲竞净静境竟径胫靖痉靓愣令另梦孟命瞑佞宁泞拧碰聘庆罄傅亲綮胜盛圣乘剩听庭瓮兴幸行性姓杏悻映应硬媵赠甑缯正政证症挣郑帧怔

【十八宠】宠董懂拱巩汞哄窘迥孔恐倥垄拢陇笼冗耸耸悚怂统筒桶捅勇永咏泳踊涌蛹俑甬恿臃种肿踵冢总偬冲铳动栋冻洞恫共供贡哄空控弄送颂诵宋讼痛恸用佣中众重种促纵从粽综

入声

【一八】八捌插答搭嗒褡奤瘩发刮聒鸹夹浃掐撒杀煞铩刷塌挖鸭压押匝咂扎拔跋魃察达答怛鞑笪乏伐罚筏滑猾铗荚颊蛱愙邋侠狭峡匣狎挟柙黠洽呷杂砸闸札扎炸轧侧铡喋法甲胛岬塔眨刹腊蜡剌纳衲捺呐讷恰疯卅萨霎歃踏榻挞闼拓獭沓袜吓轧栅

【二剥】剥拔钵鲅戳撮郭蝈摸泼说缩脱托桌捉涿作折伯薄百箔泊博驳帛舶膊雹勃钹搏踣礴怫卜鹁夺铎掇裰佛国舞帼虢活橐膜拙酌浊斫濯茁着灼啄琢卓缴镯擢涿昨作抹索北擘亳绰龊啜度踱惑获豁或霍藿镬瓠阔廓括扩落络酪洛烙荦骆珞陌没墨末脉漠沫麦莫默抹寞殁瘼秣茉蓦冒诺搦迫拍朴魄珀粕若率数铄烁朔槊勺妁芍蟀硕柝拓沃握幄斡龌凿怍酢柞

【三鸽】鸽割搁胳疙喝磕瞌颏着蛰得德额格阁革葛隔蛤骼膈合涸盒劾核翮阖貉阂曷纥盍壳舌折责则泽贼窄择颐帻笮咋啧哲折摺谪摘宅蜇磔辄辙翟蜇恶合渴褐策测册侧厕恻澈乇坼萼轭锷遏呃颚谔噩愕垩扼各赫鹤黑褐吓壑郝客刻克恪溘乐勒垃捋肋讷热色瑟塞涩啬穑设涉摄慑特忒慝忑仄是浙这

【四鳖】鳖憋跌接揭撅疖瞥撇切缺阙贴歇蝎楔削薛噎约曰别蹩蝶叠迭牒谍碟喋蹀耋鲽瓞垤咥结洁杰节截竭劫捷睫碣诘孑桀讦桔拮角脚觉决绝爵诀谲厥蕨蹶崛抉橛噱獗攫桷倔矍协挟撷学穴拽瘪铁贴雪别列烈劣裂猎冽洌躐趔略掠灭蔑篾啮蘖镊蹑臬蘖涅聂嗫虐惬窃怯箧妾契挈慊锲却确鹊雀恝榷阕饕屑渫泄绁燮亵血穴谑业叶咽靥页烨月悦钥跃岳粤越阅乐钺刖药

【五吃】吃失湿虱只汁织石食实识蚀拾十什硕直值植殖执职侄掷絷摭踯尺赤斥饬彳敕日式饰适室拭释轼质炙秩柢栉帙室陟骘蛭郅

【六逼】逼滴积迹激绩击屐唧劈霹七柒戚漆缉剔息夕吸悉膝析淅晰窸蟋壹一揖鼻荸敌笛涤的荻迪籴适觋翟镝嫡极寂级疾集吉即及急籍瘠楫辑脊唧笈汲棘殛藉嫉芨吃瘠戢殪席习昔惜袭媳锡熄檄隙裼蜴笔给戟

匹癖乞乙壁璧必碧毕辟愎弼襞跸荜皕鲫稷力立历呖霓沥栗粟枥笠粒栎
轹砾密秘觅谧泌汩逆溺昵匿辟僻泣讫茸迄碛惕倜隙汐翕觑舄掖液腋益
役翼逸抑疫邑易驿忆臆忆臆亿溢轶亦弋亦佚奕弈译绎翊怿镒屹蜴挹悒
翌峄熠

【七出】出督忽惚嗯哭窟扑仆秃屋读毒笃独牍犊渎椟黩碡纛福服伏
拂缚幅辐袱佛袚洑匐沸怫弗骨鹘鹘斛縠囫仆瀑璞蹼熟赎淑菽孰叔塾秫
俗突凸竹逐烛躅轴筑妯竺术足族卒镞卜谷骨縠汩朴辱属蜀属嘱瞩不畜
蓄触黜绌怵亍揿促簇蹙蹴猝复覆腹馥鲼告笏酷梏陆戮鹿碌录绿禄麓漉
辘渌日木沐幕牧睦穆苜曝暴入肉蓐缛褥溽术述束倏速粟宿肃敠薮蓿觫
物勿兀活祝粥

【八曲】曲屈蛐诎戍局橘菊局掬鞠鞫剧律率绿恶阒续旭畜蓄恤勖洫
育浴欲玉域狱郁鬻毓煜燠蜮鹜尉蔚熨峪汩阈

附录四　《中华新韵》

（十四部）

　　《中华新韵》由中华诗词学会以普通话为依据标准编写，共分十四个韵部，2005 年公布。

简字表

　　一麻 a，ia，ua

　　【阴平】啊腌扒叭巴芭岜疤笆粑鲃豝嚓叉杈差咖瓜胍哈花哗加茄迦痂枷珈裌嘉佳家家葭猳咖夸姱啦妈摩嬷趴葩杉沙莎痧鲨纱砂他她它凹哇洼蛙宧呱娲吓丫呀鸦哑桠查楂喳呱旮笳拉咱仨裟砂渣楂

　　派入阴平的入声字：阿（又波韵阴平）八捌擦嚓插锸奊哒搭嗒褡发（又去声）夹嘎刮括栝鸹垃拉邋抹掐袷撒杀刹煞（又去声）刷跋塌溻榻踏挖呷瞎鸭压押扎匝咂臜拶扎嘶撒答浹

　　【阳平】啊茶查搽嵖槎苴垞蛤华哗骅铧划（又去声）麻嘛蟆拿南扒杷爬钯耙筢琶娃霞赮暇暇（又去声）牙伢芽岈琊蚜崖涯睚衙

　　派入阳平的入声字：拔茇菝跋魃察擦达鞑沓怛妲炟笪靼答瘩垯跶乏伐垡阀筏罚嘎滑猾夹浃郏荚铗鵊铗蛱恝戛颊扴拉匣狎柙侠峡狭硖辖黠杂砸扎札轧闸铡喋（又读 die）

　　【上声】把靶礤叉衩（又去声）打剐寡哈贾假瘕卡佧咔咯侉垮喇俩马吗犸玛码蚂哪卡洒傻耍瓦佤哑雅咋鲊爪

　　派入上声的入声字：法砝甲岬铗岬胛撒塔獭鳎眨

　　【去声】坝把弝爸耙罢霸灞衩（又上声）岔侘鲅诧差姹大尬卦诖挂絓褂化划华画话桦价驾架假嫁稼挎胯跨蚂祃骂那娜怕骼下夏厦（又音 sha）罅暇亚讶迓娅咤炸榨瓦

　　派入去声的入声字：刹发（又阴平）珐婄剌腊蜡瘌辣蜊呐纳肭衲钠

捺帕恰洽袷卅飒萨嗒歃煞（又阴平）箑霎拓沓挞闼嗒遢榻漯踏蹋袜腽吓轧压摺栅

　　二波 o，e，uo

【阴平】波播菠玻嶓搓磋蹉哆呙锅过埚涡啰坡颇陂莎唆娑梭挲睃嗦嘚蓑拖捯莴倭涡窝蜗蜗阿婀哥歌戈呵科蝌柯疴苛珂窠舸轲颗髁车奢赊畬遮仡猞

　　派入阴平的入声字：拨鲅趵钵般蟠馞剥逴踔戳撮咄剟掇裰郭崞聒蝈豁劐攉�扑泊泼钹说缩托佗脱喔拙捉桌倬涿焯作嘬鸽割搁喝磕瞌榼疙圪颏蠖折蜇

【阳平】脖嵯痤瘥矬嵯和罗萝逻脶猡锣椤箩骡螺谟无（又乌韵阳平）馍嫫摹模麽摩磨嬷蘑磨魔挪娜傩婆鄱繁（又寒韵阳平）皤驮佗陀坨驼柁砣鸵酡跎沱鹅蛾娥莪俄峨哦讹和禾何河荷阖菏哪

　　派入阳平的入声字：孛伯驳帛泊柏勃铍铂毫舶脖博鹁渤搏鲌餺箔魄（又去声）膊踣薄（又去声）醇樽襮礴夺度铎踱佛国掴帼漍腘虢馘活橐灼卓斫浊酌浞诼着凿啄琢（又音 zuo）缴擢濯镯勺昨筰阁葛（又上声）蛤颌合涸盒貉曷盍阖壳德得额革格鬲隔嗝膈塥镉骼纥劾阂核翮壳咳颏舌叶（又音 xie）喆则责择咋泽啧帻舴簀赜折（又音 she）哲 辄蛰谪摺磔辙翟宅

【上声】跛簸（又去声）脞朵垛躲亸埵果菓蜾裹火伙夥裸瘰赢叵颇箇所唢锁妥椭我倭左佐坷可（又车韵去）舸尺（又衣韵上声）扯扯恶舍者赭

　　派入上声的入声字：焞抹索撮葛（又阳平）渴

【去声】薄（又阳平）簸（又上声）播措锉厝挫锉堕剁舵惰跺过货祸和磨蓦糯破佶些唾卧涴硪坐座阼怍柞做酢祚俄个贺荷课社舍射赦麝这柘蔗鹧驮

　　派入去声的入声字：簸（又上声）错绰婥毫辍或获惑霍扩栝蛞蛞阔廓落烙洛末没墨磨沫默哀漠陌殁掰迫魄泊粕弱若烁铄朔硕搠槊数妁沃握渥偓斡作恶遏鄂谔噩腭鳄各喝鹤壑乐蓦糯破佶些唾卧涴硪坐座阼

咋柞胙做酢饿个贺荷课策册测侧厕恻彻垎掣撤澈拆厄扼呃轭垩恶虼赫吓倔客刻克可（又波韵上声）绰勒捋肋涝讷热色瑟塞涩啬穑设涉摄慑特慝忒忑这仄昃浙跖

三皆 ie，üe
【阴平】爹阶皆喈嗟街湝乜咩些靴耶揶椰
派入阴平的入声字：瘪憋鳖跌疙圪节疖结接秸揭噘撅颏捏瞥切缺阙帖贴楔歇蝎削薛噎曰约
【阳平】瘸蛇佘斜邪偕谐鞋携爷耶挪锣茄伽椰
派入阳平的入声字：别蹩德得迭垤昳絰喋谍堞耋揲喋嶦牒叠碟蝶艓蹀孑决诀抉角駃珏駃觉鸠绝倔桷掘崛脚觖厥催劂谲獗蕨橛噱爵蹶矍嚼爝攫协胁挟契颉撷飐襫穴学噱（又音 jie）
【上声】瘕姐解（又去声）蟹咧且写也冶野
派入上声的入声字：蹶咧撇血雪铁帖
【去声】界介届戒诫芥疥借卸藉解械谢解（又上声）榭薤懈薢獬廨邂瀣曳夜蚧趄
派入去声的入声字：倔倔仉列劣冽埒捩烈鴷趔躐略掠灭蔑篾蠛陧聂臬涅啮嗫峆镊颞蹑蘖孽糵虐疟切妾怯窃契惬慊锲箧却惬雀确阕権泄泻绁屑亵渫燮血德咽晔烨掖曳邺液谒腋餲厣业页叶月乐刖拽玥軏岳栎钥说（又音 yue）钺阅悦跃越粤狱鬻瀹

四开 ai，uai
【阴平】开哎哀埃娭唉欸掰猜偲钗差揣呆该陔垓荄赅乖揩腮毸鳃筛酾（又衣韵去声）衰（又微韵阴平）捽（又上声）苔（又阳平）台（又阳平）胎歪灾哉栽甾斋
派入阴平的入声字：拍摘拆塞伯
【阳平】挨骏皑癌才财材裁侪柴豺还（又寒韵阳平）孩骸徊怀淮槐踝来莱崃徕涞埋霾俳排徘牌簰台（又阴平）邰苔（又阴平）抬骀炱鲐薹

派入阳平的入声字：白百宅翟（又衣韵入）

【上声】嗳矮蔼霭捭摆采彩睬踩揣速歹傣改海醢剀凯垲闿恺铠慨楷锴蒯买乃艿奶氖甩

派入上声的入声字：百佰柏

【去声】艾（又衣韵去）爱僾隘碍暧嗌瑷暖败拜稗唄采菜蔡縩跐瘥踹膪嘬大代岱迨绐骀玳带殆贷待怠埭袋逮㯂戴黛丐芥钙盖溉概怪亥骇害坏忾会块快侩郐哙狯浍脍筷徕赉睐赖漱癞劢迈卖奈柰耐鼐襦派湃塞赛晒帅率（又乌韵去）太汰态泰钛外再在载债砦祭寨察拽

派人去声的人声字：麦脉塞霡

五微　ei，ui（uei）

【阴平】微欸陂杯卑背悲碑衰（又开韵阴平）崔催摧縗吹炊堆飞妃非菲啡绯绯緋蜚扉霏鲱归圭龟（又尤、文韵平声）妫规邦皈硅傀瑰鲑灰诙咴挥咴恢褘珲豗晖辉翚麾徽隳亏岿悝盔窥胚杯醅尿（又豪韵去声）虽荽睢濉炗推危委威逶偎隈葳桅煨溦巍薇隹追骓锥椎

【阳平】欸垂陲捶椎槌锤肥淝腓回茴徊蛔奎逵馗隗葵揆暌魁戣暌蛙椝夔累雷螺缧擂檑礌镭赢罍玫枚眉莓脢梅郿嵋猸湄媒楣煤酶鹛锏霉縻陪培赔裴蓑绥隋遂谁颓韦为圩违围帏沩桅唯帷惟维巋潍闱

【上声】欸璀匪悱棐菲诽榧斐长篚翡蜚给轨匦宄庋傀垝诡鬼姽癸晷簋悔虺毁傀跬未诔垒磊蕾偫蠡瘣美镁每浼馁蕊水髓腿伟纬玮炜洧娓尾娓委倭萎痿痏猥嘴

派入上声的入声字：北

【去声】欸贝狈钡邶备背褙被辈孛悖倍焙蓓惫鞴糒褙璧臂萃脺啐淬悴瘁粹翠脆毳綷对怼憝碓兑队蒂肺沸狒费剕痱废吠柜剑桧刿贵桂跪鳜会惠哕秽海晦慧蟪篲彗卉汇讳恚贿喙烩绘荟浍桧匮蒉喟馈溃愦愧聩泪类累醉擂妹昧寐魅袂媚内沛霈旆帔佩配辔芮枘锐瑞睿蚋汭睡税说岁祟谇遂碎晬隧燧穗邃退倪蜕未味胃谓猬畏喂尉蔚慰卫位遗（又衣韵阳平）魏坠缀惴缒腿赘醉最罪醉蕞

六豪 ao，iao

【阴平】坳凹熬包苞胞孢炮龅煲褒标彪骠镖瘭飙藨镳漉膘杓猋骉摽操抄怊钞超勦（又上声）刀叨忉刁汈蛸雕貂叼碉凋鲷高皋羔槔睾膏篙糕蒿薅交芃郊茭浇娇姣骄胶椒蛟焦蕉教跤樵效键礁鹪沉捞撩（又阳平）猫抛泡剽漂飘缥螵悄（又上声）硗跷锹蹻劁敲橇缲搔骚缫臊艘捎烧梢稍筲艄叨涛涤掏滔韬饕慆挑佻桃肖枭枵哓骁道鸮消宵绡萧硝销蛸箫萧霄魈嚣幺夭吆妖要喓腰邀遭糟钊招昭啁着朝凿

派入阴平的入声字：约剥削

【阳平】豪敖遨嗷廒獒熬聱翱螯謷鏖鳌骜雹曹槽螬漕嘈晁巢朝嘲潮号嗥毫壕濠嚎蠔劳崂痨牢捞唠醪聊辽疗撩（又阴平）僚漻寥嘹獠潦寮缭嫽燎鹩毛矛茅牦旄锚髦蟊蛑茆苗描瞄挠饶蛲猱刨咆狍庖炮袍匏跑嫖瓢藻乔侨荞峤桥硚翘谯轿憔瞧荛饶娆挠桡苕韶嗃梼逃洮桃陶萄嗃淘绹酶鼗条昭苕调笤鼗蜩髫鲦崤爻尧肴轺峣姚陶窑谣摇徭遥猺瑶飖鳐

【上声】袄媪拗饱宝保鸨葆堡褓表裱草懆吵炒导岛捣倒祷蹈杲搞缟槁暠镐稿藁好侥佼挢狡饺绞铰矫皎搅茭勦（又阴平）傲徼缴考拷栲烤老佬姥栳潦了蓼憭卯峁泖昴铆杪眇秒淼渺藐舀恼脑瑙鸟茑袅跑麃漂缥瞟巧悄（又阴平）愀扰娆扫嫂少讨挑窕嫂小晓筱杳咬早枣蚤澡璪藻爪找沼

【去声】吞坳拗橐傲奥骜澳懊鳌报刨抱趵豹鲍暴曝爆嫖操秒到悼帱倒盗道稻纛吊钓鸾调掉铫告诰号好昊耗浩淏滈皓镐皞颢灏叫峤觉校轿较教窖酵噍嗷徼蘙醮铐犒靠涝耢灶料撂廖了镣茂眊冒贸芼恈帽媢瑁貌瞀懋妙庙缪闹淖尿（又微韵阴平）溺泡炮疱票嘌漂骠俏诮峭帩窍翘撬鞘撒绕扫埽瘙少邵劭绍哨潲稍套眺跳朓窠孝哮肖笑效校啸要鹞曜耀乐（又波韵去）皂灶造慥糙噪燥躁召兆诏赵棹照罩肇曌

七尤 ou，iu(iou)

【阴平】抽紬瘳丢都兜蔸勾句佝沟枸（又上声）钩缑篝鞲勼纠鸠究赳阄揪啾茾抠眍溜熘搂哞妞区讴伛瓯欧殴鸥丘邱龟（又微、文韵平声）秋蚯湫楸鹙鳅秋收搜嗖馊廋溲飕艘偷修脩休咻庥羞鸺貅镏鬏优攸忧悠呦

哟幽舟州诌俏周洲鳌啁邹驺诹陬

派入四平的入声字：粥

【阳平】俦帱畴筹踌惆绸稠裯仇愁雠侯喉猴篌瘊糇流留榴骝刘浏瘤琉硫旒鹠遛馏飗瘤鎏娄楼偻蒌喽耧蝼髅牟侔眸谋蛑缪鳌牛掊裒囚仇犰求虬泅俅璆酋逑还应遒赇裘蝤柔揉糅糁蹂鲦鞣头投骰尤犹疣鱿莸铀由邮油柚游猷繇蝣

派入阳平的入声字：妯轴（又乌韵阳平入）

【上声】丑扭瞅斗抖蚪陡枓否缶苟崤狗枸（又阴平）吼笱九久玖韭灸酒口柳绺搂嵝篓某纽钮扭忸杻狃偶哎藕剖掊糗手首守叟瞍薮擞嗾朽宿（又去声）友有酉莠牖黝帚肘走

【去声】臭凑辏媵豆逗痘读窦斗胫垢构购勾彀诟够媾遘逅后候厚堠臼柏舅就僦鹫疚旧咎救厩枢叩扣筘寇蔻溜馏遛陋镂瘘漏露谬缪拗耨沤怄受授寿狩售绶瘦喇擞透秀绣锈岫袖臭嗅溴宿（又上声）又右幼有佑侑柚囿宥诱釉蚴鼬咒纣宙绉胄昼皱骤籀酎奏揍

派入去声的入声字：肉兽六（又乌韵去入）

八寒 an，ian，uan，üan

【阴平】安氨唵桉庵谙鹌鞍盦扳班颁斑攽般搬瘢癍参骖餐觇搀幨襜川穿氽搌镩蹿丹担单眈酖耽囡郸聃禅儋殚瘅箪端帆番蕃幡藩翻干（又去声）甘杆玕肝柑竿疳尴关观（又去声）纶官冠矜（又文韵阴平）倌棺疲瘝鳏顸酣憨鼾欢獾刊看勘龛堪戡宽髋番潘攀三叁毵山芟杉删衫姗珊栅舢扇跚煽潸澶闩拴栓酸坍贪摊滩瘫湍弯剜塆湾蜿豌糈簪占沾毡旃粘詹谵瞻专砖颛钻（又去声）蹲先边砭扁笾编煸蝙鳊鞭参（又文韵阴平）掂慎颠癫滇颠巅尖奸歼坚间肩艰监兼菅笺湔溅缄兼煎缣鹣鞯捐涓娟鹃镌蠲拈蔫扁偏篇犏翩千仟阡芊插迁金钎牵铅悭谦签愆骞搴褰圈悛卷棬天添仙纤籼掀骶锨鲜暹骞轩宣谖萱揎喧暄儇咽恹殷胭烟焉崦阉阌奄淹腌湮鄢燕鸢智鸳冤渊

【阳平】寒残蚕惭单馋谗禅孱缠蝉廛?]潺澶蟾躔传船遄椽攒凡矾烦

墦蕃攀璠燔繁（又波韵阳平）蘩汗邯含函晗涵韩还（又开韵阳平）环桓圜缳鬟兰岚拦栏婪阑蓝谰澜褴篮斓襕峦姿孪挛鸾脔銮蛮谩蔓馒瞒螨鳗鬘男南难楠爿胖（又阳韵去声）般盘磐蹒嶓然燃髯坛昙谈弹（又去声）覃谭痰潭檀团抟咱刀纨完玩顽奀连怜帘莲涟联裢鲢廉濂镰鬑眠绵棉年黏粘便（又去声）骄胼蹁钤前虔钱钳乾捐潜黔权全佺诠荃泉轻拳铨痊恮筌蜷鬈颧田佃畋恬銛钿甜湉填阗闲贤弦咸涎娴衔舷嫌玄悬旋漩璇延蜒严言芫妍岩炎沿铅研盐阎筵颜檐元园员（又文韵阳平）沅垣爰湲袁原圆鼋援媛（又去声）缘猿源螈辕橼

【上声】俺揞坂板版蝂舨惨产划谄铲阐辗舛喘胆亶黵疸掸短反返杆秆赶敢感橄撖完馆琯筦管罕喊缓坎侃砍槛颣款窾览揽缆榄懒卵满赧腩暖冉苒染阮软朊伞散馓闪陕掺忐坦袒毯曈宛莞挽娩菀晚脘惋婉绾皖碗捵攒趱斩飐盏展崭辗转纂贬窆扁匾惼扁碥褊典点碘踮栋茧柬俭检捡笕减剪睑铜简趼谫戬碱翦蹇卷锩琏敛脸免丏污黾勉娩冕渑湎悃缅觍脢舔冼显险跣铣鲜藓燹选癣奄兖俨衍弇掩浯剡黡郾眼埮厃偃魇魇远

【去声】犴岸按案暗黯办半扮伴拦绊涩瓣灿掺粲孱璨忏孱串钏窜篡爨石（又衣韵阳平）担但诞菪啖淡惮弹（又阳平）氮蛋瘅澹段断　缎椴煅　锻簖犯饭范贩梵泛干（又阴平）旰绀淦赣惯观（又阴平）盥灌鹳罐汉汗旱捍菡焊颔翰撼憾悍焊瀚幻换奂宦涣唤浣患焕痪豢擐　溉看墈阚瞰烂滥曼谩蔓幔漫慢　缦熳镘乱难判拚泮盼叛畔袢散疝汕扇　善禅骟缮擅膳嬗赡鳝涮蒜算叹炭探碳象万（又波韵去入）馔腕暂錾赞攒占栈战站绽湛颤（又音chan）蘸传钻（又阴平）转（又上声）啭赚（又音zuan）撰篆馔攥卞弁抃汴忭苄变便（又阳平）遍辨辩辫缠电佃甸阽店玷垫钿淀惦奠殿靛簟癜见件饯建荐健＊剑漳监舰谏践铜键腱溅鉴键槛僭箭卷隽倦狷绢圈眷练炼恋殓链潋面廿念埝片骗欠茨茜傅堑嵌慊歉劝券掭县现宪苋砚限线陷馅羡线献腺霰泫　炫绚眩旋渲楦厌砚咽彦艳滟晏唁宴验谚堰雁焰焱滟酽餍鷃燕赝嬿苑怨院垸媛（又阴平）愿

九文 en，in（ien），un（uen），ün（üen）

【阴平】奔（又去声）贲锛玢宾彬傧斌滨缤槟镔濒豳参（又先韵阴平）抻郴伧琛嗔瞋春椿蝽村皴踆敦吨（又去声）墩礅敦蹲恩分芬吩纷玢氛棻雰根跟昏荤阍惛婚巾斤今紟金津衿矜（又寒韵阴平）筋禁襟军均龟（又微、尤韵平）君钧皲麇坤昆昆裈堃焜琨髡鹍鲲抡拎闷喷拼姘钦侵亲衾骎嵚囷逡森申伸身呻侁诜参绅珅骁莘娠深糁燊孙荪狲飧吞暾温瘟心芯辛忻昕欣炘锌新歆薪馨鑫勋埙熏薰獯纁曛醺窨（又去声）因阴茵　荫音姻氤殷溵堙喑闉愔禋晕緼氲煴赟贞针侦浈珍帧胗真桢砧祯蓁斟甄獉溱榛箴臻迍肫窀谆尊遵樽鳟

【阳平】岑涔臣尘辰沉忱陈宸晨谌纯莼唇淳鹑漘醇存蹲坟汾棼焚濆豮痕浑珲馄混魂邻林临淋琳粼潾嶙遴霖辚瞵鳞麟仑伦论抡囵沦纶轮门扪们民忞旻岷珉缗您盆湓贫苹嫔嚬颦芹芩矜秦覃禽勤懃擒噙螓裙群麇人壬仁任神屯囤饨豚鲀臀文纹炆闻蚊雯旬郇寻巡询洵荀荨峋浔恂鲟循吟垠龈狺訚峑银淫寅螾鄞夤嚚霪云匀芸员（又先韵阴平）沄纭昀畇筠耘篔

【上声】本畚碜蠢刌忖盹趸粉衮绲辊滚鲧很狠仅尽卺紧堇锦谨馑瑾肯垦恳啃捆阃悃壶凛廪懔皿闵抿黾泯闽悯敏滑品榀锓寝忍荏稔损笋隼榫沈审婶哂矧吮刎抆吻紊稳尹引饮蚓殷隐瘾允狁陨殒怎诊枕轸畛疹袗缜鬒准墩撙

【去声】奔（又阴平）笨倴摈殡膑鬓衬疢龀称趁榇谶寸囤沌钝炖吨（又阴平）盾顿遁分份奋忿偾粪瀵亘艮棍恨诨圂混溷恩仅溷妗尽进近劲荩晋赆烬浸琎唫祲靳禁搢缙觐殣噤俊菌郡峻馂浚骏焌畯竣裉困吝赁淋蔺躏闷焖懑恁嫩论喷牝（又衣韵上声）聘吣沁亲刃认仞任纫韧饪妊紝衽润闰肾甚渗椹葚蜃慎顺舜瞬褪部汶璺揾囟信衅训迅汛驯徇逊殉浚巽蕈噀印饮荫胤窨慭孕运郓晕酝愠緼韫韵蕴熨谮圳阵鸩振朕赈揕震镇

十唐　ang，iang，uang

【阴平】肮邦帮梆浜仓伧苍沧怆（又去声）鸧舱昌倡菖猖阊伥创摐疮

窗当珰铛（又庚韵阴平）裆蟷筜方坊芳枋邡钫冈岗（又上声）扛刚杠肛纲钢缸釭罡堽光咣胱夯荒肓塃慌江将姜豇浆僵蚃繮疆康慷糠匡劻诓恇筐眶乒雰滂膀枪羌枪戗戕将跄腔蜣锖锵镶丧桑伤汤殇商觞墒熵双泷霜孀骦鹴礵螳汤铴糖蹚喤镗蹚汪望乡芗相香厢湘汀缃箱襄骧瓖镶央泱殃鸯秧鞅赃脏牂臧张章獐彰漳嫜璋樟蟑妆庄桩装

【阳平】昂昂藏长场苌肠尝常偿徜裳嫦床幢防坊妨魴鲂房行（又庚韵阳平）吭远杭绗航颃皇黄凰隍喤遑徨湟惶煌锽潢璜蝗篁磺蟥簧鳇扛狂诳鸢郎狼阆榔稂廊娘棚硠银稂鄌螂良俍茛凉梁椋量粮粱踉郎芒忙杧龙肓氓（又庚韵阳平）茫硭铓牤駹囊娘彷庞逢旁蒡膀磅螃强（又上声）墙蔷嫱樯襄瀼禳瓤唐堂棠塘搪糖溏瑭樘膛糖螗螳郎亡王（又去声）详降庠祥翔扬阳羊旸飏炀杨旸佯疡徉洋

【上声】绑榜膀厂场昶怏氅闯挡党谠仿访彷纺昉舫岗（又阴平）港广犷怳恍晃谎幌讲奖桨蒋糡朗两俩魉莽蟒漭曩攘耪抢强（又阳平）锖襁壤攘嚷嗓搡磉颡垧饷赏爽塽耥倘淌惝傥躺网枉罔往惘魍享响饷饟想鲞仰养氧痒骕长掌奘（又去声）

【去声】盎蚌棒傍谤蒡搒镑磅稖怅畅鬯唱创怆（又阴平）当宕荡挡砀档蓎矿觊框眍浪茛阆亮凉悢谅辆靓量晾吭踉攘酿胖（又寒韵阳平）呛戗炝跄让瀼丧上（又上声）尚绱烫趟忘王妄望向项巷相象像橡快样恙漾（又音shang）脏奘（又上声）葬藏丈仗帐涨障嶂瘴壮状僮撞幢戆

十一庚 eng，ing，ong iong

【阴平】庚伻崩祊绷嘣冰兵槟屏桱玎称蛏铛（又唐韵阴平）赪撑噌瞠灯登噔蹬镫丁仃叮玎盯钉疔酊丰风渢封枫疯峰烽葑锋蜂酆更庚耕赓鹒羹亨哼脝精茎惊京经睛泾荆菁旌晶粳兢鲸坑吭硁铿拎蒙抨怦砰烹嘭乒俜娉青轻氢倾卿圊清蜻鲭扔升生声牲胜笙甥厅汀听翁嗡兴膺鹰曾增憎罾缯丁正（又去声）争征怔挣峥狰钲症烝睁铮筝蒸东冲充忡翀春憧艟匆苁从囱璁枞鏦葱聪璁聪熜冬咚鸫蝀工弓公功攻供肱宫恭蚣躬龚觥哼咔

轰哄訇烘薨埳駧肩空倥崆悾箜忪松凇菘嵩淞恫通（又去声）嗵?］凶史芎匂讻汹汹胸佣痈拥邕庸慵噰廊雍墉镛壅臃鳙中松忠终钟盅衷螽宗综棕踪鬃

【阳平】层曾嶒成丞呈诚承城宬乘盛程惩裎塍醒澄（又去声）橙冯逢缝（又去声）恒姮桁珩横衡蘅峵棱伶灵苓蛉囹泠玲令（又上去声）瓴铃鸰凌陵聆菱棱蛉舲翎羚绫棱零龄鲮郦醴龙岷（又唐韵阳平）虻萌蒙盟甍矒幪蒙曚朦艨檬名茗明鸣冥铭洺蓂暝瞑螟能宁拧咛狞柠凝苧朋堋澎彭棚蓬硼鹏篷觪平冯评坪苹凭枰洴帡屏瓶萍勃情晴檠擎黥仍绳疼腾誊螣藤廷亭庭停蜓婷霆刑行（又唐韵阳平）形邢陉型荥硎迎茔荧盈萤莹营萦楹滢蝇潆嬴嬴瀛虫重崇从丛淙惊琼弘红吰闳宏泓荭虹竑洪翃鸿蕻黉龙茏咙泷珑眬胧昽聋笼隆癃窿农侬哝浓脓秾醲邛穷茕穹䴔筇琼蛩跫戎茸荣绒容嵘蓉溶瑢榕融同彤侗峒峒桐砼垌炯鮦岭橦僮铜童潼瞳膧瞳朣雄熊喁颙

【上声】蓁琫绷丙秉柄饼炳屏禀鞞逞骋等戥顶酊鼎讽啍埂耿哽绠梗鲠井阱到颈景儆憬璟警冷令（又阳、去）岭领猛蜢艋锰懵蠓酩捧顷请綮罄省眚偋挺铤蓊滃醒省擤影郢颖颖拯整宠董懂巩汞拱珙栱哄哄囧迥洞炯夐颎寠孔恐倥陇垄拢笼冗苁筇悚竦统捅桶筒永甬咏泳勇涌俑蛹踊鲬肿种冢踵总偬（又去声）

【去声】泵进绷蚌蹦镚并病摒蹭秤掌邓凳澄磴瞪镫蹬订订钉定碇锭凤奉俸缝更横啐劲径净胫痉竞竟婧敬靖静净境獍镜另令（又阳、上）愣孟梦命宁佞泞楟碰庆清箐磬馨圣胜晟乘盛剩瓮雍罋兴杏幸性姓荇悻婞应映硬腾综锃赠甑正（又阴平）证郑怔净政挣症冲铳动冻侗栋洞恫胴陈垌碙共贡供讧哄潒蕻空控輠弄讼宋送育诵颂恸痛通（又阴平）用佣中仲众种重纵粽

十二齐 i, er, ü

【阴平】氐低羝堤几讥叽饥玑机乩肌矶鸡奇屐（又入声）剞笄姬基期赍犄嵇畸跻箕稽蕭畿羁咪眯丕邳批伾纰坯披狉砒铍铍沏妻栖凄萋期欹

攱梯蹊欺兮西希茜郗稀熙牺唏悕晞欷睎傒豨僖譆嘻奚嬉熹樨羲蹊栖犀曦醯醯齸伊铱衣（又去声）医依祎咿猗漪噫繄黟车且苴拘狙居驹俱罝疽据琚趄睢裾区岖会驱肢祛蛆躯焌趋黢吁圩盱须虚嘘墟胥湑諝訏需迂纡淤誉（又去声）

派入阴平的入声字：逼嘀滴菂圾芨唧积屐（又阴平）击缉激禝劈噼霹七柒戚缉喊漆剔踢夕吸汐昔析矽歹息悉淅惜晰翕晳锡裼晰熄噏膝螅歆螅腊塞蟋一壹揖

【阳平】厘狸离骊纚梨犁鹂喱蓠漓缡璃嫠　黎黧鲡罹篱鬐蠡劙弥迷眯猕谜糜麋麾（又上声）蘼醿尼泥坭怩倪霓猊鲵麑魔皮陂疲枇芘狓毗蚍陴埤啤琵脾裨蜱罴貔鼙齐祈圻芪岐其奇歧祈衹俟耆颀脐斿萁畦跂崎淇骐骑琪琦棋蛴祺锜綦旗蕲鳍麒髻黄绨提啼鹈騠缇鶗题醍蹄仪圯夷痍匜迤饴怡宜黄贻沂诒眙簃迻姨胰廖蛇移遗（又微韵去声）颐槐疑嶷彝儿驴闾桐劬渠蕖璩瞿蕖氍癯衢蘧鸲徐于予好玙余欤盂臾鱼禺竽舁俞谀娱萸雩渔隅揄喁畲逾腴渝愉瑜榆虞愚觎舆畲

派入阳平的入声字：荸鼻狄迪的籴获敌涤笛觋髢商嘀嫡翟（又开韵阳平）镝及伋吉岌汲级极即佶诘亟革芨急疾棘殛戢集蒺楫辑嵴嫉戢踏瘠藉籍给脊习席觋袭媳嵫隰檄局桔菊焗踢鹝橘曲（又上声）

【上声】匕牝（又文韵去声）比沘秕彼俾鄙氏邸诋坻抵底柢砥骶几己虮掎挤麂礼李里俚逦悝澧鲤理娌蠡米芈洣渳弭敉靡（又阳平）拟你旎薿庀圮仳否吡痞嚭屺岂企启杞起绮稽体洗铣玺徙喜葸葸屣禧蟢鲑已以苡尾矣苣迤蚁舣倚庋椅旖踦尔耳迩饵珥柜咀沮苣枸矩举筥龃踽蛊吕侣铝旅屡偻簍褛履女取娶龋许诩姁栩湑糈醑与予屿伛宇羽雨俣禹语圉齬圄庾瘐

派入上声的入声字：笔给戟脊匹癖擗劈乞　曲（又阳平）

【去声】币闭庇诐界閟泌馝怭陛毖狴庳敝婢薜秘笔蔽脾裨痹弊髀贲避躄臂比费地弟娣第帝谛蒂棣睇缔递蟪计记伎纪芰技系忌际季剂垍荠洎济既觊继徛祭偈悸寄惎蓟跽霁鲚漈暨冀蕲骥厉吏丽励利例疠砺猁櫔隶戾唳荔俪俐疠莉苈粝蛎罿痢泥昵腻睨屁睥媲气弃妻契砌器憩剃屉涕

绨替褫嚏戏（又乌韵阴平）饩系细　禊亿义刘忆艾（又开韵去声）议衣（又阴平）异呓易诣羿谊翌肆裔翊巨句惧讵苣拒具炬沮矩俱倨据距惧飓锯距屦遽瞿醵怵滤女趣去觑序叙酗绪溆絮煦婿与玉双芋妪雨语预喻御寓裕愈豫谕澦遇誉（又阴平）饫

派入去声的入声字：必孹毕苾荜哔筚滗湢愊愎跸煏腷辟碧秘壁襞臂襎襞壁薜的迹寂绩稷鲫髻力历立呖沥枥栗砾砾疬笠坜溧跞傈篥汩觅宓密蜜幂谧匿溺壁僻澼甓譬迄讫泣葺碛倜逖惕趯却阒舄隙潏潟一壹弋仡屹亦杙抑邑佚役译逆易峄俐洗怿驿绎柜轶疫弈奕挹悒逸益嗌熠溢镒埸蜴乙剧律绿率（又开韵去声）恶旭畜蓄恤续蓿勖洫玉郁育昱狱或钰浴域堉欲阈尉煜毓鹆鹬燠鬻熨峪

十三支（-i）（零韵母）

【阴平】哧蚩鸥絺眵答瓵摛嗤痴媸螭脏魑呲差疵跐骶尸师诗鸤虱绝鸱狮葹施蓍醨（又开韵阴平）司丝私思咝鸶偲斯蛳缌　厮罳澌撕嘶之知支氏厄芝吱枝肢栀胝祇脂蜘仔孖吱孜咨姿兹赀资訾（又上声）淄嵫缁辎崓粢辁滋趑粢锱媸髭菑鲻

派入阴平的入声字：吃失虱湿只汁织

【阳平】池驰迟坻持匙藜墀踟篪词茈茨祠瓷辞慈磁雌鹚糍时埘鲥

派入阳平的入声字：拾十石（又寒韵去声）实识食蚀觚湜执直侄值职埴植殖絷跖摭踯

【上声】齿侈哆耻豉褫此泚跐鲝史矢豕始驶屎死止址芷沚祉只枳咫疕旨指酯抵纸织趾黹子仔籽姊秭玼紫訾（又阴平）籽梓滓

派入上声的入声字：尺（又车韵上声）

【去声】炽翅次伺刺次赐士氏示世仕市式似事势侍试视柿拭是逝誓嗜噬莳谥弑舐筮赑四寺饲巳嗣氾泗肆至识帜制治崻致痔滞螱置雉稚郅鸷炙掷炙鸷自字

派入去声的入声字：彳叱斥赤饬敕拭饰适室释螫郅帙质栉陟桎赘挚轾袟掷鸷室炙蛭日

十四姑 u

【阴平】乌逋晡初摴樗粗都厾阇嘟夫肤玞柎铁麸趺鄜孵敷估姑咕沽孤轱軱鸪罛菇菰蛄辜酤觚箍乎呼戏(又衣韵去声)滹糊刳矻枯骷撸噜铺痡殳书抒纾枢姝殊梳舒摅毹输疏蔬苏稣酥乌圬邬污呜瘏钨巫诬恶朱洙侏诛茱珠株诸铁猪蛛槠潴橥租菹

派入阴平的入声字：出督縠(又上声)忽惚唿淴哭窟仆扑朴噗叔倏菽淑窣突秃突屋

【阳平】刍除厨锄滁蜍橱篨蹰租殂凫扶孚罘俘浮蚨桴符涪蜉鞭郛狐弧胡和壶葫猢鹕瑚糊蝴糊縠醐卢芦庐垆炉泸纑栌轳胪鸬颅舻鲈模奴孥驽匍莆菩脯葡蒲如茹儒薷嚅濡孺襦蠕图荼徒途涂菟徒途涂菟屠瘏酴无(又波韵阳平)毋芜吾吴捂唔梧蜈

派入阳平的入声字：醭毒独顿读渎椟牍黩犊髑弗佛艴拂佛氟绋茀怫芾伏洑茯栿绂祓服菔

匐福蝠辐宓黻幞囫斛縠鹘醭璞濮孰赎塾熟秫俗竹术竺逐烛舳瘃躅足卒崒族镞

【上声】补捕哺堡(又豪韵上声)处杵础楮储楚褚肚堵赌睹父甫抚拊斧府釜辅脯頫腑腐簠黼古诂股牯贾罟蛄蛊鼓嘏瞽虎浒唬琥苦鲁橹镥瞄掳卤母牡亩拇姆姥努弩帑埔圃浦溥普谱氆汝乳暑黍署鼠数薯曙土吐午五伍仵迕庑怃忤妩武侮捂牾鹉舞主拄渚煮褚雨出

诅阻组俎祖

派入上声的入声字：卜笃谷骨鹄毂(又阴平)縠鹘汩榾朴蹼辱属(又音 zhu)蜀嘱瞩属

【去声】布怖步埔部埠蔀箬簿处醋杜肚妒妬度渡镀蠹父讣付负妇附咐阜驸赴服副蝜赋傅富鲋缚赙固故顾堌崮雇锢痼户护沪戽扈互冱怙祜岵瓠库裤绔袴路赂璐露鹭辂暮幕募墓慕怒铺戍树竖怒塑庶数墅漱澍腧素嗉愫诉溯愬兔吐堍唾菟务杌悟误晤雾恶坞鹜骛戊婺焐伫苎助住纻杼贮注驻柱炷疰著蛀铸翥箸

派入去声的入声字：不亍畜矗触黜俶绌諔怵搐滀黜促簇蔟蹙蹴卒

猝复腹蝮覆馥鳆笏梏詧酷六（又尤韵去）陆录菉鹿渌绿琭禄碌睩蓼僇辘漉麓戮簏篆醁木目沐苜牧睦穆霂瀑曝入蓐缛褥术束述夙肃速宿骕粟谡蔌鹔觫缩簌物勿兀鋈机筑祝